# GOLDEN HILL

# 金山

FRANCIS SPUFFORD

［英］弗朗西斯·斯巴福德 ——— 著

肖一之 ——— 译

北京联合出版公司
Beijing United Publishing Co.,Ltd.

雅众文化 出品

献给斯特拉

"他建议我纠正我从英国人那里学来的叛逆原则，因为英国人对国王的傲慢是全世界都知道的。"

——托拜厄斯·斯末莱特《蓝登传》(1748年)

# 目 录

一
万圣节,11月1日　　　　　　　　　　　　　　1

二
教皇日,11月5日　　　　　　　　　　　　　　55

三
国王陛下的寿诞,11月10日　　　　　　　　　99

四
致庞匹里乌斯·史密斯牧师的一封信　　　　　151

五
圣尼古拉斯节前夜,12月5日　　　　　　　　175

六
致理查德·史密斯先生的一封信　　　　　　　225

七
啊,智慧,12月16日　　　　　　　　　　　　229

八
清账日，12月25日　　　　　　　　　　279

九
致格雷戈里·洛弗尔先生的一封信　　295

十
在美国，1813年8月　　　　　　　　　299

后记　　　　　　　　　　　　　　　　307

一

**万圣节**

11 月 1 日

**乔治二世治下第二十年**

1746 年

# I

快吃午饭的时候，双桅船亨丽埃塔号经过了桑迪胡克岬角[1]——下午三点左右又驶过了狭湾水道——接着左右不定地蜗行划过纽约港灰色的水面，接连不断地微调航向，其间的差别小到如同在做微分一样——直到在甲板上急得跳脚的史密斯先生觉得等在远处小丘般的纽约城似乎会永远悬在前方十一月的阴暗天光里，再也不会更近一步；希腊人芝诺[2]肯定在暗自得意——亨丽埃塔号终于在蒂特杰斯船台抛下锚的时候已经日近黄昏了；纽约城房屋的山墙真真切切地和史密斯只隔着一百英尺[3]的水面了——这个黄昏一定是十一月里最冷最湿最暗的黄昏，整个世界就好像是张灰色的四开纸，被淅淅沥沥的雨泡得眼看就要塌成一摊糊糊了。正因为如此，双桅船的船长一再想说服史密斯最好在船上再过一夜，明天早上再上岸办事。（船长会邀请史密斯先生是为了表示对他的尊重。在横渡大西洋这几周缓慢航程里，船长发现他是位好旅伴。）可史密斯不听他的，边鞠躬边微笑的史密斯现在只想让人用小划子把他载到码头上。其实史密斯的鞋底刚在铺地的鹅卵石上落稳，他就飞快地跑开了。

---

1　位于纽约湾南部、新泽西州北部的一座狭长半岛。后文的狭湾水道是布鲁克林和斯坦顿岛之间的狭窄水道。（若无特殊说明，本书中的所有注释皆为译注）
2　芝诺（约前490—前425），古希腊哲学家和数学家，埃利亚学派代表人物，他因提出了一系列悖论而著称。此处作者暗指芝诺提出的"两分法悖论"，即由于运动的物体需要在有限的时间内经过无限的多点，所以运动是不可能的。
3　英制长度单位，1英尺约等于0.3米。——编注尽管史密斯的双腿还因为坐久了船在打晃，他也比派来替他扛箱子的水手走得快多了——他不得不又折回来拿箱子，抓过箱子一把扛到了自己的肩头——然后又跑开了，跳过鱼肠子、萝卜缨子和猫肚肠这些码头上的污物——在这边问问路，又在那边问问路——结果就是史密斯看上去宛然一阵一脸微笑的旋风，他用肩膀顶开——店里的人正准备上门闩打烊——金山街上洛弗尔公司账房的门，放下行李，非常礼貌地请求立刻要和洛弗尔先生本人说话，这时店里的学徒正忙着点灯，墙上的挂钟指向五点差一分的时候。

"我就是洛弗尔。"那位商人边说边从壁炉边的座位上站了起来。初次见面还是有必要简单介绍一下他的样貌：五十岁；身上精瘦，胖胖的脸上五官挤成一团，仿佛自然造他的时候是用指节在揉黏土；精明又焦虑的双眼；穿着棕色的及膝裤；戴着顶被烟草熏黄的短卷发套。"有什么可以效劳的？"

"日安，"史密斯先生说，"因为我肯定今天的确是个好日子，别在意这点风雨，还有黑暗。请谅解一位旅人的胡言乱语，先生。我荣幸地向您呈上一张您的伦敦代理人班亚德和海斯先生出具的汇票。还希望您能帮忙尽快把它兑现。"

"就不能等到明天吗？"洛弗尔说，"我们已经打烊了。明天早上9点再来装满你的钱包吧。但任何超过十镑的款子我都得请你等到一周之后，现金缺得紧。"

"啊，"史密斯先生说，"我这张票的金额可真是比那多，多多了。我现在来造访您，从寒冷的海上一口气没喘就跑过来了，身上还沾着海盐，脏得跟条刚从养鸭塘里爬上来的狗一样，不是来要您马上兑现的，而是出于礼貌提前来通知您的。"

说着他递过来一个皮夹子，打开之后可以看到里面是一张用有 B 和 H 字样的黑火漆印封起来的纸封。洛弗尔破开了火漆封。他的眉头半皱着。他读了里面的内容，然后眉头皱得更厉害了。

"上帝开恩,"洛弗尔说,"这可是一张一千镑的票子。"

"没错,先生,"史密斯先生说,"一千镑,或者照这上面写的,一千七百三十八镑十五先令零四便士的纽约现钞。我能坐下来吗?"

洛弗尔没理他。"杰姆,"他说,"把灯给我拿近点。"

伙计把一支新点上的蜡烛连玻璃罩子一起拿了过来,洛弗尔把那张纸凑近了滚烫的玻璃;他靠得那么近以至于史密斯身形一闪仿佛想把那张纸抢走,但他被洛弗尔伸手拦住了;洛弗尔没让火燎到那张纸,只是把纸在烛光最亮的地方侧了过来,烛光照出了一个淡淡的美人鱼水印纹路。

"纸没问题。"伙计说。

"笔迹也没问题,"洛弗尔说,"本杰明·班亚德本人的字,我猜是。"

"没错,"史密斯先生说,"但他坐在明森街的办公室里给我写这张汇票的时候名字还叫巴纳比·班亚德。行了,阁下,难不成你以为我是在街角捡到这张汇票的?"

洛弗尔打量着史密斯,从穿着到双手到容貌再到谈吐,到目前为止,他从史密斯说过的话中没有找到任何可以让人放心的理由。

"说不定你就是,"他说,"我要怎么知道。我又不认识你。这是什么东西?你又是谁?"

"它看起来像什么就是什么。我看起来像谁就是谁。一张值一千镑的纸;一个拥有它的旅行者。"

"或者是张我该拿来擦屁股的纸和一个谎话连篇的无赖。你得有更像样的证据。我和班亚德的公司打了二十年交道了,二十年里都是用我在金斯敦[1]的蔗糖生意担保的汇票和他们结账的。从来没有这样的,从来不会突然给大西洋这头送来一张差不多要一整季的收成才能兑现的票子而事先一个字都不说,没有提醒,或者连道歉都没有一声。我再问一遍,

---

[1] 牙买加首都。当时加勒比海地区是大西洋蔗糖贸易的中心。

你是谁?你是干什么的?"

"好吧,大体上说,洛弗尔先生,我是干倒买倒卖的。在世界各地到处跑,看看有什么可以赚一票的机会;这个机会可能就需要我动用那一千镑。不过更具体地说,洛弗尔先生,我做的是我不愿意透露的生意,要保密那种。"

"狗胆包天的家伙,敢跟我满口胡话!老实说清楚,要不我就把你这张宝贝票子扔火里了。"

"你不敢烧的。"史密斯说。

"喔,我不敢吗?刚才我把它放到蜡烛旁边的时候你就差没跳起来了。说实话,要不我就烧了它。"

"然后你的好名声就和它一起烧没了,洛弗尔先生。事情说起来很简单,我在伦敦证交所打听在这里有可靠合伙人的信得过的伦敦商人,然后听说了你和班亚德的名字,说你们是讲信誉的一对,然后他们给我开的票。"

"他们过去从来没这么干过。"

"现在他们就干过了,还跟我保证你肯定能给我兑现。我很高兴听到他们这么说,因为我给的可是现钱。"

"现钱,"洛弗尔冷漠地说,他念了出来,"'见票后六十天内兑付。兑现我们开给理查德·史密斯先生的第二张汇票,收款金额……'那么你说你付的是金币?"

"没错。"

"是你自己的钱还是别人的?你是代理还是本主?你是为了还账还是借了新账?是准备投资还是浪费在蕾丝裙边和棉缎马甲上?"

"就是金币,先生。它自己就够有说服力的。"

"你肯定是觉得把这么重的金子扛到海这头来太不方便了。"

"没错。"

"或者你想的是在海那头找个只要你一开口就愿意把纸变成金子的

傻瓜。"

"我从来没听说过纽约人有这么好骗。"史密斯先生说。

"我们的确不是，先生，"洛弗尔说，"我们的确不是。"他用手指敲着桌子，"尤其是有人不愿意用最直接的办法打消我们可能被坑的疑心的时候——请原谅我话说得难听。我怎么想就怎么说，通常是这样。可我不知道我该拿你怎么办，我不知道该不该信你，再说你还努力让我一直犹豫，我不觉得你这样是安着好心或者特别的坦诚，我不得不说，尤其是一个干瘦小子什么担保都没有就要我付一大笔钱的时候。"

"凭的就是一张没问题的汇票该有的担保。"史密斯反驳说。

"你又来了，"洛弗尔说，"又在说笑。先生，贸易靠的是信任。贸易就是需求和需求到一起来，先生。贸易是伸出一只手去回应伸过来的手。可我说你是个浑蛋的时候，你没有发火骂我是个竟敢怀疑你的浑蛋，这可是被人指责的时候最自然的反应。"

"没错，"史密斯乐呵呵地回答，"当然，你说的没错。你又不认识我，怀疑自然是你最明智的选择，我可能就是个上流社会的样子货，或者是个玩墨水造假票的骗子。"

洛弗尔眨了眨眼。史密斯的声音已经可疑得如群鸦乱噪一般了，也说不清他到底是在戴上面具还是在摘下面具。

"这就是当个陌生人的可爱之处。"史密斯接着像之前一样友好地说，"我上岸的时候就跟重新出生没什么两样。你面前的是个新人，新造的。我在这里没有历史也没有名声，我是什么样的人全凭我将来会怎么做。但那张票，先生，的确是真的。我要怎么样才能让你安心？"

"如果你是认真的，你对安心的理解恐怕是这个世界上最古怪的，"洛弗尔盯着他说，"你可以告诉我为什么我没有收到信让我对这个惊喜有点准备。我会期望有个解释，有个警告。"

"也许我比它先到。"

"也许。但是我想直到我看到比'也许'更多的东西之前，我只信我自己。"

"这是当然,"史密斯先生说,"再自然不过了,我说不定就是个浑蛋。"

"又来了,你太不把那种可能当回事了。"洛弗尔说。

"我只是点明了你现在为难的地方。如果我们假装是别的事情有问题,你会不会更相信我?"

"我可能会,"洛弗尔说,"我很有可能。诚实的人肯定会努力避免沾染上这种事情。你看起来反倒是在鼓励人这么想,史密斯先生。但是我不能这么随便,对不对?我的名字就是我的信用。你知道如果我接受了你的汇票会发生什么,你那张为了秘密事务、为了你闭口不言的事务、你微笑的事务、你机密事务的汇票?你会把它贴现转让给我的某位好邻居,这样好尽早把钱拿到手,我猜你就是这么打算的。然后有张写着我名字的六十天汇票就会在这个岛上打转,恰好在换季的当口糟蹋我的信用,而且谁都瞒不住。所有人都会知道,所有人都会知道有人要找我讨一千镑的款子,然后开始琢磨他们是不是应该先讹我一把试试看。"

"但是我不会贴现转让的。"

"什么?"

"我不会贴现转让的。我可以等,一点都不急,我没有急着用钱的事情。见票后六十天内兑付,上面说了,而六十天对我来说再合适不过了。把汇票留下吧,把它放到你眼前,不让它打转。"

"如果我接受它的话,你是说?"

"是的,如果你接受它。"

"那如果我不接受呢?"

"嗯,如果你拒付,我就会让这趟旅行变成整个殖民地听说过的最快的上岸一游。我马上就走回码头,等亨丽埃塔号上完货,我就直接搭船回家找班亚德投诉要他赔钱。"

"我不是要拒付,"洛弗尔慢慢地说,"但我暂时也不会接受它。这上面说了,'第二张汇票',可我连第一张或者第三张汇票的毛都没看到。

你说它们是哪两条船带过来的?"

"桑瑟姆历险号和羚羊号。"史密斯先生说。

"好吧,"洛弗尔说,"我们这么办吧。我们等等再看看,如果这套票据里另外几张出现了,那么到时候就算我在今天就接受了这张汇票,然后就按六十天给你兑现;如果你够走运,到四季结账日[1]那天你就能拿到钱了。要是它们不出现,哼,你就是你开玩笑说的骗子,我就把你扭送到法官面前告你假冒他人行骗。这样行吗?"

"这有点不合规矩,"史密斯先生说,"但是开玩笑总是有后果的。好吧,成交。"

"成交!"洛弗尔回应他说,"杰姆,在汇票上把日期写下来。再附一个备忘录把我们的协议加上去,再写个备忘说我们要自己给班亚德去封信让他们解释一下,让下一条离港的船捎过去。然后把票放进保险柜里,我怕到时候要出示给巡回法庭当证据。现在,先生,我想我可以和你告——"洛弗尔闭上了嘴,因为史密斯正在他自己的大衣口袋里摸索着,他心情沉重地问,"还有什么别的事情吗?"

"有,"史密斯摸出了一个钱包说,"他们跟我说我应该把畿尼金币[2]换成零钱。你能帮我把这些钱换成方便在城里用的零钞吗?"

洛弗尔看着在史密斯手里闪闪发光的四个黄金国王头像。

"这是黄铜的吗?"有一个学徒咧嘴笑着说。

"不,这可不是黄铜,"洛弗尔说,"用用你的眼,别乱张嘴。到底为什么——?"他对史密斯说,"没关系。没关系。对的,我想我们可以帮你的忙。杰姆,把便士重天平拿过来把这些钱称一称。"

"分量不差。"店员报告说。

"我猜也是,"洛弗尔说,"我快摸着你的脾气了,史密斯先生。好吧,

---

[1] 英国传统上标志四季开始的日子,通常也是结清工资和账目的日子,分别是3月25日(圣母节)、6月24日(仲夏节)、9月29日(圣麦克节)和12月25日(圣诞节)。
[2] 英国旧金币,因为使用从西非运来的黄金铸成,故名"Guinea"(即几内亚,指货币时音译为畿尼),约合21先令。

我们现在看看。我们这收不到多少伦敦的金币,像人说的,资金流动全都往那头去了——金夫人露脸的时候大多数是莫依多和半约翰[1],所以我想我可以按面值的百分之一百八十给你兑换,换成纽约的钱,四个畿尼,就应该是——"

"一百五十一先令零两个半便士。"

"你还是个速算高手,对吧?心算天才。不过恐怕只能换给你一小部分硬币:原因就是,像我刚才说的,眼前没有多少硬币在流通。"洛弗尔用他的怀表链上的一把钥匙打开了一个盒子然后从里面掏出了一堆银币——磨损的银币,在流通的战斗里饱经敲打磕碰的银币——他把这些银币在史密斯面前堆成了小堆。"墨西哥银元一枚[2],在我们这里算八先令四便士;四里亚尔的银币一枚,墨西哥银元的一半;葡萄牙克鲁塞罗两枚,是三个先令的纽约钱;四分之一荷兰盾一枚;伦贝格[3]的十字币两枚;丹麦十字币一枚;五个苏;还有一枚我们不认识的莫雷斯科[4]银币,但是它的分量是十四个便士重的纹银,所以我们把它当成两先令六便士的纽约钱。这里一共是二十一先令零四便士。还剩下一百二十九先令零十个半便士得付你纸币了。"

接着洛弗尔就开始在银币旁边数出一堆皱巴巴的折起来的纸片。这些纸片有的印着黑字,有的印着红字,有的印着棕字,看起来就像祈祷书里撕下来的书页一样,只是大小和形状都不相同。有的软塌塌破破烂烂,有的沾满了油腻像皮革一样,有的上面只印着脏分分的文字,而其他的上面则印着纹章、喷水的鲸鱼、流星、羽毛、树叶还有野蛮人。他像

---

[1] 莫依多是一种面值400里斯(葡萄牙旧货币单位)的葡萄牙金币,约合27先令。它广泛流通于葡萄牙及其殖民地,18世纪英国和英国在美洲的殖民地也使用这种货币。半约翰则是面值6400里斯的葡萄牙金币,同样在18世纪的美洲广泛流通。
[2] 即西班牙银元,在15世纪之后作为国际货币流通,面值8里亚尔。后文提到的是发行于世界各地的银币。
[3] 伦贝格(Lemberg),现为乌克兰城市利沃夫,在小说设定的时代是哈布斯堡帝国治下的加利西亚及洛多梅里亚王国首都。
[4] 原指西班牙南部信仰伊斯兰教的族群,西班牙帝国也用这个词指代欧洲人和非裔女子的后代,此处应该指某种西班牙银币。

荷官发牌一样飞快地把这些纸片放到桌上,为了数得更快还边数边舔手指。

"等等,"史密斯先生说,"这是什么?"

"你没听说过我们的钱,先生?"店员说,"没人跟你说过我们这边因为硬币实在是太少了用的是纸钱?"

"没有。"史密斯说。

纸片堆越来越高。

"康涅狄格的四便士,罗德岛的八便士,"洛弗尔念叨着,"罗德岛的两先令,新泽西的十八便士,新泽西的一先令,费城的十八便士,马里兰的一先令……"他的手已经伸到了盒子的最底部,"对不起,史密斯先生,剩下的我们得上楼去我书桌里拿了。一般没人一次性要这么多钱。杰姆,你可以开始打烊了。以赛亚,别傻看着了,赶紧扫地。好了,请你跟我来——当然了,把你赚到手的钱带上吧,我们可不想你弄错了数目。"

"我明白,你是在开玩笑报复我。"史密斯先生说。现在他两手满是沙沙作响、令人生疑的钞票。

"有来有往嘛,"洛弗尔说,"这边走。"

洛弗尔领着史密斯穿过了一道暗门,史密斯发现自己显然进到了这位商人私宅的门廊里,因为这个走廊和另一扇通向街道的门向垂直,暮光正从门里透进来。和账房里的刺鼻墨水、烟草、焦炭和男人的汗臭不同,这一侧是扑鼻的打过蜡的木头、食物、玫瑰水和茶叶的香气,还有一股淡淡的(男女都一样的)茅房的味道。走廊的尽头是一座在黑暗里陡然上升的螺旋楼梯。楼梯每个转角都对着一扇窗户,不过因为窗户是朝东开的,透过玻璃看出去只能分辨出屋顶和桅杆黑色的剪影,地上映出来的一小方天空倒影只是略亮一些。黑暗中这里或者那里清漆的闪光暴露了扶手和螺旋梯中心柱的位置。画框成了一圈淡淡的金色,镶在黑暗的长方形或者阴影中辨不清是什么的奇怪光彩周围,仿佛洛弗尔不知如何收集到了满满一楼梯间的远方群星，把它们都安放在这里。因为这边是洛弗尔的家，人们也许会期望这位商人卸掉生意的重担转而回归家庭生活的闲适，然而洛弗尔在第一级楼梯上停了一停，史密斯看到他的肩膀一沉，就好像他的肩头背负上了什么担子，也许是想到了那一千镑让他心情沉重，史密斯估计他会慢慢地，也许气喘吁吁地爬上楼。但恰恰相反，片刻之后，洛弗尔像上树的猴子一样在狭窄的屋里飞快地拾级而上，反倒是双手满是钞票的摇摇晃晃的史密斯只能小心翼翼地跟着他爬上黑乎乎的楼梯。等洛弗尔走过了楼梯上的平台继续往上爬的时候，史密斯停了下来，在一个门口站住了。

门后的长方形房间开着朝西的窗户，白日最后的光亮正透过两扇窗洒进屋里，银色光线更像雨水的银色而不是金属银的颜色，夹杂着道淡淡的大红色光线提醒着人们太阳遥远的存在；对史密斯先生来说这光够亮了，暮光用借来的光明照亮了屋里三位年轻姑娘的脸，她们衣着朴素，身旁的家具也很简朴。其中一位姑娘有一头金发，正站在窗口用手捂着嘴；另一位姑娘，发色要深一些，正坐着在读什么东西；还有一位，是头上围着白手巾的黑人仆人，正举着引火蜡条给新换的白蜡烛点火。看到他站在门口的时候，她们都转过头来看着他。他也回望着她们。

不同的边框带来如此不同的效果！对史密斯先生来说，朝屋里看进去，刷漆的门框衬托得她们三个就好像是一幅描绘新世界的静态人像画，他和这个新世界认识总共也就四十七分钟，所以到现在他还没法觉得这个世界是落在实地上的，还不像普通的大陆一样稳稳地立在基岩上；它仿佛舞台上的一幕场景，后面是布幕和景片组成的背景，轮到你的时候你就必须登台去扮演自己的角色，不论你是否准备好，也不管你对观众的秉性全然不知；也不管你对其他演员的脾气也全无了解，这一点又决定你们将一起一轮又一轮，一段话又一段话，一行又一行地演出的戏剧的质量。金发的那位姑娘异常美丽，有一双亮粉色的宽嘴唇。发色深的那位姑娘也不比她差多少，但是她看起来刚刚才皱完眉，两道眉毛还打着结。那个黑人正把像甘草一样黑的眼睛转过来看向他，眼神空洞。除此之外，还有件对他来说非常少见的事情让她们非常适合扮演美惠三女神[1]，那就是她们三人没有一个脸上留下了一点点天花的痕迹。后来他会知道，这种例外在这个殖民地实在是常见到不值得注意，但在那个瞬间它却是饱含冲击的新发现。就这样，史密斯在这边朝里面看进去。然而，对三位向外面楼梯间的黑暗看去的人来说，那里突然出现了一张脸，还有一双攥着纸的发白的手，他只是在普通一天的一个普通瞬间出现的。对她们来说，那个蓝灰色的康涅狄格松木制成的三角楣通向的就是日常的世界，和平时一样，而她们也只是她们日常的自我，早就活到了自己历史的中段（在她们自己看来），她们的爱、怨、恨和希望都已经生发了大半，早就凝固成了三种熟悉的命运。他才是那个没有被禁锢、没有被限制的人，是那个从他身上可以发掘出乐子或者打听到新闻或者发现其他任何陌生人身上可能包含的新世界的人。或许她们正渴望见到他。如果当下的时运令你不满，那么想想命运女神有多善变无常可以让你感恩地对未来燃起希望，当然，同样也可能让你绝望。那位女神著名就著名在她的善变，陌生人则是她公认的信使。他们身上闪着崭新机会的光。当这位陌生人靠近门口的时候，她们可以看到他是个二十四岁左右的年轻人，穿着普通的绿色衣服，头发留成了红棕色的小卷，他一笑鼻子上的雀斑就皱了起来，毫不害羞地盯着她们。

"你们好呀。"他说。

深色头发的那位姑娘故意打了个呵欠。"泽菲拉，把门关上。"她说。

"不要关。"史密斯说。

"为什么不？这是个客厅，不是看偷窥秀的地方。做生意的地方在楼下。你看一小眼就该知足了——因为你太无礼了。"

"可我的好奇心还旺得很。"

---

[1] 希腊神话中代表妩媚、优雅和美丽这三种品质的女神。分别是光辉女神阿格莱亚（Aglaia）、激励女神塔利亚（Thalia）、欢乐女神欧佛洛绪涅（Euphrosyne）。

"你真够可悲啊。好吧,泽菲拉,数到三,然后再把门关上。——什么?还不够?"

"永远不够。"史密斯说。金发女孩露出了酒窝。那个黑人慢慢摇摇头转身继续点蜡烛。

"献殷勤,"深色头发的那个姑娘说道,脸上的表情就像是认出了一种无奇的昆虫,"无聊。"

"我姐姐觉得什么都无聊,"金发女孩插嘴说,"除了伤人的舌头以外一切都无聊。或者她表现出来就是这样。但是我们中有些人没有那么刻薄。我们中有些人不会故意被别人的表扬冒犯。先生,你是父亲的客户吗?你为什么不进来呢?"在她发表这通反抗言论的时候,她的脸颊泛起了红晕。看起来她还非常地年轻,也许只有十六七岁。

"谢谢你的好意,"史密斯说,但是他站在门口没有动,"但是真的,我可没有献殷勤,我发誓,我只是贪婪。我在海上漂了六个星期了,每一道海浪看起来都和前面的一模一样,无尽的列队的海水。到现在,因为挨饿挨了那么久,我的眼睛已经长了和马一样多的胃。"

深色头发的姐姐哼了一声:"一样多——?这是我听过的最恶心的比喻。"

"但是它的确管用。"

"我可不觉得。"

"它可让你笑了。"

"但是我没有笑。"

"我保证你刚才笑了一下。"

"没有。你还有你眼睛里的马胃都弄错了。虽然我怀疑这会阻止它们继续往外呕吐好话。"

"现在谁比较恶心了?"

"你的坏习惯会传染人。你传染给了我们。"

"那么,我可以进来吗,然后可以更方便地传染你们?"

"你站在那我们也听得清清楚楚的。"

"塔比莎!"另外一个姑娘想制止她,但是被无视了。

"呵,你会不要脸地盯着所有东西看对吧?什么东西都行?"

"抱歉,我听权威人士说献殷勤很无聊。"

"先生,你是从伦敦来的吗?"金发女孩又尝试把话题岔开。

"是的,我是。"他说。

"我想知道,你是不是——你是不是——你有没有——也许——"

"我妹妹弗洛拉想说的,"塔比莎带着嘲讽尖起嗓子说,"'你——是不是——你是不是,你能不能——你能不能——,你有没有可能——你有没有可能,行李里放着几本小说?'因为她看小说就像喝鸦片酊一样,把纽约能找的都读完了,所以她必须找每个外来人讨新货。"

"闭嘴!"弗洛拉说,红晕又回到了她的脸颊上。

"我的箱子里还真有一两本书,"史密斯说,"我很乐意为你把它们找出来。你不赞同吗?"他问塔比莎。

"我对小说没什么热情。"

"除了抱怨和损人取乐之外,你对什么都没热情。"

"我不觉得笼子上贴张图画会让里面的鸟感觉好些,不管那张画有多漂亮。晚上好,爸爸。"

史密斯惊得跳了起来。洛弗尔悄无声息地回来了,他手里捧着一个漆器盒子,就站在史密斯身旁的阴影里。说不清他到底一副若有所思的样子站了多久。

"我看你已经见过我的女儿们了,先生。塔比莎,弗洛拉,这位是史密斯先生,一位有事情要做的绅士,但是你不能问他是什么事情。好吧,请进,请进;别堵在门口。请你把手上拿的东西放在桌子上好吗,因为我发现我犯了个错误,我就是个蠢货。"

"这可不像你,爸爸。"塔比莎说。

洛弗尔瞪了她一眼,嘴上只说:"啊,是……"

发牌又开始了，只是这次洛弗尔不光是往外数钱，还把有些他已经拿出来的钞票抽了回去，换成了其他相似的印着字的票子，看起来同样神秘。这次他没有数出声来，而且这一次，每一张上面印着"罗德岛"的票子[1]好像都被放回了盒子里。

"你有这么多钱啊，胃先生。"塔比莎说。

"如果它真的是钱，"史密斯说，"不是印刷工印废的废纸的话。"

"你会习惯的。爸爸，你应该请他来晚饭。"

"我正要说呢，我亲爱的，"洛弗尔说，"你的畿尼换好了，分毫不差。你明天晚上可以赏光和我们一起用晚饭吗？"

"你确定你想这么做？"史密斯说。

"好啦，好啦，"洛弗尔咧嘴笑着说，这个笑容似乎因为很久没用过了，他的双颊仿佛锈住了一样，需要用油罐加点油润滑一下，"别让不好的开头把一切都毁了。先生，我们已经订好协议了，而且如果一切顺利——如果一切都像你保证的那样——嗨，我们非但没有纠纷还得合作呢。你刚刚在远方的海岸上岸，我保证，不用啃硬饼子[2]，换换口味你会舒服得多。"

洛弗尔先生竭力想表现出的家长般关怀的样子实在算不得成功，因为"狗胆包天的家伙"和"谎话连篇的浑蛋"可不是什么好词，一旦脱口之后，它们是不会从对话里消失却又不留下点尴尬的。但洛弗尔殷勤地邀请了史密斯，在他第一次拒绝之后又敦促他接受。直到最后，史密斯先生在发现（至少）屋里有很多东西让他感兴趣之后，终于接受了邀请。一切安排好之后，他向塔比莎和弗洛拉小姐道了别，两分钟之后发现自己又重新回到了街上，学徒以赛亚被派去给他扛箱子。

现在雨下得非常大了，排水沟里水流湍急，把城市的汗水和污垢顺

---

[1] 当时的英属罗德岛殖民地因为滥发纸币，纸币贬值严重，不能按照面值流通，此处洛弗尔可能计算错了罗德岛纸币的流通价值。
[2] 指用水面粉和盐烤成的硬面包，因为这种面包不易变质，是当时长途航海的主食。

着金山街的街心一路冲下去。这条狭窄的路在远离河岸上坡的地方变得越来越暗,成了一片风声呼啸的黑暗,灯笼只能微弱地戳破这片黑暗。以赛亚骂了一句,想把箱子在肩头上挪高点,当作挡雨的木屋顶,结果箱子的分量却让他的脚陷得更深。史密斯熟悉的给商人家跑腿的男孩都骨瘦如柴,像得了痨病一样,和他们相比,以赛亚壮得像头牛犊,他的皮肤光亮干净得不像真的,不过曼哈顿的少年似乎和他在伊斯奇普街[1]的表兄弟们的品位都非常一致,都喜欢花哨的衣服。以赛亚外套贴边上的金蕾丝比不少海军将军们的制服都多,虽然颜色都是淡金色而不是黄金色。他的鞋也有精细的双扣,鞋头尖尖的。

"操蛋天气,"以赛亚又骂了一句,不高兴地推了推箱子,"去哪?"

"你指个地方,伙计,"史密斯和善地说,"哪里干净又舒服,附近还有不错的馆子,又不会给我的钱包放血放得太快?——不要妓院,"他补充了一句,因为看到以赛亚眼睛里亮起了那种光,"就是正经的客店。"

"那就是百老汇街上的李太太家了,"以赛亚说,"但我他妈可不是你的伙计[2],管它是什么意思。我不喜欢你的黑话。"

以赛亚阴沉着脸,一言不发地领着史密斯走过冒水的鹅卵石路。在两排模糊的房屋之间走过实在算不上愉悦,有些房子是高耸的砖房,而其他的要不是木头棚子,要不就是漆黑的空地,只能听见里面动物的哀鸣。一切都在流水,在淌水,在泄水,在滴水,组成了一曲不欢迎史密斯的水之乐声。雨斜斜地打过来,像海水一样冷,也几乎像海水一样无处不在,打湿了衣领和头发,给耳朵里灌满了一股股冰冷的洪水,让湿透了的手指发疼。不多的几个路人弯着腰匆匆小跑而过,拎着帆布袋子的就把袋子举到头顶。史密斯已经数不清他们到底在城市迷宫里转了几个弯了,这个迷宫把他们领到一扇门前,在被雨浇了十五分钟之后,以赛亚敲了门。然而史密斯的精神已经在高涨了。已经开始的任务总是比

---

1 伊斯奇普街,伦敦的一条商业街道。
2 此处史密斯说的是伦敦的下层方言。

设想中的任务要简单；再说了，他是个包里有钱的年轻人，刚刚在世界边缘的陌生城市里上岸，刚刚来到或者说（照他自己说过的）刚刚出生在修利[1]的大都市里。如果这里的钱是很容易和废纸搞混的怪东西，如果这座城市既让你充满恐惧又让你充满希望，那这一切只会显得更加美妙。因为又有谁、又有哪一个觉得这个世界还新鲜的人，不会在这里感觉到切实的激动、不会呼吸加速、不会觉得希望被放大？——在这个每条小巷里可能都有一场冒险，每扇门背后可能都有危险、有欢乐或祝福的地方。

洛弗尔先生，对他来说很少有东西能保持新鲜的冲击，况且他尤其讨厌未知的冲击，仿佛脚下坚实的大地一瞬间就变成让人手脚乱舞地坠入其中的虚空一样——在百老汇街上那扇门打开的时候，他正在自己的客厅里犹豫。弗洛拉在楼下指挥泽菲拉准备晚饭，尽管她指不指挥晚饭都会来。只有塔比莎还坐在沙发上，她双手一动不动地放在膝头上。自从三年前洛弗尔的妻子去世以来，他已经习惯了时不时地征求女儿的意见，就像过去征求她母亲的意见一样。可现在，因为某种原因，这个问题可能会涉及她自己，再找她征求意见就不是很明智了。

"你觉得为什么，"洛弗尔慢慢地说，"一个有钱的年轻人会假装他没有——或者，至少，让人怀疑他到底有没有钱？"

"他真的有钱吗？"塔比莎问。

"我想是。是的，我想其他的都是些废话，故意迷惑人的，往我们眼里扔的沙子。但是为什么，这是我还想不明白的。你觉得他怎么样？"

那天晚上，以赛亚在厨房的火炉旁问了杰姆同样的问题，亨丽埃塔号的船长也问了大串同样的问题，船已经抛了锚，在东河上起伏，漆黑的河面被雨水打得坑坑洼洼。

第二天一早，全城都知道来了个兜里有一大笔钱的陌生人。

---

[1] 修利，古希腊和罗马地图上的最北点，故而被用来借指已知世界的边缘。

## II

　　就像砌好的墙尽管是平滑垂直的，但砖瓦匠还是得一块砖一块砖地砌起来一样，第二天，史密斯先生的意识也同样是一块一块地苏醒的，他躺在李太太家靠山墙房间里的矮脚轮床[1]上，重新把世界组装了起来。

　　一开始，是白色的天花板。然后史密斯慢慢地意识到这不是离他鼻子只有六英寸[2]的黑暗、潮湿的船板。在亨丽埃塔号上的六个星期里，他每天醒来看到就是船板。接着回忆起他此行的目的，然后是前一天晚上的各种经历拼成的马赛克，最后是熊熊燃烧的好奇心。明亮的阳光从山墙窗户透进来。他穿着衬衫就从床上跳了起来，把窗户开得大大的——迎接他的是屋顶和钟楼——一片参差不齐的建筑，翘起的不高的荷兰屋檐和普通的英国瓦片，更引人注目的教堂从中脱颖而出，带着尖塔和圆顶，后面是慢慢摇晃的、像雕花装饰一样纤细的桅杆。整个画面都浸染着、闪耀着、闪烁着昨天晚上云卸下的水分，还有——"一、二、三"——他仔细数了——六片闪光的碎片挂在高高的地方，那肯定是纽约城的公鸡形风向标，在风来去匆匆的高空中金光闪闪地来回晃动，高空里蓝色紧接着白色接着又是蓝色。百老汇街，等他俯下身从窗户里探出去一看，就是条铺了卵石的林荫道，其实没多宽[3]，靠李太太家这边的街道上种着一排小树。赶马车的、推着手推车的小贩和脚步匆匆的行人在街上来来去去。在楼下的某个几乎被树枝遮住的地方，还有人在扫最后的落叶，

---

[1] 装有轮子的矮床，可以塞到高脚床下，当时多用来给仆人使用或者供访客短时使用。
[2] 英制长度单位，1 英寸等于 2.54 厘米。——编注
[3] 百老汇街英文为 Broad Way，直译为宽街。此处史密斯是在说百老汇街名不副实，并不是很宽。

边扫边用一种非洲语言慢慢唱着歌,就好像他们的心很早以前就碎了,而他们现在只是心不在焉地摇晃着装在袋子里的碎片。

不过史密斯先生不再关心匆忙的云朵和匆忙的行人了。他从水壶里倒出水来拍了拍脸,换了件衬衫,套上了他的马裤和大衣,咚咚蹦跳着下了楼梯,吓到了正在一楼客厅里给住客上粥和猪腰子的李太太。

"先生,您需要用早点吗?"她问道,语气比她惯常和客人说话的样子还要谦卑,早上送牛奶的时候消息也传到了她这里,说她还不知道自己正在接待大人物:一个身上畿尼多到不得了的人,只要轻轻地碰一碰他就可能撒一地畿尼。

"谢谢你,不用了,"史密斯连停都没停地说,"我会自己找吃的。再见!"然后大门在他身后"砰"的一声关上了。

唱歌的人已经走了,街上全是忙生意的人。应该走哪边呢?在左边,百老汇街通向的是一片绿色的公地,远处是一连串栅栏或者篱笆,但绝大多数人流都选择朝右边走,那边房屋越来越密,明显是城中心所在之处。那也是一车车面包和牛奶罐要去的方向,史密斯几乎是蹦蹦跳跳地和他们一起走着。卵石路的路基似乎是沿着这座夹在两条河之间的连绵小丘般岛屿的顶部延伸,仿佛是在标记某种几乎完全沉没的巨兽的脊椎,块块卵石就是那一坨坨的椎骨。在百老汇街的两边有小街沿山而下,但在李太太的门所在的百老汇街那一侧的后面——西边,史密斯推算了一下——那边只有一层房屋,那种后面有点破烂的棚屋;路朝那边伸到或宽或窄的河岸边,手摇船被拖上来放在那里的一团团黄草之间,水鸟在退潮暴露出来的滩涂上觅食。整个城市的重心似乎全在东边。东边街口露出来的都是两旁挤满了高高房屋的下坡路,像阿姆斯特丹一样,金字塔一样的台阶支撑着开在半空的门。或者说——仔细看看的话——像阿姆斯特丹和伦敦的混合体,因为像纺锤一样窄的阿姆斯特丹式的房屋立面现在和伦敦肥臀一样宽阔的房屋立面挤在一起。昨天晚上史密斯就是冒雨从这些弯弯曲曲的小街里走出来的。推手推车的人,卖果蔬的小贩,匆忙的商人还有在跑腿的学徒们,络绎不绝地从大道上的人流里分出来,也同样朝着这些小街走去。

然而想给自己放个假的史密斯却沿着百老汇街继续走了下去,漫步经过了一座有方塔的石头教堂,它看起来完全可能是从英国中部任意一个郡城里移植过来的(就像裹在湿麻布里的蔷薇根一样),还有一块用栏杆围起来不让行人通过的草地滚木球场,一片水滴形的完美草地,直到最后街道汇入了一座要塞前的操场。要塞后方有条风很大的滨海步道,在那里无论前后左右,在明亮的空气里四望所见都是海面,昨日铁灰色的海洋今天全都变成了涌动的蓝色,浪头泛着白沫。这里就是岛屿的岬角、最终点、再也无法前进一步的地方;呼呼的海风给史密斯的胸膛里灌满了醉人的空气。要塞旗杆上的丝绸米字旗给风吹得啪啪作响,卷曲成一团。可仔细看看要塞本身,虽然说不上残破但至少也是非常明显地被火焚过了,墙上有烧黑的痕迹,这里或者那里总有坏掉的屋顶,露出来上面空无一物的、烧焦了的椽条。大门口岗亭里的哨兵垂头坐着,就是一坨红色。只有旁边那个木头架子看起来还是新的,一个用剥了皮的原木搭的结构,可史密斯一开始还想不明白它是干什么用的。没有安绞索的绞刑架?一个巨人搭建的害兽板,在那上面一个充满干劲的猎场看守钉满了猫头鹰和黄鼠狼这些被认定偷猎主人猎物的对头的尸体?这块板子上挂着一串黑乎乎的脏东西,上面还带着飘带。史密斯困惑地看着那些在风中摆动的结成一团的东西,直到他靠得够近的时候,他才发现那些被风吹动的纤维是人的头发,还连在羊皮纸一样黄的头皮上。那块板子上肯定钉着四十张、五十张、六十张头皮,史密斯一靠近就闻到了它们弥漫着的烂肉恶臭。他猛地退了回去。

转到左边,摇晃的如林桅杆在房舍后面召唤着他,这回史密斯接受了一个街口的邀请,顺着走到了这座城市的食管之中。这里都是殷实人家的房子,玻璃窗闪着光,女仆们在泼水把台阶和楼梯冲刷干净。这里还有公司账房、摊位和商店,街道上一片忙碌,什么人都有,虽然这些房子一看就知道是富人的住宅，纽约版的伦敦西区的新式广场，但港口的生意也从其间穿过，这种混杂在伦敦是看不到的。马车夫赶车拉着大木箱、小木箱、板条箱和木桶；刚刚上岸的移民家庭背着自己的全副家当，看起来（毫无疑问地）就跟史密斯本人一样恍惚；一队戴着镣铐拖着脚步的黑人给街道的乐声留下了重重的令人绝望的哐啷声。在伦敦，果蔬贩子不会在市长大人家门口叫卖苹果，金匠不会在上不得台面的航海物资铺子隔壁开张营业。除了意料之外的存在，这里也缺了点别的。史密斯已经教会了他的大脑忽视来自鼻子的信息——这是城市人面对恶臭养成的反射——他的大脑却花了点时间才接受了这桩新鲜事，那就是纽约没有什么恶臭需要忽视。那些头皮的臭味就是纽约的芬芳里最糟糕的了。有点鱼腥味，有点污物味；这有点内脏，那里有点屎；但是没有层层污物的包浆，没有鼻子可以嗅到的各种棕色的排泄物，没有下水沟的污物沾染空气。这是一幕城市生活的景象，史密斯的双眼如此汇报道。这是在滨海地方的乡间漫步，史密斯的鼻孔如此反驳说。没有臭味，同时，他也意识到了，没有乞丐。他已经在这座城市人口最稠密的街区散步好几分钟了，然而并没有满脸脓包的街头流浪儿包围着他，没有满嘴喷着杜松子酒气的没牙老太婆伸手拉他的袖子，也没有穿着破烂军服的断手断脚的人在地上冲着他呻吟。信步游走的史密斯身边的陌生人看起来全都健康又强壮，一副运气还不错的样子，至少在抽签投胎这件事上，更别说身高了。史密斯已经习惯了在考文特花园[1]的广场里比人群中的大多数人都要高一个头，但在这里，在匆忙起伏的一片人头中，他没比一般人高多少。

也许正是因为这些街道上常有的烦人东西变少了，史密斯——他自己都没有注意到——接下来也放松了城市人惯有的警惕，在他琢磨打量的时候没有注意到别人同时也在琢磨打量他。在港口的一条水道挤进房

---

[1] 伦敦地名，靠近剧场和歌剧院，在18世纪的时候尤其以妓院闻名，是当时著名的享乐场所。

屋之间的地方,他停下来看了会小船卸货。他走进了一个窄广场,在那里印刷工学徒们抱着一大捧纸从这个门跑到那个门,史密斯问这里叫什么结果被人告之是汉诺威广场[1]的时候,他笑了,因为同名的伦敦广场靠的不是文墨生意而是点着成百上千支蜡烛的舞厅。他看到前面有个咖啡馆,从那里飘来热面包和磨得细细的咖啡的香气,他在靠近咖啡馆的地方站住了,做了件他平时——无论是在故乡或者在其他任何他确信自己还走在平凡土地上的地方——绝对不会做的事。为了从洛弗尔先生那卷乱糟糟的纸片里挑出一张合适的破纸来买他的早饭,史密斯就在街头掏出了自己的钱包。一眨眼的工夫,一个跟着他的人冲了过来,一把抓过钱包然后顺着前面的路一路狂奔。

史密斯手里刚刚还攥着自己的财产,突然他就两手空空了。史密斯目瞪口呆,呆呆地瞪着曾经拿着钱的手。钱包里除了钱还有份文件,它……但是没有时间想那么多了——史密斯犹豫了,考虑要不要喊"抓贼!"——预见了一系列可能的后果后,他把头摇得像被蚊子围攻的人一样——然后他没有张扬,自己追了上去。在史密斯犹豫的片刻,抢包的人已经领先了差不多20码[2],就算史密斯双腿舞得飞快,就算他绿色的大衣尾在身后高高飞起,他追逐的对象还是灵活地在人背后穿行,绕过一个个街角,钻进了一条条小巷。现在纽约的街道不再是信步而是飞奔着掠过史密斯的身旁:同样的场景,同样是熟悉和不熟悉的东西像棋盘上的白格和黑格一样紧挨在一起,但一切都加速了,他在一片模糊中经过了它们。事实上,其中有些路线就是他前一天晚上才走过的,可他现在没有时间去辨认了,他喘着粗气咚咚地跑着,感觉到他在船上度过的这几周带来的衰弱正在拖累他的四肢,而前面那个人,左突右转,穿梭跳跃,并没有变得更近,事实上那个人越跑越远。那个小偷瘦瘦的,留着一头长长的黑色直发,还有包在灰色马裤里看起来永远不会累的双腿,一对

---

[1] 伦敦西区地名,18世纪是贵族和社交名人聚居之地。
[2] 英制计量单位,1码约等于0.9米。——编注

肮脏的光脚在起伏的时候闪着光,这就是史密斯在距离越来越远的时候能看清楚的一切。

现在他们在朝山上跑了。史密斯看到了前面有一片开阔地上的草色,推断这附近的每一条街都应该是平行向上通到那片开阔地,不管那里是什么地方。他决定孤注一掷,在下一条横街猛地右转,然后在下一个街口又左转朝山上跑。史密斯打的主意是只要他跑得够快就能在山顶截住那个逃犯。这边这条街人要少得多,在他和自己的钱包平行(他希望如此)往上飞奔的时候,史密斯榨出了自己能跑出的最快速度。前面再也没有横街了,没有机会检查他的策略到底管不管用。光秃秃的墙,更破的门,空地。心脏怦怦跳,肺要烧起来了。街口就要到了。史密斯再次猛地向左一转然后喘着粗气跑回了最初那条街的街口,期待着随时可以发现他在追的贼,他转过了弯。

什么都没有,没人。街这头一个人都看不到。这座城市交通的水流和旋涡都去了其他的道路,眼前这条街被剩下成了一潭空空的死水。史密斯看到的只有上百扇在早晨明亮的日光中紧闭的门,而那个贼可以消失在其中任何一扇之后,他意识到自己错得有多离谱。他不可能挨家敲门。他转过身来。那片绿地是个杂草丛生的公地,一头牛正盯着他看,带着毫不好奇的惬意在嚼着反刍的食物。那里任何一片灌木丛里都可能藏着那个贼。但是,也可能没有。

史密斯用双手撑住膝盖然后大口呼吸,他也同样在努力控制住自己的情绪,制止自己的嘴愤怒地开合,他的嘴想说出——或想喊出——他不允许它说出口的话。当他的胸膛不再起伏之后,他试着朝那头牛笑了一下,如果说这个表情看起来有点像只是咧开了嘴,他翘起嘴角露出牙齿的样子还有点像人死后因为肌肉收缩尸体会露出的模样——至少它是受意识控制的,这个时候史密斯只需要它还受控制就行,而那头牛不为所动。

然后史密斯先生走进那片公地,经过了一个三柱门下面已经磨得露出泥土的板球场，走过了一座陶窑，一个烧着炭的火堆和一群羊，走到了树丛之间的一个他尽可能确定没有人在看他的地方。在那里，在他之前懒得确认的安全环境里，他把大衣放钱包的那个口袋翻了出来，查看他还剩了多少钱。就像他希望的那样，因为他的不小心，有些纸钞从钱包里掉了出来，松散地装在口袋里。不过没有几张。他把它们一张张展平然后数了起来。五——六——六先令零六——八便士——这张掉出来的脏纸也是六便士，还有一个先令。八先令八便士，是……他眯起眼睛——纽约和新泽西的钱。这些纸片的轻薄现在看起来绝对没有那么好笑。再加上——他带着一阵放松回忆起来——那一小堆真正的硬币，他把它们堆成一堆放在了床边。二十九先令多点，而史密斯原计划可以花的钱是这个数目的六倍。他计算了起来。他能像原计划那样生活吗？不行，他只能尽力活下去。

等史密斯从藏身之地站起来的时候，他的笑容又再次变得诚恳了。沿着公地尽头蜿蜒的那条路让他觉得稍微有点熟悉，他往那个方向走了一分钟就确认。那条路就是沿着他出发的反方向延伸的百老汇街。他已经绕着整座城跑了一圈。这就是纽约了，全部就这么大。公地的尽头立着一道栅栏，百老汇街在另一个岗亭那里穿过栅栏，铺路的鹅卵石到这里都消失了，街道成了有深深车辙印的土路。史密斯纯粹是碰运气地问了问在那里吐口水装饰大地的士兵，问他有没有见过任何人，任何跑过的人。

"保不齐见过。"他说。

史密斯研究了一下那种期待什么的脸，然后考虑了一下自己钱包的状况。

"但是你没见到，对吧？"他说。

"没。"那个士兵友好地表示同意，然后把自己的陶土烟斗塞回了两排牙齿之间。

# III

读者可以想象，史密斯是踏着怎样更加忧伤、更加缓慢的步伐沿原路返回的，而那些路人的面孔，那些刚才还表露着忙于自己事务的愉悦的面孔，现在看起来都像加了锁一样，那么多张脸都只是隐秘和奸猾的宣言，绝不可相信。而这座城市本身，几分钟以前还是壮观和簇新的，现在看起来也又土气又狭小，粗野又可鄙，和欧洲的任何都市相比都滑稽得不得了，只不过是清晨的阳光给它洒上了一层迷惑人的光亮。就连新鲜面包的香气，等到史密斯回到那个咖啡馆之后，也不像刚才那样刺激他的食欲了。他在门口犹豫了一下，盘算了下他的处境。从咖啡馆的窗户里是看不到他被抢的，但是他曾经跑了过去，所以可能会被人看见过。就在那个要命的关头，有些客人可能正好进去，或者出来，那么他遭的难可能已经被人推算出来了。算了，算了，除了转动轮盘下注之外也没有别的办法了。

"来人！"史密斯大喊着走进了一间长长的低矮的房间，烟雾笼罩着这个房间，还夹杂着水汽，房间里的男人们（全是男人）正在小声说话，低沉粗哑的声音像一片男性的海洋一样起伏。在一张空桌子旁，史密斯倒进了一张椅子里，双膝分得很开坐下了，双腿自信地伸展开，一股和善的气息向各个方向散去。

"来人！"

有几个头转了过来，但只是微微地、慢慢地转动。没有——史密斯判断——那种发现热闹要继续下去的飞快地扭头。不像他们正在期待《倒霉的旅行者》的第二幕上演的一样，那里面傻蛋西蒙（一个乡下来的傻小子）把钱都输给了一个骗子，不得不依靠巴塞洛缪·阔朗姆（一位律师）和丝波特太太（一个妓女）令人生疑的慈悲过活。那看起来只是任何一个咖啡馆认出了常客里来了一个生人的慢动作。新来了一颗可以聊天的头,他也许说话大嗓门、也许明智、也许愚蠢,但是都可以招揽加入!这个房间里的巨大复合生物体,随着人们的来去时不时地少一副肢体或者多一副肢体,但是一直在说话,一直在说话。

"来了——"一个围着白围巾的男孩跑了过来,"先生,您要茶、咖啡还是巧克力?"

"来壶黑默哈默德,不要牛汁[1]。"

"好咧。吃的要吗?"

"一篮子白汤米。"

"好咧。报纸要吗,先生?"

"你们有什么?"

"《邮差》《消息人》和《观察家》,先生。"

"那就三种都要。"

"好咧,先生,马上就来。《邮差》可能要等一下,先生。今天早上就一份,那边的先生们还在看。"——两个看起来还年轻的人,一个留着胡子,另一个戴着牛角框眼镜,在窗边大笑。

"那就只要另外两种,"史密斯说,"不用打扰他们。"

小面包上来了,还带着烤炉的气味,而咖啡则是装在一个在伦敦会被认为已经过时十年的锡壶里端上来的。壶壁太直了,而且把手上的装饰花纹太少了。那个男孩把装在托盘里的早餐一转手放了下来,他手臂上还同时架着两个托盘。转过身,把脖子立起来,松开他用下巴夹在肩膀上的报纸,把报纸在史密斯面前摆好,接着冲向他咖啡馆组舞的下一个动作去了。史密斯觉得他的胃口又回来了。他吸了口篮子和壶里飘出来的香气,就好像它们是他可以勾肩搭背的老朋友一样,然后开始吃了起来,大口咀嚼着,抹黄油,边把报纸靠着壶立起来边舔手上的面包屑,

---

[1] 此处史密斯故意在使用当时的英国水手的说法。黑默哈默德就是黑咖啡,牛汁就是牛奶,下文的白汤米则是白面包。

盘子碰撞的哐啷声、说话声还有汩汩的液体声合奏出熟悉的音乐,在四周低响伴奏。

等到史密斯吃饱了,也从紧急的第一杯、必要的第二杯、喝到可以悠闲地品玩冷静的第三杯咖啡,同时也没有注意到任何表明他需要保持警惕的大呼小叫之后,他往后一靠,把这个城市的新闻在自己面前展开,在报纸的各个栏目之间向周围瞥一眼,更详细地打量起这个房间来。市政会议记录。醋、麦芽和烈酒皆价廉货足。假如他还在熟悉的地方,他一眼就能看出这个咖啡馆招待的是大咖啡帝国里哪一群特定的公民:到底它是谈诗的地方还是大吃一顿的地方,是讲哲学还是海上保险的地方,是搞印度贸易还是搬肉工丧葬互助会碰头的地方。到港船只,离港船只。德凯普尔先生的长岛地产,包括已成才林木,将在拍卖会出售。但发黄的墙上贴的版画什么种类的都有,有地图,有讽刺画,有民歌,有下流小调,就在一定会有的国王肖像旁边,鼓眼乔治统治着一盆不冷不热的图片大杂烩粥,根本搞不明白是什么东西。有关莫西干人[1]举动的阿尔巴尼来信。在故维西牧师纪念碑落成之时的布道词。租约转让:鲍厄里[2],朝外,拉特格斯农场附近。这里的公司:河货物到港。逃跑的黑妇人:悬赏追拿。史密斯能分辨出来基本上都是生意人,也许还混着几个吃法律饭的。经典文学戏剧重现,将由著名的汤姆林森夫人表演。诗歌,《赞美自由,一个英国人内心的甜蜜慰藉》,由"乌尔巴努斯"在国王陛下的寿诞之际献上。那边桌子上有几张地图还有人正在签合同。还有一圈穿着淡黄褐色和灰色衣服的商人正在询问一个穿着律师黑袍戴着白色饰带的人。但有些客人看上去有一张饱经风霜的水手脸,有些就是挤来挤去的

---

[1] 易洛魁联盟的一支,传统上分布于今纽约州北部哈德逊河谷里的印第安部族。阿尔巴尼是今纽约州的首府,当时也是美国东部殖民地重要的政治中心,位于纽约市以北约217千米。
[2] 鲍厄里源自荷兰语 Bouwerij,意为"农村",曼哈顿南部的一个地区,在18世纪大多是农场。

男孩。纽约省[1]法庭庭审记录。《济贫法》评估。货运价格。市场上主要商品。现时物价。看到这里史密斯从自己大衣的内包里掏出了一张印着字的纸，然后比较了某些数字，他左右手的食指一起顺着一列列的数字往下。磨制大小望远镜镜片。部队调动和任命。匈牙利俱乐部晚宴。也许这里喝咖啡的地方太少了，所以不像他习惯的那样分工招待专门的客人。

窗边那两个年轻人朝史密斯走过来了，边走边笑，戴眼镜的那个手里拿着史密斯之前没要到的《邮差》。他有张非常光滑、洁白的椭圆脸，那张脸配上牛角镜框的黑圆圈，不知怎么的，变成了一副非常有喜剧感的表情。他留着一头短发，就是那种平时需要戴假发的人没当差时候的样子[2]。

"给你，"这个陌生人歪着头好奇地看着史密斯说，"不用客气，我们已经看完了。欢迎你品尝，先生，它能带给你所有浅薄的乐趣。"他的声音听起来每一个细节都很有教养同时也很开心。"我能问一下——我刚才是不是听到你说'不要牛汁'？"

"那就是个实验，"史密斯说，"我是新来的。昨天晚上我用了个我以为全世界都明白的伦敦词，结果放了个空炮。所以我今天试着说了点咖啡行话，就是为了试试看——"

"噢，你可难不倒昆汀，他会说每一种可以用来点一杯咖啡的英语，更别说荷兰语，还有其他大多数水手可能带进这个房间的语言。法语、西班牙语、丹麦语、葡萄牙语、拉丁语，如果其他的都不行了。对吧，昆汀尼阿纳斯？[3]"他说，刚好此时那个男孩又经过了他们身边，看起来快被托盘埋起来了。

"是的，阁下。[4]"昆汀边快步走开边说。

---

1 在美国独立战争之前纽约殖民地的正式名称，大致等于现在的纽约州。
2 18世纪时，英国的政府官员一般都需要戴假发，故而此处指史密斯看出了奥克肖特是政府的人。
3 这句原文为拉丁文。
4 这句原文为拉丁文。

"你们愿意跟我一起聊会儿吗?"史密斯问道。

"要是你确定我们不会打扰你的话——"但他们已经在拉椅子过来了,还在朝昆汀挥舞着两根手指。

"赛普蒂默斯·奥克肖特。"脸光滑发白的那个说道。

"亨德里克·范隆。"另一个说。他的发音带着点荷兰语的喉音,史密斯花了一会才找明白里面哪个是姓氏。军队的前锋。一种涉水鸟的名字[1]。

"理查德——"他刚开始说。

"噢,我们知道,"赛普蒂默斯·奥克肖特说,"恐怕每个人都知道了,史密斯先生。你还没开口就是个名人了。你就是那个不愿意回答问题的富家小子。"

"嗯……"

"除非,有的时候,"范隆插嘴说,"你也会回答问题。"

"亨德里克是出于职业兴趣,"赛普蒂默斯说,他的眉毛在他鸡蛋壳一样的前额上挑得高高的,"他其实是给《邮差》写东西的。"

"也不全是职业的,"范隆说,"我们家和格雷戈里·洛弗尔有生意来往,所以我们对你的到来……很感……兴趣,史密斯先生。但是说你是新闻的确不假。我们的朋友赛普蒂默斯其实也在工作,如果你在好奇的话——"机智地报复了奥克肖特,"——因为他是总督的秘书,而我们都怀疑他来商人咖啡馆的时候总是把耳朵张得大大的。"

"商人咖啡馆?"

"和百老汇街那头的证交所咖啡馆相对,"赛普蒂默斯说,用白色的手指指着墙,"这边的咖啡更好,聊天的内容也是。"

他们两个人都充满希望地看着史密斯。他——明白了自己正身处于媒体和政府两大权威的面前,虽然只是它们的低级代表——露出了他最无邪的笑容。

---

[1] 范隆原文为 Van Loon,前者是荷兰语姓氏中常见的前缀,意为"来自",但是在英语中 Van 有前锋的意思,而 loon 则指一种叫做潜鸟的水禽。

"恐怕我和传说的一模一样。"他说。

"多不寻常,"赛普蒂默斯说,"和传说的一模一样?"

"是的。"

"什么,连每一个细节都是?"

"是的。"

"和传闻一点不差?"

"嗯呐。"

赛普蒂默斯就那么等着,他的脸上露出陶瓷猫头鹰一样上过釉的耐心,想看看史密斯还有没有别的要说,但是什么都没有,因为史密斯先生和他一样耐心。更多的咖啡上来了,而这两张天真脸庞之间的沉默也越来越长,范隆乐着看看这个又看看那个,好像在看人下棋一样。还是赛普蒂默斯先开了口,接着他刚才的话头继续说下去,就好像什么间隔也没有一样。

"那你肯定是个自然奇迹,"他说,"和普通人截然不同。因为我和传说的不一样,他也不一样——"他指着范隆,"——你都可以编出个语法规则来了。我不是。你不是。他或者她或者它都和传闻里不一样[1]。拿我自己来说,我早上起来的时候,我得尽全力——想到我那虔诚的牧师父亲还有我那六位道德高尚的姐姐——把那满满一袋怒吼的胡思乱想、冲动和矛盾都塞回到我的脸后面去,这样我才能在白天又变成一位巧舌如簧的秘书。"

赛普蒂默斯把他洁白的右手整齐地叠在他放在桌上的洁白的左手上。史密斯欣赏地笑了,但依旧拒绝加入他的游戏。赛普蒂默斯用他的鞋尖敲着地板,"嗒——嗒——嗒"——用脚发出了喷喷声。

"你真令人失望,史密斯先生。我听说你很能说。我听到的说法是'能把驴的后腿给说没了'。"

---

[1] 此处赛普蒂默斯在模仿语法书的格式,变换人称强调人人都和传言中不同。

"我更喜欢开口让自己摆脱麻烦,奥克肖特先生,不是惹上麻烦。"

"你预料会有麻烦吗?"

"你呢,先生?"

"从来不觉得。"赛普蒂默斯说。他们都喝了一口。

"这可真是不错的咖啡。"史密斯说。

"没错,"范隆说,"这是从背风群岛[1]的种植园来的,而且航程多半也比你喝惯了的咖啡要短些。"

"我现在不是以官方的身份表态,"赛普蒂默斯说,"但如果我是的话——如果我戴着假发——那么我们非常不希望你是那么几类人之一。我们非常不希望你是个间谍,我们非常不希望你是政府的走狗,我们非常不希望你是个骗子,来城里败坏伦敦票据的信用。"

"我不是间谍也不是走狗。"史密斯马上说。

赛普蒂默斯笑了。你本以为笑容会破开他鸡蛋壳一样的脸,但是他的牙齿和脸上的其他部位一样又整洁又白。

"对我来说,"范隆乐着插话说,"嗯,从家庭成员之一的角度来说,而不是从《邮差》的——我们非常不介意如果你被发现的确是个骗子。求你了,当个骗子吧。因为如果你真的是个假货,那么老格雷戈里的资金短期内就不会流失了,那么我们和他的事业就没有危险了。可他现在拿你当真货对待那么我们也会一样,会非常高兴地和你一起吃晚饭还握你的手。"

"谢谢你。"史密斯先生说。

"好了,我最好得回报社去了。"范隆边起身便说。

"这个会对你有用吗?"史密斯问,把他从自己衣袋里掏出来的那张纸抖了抖,往上递了过去。上面的标题写的是《伦敦现行价目》,时间是六周之前。

---

[1] 加勒比海小安德列斯群岛的北部岛群,包括今维尔京群岛、圣马丁和安圭拉等。

"对,有用,"范隆说,"它的确有。《邮差》会很高兴的。这些比我见过的所有价目都要新两周。"

"那拿去吧。"

"我谢谢你了。再见赛普蒂默斯。晚点再见,史密斯先生。"

"你会见到我?"

"哦,是的。"

他走了。

"他为什么晚点会见到我?"史密斯问。

"因为你要参加洛弗尔家的晚宴。"

"然后所有人都知道这件事。"

"你说对了。这就是个小地方。"

"真的吗?我可看到了川流不息的人,还有多到让那边的昆汀变成了语言天才的船只。"

"这是没错。但是船来了又走了,而大部分通过这里的人都直接去了别的地方。他们从码头走到街上然后就消失了:这片大陆吞噬了他们。纽约不过是食管而已。没几个人留下来。你会留下来吗?"

"一阵子吧。"

"呵,如果你待到开始下雪的时候,你就会知道纽约到底有多小了。严冬的时候我们都挤在彼此的口袋里。殖民地的雪和国内的完全不同——要厉害得多。"

赛普蒂默斯在玩着一个茶勺。

"你真的有六个姐姐吗?"史密斯问。

"是的,在汉普郡。"

"所以你叫这个名字。"

"所以我叫这个名字。[1]"

---

1 赛普蒂默斯这个名字来自于拉丁语,原意是"第七"。

"我能问你一个问题吗?"

"什么?还有一个?幸好和你比我现在的心情更乐意回答问题。继续吧。"

"在要塞门口有块牌子,有——"

"头皮钉在上面。是的。"

"它们在那干什么的?"

"它们在显示我们有多爱法国人。为了保证纽约北边的河谷里除了英文——或者荷兰语——够好的人以外什么都没有,政府悬赏征集那些"说话方式不对"[1]的定居者。然后每年一次,那些友善的莫西干人把他们的收成带到纽约城里来,我们再把钱发给他们。这是个盛大的本地节日。他们把自己的战利品戳在杆子上沿着百老汇街游行,然后总督要接见他们,我就站在他的右边。大家都在欢呼。你必须得记住,去年这边局势也挺紧张的。"

"我还以为詹姆斯党叛乱[2]根本影响不到你们。"

"你这么想?你去年在伦敦吗?"

"在。"

"做的是……?"

"这样那样的事。"

"你肯定这么说。那时候是怎么样的?"

"那位王位觊觎者的军队朝我们开过来的时候?先是懒洋洋地笃定我们一定安全,这种想法几乎持续到了最后一刻,然后是慌乱。慌乱开始得如此之晚,以至于几乎一开始就完结了。造反的王子来了,造反的王子来了,造反的王子撤退了。"

---

1 此处原文为法语。
2 指发生在1745年—1746年的詹姆斯党叛乱,被驱逐的英王詹姆斯二世的孙子查尔斯·爱德华·斯图尔特试图夺回王位,他在法国的支持下领导苏格兰叛军一路南下打到了伦敦附近的德比。叛军因为担心被围攻突然后撤,在取得多场胜利后于1746年4月被英军击败。

"喔，嗯，这边是又慢又久，因为一点消息都没有，我们提心吊胆了好几周。好几周都非常担心下一艘驶进港口的船会不会是一艘在后甲板上载着暴政的护卫舰，命令我们立刻全部变成教皇狗[1]——这都是我在这间屋里听到过的话——而我们什么办法都没有。从政治上说，欧洲总是事后才想起我们，我们只能接受纷争的结果，同时朝自己能抓住的任何有给路易王效力嫌疑的人怒吼（或者做点更出格的事），就因为他们的衣服是法国式样。所以你明白我们想看一场积极向上的野蛮人——他们身上还沾着点血——游行的欲望是从哪来的了吧。再说，我们这也没有戏看。"

"真的没有？"

"没有，"赛普蒂默斯说，"至少在我来之前就没有了。"他的脚又开始敲地了，一直不停地。

"可是——等一下，"史密斯边说边翻起了咖啡壶下的报纸，"哦，对的——那这位著名的汤姆林森夫人和她的经典文学戏剧重现呢？"

"那就是酒吧楼上的一个房间还有忒尔皮扮成布列塔尼娅[2]的样子。忒尔皮让文明之灯长明，但她的头盔只是涂成金色的纸板，每次她记错词的时候，她就露一下她的大腿。"

"你不喜欢这样？佩格·沃芬顿[3]每次演男角的时候都这么干。"

"沃芬顿夫人给我们的是大腿还有悲剧。恐怕在忒尔皮这里是只有大腿没有悲剧。在这边想出名并不需要太多才能。——我看过她演的《招兵官》，你知道吧——佩格·沃芬顿。她那时候演得太好了。"

"现在依旧是。你知道她和加里克分开了吧？"

"什么！什么时候？"

---

1 新教徒对罗马天主教徒的蔑称。
2 象征英国的女神。
3 佩格·沃芬顿（Peg Woffington，1720—1760），原名玛格丽特·沃芬顿，18世纪著名的英国女演员。下文的加里克指大卫·加里克（David Garrick，1717—1779），18世纪最著名的英国演员。

"两年前。"

"啊，你这个残忍的家伙，"赛普蒂默斯说，"你绝对是个残忍的家伙。真的吗？"

"真的。你来这边多久了？"

"四年了。"赛普蒂默斯说。他眉毛皱起来了，两眉之间有了一道向上的细纹——在这张像人形陶罐一样、像瓷器一样光滑的脸上，这就已经算是情绪激动的标志了，仿佛他正在地上边撕扯衣服打滚边在深深的痛苦里咒骂自己的流放一样。敲地板的脚越来越快。史密斯开始同情他了。

"让我想想，"史密斯说，"现下伦敦热门的消息：某某某终于不再宣布他要退休然后真的退休了。时髦人士都一拥而上地看某某某了，但是某某某这出戏演了六场就因为找不到赞助人然后不演了。某某某的潮流已经过去了，但是星空里最近闪耀的是某某某和某某某。某某某先生被怀疑收钱上演某某某侯爵夫人写的悲剧。喜剧界现在的新星是一位叫某某某的先生。好了，这样好点了吗？"

"并没有。现在我更清楚地感觉到了这边和那边之间隔着的成千上万里的海面。"

"我很抱歉。"史密斯说。他又笑着说："嘿，说不定这就是我的机会。我应该用我那人人皆知的财富给你们盖个剧院，要不就是歌剧院。改行当剧场班头。你觉得怎么样？给我个乐池和一张红丝绒幕布，我就能让你觉得你又回到了英格兰阿姨的怀抱里。"

赛普蒂默斯眯起了眼睛。他的脚不再敲地板了。感觉到自己正在被人仔细打量，而且不再是出于友善的目的，史密斯发现自己不知怎么地模仿起了赛普蒂默斯在桌旁的坐姿，从叠放在一起的手指到歪斜的头都一样。从这位秘书噘起的嘴唇表达出的厌恶来看，也许这种用血肉完成的镜像让赛普蒂默斯觉得是在嘲讽他。

"老天，"赛普蒂默斯慢慢地说，"你还真是知道不少黑话，史密斯先生。但是那样太明显了反倒让人高兴不起来，我想。这个玩笑开得有点大了。就像你说的，尽管我也许已经离开英格兰阿姨的怀抱太久了，我想我还是能分辨清我什么时候是在和一个厚颜无耻的家伙说话，什么时候不是，谢谢你。分得清我是在和一个真正的亲爱的穆尔菲尔德蛤蟆[1]说话还是和一个只是在假装的家伙。现在我最好得去伺候总督了。你送的那个歌剧院还是自己留下吧，先生，但无论如何请你把早饭钱付了吧。"

"那是当然，"史密斯努力掩盖住自己的迟疑说，"昆汀？把奥克肖特先生和范隆先生的吃喝都记到我的账上好吧？我相信多半今后每天早上我都会来。"

"好咧，"男孩说，"那一共三先令四便士纽约钱，给您记在板上了，先生。"

奥克肖特已经离开了，他猛地把门一拉开，门上的铃铛在他身后哗啷作响。可史密斯，他的脸红了一下，没有急着跟着他出去。于是他发现赛普蒂默斯其实还在外面等他时，史密斯吃了一惊。赛普蒂默斯站在咖啡馆上层伸出来的老式屋檐下，用保养得很好的手指尖在犹豫地揉或者该说是犹豫地敲着自己白白的尖下巴。他看起来好像在专心地看着对面船只的桅杆顶。

"这也许是不必要的建议，"赛普蒂默斯说，"我不知道你打算在这里耍什么花样。我想我也不屑知道，除非你逼我注意到。但是让我给你个警告。这是个事情容易失控的地方，而且经常这样。和这里的居民聊天，你会觉得人性所有的恶习和罪恶都被留在了海那边。如果你照他们看待自己的方式看待他们，他们就是再纯洁不过的生意人了，平和又真诚，走运地被从堕落中拉了出来。但事实是他们野蛮、多疑、一点就着，而且管起来麻烦极了。一点小事就能让他们炸开来，尤其是一点点小小的限制，不管是真的还是臆想的。他们憎恨对自由的限制，他们认为那

---

[1] 指土生土长的伦敦人。

是最难受的压迫，因为他们几乎没受过任何限制。他们会在和任何人的来往里搜寻隐藏的动机，苹果里的虫子，藏在这个他们坚认是伊甸园的新世界里的毒蛇。所以几乎没有人比他们还会嗅出一个人身上任何……不寻常……的地方。任何有理由珍视自己隐私的人必须要一丝不苟地努力保护它。因为伦敦真的是个很远很远的地方，要是一个人在这里惹上了麻烦，几乎就不能指望伦敦能帮什么忙了。只有在这里的东西还有在这里的人才管用。这里的法庭比国内的还要野蛮，还要更无情地被党派利益控制着。你闯进了一张复杂的人情网，这里谁都认识谁——即使到目前他们谁都不认识你。你知道这里有块墓地安静得就像真正的城市一样吗？我想要是你最后埋到了那里，你就太把这趟旅行当回事了，对吧？"

一个水手爬上离码头最近的那艘纵帆船的前桅杆，把装在桶里的东西刷到桅杆上。

"谢谢你，"史密斯说，"我想。"

"哼，我不确定我是不是为了你好才这么说的。但是我的姐姐们会希望我说过这样的话。我的牧师父亲肯定会这么希望。"

在史密斯的脑海里，那些之前似乎完全没有任何实质的牧师住宅里的人形略微变浓了一点。有那么一会，他想象赛普蒂默斯是一个乖到让人痛苦的孩子，在地板上整洁地玩耍，一旁有七位道德高尚的成年人在盯着他。

"我看出来你是个有道德的人，奥克肖特先生。"史密斯说，试着重新找回他们对话开头的轻松。

"走吧，史密斯先生。——阿基利斯！"他喊道，然后一个和史密斯年纪差不多的高个子黑人一句话不说地站了起来，他之前靠着码头的边墙蹲着，穿着一身仆役的行头，手长腿长，长着黑色树干一样的小小的头，嘴里还嚼着烟草。他朝水沟里啐了一口。

"那我晚点也会见到你吗？"史密斯问赛普蒂默斯。

"今晚不会。但肯定很快又会——如果你留下的话。只要等到黑暗和寒冷降临,因为到那时,就像我说的,所有的小行星都会靠得更近,挤着互相为伴。彼此踩在对方的脚跟上。再见。"

## IV

那天晚上六点,穿着箱子里找出来的干净衬衫和刚刚刷过熨过的绿色外套——李太太同意把洗衣费也包括在那间靠山墙房间一周十一先令(纽约钱)的房租里,照这个速度,史密斯欠的债两周之后就比他的身家还多了——史密斯来到了金山街上洛弗尔先生家的正门口。他把头发在后颈的位置束了起来,系上了一条黑红色的丝带。他手里还拿着一本菲尔丁夫人[1]写的《大卫·桑普历险记》。

敲门之后开门的是女仆泽菲拉,她没有立即让史密斯进门,而是在门口站着一动不动,用无声打量的眼神盯着他,和前一天晚上投在他身上的眼神一样。她抬起下巴,黑色的瞳孔打量着他却没有透露丝毫它们发现了什么,光线进入瞳孔,可她的结论是什么,从里面没出来一点线索。这种静止只持续了一瞬间,但已经和后面大厅里的热闹形成了奇怪的对比,在那里已经到达的客人——史密斯不认识的人,看起来是一家人——正在边聊天边在衣帽钩上挂围巾和帽子。泽菲拉退后靠墙立着,史密斯跨过了她在门口放下的这道沉默的门槛。他昨天晚上见过洛弗尔家的大厅一片黑暗的样子。现在墙上烛台里的蜡烛照得它一片欢欣明亮,护壁板的新木头闪着黄中泛红的光。

"晚上好。"史密斯说。屋里传来了小声的回应,人们低头点头示意,

---

[1] 指英国小说家亨利·菲尔丁的妹妹莎拉·菲尔丁(Sarah Fielding,1710—1768)。《大卫·桑普历险记》是她1744年出版的小说,大概情节就是一位年轻的主人去往他乡最后依靠自己天生的善良和诚实获得幸福的故事。此处原文有误,莎拉·菲尔丁一生未婚故而应该是"菲尔丁小姐"而非是"菲尔丁夫人"。

可这一家人的母亲,一位矮壮丰满发式时髦的女士,不光没有回应他,反倒冲着另一侧开着的通向账房的门喊了起来:"格雷戈里,塔赖了[1]!"然后穿着件绣花马甲的洛弗尔就出现了。

"你来了。"洛弗尔说。他一边走过来一边皱眉头,仿佛是尽管邀请了史密斯来赴晚宴——他已经成功地在过去的一天里把史密斯抽象成了一个麻烦——而现在他很惊讶地发现史密斯同时也还是个实实在在的人。"嗯,进来,进来!"——最后这句话里突然出现的热情让他腮帮上的肉抽搐起来。

史密斯被引到了一间不是很大的餐厅里,里面壁炉里正烧着火,煤炭发出轻微的呲呲声,在旁边的角落里坐着一个穿仆人制服的黑人,他正在给小提琴调音。那些跟在史密斯身后的客人好奇地挤了上来,而那些已经在桌旁落座的客人的脸也都转向了史密斯的方向。

"朋友们,"洛弗尔说,"这位就是史密斯先生,我从天而降的交易伙伴。史密斯先生,我向您介绍范隆一家,我们多年来的商业上的好伙伴和好邻居。范隆先生,皮特——"他指向一位红脸膛的一家之主,他有一张方脸,头顶和下巴上长着蓬乱的白发和胡子,宛如扑克牌里的国王,"范隆太太,海尔切——"那位身材浑圆头发时髦的女士,坐在了桌子的另一头,正对着坐在桌子上位的洛弗尔,"——亨德里克,乔治,安妮,伊丽莎白——"范隆家的孩子们,按照年纪从大到小排列,都比他们的父母要白要苗条,但是都分别从他们那里继承了方方的下巴和露出显眼上牙的窄窄的上唇,"——米斯蒂克[2]的普雷蒂曼船长,他指挥我们两家的船跑印度生意,刚好到港——"一位饱经风霜的精瘦秃顶男子站了起来欠了欠身,"——弗洛拉和塔比莎,你已经认识了。"第一位小姐在桌子那头的一群范隆家人中冲他一笑,另一位则用拳顶着下巴看着

---

[1] 原文多处使用不规则拼写模仿范隆一家人的荷兰口音,这是第一个地方,译文中统一改用音近的别字表示。
[2] 现美国康涅狄格州的一个地名。

他，就坐在洛弗尔挥手示意史密斯坐下的椅子旁边。亨德里克点头问好，然而他的神色里更多的是期待而不是同情，就像一个正在剧院里理好自己的大衣尾准备好落座看戏的人。"好了，放轻松，史密斯先生，"洛弗尔说，"这里就是自由的殿堂，你知道吧。在家里不用讲究宴会的礼节。"塔比莎哼了一声。

提琴手拉起了一段小步舞曲，泽菲拉端着托盘来来去去直到桌子上堆满了第一道菜的汤和肉菜，都装在摆在枝状大烛台之间的银盘子里。洛弗尔先生分切着一大块用糖蜜上色的火腿。在史密斯传递餐盘和跟人说客气话的时候，他趁机琢磨了一下能够传递很多信息，以及（多少也有点）策略性的座位安排，吃饭的人就是照这个座次分配在桌旁的：史密斯被安排在一群成年男子之间，这里普雷蒂曼船长和老范隆可以从对面向他开火，洛弗尔先生则可以从他的左侧发射交叉火力，而且如果需要增援的话，他也还在亨德里克的射程之内，同时所有女性都被小心地排除在了史密斯的对话射程之外，除了塔比莎，她多半也被认为是件武器。小伊丽莎白·范隆，一位在皮特的保护下坐得直挺挺的八岁或者九岁的女孩，这是他可以说话的人。安妮，一位曲线像她母亲的闷闷不乐的十五或者十六岁女孩，则远远坐在桌子那头的被保护起来的女性区域，弗洛拉也在那边。"安妮可[1]，要是你吃了那个，你会长斑的，"范隆夫人正在说，"弗洛尔洁，我亲爱的，你能跟约里斯要一下鸡肉吗？"约里斯看来就是乔治，塔比莎右边的那个，稳稳当当地挡在弗洛拉和史密斯散发出的任何诱惑之间。他是个消瘦的、太阳穴凹陷的青年，比晚宴上的任何人穿得都要精致。要猜测他这种正式感的原因一点也不难，因为他宣示主权一样把自己的椅子挪得离弗洛拉的更近，而且正在帮她往盘子里盛食物。在餐桌旁所有的脸庞里，约里斯的脸是唯一一张毫无掩饰的，他每次看向史密斯都会露出赤裸的敌意。啊哈，史密斯想，真棒。

---

[1] 安妮的爱称。下文的弗洛尔洁是弗洛拉的爱称。

"先敬你一杯酒，先生。"皮特·范隆瓮声瓮气地说，给史密斯的杯子里倒满酒：他说话就像他妻子的一样还保留着在他孩子们那里已经消失了的荷兰口音。耶配舅[1]。"非常乐意，先生。"史密斯说。然后他按照礼节的要求给范隆把酒满上。"祝你身体健康！也祝大家身体健康！"他一边补充说一边用拇指和手指握住他的红酒杯柄左右举杯示意。"你说得真对，先生，"史密斯对洛弗尔说，"从船上军官室的伙食换到这个真的是太舒服了。"

"过来的航行困难吗？"范隆说。

"不，先生。就是太长了。"

"这倒是。现在去背风群岛的航程对我来说就够长了。我横跨过大西洋一次，那时我还年轻，去莱顿[2]念书的时候，一辈子有那么一次就够了。要是没有什么紧要的事情你是不会这么做的，对吧？"范隆的长句像在硬地板上滚动的木桶一样轰轰响个不停。

"的确是这样的，先生。海里有够多的水来淹没任何轻率愚蠢的举动。但是请告诉我，"史密斯很快地说，因为他担心那个他不能用真话或者谎言来回答的问题马上又要回归了，"先生，您是纽约本地人吗？"

"自然是。要不然我会是什么？"

"所有的荷兰人都是，"洛弗尔插话说，"他们老早以前就在这里了。皮特是范隆家第三代了。我第一次见到他的时候，他还是他爷爷公司的记账员，在给做帽子用的水獭皮定价呢，那些皮子可真臭。那是个八月，我们一起经历过不少事情了，对吧？"

"你们一起当的学徒？"

"不，不。我那个时候还在给沃尔顿家干活。我是签契约工协议[3]过

---

[1] 即"一杯酒"。此处原文也是在模仿范隆的荷兰口音。
[2] 指荷兰最古老的高等学府莱顿大学。
[3] 美洲殖民地招工的常见形式，雇主支付劳工从欧洲或者其他地方赴美的旅费，而劳工则需要为雇主工作3到7年来偿还旅费，在工作期间除了食宿劳工不会获得任何额外报酬。契约到期后劳工方可重获自由。

来的,这个也干过,那个也干过。我以为我永远都学不会荷兰话,可那个时候你得会。那时候沿着码头都是霍根和哈根。我把一小车水獭皮推进去,然后我跟他说,'用女王的英语把你的报价告诉我'——"

"——'因为要是你叽里咕噜说不清我就听不懂了。'"范隆把洛弗尔的话接着说完了。这听起来不像是一段友谊的好开端,但亨德里克脸上挂着一副礼貌的微笑,明显是在应付听过很多次的家庭趣事。

"那你现在还做皮毛生意吗,先生?"

"不!"范隆瞪着他说,"那是三十年,四十年前的事情了。什么,"他不敢相信地接着说,"你不知道你的票据是用什么生意做担保的?"

"嗯,我知道,先生——洛弗尔先生的糖——"

"现在都是一样的,基本上,"范隆说,"名义上是分开的,但是我们发展到一起了。甘蔗种植园,一起的——我多点他少点;船队,一起的——他多点我少点。他炼糖,我分销,一起的。"伤害他就是伤害我们两个人——范隆不用说史密斯也明白。史密斯看了眼桌子的远端,弗洛拉在发光——因为高兴,但是也因为觉得自己很重要——坐在约里斯旁边就好像他们俩被选成五月国王和女王[1]一样。这是自然,他们的结合是家族希望的。

"那你们生意兴隆吗,先生?"史密斯提问时想的是这是一个可以用"是的,感谢上帝"或者"还不错,还不错,谢谢你"来回答的礼节性问题。但让他吃惊的是范隆以为这是他在疑心地试探两家公司的信用,回答这种问题必须要展示令人信服的细节,于是他马上摆出近乎好斗的神情,开始描绘一幅船舱里装满纽约面粉驶向西印度群岛,然后载满糖回到纽约的画面,这些糖要么卖到哈德逊河上游,要么就是先变成朗姆酒;每一个步骤,每一次交易都生产出甜蜜的、稳当的利润,然后接下来这些利润又用来买进洪水般的土耳其地毯、柜子、茶壶、伯明翰产的金

---

[1] 指英国民俗在五月节庆典上选出的象征五月和春季的少女,一般五月女王身穿白衣头戴花冠,在跳舞庆祝之前致辞,五月国王则是五月女王的伴侣,也叫绿人。

属玩具和扣子等。从伦敦进口来大幅加价之后再零售出去，赚取更多的利润；而那些更多的利润则分散开支撑一个越来越多样化的商业帝国。不希望完全被人代言的洛弗尔先生，在范隆的广告展开的同时开始插话进来。普雷蒂曼船长只是点头喝酒。史密斯边听边吃着一勺勺橙色的奇怪蔬菜[1]，他发现自己正在和一种奇怪的不真实感斗争——这些不耐烦的吹嘘居然都是说给他听的。这个房间在烛光里游动虚化起来。

史密斯这辈子在各种各样的地方吃过饭。有伦敦汉诺威广场的餐桌，每个座位背后都立着一名男仆，那里女士们都在小口小口地咀嚼，就好像稍大的动作就会让她们高耸的发髻倾倒一样；也有在朱瑞巷[2]或者格雷律师学院的肉排馆子吃过抢到什么就吃什么的晚饭，和下台了还戏谑不止的演员或者挥舞叉子的学生一起抢吃的；在莱姆豪斯[3]的地下室里啃过陈面包。也有过中等阶层的、商业往来的邀请，那些场合就和这里一样，家人和生意伙伴一起坐在饭桌旁。有个印刷厂主——一位印刷厂主里的王子——有天晚上从咖啡馆里带着史密斯回到苏霍区[4]一幢高大房屋里喝牛奶潘趣[5]，屋里挤满了高挑、爱笑的女儿们，那些女儿读过的书都比史密斯多。一位来自斯皮塔佛德[6]的身形矮小的纺织工曾经安排史密斯坐在他更加袖珍的家人之间，仿佛史密斯就是困在小人国的格列佛，纺织工一家穿着丝绒裤子的腿悬空垂着，他们让史密斯听了一段冗长的法语餐前祷告，然后分给了他从世界上最小的鸡身上切下来的小肉片，明显是用大号的粗针切的。每一个地方都是世界这个大蜂巢中的一个独立巢室。而每一个巢室，不论是灌满了蜂蜜还是空空荡荡的，都有自己的风俗习

---

1 南瓜。南瓜原产美洲，从英国来的史密斯可能之前没有见过。
2 伦敦地名。这条街上有皇家剧院和新伦敦剧院两座伦敦主要的剧院，故此也用来指代伦敦的戏剧界。
3 伦敦东部地名，码头工和水手的聚居区。
4 伦敦西部地名，在18世纪的时候还是贵族和富人的聚居区。
5 用牛奶、烈酒和香草调制的饮品。
6 伦敦东部地名，17世纪法国新教徒为了躲避国内迫害迁居至此，故而此处成为了英国丝绸产业重地。此处史密斯描述的就是一家法国新教徒。

惯，而它都是可以学习的。史密斯研究的就是不论蜂巢的哪一个部分收容了他，他都可以融入其中。但此刻——尽管现在，比史密斯丢钱包之前要紧要得多，现在更符合他利益的做法是遵从这些商人的偏好，不论它们是什么，或者至少不要太过傲慢地忽视它们——史密斯必须要学习如何才能不融入其中。他必须一直是那个神秘的、无法琢磨的陌生人。这是在长时间讨论之后确定的他最好的安全保障。

"财产，农场租约，也许很快还会有条私掠船。"范隆说完了。在他说话的时候，他红色铲子一样的双手一直在空气建造着，建造着他描绘的图景。他旁边的小女孩一口食物嚼到一半停了下来，圆圆的眼睛眨也不眨地透过烛火盯着史密斯。

"我好奇你们居然要担心我。"史密斯说。

"我们没有，年轻的先生，我们没有，"范隆瓮声瓮气地说，"我们担心的是总督还有他该死的消费税。我们担心的是他在阿尔巴尼玩的愚蠢的士兵游戏。你最多只是个麻烦而已。"洛弗尔把嘴唇抿在了一起。

"我父亲想说的是，"亨德里克插嘴说，从另一头进行的完全无关的对话里抽身出来，"你的汇票对我们的资金来说不是问题。尽管如此——"

"停！"他父亲严厉地说，"我们还没说到那里，或者任何和那有一点关系的东西。在我们做出任何承诺之前，让我们先听听看有什么保证。告诉我，先生——"他那丛胡须就像驳船的船头一样伸向史密斯，"——你是计划在我们这里安家还是路过而已？"

"没错，"洛弗尔说，"这个是好问题。定居者还是漂泊客？"

史密斯犹豫了，他察觉到了根据他回答的不同会噼啪倒下的一系列结论。当他计划自己的入场时，他没有预料到营造假象容易，维持假象却难得多，尤其是在面对追查到底的好奇心的时候，这种好奇心在必须的时候，可以直接抛弃礼节的遮掩。

"那要取决于我在这里的业务成功与否。"他说。

"这么说，你的确管它叫业务，"洛弗尔飞快地说，"而不是享乐的差事或者其他别的东西?"

"我不知道你是不是会这么称呼它,但我是受限于——"

"指示?别人的指示?"

噼啪倒下的一系列结论。

"我——"史密斯刚开始说话就感到了脚踝上的一阵剧痛。塔比莎在桌子底下踢了他一脚。

"跟我说话。"她说。

"你好。"史密斯说着,然后带着感激的快乐转向了那张阴沉的脸,他感到自己右边这张脸带来的压力已经有一阵了,"你今天晚上过得怎么样,洛弗尔小姐?"

"好得不得了,我谢谢你,"她说,"因为我喜欢看傻瓜挣扎。"

"你说的是我?"

"你就像粘在糖浆里的苍蝇一样。"

"而你正在伸出你的餐刀给我一条出路。"

"或者是怜悯地碾死你,先生。"

"告诉我,"史密斯说,"你还是觉得小说不是什么好东西吗?"

"那只是昨天的看法,而今天也没有什么事情来改变我的看法。所以,没错。狭隘头脑的泔水,先生。易于满足的人的饲料。"

"这样的话,"史密斯边说边把那本书从大衣兜里掏了出来,"请问你愿不愿意接受我的道歉——我没有任何礼物给你,然后把这本书传给你妹妹?"

塔比莎从他手里接过《大卫·桑普历险记》——一瞬间碰到了她冰冷的手指——然后翻到了扉页。

"呃。"她说。她一脸嫌弃的表情能让牛奶结块,然而她似乎也是在故意摆出这副姿态,把它像一张牌一样打出来,这张牌是他们两人一起有来有往的牌局里的一部分,是史密斯应该能辨认出来的。

"你想让我拿它怎么办?"塔比莎说。

"传到那边去。"史密斯困惑地说。

"你确定？"

"是的。"

"好吧。"如果你一定要坚持的话。然后没有任何迟缓，并且肯定没有看过它会落在哪里，塔比莎把这本棕色的八开本朝自己肩后一扔，朝着弗洛拉在的桌子的那头抛了过去。书在约里斯脑袋一边擦了一下，然后书页散开下落到了弗洛拉的汤碗里，幸好她已经把汤喝光了。

弗洛拉叫出了声来，约里斯按着鬓角一下站了起来，洛弗尔先生闭上了眼睛低下了头，粗粗地往外呼着气。

"塔比莎！"他严厉地，或者是恳求地说。

"你就不能管住这个……这个……"约里斯结结巴巴地说，愤怒得嗓音都变尖了。他父亲瞪他的一眼让他停了下来，然后亨德里克站起身来，把手伸到桌子的对面，按住他弟弟的肩膀把他压回了自己的座位里。

"没伤到人。"范隆夫人让人安心地宣布，把书上的汤汁和碎渣擦掉，把它放到弗洛拉面前，她用力拍了拍弗洛拉的手，"好了，没事。"

"我亲爱的，我们可不能吓到史密斯先生，"洛弗尔说，"我们已经有足够多的刺激了，对吧？"

塔比莎一本正经地安静坐着，手叠着放在一起，就像破牛奶罐旁边的猫一样无辜。

"记得提醒我别惹你生气。"史密斯对她说。

"我一定会让你知道你惹到了我的。"她说。

"我一点都不怀疑。"

"那么，先生，"范隆夫人说，她把声音提高了一点来吸引史密斯的注意，"你觉得纽约怎么样？"

"令人开心，夫人，"史密斯说，"对疲惫的旅行者来说非常地友善。"搜肠刮肚地想了想有什么更具体的表扬，他说纽约的街道都非常干净，而且这里的人——按伦敦的标准——看起来都神奇地高大又健康。总的来说是个幸运的城市。城市风光里他觉得最新奇的是，他补充说，到处都有的奴隶。英国法律在是否允许奴隶上很含混，所以奴隶贩子很少把非洲人送到英国去。

"只把利润送过去，对吧？"洛弗尔说。

泽菲拉进来把盘子收走了；然后一趟又一趟地回来上了第二道菜，把细意大利面、水果、奶酪和鱼摆在了桌上，新上了一瓶葡萄酒还把一杯啤酒放在了拉提琴的奴隶旁边的地上。那个奴隶拉出了一段听起来有结尾意思的旋律，停了下来然后喝起了啤酒。没有了音乐，重新开始的聊天的声音更大，更没有遮拦。同时维持两场互相独立的谈话更加不可能了，很快范隆夫人那边桌旁的脑袋都转过去听着洛弗尔先生在说什么。对史密斯先生的审讯继续着，但现在塔比莎也参与了进来。她坐在史密斯身边，不过不知道她是不是和史密斯在一边。

"先生，你必须要明白你给我们惹了多大的麻烦，"洛弗尔说，"而且让我们如此地……如此地困惑对你也没什么好处。"

"怎么会？"史密斯配合地问。

"为什么？因为如果你不愿意明确给出一个你出现在这里的光明正大的原因，"塔比莎说，"我们的脑子就会飞奔去那些见不得人的原因了。"

"对。"洛弗尔说，"你表现得太轻浮了，不像做生意的——"

"我宣布我是认真的——"

"那么你代表的是哪家商社？或者你做的是什么生意？"

史密斯先生只是耸了耸他的眉毛。

"就像我说的，太轻浮了不像做生意的。如果你是个想玩乐一番的有钱人，不用遮遮掩掩的，我们都很乐意帮助你花掉这一千镑。所以，"洛弗尔先生继续说道，"我们自然会担忧你是个搞政治的，来这就没想干好事，而你干的事情又可能会伤害到我们。你只要开口说话就可以打消我们的猜疑。正大光明的人不需要有秘密。"

"你是这么认为的，先生？有些正大光明的事也是需要小心谨慎的。"

"小心谨慎！"普雷蒂曼船长突然插了进来，他的声音意外地沙哑尖利，"要找小心谨慎的人你就来错了地方。"似乎这个词让他很恼火，"青天白日下清清白白的人，这才是我们喜欢的。"

"那如果我不开口的话，我就成了黑夜的暗谍？我向你们保证，"史密斯咧嘴笑着说，"你们可以不用把我算成一个搞政治的，因为我根本不知道你们这里的分歧是什么，更别说搅和进去了。"

"'黑夜的暗谍'是《麦克白》里的。"塔比莎向在座的所有人说明。

"我还以为你不读书。"史密斯说。

"好吧，"洛弗尔忽略了这点继续说，"我确定你知道总督和议会已经抽刀互相顶在嗓子上了——"

"不，先生——"

"而且两边都在想办法，比如说，给那些没下定决心的人上点油——"

"不，先生——"

"为这件事情，一千镑可是个很有用的数目。但是你肯定知道。"

"先生，我不知道。我就是片无知的空白，一块白板，一张没有被知识的墨迹污损的白纸。"

"而且，在这个危险关头有人带着一包金子溜进城里，总督和议会的事还算不上最糟的可能。自从乔治王的战争开始——"

"抱歉，那是什么？"

"现在和法国人打的那场战争，先生，"洛弗尔不耐烦地说，"这，你总是听说过的吧？我猜？"

"也许它在英格兰叫别的名字，爸爸，"塔比莎说，"在这里，我们按君主的名字来命名我们的战争；比如威廉王的战争，安妮女王的战争，乔治王的战争。"

"你们真是忠诚的臣民！"史密斯开玩笑地说。

"那是想嘲笑我们的爱国之心吗？"洛弗尔说，"我可以告诉你，"他接着说了下去，用食指敲着桌面以示强调，"国王陛下没有比我们更忠诚的臣民了，如果我们反对我们傻瓜总督的危险举动，并不是因为我们缺乏抗击法国佬的热情，也不是缺对付他们那些信教皇的蛮子¹的热情。而是我们根那个觊觎王位的家伙，先生，我们也恨那些吃蒜的浑蛋，我们也受不了他们的阴谋，一分钟也不行。不，我们只是要伸张自己作为英国人的权利，要质疑为什么哈德逊河谷上游必须被无意义地惊扰，为什么正直的人们要为军队提供食宿，尽管他们从来没有同意过让军队驻扎，也从来没有投过票同意拨款供应军队。人人都知道常备军就是国家的蛆虫，是残食自由的毛虫，先生。"

史密斯看向塔比莎，他的脸像戴面具一样满是礼貌的困惑。

"克林顿总督在阿尔巴尼驻扎了两个团的常规军，想让他们去北方开战，但是纽约议会拒绝通过给他们给养的法案。"她简明扼要地说，"就在我们聊天这当口，阿尔巴尼郡到处都有人丢了鸡。"

史密斯本能地笑了笑。

"姐姐，这可不是可以开玩笑的事情，对不对？"亨德里克对塔比莎说。

"那我也不是你真正的姐姐，对不对？"塔比莎说，"现在还不是。"

"就让我们说这一切真的和你什么关系都没有。"范隆对史密斯说，盖过了亨德里克和塔比莎的对话就像它没有发生一样，"你没有听说过我们的谣言。你没有参与其中。藏鱼²。"你知道的一切都远得很，还在伦敦。"

"啊，啊，巴比伦，那座伟大的城市！"那位船长尖叫道。

"那么，为什么要这么谨慎呢？你为什么这么不愿我们知道你想拿我朋友格雷戈里的钱做什么呢？"

"我自己的钱，先生，这是毫无疑问的，等到票据兑现了之后。"

"没错，没错：等到结账日那天你可以这么说。但是你离那天还有六十天——"

---

1 指和法国人结盟的印第安部落；吃蒜的浑蛋也指法国人。
2 "参与"，同样是史密斯听到的范隆不标准的英语。

"现在是五十九天了，先生——"

"就算是让我们安心。而且说不定还能和我们交个朋友，对吧？你应该考虑我们能帮你多大的忙，帮你买任何你想要的正经货物。"

"这是这里的法律吗，先生，有钱的必须得解释自己的来意？"

"不是法律，史密斯先生，甚至连风俗都不是。"塔比莎往前倾靠近了烛光，她裙子的黑缎料子闪闪发光，"我们自己的大人物可没人骚扰他们，我跟你保证。菲利普斯老爷可以沿着百老汇大街漫步而不会有一个人去扯他的衣袖问问他兜里装的是什么。德兰西先生可以在法庭里裁决而不会听到原告说，'好了，先生，我听说你在买拉特格斯农场附近招租那块地，这是怎么回事'？利文斯通先生可以在黑马酒馆里一撮一撮地嗅鼻烟而跑堂的不会问他，'小麦还是燕麦，先生，您这个播种季节准备种哪种'？"

"我可不是黑马酒馆那个该死的跑堂的，我亲爱的。"洛弗尔疲惫地说，"我是这位绅士的债务人，看起来是。我们都是，也包括你——还有，如果一切都没问题，给他一笔谁知道他要拿去做什么的钱。这就让我们非常自然地感兴趣，像我说的，搞清楚他想干什么坏事。"

"是的，爸爸，我知道。你只是看起来像个跑堂的。"塔比莎耸耸肩说，"可史密斯先生又为什么有兴趣说实话呢？你得下点更有吸引力的饵才行。"

"我的兴趣，"史密斯说，"我的兴趣？"他双手一抖露出了衣袖，然后伸出了两只手，手心向下，手指分得很开伸在面前，仿佛他在钢琴上弹八度音阶一样，所有的眼睛自然都期盼地盯着他的双手，所有人都能看到他手里空无一物，手指之间也什么都没有。"我的兴趣——"他两手重重地拍在一起，让在座的人都吓了一跳，"——是想让你们快乐。"他飞快地伸出了一条罩着绿袖子的胳膊，从蜡烛间穿过去，合起手罩住了对面安静的小伊丽莎白的一只耳朵。他的手一扭；她的嘴张大成了和眼睛一样的 O 形。

"斯西尔勒啪啦布尔玛克！"[1]史密斯大喊。他的手指之间闪起了银光。他把银币弹飞到了空中，它短暂地划出一道闪光的弧线，然后史密斯把银币送了出去。"献给你，"他告诉伊丽莎白，"空气里变出的宝贝。"

但是洛弗尔抓住了史密斯的手腕，把它掰了过来，然后眯着眼看着这枚银币。

"从我的钱箱子里来的，如果我没看错的话。"

伊丽莎白看着自己的父亲。

"你可以拿着，丽丝。"范隆说。然后他对史密斯说："你刚说的是哪国话？"

洛弗尔松开了手。

"变戏法的瞎话，肯定是。"亨德里克说。

"其实不是，"史密斯说，"土耳其语。我觉得很合适，因为那枚银币也是土耳其的。"

"你会说土耳其语？英国人会这个还挺奇怪的。"

"就会几个字，先生，旅行的时候学会的。"

与此同时，塔比莎既没有专心地盯着范隆和她父亲，也没有看着伊丽莎白，甚至都没有看着那枚银币，而是盯着史密斯的手。她把头歪到一边然后又扭了回来，就好像是要把什么东西安放到位。一丝微笑在她的双唇上浮现，她的嘴唇比她妹妹的要窄，在烛光边缘的阴影里看上去是枯玫瑰叶的棕色。这是史密斯在她脸上看到的第一个微笑。

"不对，史密斯先生，"她柔声说，"那不是你的兴趣。"

挂在门厅里的围巾和大衣，一大队离开的范隆家人。时间才到9点半，史密斯好奇他今天晚上剩下的时间该做什么。晚宴结束的时候女客们没有像平常人家那样先行离开，他猜很有可能是因为人们在努力把弗洛拉和塔比莎分开。弗洛拉，事实上，也正在穿大衣——范隆家的人包围了她，要带她去两条街之外的他们家玩牌。泽菲拉收拾桌子的时候塔

---

[1] 土耳其语，大意为"魔法找到钱吧！"。

比莎一直坐在桌旁，男人们在她周围聊着天。"你还会再来做客的，对吧，史密斯先生？"那个时候她抬头看着他说。"哦，当然。"洛弗尔说，没有流露出明显的紧张，"为什么不。"

"我很抱歉他们对你如此粗暴。"现在弗洛拉在门厅里说。她的脸漂亮地泛着红，卷须一样细的金发垂了下来，约里斯拉着她的胳膊。

"他们这么做很正常。"史密斯说。

"嗯，那我很抱歉塔比莎是如此的……塔比莎。"

"她有点脾气。"史密斯赞成说。

"她有点魔鬼。"弗洛拉认真地说。

史密斯站在楼梯口等他们扣上衣服。那幅昨天晚上在黑暗里闪闪发光的镶在画框里的东西就在他面前。它不是一幅画。他现在看明白了。它就是一个浅盒子，里面装满了某种易碎的东西做的螺旋和圆圈图样，上面嵌着闪光的碎片。它会把人的眼睛吸过去，那里线圈和反向的线圈平衡，螺旋围绕着其他的螺旋反向转动，一切都用纤细的线条构成。颜色是矿物色。就好像看向一个潮汐池的底部，那里卵石在海水摆弄出的花样里闪闪发光，或者观察一个由耐心的水滴一点点地堆叠的洞穴的底部。它就像一个石化的森林，一个坚硬的、精妙的小花园。

"这是什么做的？"他问在旁边的亨德里克。

"纸。你以前没见过？这个东西叫衍纸，非常烦人，非常不好做。这是找不到事情做的聪明女孩打发时间的东西。那些闪光的地方都是碾碎的玻璃，粘上去的。你得小心点。很容易就会划伤的，嘿？"

"你觉得他怎么样？"那天晚上海尔切·范隆在他们挂着锦帐的床上问皮特。"你觉得他怎么样？"印刷工学徒边问亨德里克边给印刷新的《邮差报》的纸张上墨。

等到早上，消息就在从保龄球绿地公园到外城区的整座城里传开了，那个新来的人是个撒拉森[1]魔术师，还很有可能是法国人的间谍。

---

[1] 阿拉伯穆斯林的旧称。

## 二

### 教皇日
11月5日
**乔治二世治下第二十年**
1746年

# I

　　如果一周之后有人能绘出一幅史密斯先生在纽约街道的路线图，并且每一条线路的粗细都和他的双脚踏上这条路的次数成正比的话，其结果就会是一头交错成一团乱麻的海德拉[1]，它的头就在李太太的家。

　　一条粗线通往的是商人咖啡馆，史密斯每天早上都在那里吃早点，从亨德里克还有越来越多的常客那里收获友善的交流，也收到赛普蒂默斯·奥克肖特冷冷的点头。另一条，也是条可观的墨水路线，但要稍微细一点，通往金山街和洛弗尔家。还有一条通向的是百老汇大街西边或者说靠哈德逊河那边的下城街道，一直通到纽约城边的木栅栏，在那里它有意分散成了一片卷须一样的细线，因为史密斯在特意前往每一个他能找到的酒馆或者金酒铺[2]或者其他喝酒的地方，在每个地方悄悄打听能不能找到一个专业替人寻回失物的人——伦敦的确有这样的人，作为公开的中间人沟通白日的城市和罪恶的城市及时髦人士和地下帮派——打听这个人就等于放出明确的信号说你想和抢了你的那个贼谈判。但不知道是不是纽约没有这项高级的便利，还是史密斯打听的时候没说对话，在他踏进的每一间泥土地面的房间里，他收获的只有愠怒的沉默和酒客威胁的注视。

　　与此同时，有几条比就来往过一次的路线要粗些的线条标记的是史

---

[1] 希腊神话中的多头蛇怪。
[2] 廉价酒铺，下层人喝酒的地方。

密斯前往某些地方的路线，在那些地方他已经尽可能开始秘密打听完成任务所必需的消息了。然而，把这头海德拉的大大小小的肢体都混在一起——几乎消失在一片迷宫一样的纤细线条里——得到的却是像蜘蛛蘸墨水涂抹出来的、伸向所有地方的乱糟糟痕迹，仿佛史密斯先生系统地安排好了要在这座城市里每一条小巷、每一条街道和每一个码头上至少不慌不忙地走上一次。这其实离真相不远了。几乎每一个地方都见过史密斯先生小声地吹着口哨经过，但是他没有在任何地方见到可能是那个长着一头黑发的瘦削小偷的人。他也只瞥到过一眼这个贼后背的样子。也许那个贼已经剪短了他的长发或者梳了个新发型，也许他在躲风头，也许他住在那些外城的居民点里——格林尼治或者哈莱姆，布鲁克林或者法拉盛[1]——史密斯还没有去过这些地方；也许他早就沿着去波士顿的大路消失了，要不就是带上皮夹子里的意外财过河去了新泽西。也许史密斯只是不走运，因为就算在一座只有七千人的城市里，他们俩也是有可能永远碰不到一起的，他们可以画出一次次交叉的墨迹轨迹，但是永远不会同时走到同一个地方。

史密斯的钱包越来越轻。一天又一天，它叮当作响和沙沙响的时候明显越来越少。很快它就不会再叮当响或者沙沙响了——空气可是没有声音的。史密斯严苛地限制着自己花在必需品上的钱。至少，限制那些不会引人注意然后让人看出点端倪的花销。史密斯很清楚再没有比表现出任何他需要在小钱上抠门的样子更有损他的信用的了。如果他想在洛弗尔的票据在圣诞结账日兑现之前可以一直赊账不用还，那么他必须让人觉得自己喜欢用信用而不是现金结账这点只是有钱人的怪癖而已。于是史密斯把自己不多的硬币和纸钞都用在了最会让人觉得他是个慷慨大方的人的地方：从一个孩子的耳朵边上变出来，在商人咖啡馆里给昆汀小费，还有星期天早上在教堂，当奉献盘递到面前的时候，毫不在意地

---

[1] 纽约地名。前两个位于曼哈顿岛北部，后两个位于曼哈顿岛之外，在18世纪这些地方都还在纽约城外。

大把慷慨捐献。他每天早上用记账的方式在咖啡馆里吃一顿丰盛的早餐，但不会大到让人觉得他很贪婪；然后每天晚上晚饭的时候和李太太其他的租客一起把自己的盘子吃得干干净净，也是记账；两餐之间他什么都不吃，只从公共水泵喝水。他四处走个不停，胃饿得绞在一起。四天之后，他只剩下十八先令了。他也明白，他必须找到新的财源，还得赶快。但怎么找却是个难题。富人不会变卖东西，也不会找人借钱。用什么方法可以弄到钱同时又不会暴露出任何迹象说明出弄钱只是件不用在意的小事？

史密斯在这座城市里醒来的第一个周日，在他沿着百老汇大街去三一教堂之前，他犹豫了。做礼拜就意味着花钱。他也并不一直是个特别虔诚的伦敦人。不论身边有没有人，星期天的早上他躺在床上的日子，比他起来的日子要多得多。可身怀不能告人的秘密让与上帝为伴变得特别有吸引力，据说在上帝面前任何秘密都是藏不住的；人说上帝的教堂是每个人面对神光的前厅，那道神光可以穿透人类所有的掩盖和伪装。身负重担的史密斯先生，渴望着能把自己的担子卸下来，至少是短暂地卸下来一会，尤其是不会被他左边和右边的人觉察的时候。在这些个人和精神上的考量之外，还有其他公开、谨慎的问题要考虑。教堂可能是上帝这个我们无法欺骗的审查官观察我们的舞台；但教众们也在为彼此表演。史密斯用盆和水罐净完面又刮了脸，往身上洒了点玫瑰花水然后出门了。

等他走到教堂时，钟声敲响了，一群时髦人士正聚集在华尔街西口对面这幢灰色石砌教堂的门口。多亏了他的漫游作战，他已经可以认出很多张脸了。当然，不是他认识的每一个人都在那里——因为就算纽约和伦敦一样包容着种类繁多的教堂、礼拜堂、聚会所和秘密集会所[1]，欢迎除了天主教佬之外所有的教派甚至教派的分支，它也有和伦敦不同的地

---

[1] 这些都是不同教派的人进行礼拜的地方，后三者都指不信仰英国国教的新教徒进行礼拜的场所。

方，那就是在这里别的教派的信徒占大多数，他们不只是拍打着国教这块安详巨石边缘的激动泡沫。洛弗尔一家是浸礼会教友，在这个时候应该在离他们家不远的克利夫街上的聚会所里，范隆家都信的是荷兰归正会。他们此时正在拿骚街的新教堂里坐成一排，想到要面对长达一个小时的荷兰语布道，而且三个字他们最多只能听懂一个，范隆家的小辈就坐不安稳。三一教堂只是纽约三十几个教堂中的一个。然而，不论有人多么反对它对人民的影响，多么憎恨它的影响，英国国教依旧是整个纽约省基督教的正统，有法律的支持，也享受着各种特权；三一教堂就是国教最主要的、最中心的教堂。它是国王的教堂，自然也是总督的教堂；它是权力的教堂，也是权力的亲密反对者的教堂；它是骄傲的教堂，财富的教堂，时髦的教堂，也是骄傲、财富和时髦接受心灵良药的地方。

作为一个衣着得体的新来者，史密斯被带到了走廊左边靠中间的一个座厢旁，一个还没有明确固定在微妙的座次高下里的座位，但有着能看到中殿前方社会苍穹顶端人物的好视野。在白色的座厢木隔墙之上，史密斯能看到一片令人起敬的脑袋，肩膀之下都被隔墙遮住了，恰好是古典半身人像底座的位置。那里，就在最前面的地方，额头凹凸得如同带壳花生一样，蓝色和金色交织外套也盖不住他的一脸焦虑，那一定是克林顿总督，旁边是穿着一身淡紫色丝绸裙的克林顿夫人和两个黑人男仆，为了尽量突出黑白对比，男仆的假发扑粉扑得像糖霜一样。在后面一排，一个消瘦但满脸横肉，长着两道毛毛虫一样的眉毛和尖鼻子，看起来满腹牢骚的人正在用一根发黄的手指敲自己的牙齿，揉自己的嘴唇，挠自己凹陷的脸颊；坐在他旁边的，摆出了一副最光亮、最无懈可击样子的正是赛普蒂默斯·奥克肖特，他身旁是黑奴阿基利斯。赛普蒂默斯发现史密斯在看他时抬起了一道眉毛。在他们的后面，在衣着奢华的全家人围绕之中，站着一个穿朴素黑衣的中年男子，他很适合这种座厢隔墙上缘意外地强加在人们身上的古典风格，因为他有一颗巨大的、雕像一样的罗马头，双耳和鼻子造型非常优美，就像个稍微有点堕落但聪明异常的皇帝；这个人正在环视和点头，趁总督没来得及的时候和整个房间的人打招呼，把微笑、双眉讽刺的一瞥还有会说话的视线投送到他身后一排排教众中的张张脸上，就好像是用勺子搅动一对对商人和他们的妻子，军官和他们的妻子还有律师和他们的妻子一样。男人们向他鞠躬致意，女人们则屈膝行礼，微笑露出酒窝。他的目光也挪到了史密斯身上，朝史密斯送去了满是好奇、魅力和危险的一瞥。注意到了他在看哪里，后面座厢里的人也都看了过来。史密斯低了低头。

小提琴、低音提琴、小号和双簧管组成的乐队在西侧的廊台上开始调音了，穿着蓝色罩衫的孤儿男童唱诗班走了进来，后面跟着穿白罩衣和黑法衣的教区牧师，他戴的假发分量全都落在两边的一串发卷上，就像耳罩一样。他在圣所的台阶上转过身来，用《公祷书》[1]要求的洪亮声音宣布："倘若我等说自己没有罪过，我等是在欺骗自己，而真理也不在我等心中……因此我要祈祷，也要求你等，今日在场的人尽数与我一道，心中纯净、声音谦卑，向天堂慈悲的圣座祷告，同我一起说——"

教堂里的人都跪了下去，也互相看不见了。史密斯突然就成了孤单一人，除了自己座厢方形的顶部什么都看不见了，顶上是教堂的屋顶和空无一人的讲道坛：这真是个无比形象的建筑比喻，说明每一个灵魂必须分隔开、孤独地对着施恩座[2]祷告。从这些分隔开的座厢里，所有这些分隔开的、在上帝面前没有遮挡的灵魂嘴里冒出了嘟囔的、咬舌头的、隆隆的、嗡嗡的、沙哑的、好听的、尖声的、咕哝的、低声的、细声的还有低吼的声音，全体教众一起顺着《公祷书》"总告解"一节无比熟悉的文字前进，这些文字让人安心又严苛，可以心不在焉地诵念但又会时不时在人们最不注意的地方伸出直入灵魂的钩子。"我等过于纵容心中的机巧和欲望，我等已不再健康……"不管任何时候有人因为走神了或者是

---

[1] 英国国教即圣公会的祈祷书，内有祷文和仪式流程等。
[2] 约柜的黄金盖，上面有两个天使的雕像，雕像之间据说就是上帝显神的地方。此处代指上帝。

太过专注结果在文字的流动中忘记了自己的位置,他们会听到文字继续在他们的头顶流动,在木屋顶之下组成的一道声音的屋顶,由众多不同灵魂的声音组汇而成,每一个声音却彼此不同,当中断过的声音再次升起加入其中的时候,流动的群声也不会去质疑它。史密斯先生忏悔了什么,如果他有忏悔的话,这个故事不能泄露;而他得到了什么回应,如果上帝有回应他的话,这个故事也不能泄露。上帝行事的仁慈是小说家的记录能力无法企及的。菲尔丁夫人不能描述它们,菲尔丁先生不行,伦诺克斯夫人[1]不行,理查逊先生不行,斯末莱特先生不行,甚至斯特恩先生也不行,尽管他比大多数小说家都更擅长把自己的故事拖得更长。当我们是如此依赖可见和可闻之物,当所见之事,所说之事,所作之事和所成之事构成了我们王国的四座边墙之时,在小说里是找不到多少救赎的。当然,当教区牧师诵念了"赦罪文"之后,所有的脑袋又重新出现了。看起来没有变得更坏,而且也很可能没有变得更好。

同样的,史密斯先生也没有表现出任何明显的迹象,当(因为现在还在一个月的开头,这座教堂在《诗篇》里不停地循环才刚到了第十五首)穿着蓝色罩衣的男孩们在提琴和双簧管的帮助下问道:

"耶和华阿,谁能寄居你的帐幕?
谁能住在你的圣山?"

然后唱诗班里成年男子的高音部,在低音提琴的伴奏下回答说:

"就是行为正直、作事公义、心里说实话的人。"

---

[1] 这里提到的都是18世纪的英国小说家。伦诺克斯夫人指苏格兰小说家夏洛特·伦诺克斯(Charlotte Lennox,1730—1804),她的代表作是《女堂吉诃德》。理查逊先生是指英国小说家塞缪尔·理查逊(Samuel Richardson,1689—1761),他的代表作是《帕梅拉》和《克拉丽莎》。斯末莱特先生指苏格兰小说家托拜厄斯·斯末莱特(Tobias Smollett,1721—1771),他的代表作是《蓝登传》。斯特恩先生指爱尔兰裔英国小说家洛伦斯·斯特恩(Laurence Sterne,1713—1768),他的代表作是《项狄传》。

史密斯严肃地祈祷圣灵回复乔治国王的精力,祈祷王室幸福无忧。他冷静肃穆地听着长达一个小时的布道,没有参与在他身后上演的扇子摇动和眉目传言。不过,在两排之后,一位暴躁的红龙虾[1]一样的步兵军官挽着一位年纪稍长的女士,她的双眼是史密斯见过的最深的蓝色,几乎和青金石一般了。冷静的史密斯先生,恭敬的史密斯先生,正派的、虔诚的、谨慎的史密斯先生。

一切结束之后,在教堂的门廊里,史密斯并不是很吃惊地发现那位罗马皇帝在湍急的人流之中平稳地出现在了他身边,然后带着毫不客气的亲近挽住了他的臂弯,用闪光的、冷冷的小眼睛盯着他。

"让我介绍一下自己。"他说,"因为我不愿意放过认识你的机会,年轻人。我是詹姆斯·德兰西。"

"大法官大人。"史密斯边鞠躬边说。因为既然洛弗尔指控他是来干预政治的,他就干脆弄明白了纽约的政治结构,再说了,德兰西的声音充满了法律的奶和蜜,这是驾轻就熟的、富有表现力的声音,把这个声音和一间他有权要求别人必须听他发言的法庭匹配起来并不难。"我是——"

"哦,我知道你是谁。不管怎么样,知道得够多了。一个有意思的问题。乔治,我希望这个年轻人在国王生日宴的邀请名单上。"现在依旧觉得自己理所当然有权威的德兰西正在冲着总督本人说话。

史密斯鞠了个躬。克林顿花生壳一样凹凸的额头焦虑地皱了起来。他发出了一个意味不明的声音,然后低头看向正跟在自己肩后的赛普蒂默斯:"嗯——?"

"我没有想到这点,阁下。"赛普蒂默斯简单地回答。

"喔,你应该想到的,你肯定应该想到的。"德兰西说。河流一样的

---

[1] 当时英国陆军制服是大红色,颜色酷似煮熟的龙虾,故而常常用龙虾兵来指英国军人。

牛奶，洪水一样的蜂蜜。"那我就期待着那天了。先生们，克林顿夫人，再见。"然后他大步走开了，他的家人，跟班还有（看起来）大部分的教众都跟在他身后，这些人经过的时候冲着总督鞠躬或者屈膝行礼，但对待总督和他的从人——那个一脸横肉的阴沉男人和陶瓷一样光洁的赛普蒂默斯——不比对河床里伸出来的石头更尊敬。

不确定自己该站哪边的史密斯让自己被人流推着走开了，如果不是一个胖胖的九岁或者十岁的男孩，他本可以全身而退的。这个男孩在人流里穿梭，就在这个当口把一顶帽子伸到了他鼻子底下，然后大喊："捐一便士生火吧，先生！捐一便士来烧死教皇，先生！捐一便士给盖伊[1]吧，先生！"已经因为教堂的奉献盘少了五（新泽西）先令的史密斯心里暗骂了一声，然后脸上带着灿烂的笑容往那顶破帽子里塞了六（马里兰）便士。

那天下午，当史密斯又走向金山街去和塔比莎·洛弗尔喝茶时，街上满是一队队一帮帮许诺要烧死盖伊·福克斯的男孩。好几次，当他听到募捐人叫喊的时候，他不得不躲进巷子里，装出一副不是故意的样子。

> 11月5号呀
> 你该记得吧
> 那火药阴谋正是忙。

先顺着国王街往下，然后再从皇冠街上来：

> 我不知道有啥原因
> 让我们把火药阴谋忘。

---

[1] 盖伊·福克斯（Guy Fawkes，1570—1606），英国天主教徒，曾于1605年11月5日谋划用炸药炸毁英国议会大楼以刺杀英王詹姆斯一世，事情败露后于1606年1月被处死，11月5日因此成为英国人表达爱国热情的盖伊·福克斯节，习俗是点篝火烧掉福克斯的假人。

走过了拉特格斯山街的街口,就在威廉街南边,然后突然穿过布罗特巷向北:

> 当第一位詹姆斯王把权杖摆,
> 可怕的阴谋就在地下埋。
> 三十六桶火药地下藏,
> 要让老英格兰就此亡。
> 那是个走运的人哟,也是个走运的日子,
> 擒住了搬弄阴谋的盖伊·福克斯。

史密斯如此随意地转向小巷里或者扭头往回走,结果那头可怜的海德拉最后被涂抹成了一团分不清的墨团:

> 听我们的铃铛叮铃铃地响;
> 求那女士和先生,若你多少把钱赏,
> 我们就烧了那狗贼再不让他狂。
> 我们就烧了那狗贼让他头颅掉,
> 然后你能安心道:这个狗贼确已亡。

史密斯这么走的目的自然是为了把街道的布局牢牢地印在自己的头脑里;而等稍稍有点喘息的他走到洛弗尔家门口的时候,他出门时带在身上的十二先令六便士都安然无恙。他希望洛弗尔家有东西吃。

如果说洛弗尔家的房子在他初见时披着(至少对他而言)神秘的外套,再见时披着好客的外套,这一次到访则让他看到了它沉闷的一面。塔比莎坐在史密斯上岸那天撞见两姐妹那间楼上的房间里,身边扔着没完成的针线活。洛弗尔先生和弗洛拉好像做客去了,就留了她一个人和

泽菲拉在家。泽菲拉给他们端来了摆着茶壶和杯子的茶盘之后就坐在门口补袜子,这样至少满足了最低限度的礼节要求。一种沮丧的灰暗光线落在所有东西表面,包括塔比莎的脸上。当她在烛光下捣蛋的时候,她的脸看起来和她妹妹的一样漂亮,还要有趣得多;现在她的脸看上去满是疲惫,史密斯也不明白为什么她的嘴周围会绷得那么紧,就好像她一直咬紧着牙关。他走进来时,她脸上出现过一瞬间的活泼激动已经变成了一种主动的恶意,一种一旦史密斯向她指明用什么方法可以最深地刺到他,她就(在他看来)不会让他顺心的样子。也许他的情绪也不是很好。史密斯不是很清楚他来这里做什么,或者在这次沉闷的见面里他应该做什么。茶盘上没有小盘的蛋糕或者马卡龙。塔比莎在倒茶,然后壶嘴不耐烦地敲响着陶瓷杯。

"告诉我一件事。"史密斯说。

"也许会告诉你,"她说,"什么事?"

"你为什么要扔我的书?"

"你让我扔的。"

"不,我没有。"

"噢,那就是我的错了。"

"你清楚我没让你扔。真的,为什么?"

"我猜我以为有人给了你一团让人作呕的东西的时候,他们是想让你帮他们处理掉。"

史密斯看着她。"我想知道。"他说——恼怒而又同样好奇。

"为什么?喔,你今天似乎是令人失望的较真。明显是给我自己找点乐子。我可不知道那后面还有戏法表演。说起那个戏法——"

"那么做看起来有点残忍。"

"真的?"

"是的。"

"那还把你逗笑了。"

"是没错，但是仍然。"

"我不确定我是邀请你来训我的。"

"我不确定你为什么邀请我来。"

"喔，不是来讲大道理的，那是肯定的。你演的角色要穿帮了，史密斯先生。浑蛋还是正人君子：你得挑一个。我跟你保证，弗洛拉有成队的保护人。一整支军队。一整个军团。我没想到你也是其中之一。"

塔比莎这么说的时候听起来意外地难过，史密斯后悔自己发了脾气。他觉得自己的愤怒实际上已经消散了，马上就记不起它是因何而起的。他朝她笑了笑。

"我——"他刚开始。

"上帝的牙齿，"她盯着自己的膝盖说，"你让我想起了我妈妈。"

"我——什么？"

"她活着的时候没有一天不在数落我。教训我要友善。"她捏着嗓子用一种愚蠢的尖声尖气的声音说话，软腭湿乎乎地摇摆不停，"啊，塔比莎，你怎么能这样？啊，管住你的嘴。啊，你说了什么。啊，格雷戈里，我做错了什么要遭这种罪。"

"你想她了。"史密斯说。他注意的是她低垂的目光和肩头痛苦的耸动，而不是她模仿出来的活灵活现的恶意。

"不是！"塔比莎突然用力地说，突然地抬头看着史密斯，本来身体前倾，同情的半蹲着的他吓得站了起来。"我才不会。一副奶牛的脑子，还像章鱼的吸盘一样烦人。"

"看着。"史密斯伸出手说。

"又要变戏法了？"她过了一会问。

"不是，只是给你看一下。看！手指，手指甲。十根可以抓东西的手指。没有吸盘。是手，不是触手。"

"我看见了。"

"至于头脑你就只能相信我的话了。"

"相信你，史密斯先生？上帝啊。"

"可我敢说我的头脑和你的并没有那么不同。有点不耐烦和傻瓜打交道，有点不情愿只能等着被人逗。"

"也有点残忍吗？"

"也许。"

"但我们不一样，我们不可能一样。你不用等着。你是个男人，你想去哪里就能去哪里，你想看什么就能看什么，想说什么就能说什么。"

"你就不行了吗？我可没注意到你有退缩的时候。"

"你现在就是在装傻了。我给自己找乐子是因为我必须这么做。你是因为，哈，那就是你的一个怪念头罢了。或者是因为你就是个准备骗我们钱的浑蛋。你知道，我可没忘记。"

"就算你是个姑娘，你不能离家出走去当龙骑兵；就算这座城市算不上最大的都市之一，可是它并不是没有花样，没有怪事，或者没有神秘之处。这些我待了四天就明白了。你都在纽约过了一辈子了，我不明白你为什么还会怀疑，或者就因为你住在这里，就说你自己是被圈禁的。"

她瞪着他。然后她笑了。

"你这个傻瓜！"塔比莎说，"你是真的没有注意到吗？"

"注意到什么？"史密斯说。意识到自己天真地做了件无知的蠢事，他感觉脸开始红得发烫。

"你每次见到我的时候我都是坐着的，还有，你个蠢货，我椅子的扶手上靠着那根拐杖。"

那里的确有一根，现在他知道该看哪了。一根镶着金属圆头的手杖，它应该——他后知后觉地意识到——不只是个装饰品。史密斯先生张开了嘴。一点都不像他的是，他什么都没说出来。他在余光里看到了黑色在灰色的东西上移动——坐在角落里的泽菲拉转了过来。

"所以你看，"塔比莎胜利地说，"说圈禁一点都没错。除了几次痛苦的远行，我还可以期待再看这间屋子五十年。你现在是不是要告诉我要对自己有的东西感到满足？你是不是要告诉我有这样的家庭很幸运？你是不是要为我祈祷？我刺人，我咬人，没错，这样那些靠得够近被我咬到的人就不会只觉得我可怜了。"

"就连你的朋友也是？"终于找回了自己声音的史密斯说。

"我不认识你说的这种人。"塔比莎说。

史密斯打量着她，重新理解了她的坏脾气，紧闭的嘴唇，紧咬的牙关，还有对恋爱和冒险故事的轻蔑。他现在明白了，这一切都是在可能被人拒绝之前先下手拒绝。他已经被用牙齿警告过了，不要怜悯她。其实他也负担不起这样的怜悯。他不能去关心自己的事对她可能有什么影响，兑现那张票据会不会让洛弗尔伤筋动骨或者破产，它会不会对她现在坐在里面的这个房间有所破坏。这里——现在加倍地清楚了——除了配合他来这里办的正事必要的逢场作戏之外，不是他应该来演戏的地方。除了表现出一位史密斯先生看起来应该有的对生活的一般欲望之外，也不是一个应该付出任何感情的地方。然而一阵让他不舒服的负罪感正在他体内蠕动，它长着锐利的尖刺，把他钉在原地，用细线把他缝在了那里。

"你一生下来就是这样？"他问。

"不是，"她说，"从我十五岁开始。骨折得太厉害了，被仓库里的木桶压的。"

"那，你能站起来吗？"

"能，"塔比莎说，"我能站起来，而且我甚至还能站着经受你的盘问。"她撑着站了起来，把手杖留在原地，除了嘴旁边颤动的肌肉之外，她看上去也没有明显的挣扎。她比弗洛拉要高，也没有明显的畸形，只是她裙子之下露出的一只脚不正常地内扣了不少，那条腿的动作也显得更僵硬。泽菲拉也站了起来，用手捂住了自己的嘴，但塔比莎打了个手势，坚决禁止她靠近。

"只不过，"她说，"这样很痛。"

她跨过土耳其地毯朝着他优雅但痛苦地走了一步——两步——三

步，然后身形一晃。他从椅子上冲了出去，在她摔倒之前正好抓住了她的手。她的双手很烫，几乎像发烧一样烫。史密斯努力想把塔比莎搀回她的座位，他们的腿像两个笨拙的舞者一样踩着拍子，与此同时她的脸上满是嘲讽。

"哦，史密斯先生，"她小声说，"我确定你刚才救了我。"

"我想我该走了。"史密斯说。

"胆小鬼。"她说。在他侧着身子紧张地退向门口时，她又说："我知道为什么魔术师要鼓掌了。"她的大笑声跟着史密斯下了楼，但史密斯却觉得跟着他慢吞吞地、踉跄跄地下楼的是羞辱。不用去追他了，他已经上钩了。

## II

尽管已经过了吃饭的时候，史密斯还是违背了自己节俭的誓言在商人咖啡馆点了一份餐，希望肚子里有点结实的东西可以制伏自己头脑里的混乱。他带着点不管不顾的劲头吃掉了点的肉排。一份纽约报纸——不是《邮差报》——在"新来人士"栏目里把他报道成了"土耳其魔术师，比弥达斯国王[1]还富有，如果谣传是足金而不是假币的话"。咖啡馆里比平时要空得多，连昆汀都不在了，代替他的是位妇人，可能是他母亲。在玻璃窗外，下午陷入了黑暗中。打破黑暗的是叫喊声，飕飕跑过的声音，还有突然腾起的吓人火苗。看起来，纽约人很把盖伊·福克斯节当一回事，全城都参与其中。史密斯本以为在这远离可怜的福克斯没能用火药炸掉的议会的地方，过节的热情可能会消退，没想到恰恰相反。史密斯想他

---

[1] 希腊神话中的一位国王，他可以把自己接触到的一切都变成黄金。

也该去看看，这里消遣或者聊天实在少得可怜，没什么可以让人不再回味刚才的尴尬事。

史密斯从咖啡馆一出来，血就又涌到了他的脸上，不过这次是因为寒冷的缘故。从东河对岸刮过来一阵寒风，就好像有只沙拉曼德[1]在舔他的皮肤一样——如果把那个生物的传说颠倒过来，让它生活在冰里而不是火里，全身变成玻璃一样的蓝色。寒风让史密斯渴望起了那些筹款的男孩凑出来的篝火，不管它有多大。篝火多半是在公地上，行人看起来都在朝那边走，史密斯越往前走，小街上就越是挤满了人影。先是几个人，像鱼一样静悄悄地朝着史密斯街路口溜过去，然后从拿骚街的两个方向都有越来越多的人窜过来，像一群一群的鱼一样面目模糊的市民，史密斯还发现，所有人都很奇怪地一言不发，只有前面传来了低沉的喧闹声。

"今晚真冷啊！"史密斯乐呵呵地朝着街上所有走路的人说，可除了几声哼哼之外什么回应都没有，他甚至还觉得人群稍微和他分开了点距离，就好像他表现出了不合适的轻浮一样。今天晚上纽约街道的气氛令人困惑地发生了变化，而且不是变得更欢乐或者带上节日的放松。黑压压的人群飞快地朝前走，互不干扰，表情严肃。此时从前面通向百老汇大街的路口透过来的红光在他们身后投下了长长的影子，这些影子的样子也和他们截然不同。二十英尺、三十英尺长，影子疯狂地在路旁房屋的外墙上跳动，长着纺锤一样的膝盖和伸缩不定的脑袋在被映红的砖头和灰泥上纵跳、伸展、走高跷。到处都发生了翻天覆地的变化，直到史密斯被人流推着走到了百老汇大街上人群的后方，走到能够看到亮光和喧闹源头的地方之后，他才知道夜晚带来的变化到底有多彻底、多全面。

街道两旁满是正在跺脚的人群。"咚——咚——咚"。不是踩在一个拍子上，而是一阵散乱、轰响的声浪。在平常小贩礼貌地叫卖和黑奴忧伤地洒扫的地方，"咚——咚——咚"。随着这个节奏，一个燃烧的东西

---

[1] 即蝾螈，欧洲传说蝾螈是生活在火中的。

正在靠近，正是它映出了所有的影子。一辆大车，上面插满了火把，还堆着一把把噼啪作响、噼啪放光的鞭炮，一个几乎和路一样宽的四面围着帆布的移动巨物，上面立着三颗巨大的头颅，在头顶、鼻子和邪恶笑容上刚刚刷过漆的地方，一道道兴奋的红光在闪耀，就好像庞奇那罗先生[1]被放大到了三倍大。拉动这尊狂欢怪物的是穿着袍子的人，他们的兜帽尖离铺路卵石有七八英尺远。他们除了起起伏伏拉着绳子的自然动作之外，随着照在他们身上的红光的摇动，他们似乎还在蠕动、流动和扭曲。这是一幕在夜色中庄严地——几乎是沉静地——上演的疯狂景象。没错，四下偶尔有孩子闲聊的声音，但如此多双脚踏出的"咚——咚——咚"就像榔头砸钉子一样把庄严灌进了这一幕中。和史密斯先生一起挤到国王街和百老汇大街街角的人也在跺脚。空气似乎都在颤抖，史密斯觉得他们的脸上就好像戴着同一个兴奋、虔诚又愤怒的面具。

等那些拖着大车的戴兜帽的仆人走到史密斯身旁时，他们头上戴着的尖帽子原来不过是用牛皮纸卷的圆锥，而他们的袍子也不过是用绳子捆上的床单而已。但变装方式的廉价只让这身行头变得更加奇怪而不是荒谬可笑。史密斯在这些辅祭里认出了好几张脸——洛弗尔的学徒以赛亚、咖啡店的昆汀、三一教堂唱诗班的一个男低音和一个男高音，还有几个西城的酒馆里面色阴郁的酒客——每一张脸都同样发生了变化，变成了如滴水嘴兽[2]一样肿大狰狞的严肃神情。然后史密斯又发现了——在更远的那边而且脸还被遮住了——一顶圆锥纸帽下面有长长的黑色直发在扭动，还有一具如此瘦削又高大的身躯，即使穿着袍子，这个人的全身看起来也像是一捆细线在运动——

"嘿！"史密斯边大喊边试着往前挤。但跺脚声和火药的噼啪声盖过了他的声音，不知是无意还是有意的，他前面的一排市民组成了一道最有效的篱笆。在史密斯努力挤进去的时候，他们提起的脚不带恶意地踩

---

[1] 意大利传统提线木偶戏中的角色，在17世纪流传到英国后成了英国的经典文化形象之一。
[2] 指西方教堂的排水口的雕像，它们常常被雕刻成狰狞的怪兽形象。

在他的鞋上，他本来应该踉跄着后退，可后面那排人同样有效地把他往前推，结果他就只能站着被来回踩脚，仿佛一把捆得紧紧的黄磷火柴中的一根。那些全身紧绷的辅祭和他们的绳子走过去了，然后是那个喷火的怪物慢慢转动的身体，在它钉上去的帆布车裙之下，有许多车轮在转动，而上面，在一阵阵沥青烟和火药烟之间，刷在巨大人偶上标明它们身份的金色字母像火炉一样闪光。戴着王冠，一脸骄傲淫笑的脸上面写着"教皇"。长着盘子那么大的美人痣，咧开两片肥唇在傻笑的脸上写着"王位觊觎者"。最后一个，伸着舌头带着哑剧一样夸张邪恶的脸上写着"福克斯"。只有在车尾完全通过之后，看热闹的人才能走到路上跟着前进；这时候也是有先后次序的，因为已经有一排排的市民跟在大车后面踩脚前进了，他们中间有两个驻军的鼓手敲着正经点的鼓点，有敲着深平底锅，又把鼓点搅乱了的男孩们，还有人拿着旧小号和军号在刺耳地唔哩哇啦地吹着，就为了吹出响而不是吹出调。只有在游行队伍已经走过了五十多英尺之后，人潮才松动到了史密斯可以歪着身子挤进路上跟着前进的地步，前头搭着人像的大车现在看起来就像慢慢移动的障碍物，一个满是火焰和舞动鬼影的紧紧的塞子，夹在黑色墙壁之间蠕动，没有任何撵上去的可能。

不过游行的队伍是在朝着公地走的。当人们一寸寸地挪过了东边的费尔街和斯普林花园和西边的范配尔特窄街之后，队伍突然散开了，窄窄的人龙分散成了一片扇形的漫步者，都追着前方跳动的火光走进了更广的黑暗里。最后史密斯终于从人群里挤了出来，继续朝前跑着，时不时地在草根上绊一跤，朝左右张望着想再次看到那些辅祭。但是到他追上那辆彩车的时候，他发现那群辅祭已经散去了——尖顶帽摘掉了——绳子落在了地上——那群人已经与周围的人群融为一体不可分辨——那可不是史密斯可以轻松检查的，在他试穿过人群的时候，他发现人群已经组成了一道越来越宽的人体圆环，围绕着一个被黑暗笼罩的高大物件向左右延伸到他视野的尽头。这个伸缩的人体障碍物像之前一样无法穿透，但是健谈一些了。他周围的黑影对他说："稳住了，稳住了，往后退点，别推了，先生，地方够宽的。"所有人都伸着脖子往前看，望着黑暗中史密斯看不出来的一个消失点。一个还戴着锥帽的人影（但是没有黑发）从停下来的长着人头的彩车旁向前走，伸长的两臂各拿着一枝从车上卸下来的熊熊燃烧的火炬。这个人面前的空气里出现了淡淡的形状，一个黑色的东西出现在黑夜背景之下，然后，比史密斯想象里要大得多的一座山矗立在之前空无一物的公地草坪上，全都是用木头和可燃的废物堆起来的。废弃的衣柜和砸碎的橱柜堆成了山坡，破烂的床架在峡谷里咧开大嘴，仿佛是纽约城把它的阁楼、垃圾堆还有地窖里能翻出来的所有旧货，所有能烧的东西，以及过去留下的每一样不完美的累赘都堆成了一座高山。那个辅祭把火把捅进了山脚。什么都没有发生。然后——噼啪，啪，伴随着被熏烤的木头飞快干燥破裂的声音——一条条火线开始顺着这座柴火山内部的迷宫蜿蜒盘旋开，火线在引燃东西的时候，在啃咬坚实的红木结的时候会暂停片刻，它也会顺着塞进柴堆的纸张飞速前进，但是永远都是向上，向上，向上，冲向顶峰：高得不可思议的顶峰在发亮，接着看起来像是落在红色的火焰之上的黑色格子架，然后最终喷发出的火焰变成了一顶黄色火舌的皇冠。篝火烧起来了。

在越来越亮的火光里史密斯逐渐看清了火堆周围的人圈到底延伸了多远。这里肯定得有上千人，好大一部分的纽约人都聚拢在这里，抬头注视着那座火焰山。一张又一张脸上都带着兴奋的恐惧，就好像随着越来越响的火炉一样的燃烧声，有什么既恐怖又令人高兴的东西被释放出来了。随着温度越来越高，火堆脚下 11 月潮湿的土地开始腾起了蒸汽，像流动的河水一样，飘过草叶弧形的剪影被吸进了火堆里。在那里，蒸汽好像突然转变成了另一种物质，蒸汽立刻变成了不停向上，向上的熔岩流般的橙金之火，攀上了柴火山顶，像波浪一样起伏，熊熊燃烧，还伴着一种酷似远处许多玻璃窗破碎的声音。一片片还没有烧掉的黑色碎片像炉渣浮在熔化的铁水上一样飘在篝火的火山口一样的火心上。而到了最顶上之后，攀升的橙金之火又再度发生了转变，变成了薄纱般飞舞的十五甚至二十英尺高的火舌，在最尖端的地方一闪一闪地破裂成一片红色火星的微粒潮流，随着一阵阵热浪冲向夜空，向上高高喷涌然后又落下来，热浪推进到夜空的寒冷之中，迷失了方向又落了下来。天空啊！闪亮的火光遮过了星光，可当火星败落之时，火焰的巨大无边只是衬托得夜色更为无垠的庞大变得更加明显。纽约聚集起来点亮了自己最大的张扬和愤怒的信号，结果光和热的烈度似乎却只是彻底暴露了这块大陆庞大黑暗真正的大小，而这座小小的城市只是栖身在大陆的边缘——在这点针头大的反抗火苗之外，成千上万英里[1]的夜色朝着西方延伸开。被火星和烟弄得晕头转向的史密斯第一次失去了他从母国带来的令人安心的对于大小的理解，对新世界的敬畏和恐惧第一次在他身上觉醒。就好像到这个时候为止，他都生活在一座小小的玩偶之家里，被它整洁的表面所误导，把它错认成了整个世界，直到啪啦一声巨响，它的侧边和前面都被扯了下来，而这个玩偶之家只是孤独地立在夜晚的森林中，只有几英寸高，周围却满是沉默、巨大、发光的巨木。

到这个时候篝火已经从狂野的烈焰收敛成了更沉闷的东西，一座满身橙红的小丘，闷闷地发着光。它现在是一幅非常可信的地狱风景图的样子，尤其是当那些火焰奴仆黑色的身形时不时地还要蹦蹦跳跳地、或者歪歪倒倒地、或者跟跟跄跄地穿过地狱熔炉般的火光时。他们正在把那些从彩车上推下来的头像往前拉。教皇是第一个被扔进熔炉的。一边两个人抬着它，他们像晃动攻城锤一样晃动着它戴着冠冕的脑袋，走到了他们敢靠近地狱口的最近的地方，然后把它扔到了火炭堆上。他滚了几下，然后被大鼻子撑住停了下来。有那么一小会，它的侧脸看起来什么变化都没有，还是没有被火焰波及的黑色；然后一瞬间它就彻底变成了被剥了皮的火焰肌肉群，一张舞动的鲜红肌肉纤维拼成的脸；再过了

---

1 英制长度单位，1英里约等于1.6千米。——编注

一瞬间，因为它其实就是纸板做的空心人头像，它彻底不见了，在"噗"的一阵火星中消失了。围观的人群里响起了一阵欢呼。下一个是王位觊觎者，随着这个头像被来回晃动，人群用自己混乱的、众多声音汇合而成的众声之声喊着号子。"一——一——一——一！二——二——二——二！三——三——三——三！"——然后在查尔斯·爱德华·斯图尔特王子落进炭灰堆的时候，人群中爆出了一阵嘘喊、嘲笑、倒彩和口哨声。福克斯被扔进去的时候场面要更庄重些，毕竟它是个更古老也更没威胁的敌人。只有它在空中晃动时候的号子声和一阵所有人满意正义得偿的感叹声。福克斯后颈窝落地，邪恶的舌头指向天空，然后像火捻一样烧得什么都不剩。"上帝保佑国王！"有人喊了起来，在篝火的另一边，人圈的一部分欢呼了起来，想一起大喊这句口号。但是众声之声正在分散成许多人嘈杂的声音；人圈里挽在一起的手臂分开了；奇怪的庄重沉默消失了；人们开始聊天了；酒壶、酒瓶和酒罐开始从一只手传到另一只手。

现在史密斯本可以试试去找那个贼，但线索已经不在了，他不相信他可以在漆黑的公地上随便找到他，就像他不能在这座城市的街道上随便走动就找到他一样。史密斯冻得浑身发抖，他接过了从右边传来的陶罐，喝了一大口才发现自己喝的是新酿的朗姆酒，甜腻而烈如火。他刚把罐子传给下一个人，一个散发着荷兰金酒味的瓦瓶又被塞到了他手里，然后还有更多、更多的酒。他都是小口小口地抿，但是朝左右一看，他发现朗姆酒、荷兰金酒和私酿烈酒都被人咕咚咕咚大口喝着——酗酒，这样的酗酒是史密斯离开伦敦之后就没有见过的，他曾大意地以为自己把旧世界溃败堕落的一部分留在了海的那头，那种金酒铺里醉醺醺的、无可救药的、步履蹒跚的自我毁灭。可在这里却是体面的、衣着整齐的市民——他甚至会说清醒有节制的市民——他们把自己白日的自我扔进了篝火的烈焰围裙里，大口喝起了酒，不是为了寻开心，不是为了抵御夜晚的寒冷，只是为了把自己尽可能多地融化在烈酒里。

年纪小点的学徒们已经开始呕吐,然后大笑,然后再次灌起了烈酒;人们的动作已经越来越大越来越粗鲁了,脚步也越来越不稳了。妇女们没有喝酒,篝火边人圈里那群看起来最穷困的人里那几个面容憔悴的妓女例外。善良的妻子、体面的少女、衣着阔绰的女士们都融进了黑暗里,朝家里走去,她们的夜晚已经结束了。人圈摇晃着,跌跌撞撞着。有一个人,喝了一大口烈酒,鼓着腮帮子向前跑进了篝火边让人热得受不了的地方,然后一口酒喷在了火炭上,一道滴滴答答的黄蓝色的火线立刻燃了起来,他咧嘴笑着,走之字形跑回来的样子看起来像龙一样。一阵阵大笑和掌声,马上就有三四个模仿他的人跑向火堆,直到不可避免的、有个蠢到连这个把戏都玩不好的家伙在关键时刻咳了一声,把燃着蓝火的金酒洒在了自己的下巴和衣服上。更大的笑声,人群停下来欣赏他在地上打滚尖叫,试图拍灭自己身上的火,直到他的朋友跌跌撞撞地跑来救他,把他拖回阴影里,然后,因为找不到别的东西,用尿浇灭了他身上的火。

史密斯只是小口抿酒而不是大口灌,所以他的肚子里只有微微的热度,不是他旁边的人狂灌下肚的暴躁欲熔的恶魔。鉴于现在场面已经变得混乱起来,他判断自己最好也该悄悄溜走了。但他已经错过了离开的机会。退出这场痛饮狂欢同时还被周围的人当作好哥们的时机已经过去了,而且突然似乎过去了很久,因为当史密斯拒绝了他右手边壮硕的学徒递过来的下一轮酒的时候,这个学徒立时翻脸发怒,而当史密斯后退的时候,他只退到了这个学徒的朋友又热又湿的身上,这个人抓住了他。

"你阵么了[1]?你想溜到哪里去?今儿可是教皇日。来喝一个。"

史密斯面前那个学徒把瓶子堵在了他嘴边,就像一个人要突破婴儿的抵抗把勺子伸进去一样。玻璃瓶撞到了他的牙齿,在自己被敲掉几颗牙齿之前,史密斯伸起手抓住了瓶颈。那个学徒不想放手。他大概只有

---

[1] 即"你怎么了",此处为了表示说话人说话吐词不清,翻译时使用了别字。下同。——编注

十七岁,但他同样是那种牛奶养大的壮硕样子,和史密斯在洛弗尔的学徒以赛亚身上见过的一样。史密斯手一拧,那个学徒松开了手。那些男孩紧紧地围着他。

"谢啦。"史密斯说,他准备像戏台上一样豪饮一大口,可在那个当口有人拍了一下瓶底,坚硬的瓶口就像锤子一样撞到了史密斯上颚上,然后他呛住了,烈酒撒得到处都是。学徒们觉得这很好笑,他身后那个人嘎嘎嘎地一阵狂乐最后打起了嗝。

"教皇日就是得喝一个。"第一个学徒说。

"得!"第二个人同意说,"英!国人!天生哒!权腻![1]"

"没错。"史密斯说,他尝到了嘴里的血腥味,他把瓶子朝肩后递过去,"你来一个。"就像他希望的那样,那个打嗝的家伙放开手接过了瓶子。史密斯扭动身子到了左边,然后离他们两个人都保持了一点距离。再退一步他就能抽身离开了。

"祝你们有一个愉快的晚上,伙计们,"他说,"这个英国人要回去睡觉了。嘿,"他边开始往后退边多问了一句,"你们认识那些拉彩车的家伙吗?"

他们没有听他说话。第一个学徒正盯着史密斯映上了斑驳黑影的脸,黑色的线条顺着这个学徒的嘴角延伸下去,他的颈巾也松了,就好像史密斯朝黑暗后退的几步显示出了什么奇怪之处,而这在他们鼻子贴着鼻子的时候是不明显的。

"干,"他说,"丝他。[2]"

"谁?"打嗝的家伙问。

"那个异教徒。那个钱多得不得了的家伙。"

"是你吗?"打嗝的家伙问,他脸上露出懵懵懂懂感兴趣的样子,就和有人突然介绍他认识一个长着六指的人时一样。但他的朋友正在一脸

---

[1] 即"英国人!天生的权利!"。——编注
[2] 即"是他"。——编注

阴暗地琢磨这个发现。

"干,"他又说,"你是个该死的信教皇的家伙!教皇日里的教皇佬。你胆可真不小,你这个邪恶的浑蛋。站在这里!和我们一起!你这个浑蛋!"他正在激动地摇着他的头。

"喂!白痴!"史密斯尖声说,"少胡扯。我跟你一样不信教皇。"

"琼斯!"那个男孩大喊道,"西蒙!希金斯先生!快来哦!看我碰上个什么!"

够了。史密斯侧身全部走进了阴影里,敏捷地转身走开了,但他还是遵照城市里不想引人注意的通行法则,用走的而不是用跑的,不论一个人是偷了钱包还是在不准贴告示的地方贴了告示,他都永远不应该跑开,让人一眼就发现自己。但他还是犯错了。史密斯还没在起伏的草地上走出去二十步,他身后大喊的声音就变成了咚咚的跑步声,一个肩膀撞到了他膝盖后面的地方,接着他就被一座飞快增大的人肉山丘压倒在草地上了。粗呢料压在他的脸上,他的脸贴着冰冷的土地。至少有两个人的分量压在他背上,同时伴随着兴奋、激动的喘气声。"抓住他了!"有人喊道。史密斯被牢牢压在地上。他试着蜷起自己的脊柱,但这一次再没有扭动脱身的机会了,人体的重量压得他只能平着贴在地上。被这么多腱子肉压在下面,他别无选择,只好老实等着。但是,说实话,他现在比开始的时候更平静。在他的任务还只是令人紧张的未来之时,史密斯——当他被塞进、被装在、不得不在亨丽埃塔号上熬时间的时候——曾经想象过很多种自己任务的不幸结局:各种各样的灾难,多种多样的灾难。虽然他从来没想过自己会因为被错认成一个天主教徒而被一群愤怒的学徒在篝火旁围攻,但他肯定想象过愤怒的暴民带来的灾难,而且想象过好几种可能。在慌乱的想象里,他抽起过那些上面印着未来的牌,上面要不是嘶吼的人群把他朝绞刑架拖去,就是一圈粗短的棍棒此起彼伏把他打成一摊肉泥。而现在,似乎那句格言说得不错,面对还未降临的悲剧,等待才是更糟糕的部分,比现实还糟糕。等到那一堆学徒从史密斯身上爬起来，他被很多只手粗暴地拉起来站住时，他觉得慌乱从他身体里流走了，只剩下另一种体液，稳定又冰冷：他血管里流的是冬沙拉曼德的血。

"我们抓到了什么？"一个新的声音说，响亮但是懒洋洋的，气势汹汹又自在，就好像是大法官声音的平民表亲，同样满是那种会有人给他腾出地方的自信。在这里，在篝火的红色疆域和城里第一扇亮着微微灯光的窗户之间的漆黑空地里，除了一团团晃动的肩膀和脑袋的黑影之外想再看清那些抓住他的年轻人是不可能的，而他们把史密斯转过来面对的那个人正在慢慢走过来，一点也不着急，他身上明暗交织，脑袋肥硕的圆顶把火光挡在了后面，远处的红光只能映出他两鬓胡须细密卷曲的样子。不过朦胧中也能看清他为了过节穿的是带条纹的衣服，印着深浅交替的宽条纹的丝绸紧紧绷在他身上，如果那些男孩是公牛犊的话，他就是成年大公牛。而且他身上闻起来——这个新的、更冷静的史密斯只是把闻到的气味当作了眼下这个局面的又一个细节，就像欧几里德几何里的一个角一样明显——有动物血液的味道。肉排，血布丁，绞肉机里的下水。希金斯先生，我猜是。这位屠夫溜溜达达地走过来看看自己的学徒们抓住了什么。不过并不是作为成年人来责骂他们，不，不是。这位屠夫自己也在找乐子。而其他正在散去的人正在黑暗里分头走向各自想做的事情；没人会来帮忙。那些学徒抓住史密斯的胳膊让他大张双臂站着。这位屠夫举起了有馅饼那么大的拳头，慢悠悠地，慢悠悠地。"噢——噢——噢——噢。"学徒们叫喊了起来，激动的声调越来越高！

可史密斯先生在莱姆豪斯的地下室里除了耐心挨饿的本事之外还学了点别的东西。左右开弓，他飞快地重重地踩在抓住他的人的脚趾上；他们骂骂咧咧地乱蹦，然后放开了手，趁这个机会，史密斯赶在屠夫的拳头提起速度之前就朝前猛扑抱住了他沾满血腥味的胖大身躯。这个蜷着身子的别扭拥抱让屠夫的一拳没打出来，但代价就是史密斯只是松松地挂在自己的对头身上，但他只需要这个姿势给他一个支点；双手分别抓住屠夫外套突起的肩部,快,快,当屠夫还只能惊讶地喊叫时,史密斯折刀一样弓起来的身体就是他需要的全部武器,腰往后一仰,然后用尽全力把额头砸到那个屠夫的鼻子上。鼻梁断了。一股湿热溅上了史密斯的眉头。屠夫一声大号。屠夫倒下了。史密斯觉得自己的头疼得要裂开了,眼前闪过的阵阵金星让他视野一片模糊,但他还有足够的清醒从倒下的猪肉巨人身上滚下来,奋力爬进了一片混乱的黑暗中。一条条腿、阵阵尖叫、头疼——手脚并用爬过丛生的乱草——他闭上眼还能看到阵阵金星——他见人用过"莱姆豪斯之吻"这招,可他完全不知道动手的人也会如此难受——但他还是在往前爬,一英尺一英尺地、一码一码地往前——骚乱和惨叫都被落在了他身后——一只受伤甲虫不光彩的逃亡,但就算这样也是逃亡——然后一只手抓住了他的脚踝,一只牢牢的、结实的、不讲情面的手。史密斯被抓住了。

又过了好几分钟气喘吁吁的他才被扭到了屠夫的面前,因为屠夫自己也是慢慢地、跌跌撞撞地试了好几次才站了起来,他的脸中间是冒着泡泡的一团糟,他过节的好心情也全都没有了。

"你个啸杂睡[1]。"他边吐着蛞蝓那么大的血块边口齿不清地说。这次他的拳头是躲不开的,一拳砸在史密斯的肚子上,就好像史密斯挡了一把锤子的路一样,干脆彻底地揍得史密斯气都喘不了。史密斯咳嗽然后呕吐。屠夫笼罩着阴影的脸凑到了史密斯跟前。他往史密斯身上啐了一口。屠夫又打了史密斯。但这似乎并不能让他满意。

"我们笨来呲想小小地搜死你一下。[2]"他暴躁地说,"再也他妈的不是了。"在黑暗里摸索;屠夫从口袋里翻出了一个边缘像新月一样窄窄的闪光的东西——可能是一把折刀——在屠夫愤怒得抖动的手里熟练地展开了。"我咬——[3]"他用糖蜜一样甜腻的声音说,"他妈片了你。"

---

1 即"你个小杂碎"。——编注
2 即"我们本来只想小小地收拾你一下"。——编注
3 即"我要——"——编注

人群犹疑了，周围这一小圈人明显地一起抽了口气，这个念头是如此冷酷锐利，它暂时把自己同酒醉后柔软的混沌割裂开了，虽然再过一会它还是可能臣服于后者，再度溶解在其中。

"师父——"那个打嗝的紧张地说。

"笔嘴。[1]"屠夫说，"潮水在退了。天凉的时候他就该漂过了海峡了。没人能造到他。[2] 没人会在意。把他的外套给我扒了。"屠夫吐了一口黑色的血痰，靠上前来。喔，得了，史密斯想，但还是很惊讶自己已经难受不起来了。

"先生们！"一个新的声音说——一个明朗的声音，一个被逗乐了的声音，一个起居室的声音，一个茶杯和对句的声音。"大家都玩得开心吗？"史密斯把自己的视线从屠夫身上拖开，就如把行星从它的轨道上移开一样难。以为自己必死无疑的重力正牢牢地拖着他，史密斯正在崩塌，所有的抗争都完了。他甚至有点讨厌有人来打扰。站在人群边上的是赛普蒂默斯·奥克肖特，一只手里漫不经心地拎着一把军刀。

"那是谁？"一个学徒问道。

"总督的兔儿爷。"另一个回答说。

"这是私人的事。"屠夫忽略了学徒们回答说。他似乎也跟史密斯一样觉得很难改变行动轨道。

"是吗？"赛普蒂默斯说，"我很同情你，因为在下也非常清楚我们这位客人有多烦人。但恐怕你得放他走了——有证人，你知道的。"

"你们量一起顺着潮水流出去就妹有了。[3]"屠夫说。

"噢，那么，另外一个原因就只能是冰冷的钢铁了。我的比你的大，就是这么回事。"塞普蒂默斯举起了军刀，人圈躲着它分开了，就像往一盆水里加了肥皂之后泡沫散开的样子。抓着史密斯的手松开了。

---

1  即"闭嘴"。——编注
2  即"没人能找到他"。——编注
3  即"你们俩一起顺着潮水流出去就没有了"。——编注史密斯清了清嗓子。他的声音听起来有点滞涩；他没想到还有说话的机会。

"奥克肖特先生，你可真是个大救星。"他说。

"史密斯先生，你可站得真稳当。快跑！"

史密斯把那件几乎被扒掉了的绿大衣重新拉上了肩头，然后紧紧地裹住自己，傻傻地盯着他。这个建议很好，他能明白过来，但是他似乎不太能付诸实践。逃跑，抓捕，他们不已经来过一遍了吗？

"跑！"

这下管用了。史密斯听话地转过身去，跌跌撞撞地跑进了黑暗里。随着他的双腿起起落落，两条腿慢得就像原木在夯地一样，刚才的几分钟里他那异常的平静伴着一阵眩晕消失了。紧张、慌张、颤抖重新回到了他身上。一阵酥麻顺着他苏醒的小腿、大腿、胸膛和脖子传了上来。史密斯的头在痛，他的心怦怦乱跳，他又清楚地感到了脚下冻硬的草地，每一步都打得脚疼，接着他跑得更快了，双臂摆动着飞奔，两腿能跑多快跑多快，朝着在前头迎他的百老汇大街的街口奔去。可赛普蒂默斯还是超过了他，短短一会之后就从旁边追了上来，仿佛是被后面越来越大声的号叫推动着，他跑步的时候是两条细腿飞快地交替急奔，大声喘着粗气，整个人却很奇怪地挺得直直的，白色的脸上眉头紧蹙，就好像是他的身体在自动带着他跑，而发现自己在夜色里笨手笨脚地飞奔让他困惑不已。赛普蒂默斯把军刀直直地伸向前方，就像油画里下令骑兵冲锋的人。

"不要停！"他说，"他们追上来了！"

他们跑到了街道上掺着沙砾的土地上。前面就有亮起的窗户，可沿着这条窄巷都没有可以躲的地方，而听后面越来越响的叫喊声，他们也没有拍门碰运气的时间。

"阿基利斯！"赛普蒂默斯挥舞着军刀大吼。一道更黑的黑影从他们左边的阴影里溜了出来，然后又消失在了窄巷的远端和更远的拿骚街的街口。他们继续顺着百老汇大街朝前跑,呼哧呼哧地喘气。

"两个……街角。"赛普蒂默斯上气不接下气地说,"两个……街角……在我们……和他们之间……甩开他们……"

他们向左拐进了梅登街,在曼哈顿岛的脊背上沿着鹅卵石路跑下了坡。飞快地瞥到了被烛光照亮的房间,坐在餐桌旁的一家人,还在继续日常生活。后面的叫喊越来越大了,随着追他们的人从公地上跑出来追到了街道上,叫喊声里开始夹杂兴奋的围猎的号子声,各种喊声在墙壁间回响。明显有更多人,比在史密斯和那个屠夫周围那圈人多得多的人。两个人谁都没有回头看。

"小街……最老的……最好……可以藏的地多……"

一口气猛跑到了拿骚街上。跑过了荷兰教堂,那里有一堆老头坐在台阶上抽着长烟斗,对英国人的疯狂敬谢不敏。急转到左边,右转,再左转,沿着市政厅红砖后墙背后那条有急转弯的无人小巷狂奔。左转顺着华尔街破裂的铺路石往下跑,前面是一片摇动的桅顶灯。赛普蒂默斯绊了一跤,滑倒了,他的军刀在粗糙的石板上磨出了一片火花。他稳住了自己,朝右边打手势,他们俩都猛扑进了一条藏在周围房屋黑暗外立面之间的夹道里。赛普蒂默斯竖起手指压在嘴唇上。他们紧贴着最近的墙听着外面的动静。史密斯的血流在他的耳朵里砰砰直响。追赶他们的人像流水声一样的叫喊越来越响,城市的石缝引导这个声音绕过了后面的一个拐弯。然后它似乎停下来了,就好像洪水正在犹豫地起伏,不确定该继续朝哪走,再等一阵可能就退去了。

"要是他们觉得无聊了……"赛普蒂默斯小声说。他小心地把军刀插回鞘里,蹑手蹑脚地走回夹道口,用手遮住了他发白的脸,侧身探出了一只眼睛。归正会教堂的那帮老头里有一个正在帮忙指出他们跑过的方向,一群——三十多甚至四十多个——人跑过的时候都拍了拍老头的背。他烟斗的火光满足地一明一暗变幻着。那些猎手扬起脖子然后大叫了起来。

"啊，该死。"赛普蒂默斯说。

"你就不能下令让他们散去吗？"在他们两个顺着蜿蜒的夹道继续奔跑时，史密斯大声问。

赛普蒂默斯笑出了声。"怎么下令？"他说。

他们跑过的时候望过夹道墙顶，看到的是一片乱糟糟披屋的屋顶和没有开窗的仓库后墙，院子里散发出浓浓的甜蜜的和令人作呕的货物味道；甚至还有棵长了一两个院子那么大的树，那里有人在砖石紧紧的包围中还弄了个花园；但每个院子，每道门廊或者每个门洞通向的都是没有出口的绝地；除了继续跑下去之外别无他法。所以他们继续跑着。夹道的出口在布劳特街拐弯的地方，这条街又通向威廉街。史密斯步履沉重地跑着，身旁的赛普蒂默斯像装了弹簧一样大步奔跑，他热切地希望自己只是在躲避找他募捐六便士的人，不过他的疲劳劲过去了，他又能顺畅呼吸了，这样慌慌张张到处乱跑也有种疯狂的欢乐；它是被人抓住，被摁住不能动弹的运动解药。

到了威廉街，突然，他们进入了这座城市由财富和奢华统治的小王国之一。最新潮高大的、华丽的房屋；窗口的白色护窗板；从窗口可以看见枝形烛台照亮了石膏造型的吊顶；门口的上马台旁边有耐心的马匹甚至还有一乘轿子在等着，客人们在这里度过了远离篝火旁野蛮的教皇日。赛普蒂默斯向左一转，毫无疑问是想从那转向公爵街然后跑上通往乔治要塞最短的路，但是他跑了两步就停了下来然后举起了手。追他们的人跑到了前面，从威廉街的东口绕了过来。他们往后退——但那边也传来了兴奋的叫喊和嘘声。那些猎手很聪明地兵分两路，从两边一起追了过来，看布劳特街开始喧闹的样子，他们也从那条夹道里追了过来。他们可没有觉得无聊，他们找到了这个晚上后半程的余兴节目，他们还打算要好好享受一番。唯一敞开的一条路就只有继续往前跑，跑上王子街，任何想躲藏起来的人都不会选那条街，它太宽阔了，况且它通向的是更加宽阔、更没有遮拦的宽街，已经可以看到那里灯柱上燃烧的公共油灯还有骑马或步行的路人了，他们会站在哪边可说不准。可别无他法了，他们继续逃了过去。

没等他们穿过街口，赛普蒂默斯的注意力就被上面传来的一声口哨声吸引了。流云遮蔽了夜空，只是偶尔透下点星光，很难看清屋顶的黑暗里有什么，但在街角对面的那幢大宅屋顶上，有个人影正在摇摇晃晃地弯腰沿着屋檐边缘跑动，一只手里还挥舞着什么东西。史密斯心里哀号了一声，一开始还以为追赶他们的人不知道怎么把一个敏捷的观察哨给弄到了那上面，从上面指挥他们的围捕。但赛普蒂默斯在挥手和吹口哨回应，当那个在屋顶上奔跑的人手忙脚乱地攀过了王子街第一个屋顶斜铺的屋瓦时，赛普蒂默斯就在下面跟着他侧着身子跑着，一脸飞快算计的样子盯着经过的门廊，往上打量着屋檐下那层——第四层——的上下拉窗。

"那边！"他指着上面喊，然后那个人影就靠着一个烟囱停了下来，往下扔出了看上去是一条绳子的东西：那条绳子是如此短，史密斯不明白它能有什么用。它只能刚好垂到赛普蒂默斯指着的四楼的那扇窗户之外。那个人影在烟囱旁边的阴影里一动不动，于是再也没有别的东西会让人注意到这条绳子，它几乎就是隐形的，黑暗之中的一条黑线。

赛普蒂默斯抓住了史密斯的胳膊。"快，我们快进去。"他说——然后拉着他跑上了面前这幢房屋大门口的大理石台阶，赛普蒂默斯疯狂地敲打门环。在等待有人开门的漫长的几秒里，在一眼就能被人看见的地方一动不动地站着，同时还有三群嗷嗷叫的追逐者正在会师，这让人觉得无比暴露。第一个暴徒随时都有可能顺着铺路石上跑过来大喊"狐狸出来啦！[1]"，但已经能听到屋里下楼梯的脚步声了。赛普蒂默斯把刀插回鞘里，用自己发抖的手敲着太阳穴，他还荒谬地整了整颈巾。屋里响起了钥匙转动的声音。可一旦门缝里透出了第一道光线，赛普蒂默斯就

---

[1] 原文为英国人猎狐常用的呼号，用来通知其他猎人发现了猎物。

推开了门，粗野得完全不像他，他们俩冲进了一间铺着地砖的大厅，撞得一个女仆踉踉跄跄直后退。

"非常抱歉。"赛普蒂默斯对着所有人说，"上楼！"他接着对史密斯说。"晚上好，先生！"这是对那位嘴张成O形的吃惊的红脸膛房主说的。"把门关上！"——朝身后那个女仆说，与此同时他们沿着椭圆大楼梯的台阶往上跑，楼梯上优雅地铺着地毯，灯火通明，楼梯旁明显吃饱喝足的客人从门廊里伸长了脖子往外看。转圈往上，转圈往上，一间餐厅闪过，里面的胡桃木闪闪发光，然后又闪过一间起居室，里面一群从绅士们旁边撤走的女士正在玩牌，门廊里一位长着小胡子的军官正在逗她们。"我说——"那位军官说，不确定自己是不是应该英勇地干预一下。

"抱歉——来不及了——"赛普蒂默斯边跑过边说。

"请原谅我们。"史密斯也加了一句。

"为你效劳，先生——请您原谅，女士——让一让——"

"谢谢你——感谢，感谢——非常好的聚会——您真好。"史密斯如此说道，想多少修补一下他们给人的印象，可是从赤裸的恐惧中转身变到了衣着齐整的社交场合，从狂野的黑街变到皮克牌和扑脸粉的世界，就像换背景布一样飞速转换，史密斯实在是忍不住想笑出来。秘诀就是紧紧地跟在后面。赛普蒂默斯像一只极度有礼貌的狐狸穿过鸡窝一样向上走着。在他身后，羽毛蓬起，咯咯叫着，不悦和怒吼——但赛普蒂默斯表现得就好像他绝对有权利在别人家里从底楼跑到最顶楼，以至于在他走过之前都没有人敢认真地抗议。

楼梯的螺旋变窄了，在他们飞奔的脚下，地毯变成了木板，一扇门背后是一段更简单、更朴素的楼梯。回头朝楼梯井里往下看，在排成螺旋仰头看着他的吃惊脸庞之下，史密斯发现大厅里已经传来了叫喊和砸门的声音，但听砸门的声音，通向街面的大门还没打开。至少现在还没有。上到下一段楼梯，油布、原木、一个玩具木马、一间育婴房，跑过了一个怀里抱着婴儿的保姆，那个婴儿不出意料地号了起来。最后一段楼梯，上到顶楼了。仆人的房间、灰色的灰泥、冷冷的空气、矮脚轮床，沿着简陋的走廊跑下去，赛普蒂默斯边跑边数他们右边的房间。最后那个房间，松木板的门，门从里面反锁了。赛普蒂默斯重重地敲门。除了一声轻轻的、病恹恹的呻吟之外没有别的反应。

史密斯回头看了看。现在赛普蒂默斯走过的催眠效果已经消失了，他们身后这栋房子里的声响正在发生变化。

"麻烦了，"赛普蒂默斯说，"我早上还得给他们写封信。"然后用他尖尖的黑皮鞋踹开了门。

因为牙痛躺在角落床上的女人尖叫了起来，或者说想尖叫。她的下巴被一大团灰色的破布包起来了，她的嘴只能张大到发出一阵尖声呻吟的地步。她把床单拉到了下巴上。

"得了，夫人，你的名节绝对安全，"赛普蒂默斯语带责备地说，"我们感兴趣的——只是——你的——"最后几个字是气喘吁吁地说出来的，与此同时赛普蒂默斯已经窜过了整个房间在对着窗框说话了。

木头窗框的上半截滑窗可以往下拉到窗户的中间，这样就在大约齐胸高的地方露出了一道两英尺高的口子。那里，在外面的黑暗中，摇晃着那条从屋檐边的排水管外搭下来的绳子，就在上面。哎，这栋房子的屋檐在从窗户顶到排水管的位置朝外伸出去不少，结果那条绳子垂在离窗户足有一码远的地方，而且它也没有多长，也许还不到一人长，最下端还没有打结，没有东西可以挡住一双打滑的脚或者（更糟糕的是）打滑的手。四层楼之下，那群暴徒围着前门站了一圈，发白的脸像一杯暗红葡萄酒边上的泡沫一样，大喊——朝着门后大喊，因为门并没有开，这栋房子已经从刚才史密斯和赛普蒂默斯的入侵里学会了谨慎。围攻的暴徒没有一个在往上看。对他们来说，这栋房子的屋檐埋在深深的阴影中。

赛普蒂默斯四处打量，想找一张椅子。屋里一张椅子都没有。

"最好把腿借我用一下。"他说。赛普蒂默斯踩在史密斯弯曲的膝盖上，用肚子当支点趴在窗框上然后朝前扭动，他的脑袋、胸口还有伸出去的手都毫无支撑地伸进了夜晚的空气中。他往前挪动时，史密斯抓住了他的大衣。插在鞘里的军刀直挺挺地翘了起来，敲了史密斯的下巴一下。赛普蒂默斯的手抓住了绳子。

"请谅解这个滑稽的姿势。"赛普蒂默斯说，然后他两只手紧紧抓住绳子，像要下海的黑色海豹一样扭到了窗台外，"嗬"的一声，一用力从四五十英尺高的窗台上荡出去悬在街道上空。赛普蒂默斯的细腿在乱蹬，他的手滑了；但他的手又拉住了绳子，他紧紧攀在绳子上。一旦全身重量都落在了绳子上，他就开始往上爬了，身体扭成了双套结[1]的样子向上消失了，他蹭到排水管时还传来了压低的"嗬"和"唔"声。似乎就过了几秒钟之后，绳子又重新出现了，空荡荡的。上面传来了紧张的催促："快上来！"

在这个关头，史密斯先生犯了个错误，他愣了一下，朝下看了一眼，开始考虑他要怎样在五十英尺高的地方，在后面没人帮忙稳住身体的状况下爬出窗口；他要怎样孤注一掷地纵身一跃，把希望都放在一根又细又滑的绳子上；最有可能的结果是他会尖叫着从半空中跌下，"啪嗒"一声砸在下面的铺路石上摔得粉碎。他站在窗边停下了，然后犹豫地转身看了看屋里。

但屋里已经有人了。离他就三步远的地方——这家的主人正在进门，他已经摘掉了假发，手里还端着一杆鸟枪，身后挤满了其他的男客人。

"你们以为你们在搞什么鬼——"房主开始喊道。

在尴尬的推动下，也因为史密斯觉得悲惨的摔死至少比向人解释发生了什么要简单，他慌手忙脚地屈膝爬上了窗口，然后在种种考虑继续削弱他的决心之前，一跃而出。

一只手抓住了绳子，但另一只手的指节把绳子弹开了，史密斯就靠

---

[1] 常用绳结的一种，受力后绳索交叉成X形。

一个火辣辣疼的、滑滑的手掌抓住绳子,在深渊上空来回荡了一会。满是暴徒的深渊在他脚下摇晃,这块大陆冷酷的黑暗也加入进来,准备好把他吞噬进去。他乱挥的手抓住了绳子,他从深渊里爬了出来,远离了挤满张大了嘴的惊讶脸孔的窗户,越过硌人的排水管,最后爬上了斜斜的屋顶,赛普蒂默斯和阿基利斯在那拉着绳子,他们放低重心,防备自己也掉下去,大张着嘴用力拉,牙齿都露在了外面。两个人像拉一条大鱼一样把史密斯拉了上去,然后把他拖过屋脊,拖到了后面一条铺着铅板的天沟里。

"最好再挪一两个房子。"赛普蒂默斯喘着气说。他们三个顺着陡峭的瓦坡七手八脚地爬上爬下,直到他们身后那条街上的动静越来越小。赛普蒂默斯竖起了一根手指,然后他们安静地听着:还是有喧闹声,但不是越来越响的喧闹。相反是正在散去,回落成小声吵吵的喧闹。没有人从活板门里探出头来。没有攻城锤在撞击王子街上那扇门。也许那些暴徒在午夜一时冲动的时候敢杀人,但在盘算强闯民宅的时候不可能不考虑白天会有什么后果。或者也许只是热血冲动慢慢地冷静下来了。很快,下面传来的就是人群散去的声音了。暴民王[1]又分散成了一个个的人,然后散去了,回归了个人的生活。

屋顶上的三个人互相看了看。赛普蒂默斯一脸平静,但他的眼睛睁得大大的,就好像风向突变把他冻结在了不敢相信的瞬间。阿基利斯微微地笑了笑。过了一会他们继续往前走,朝着一片向东的瓦坡走去,那里能看到宽街地势低的那头,一直通向码头。他们躲在了那里一个背风的地方,准备等到街上彻底安静下来。阿基利斯搞到了一瓶在篝火旁边大家传着喝的朗姆酒,三个人在等着下去的时候把这瓶酒几乎全喝光了——他们已经决定了今天晚上史密斯最好和他们一起去安全的乔治要塞——欢快地从一只手传到另一只手,一点也不用急。每一个人时不时

---

[1] 这是英语中暴民的人形化身。这个词出自1780年的戈登骚乱中,当时暴动的人群在伦敦的新门监狱墙上写了"暴民王陛下"。

都忍不住要不出声地狂笑一阵，而且不需要向其他人解释这是为什么。在这座黑暗城市的北部边缘，暗红色的篝火还在燃烧，但尖叫声和烧得噼啪作响的声音已经消散了。有个扛着梯子的人走过来，灭掉了宽街两侧暗淡的路灯。在河那边，布鲁克林星星点点的灯光也一个个灭掉了，冷风吹来了在河里下锚的船只上的缆具发出的轻轻的嘎吱声，一阵阵寒冷的疾风和旋风把声音吹到他们栖身的屋顶上，在那里他们高高地俯视着曼哈顿。

### III

在土墙和一圈屋顶都烧没了的营房包围中的要塞，完全没有史密斯想象里的军营气氛。总督居住的翻修过的老式荷兰大宅，坐落在一个乱糟糟的四方形院子里，院子在晚上仿佛修道院回廊一般平静。或者说，本该是如此平静，如果草地上没有那三顶霉臭钟形帐篷的话，那是替因为火灾而无处可归的士兵搭的。赛普蒂默斯的住处是顺着角落里楼梯往上的两间房：一间卧室，里面有张铺着填草床垫的床，还有一间小起居室兼会客厅，墙上有开向草坪的平推格子窗，会客厅有个小壁炉，旁边是个瘪掉的沙发。赛普蒂默斯就安排史密斯在这里过夜，给史密斯留了一床毯子，但他什么话都没说。他们之间被危险和欢乐所溶解的尴尬正在回落，就像被快速摇晃过的瓶子里的沉渣一样，摇晃一停，沉渣马上就又开始下落了。史密斯很尴尬，也对自己表现出来的依赖感到紧张。赛普蒂默斯则在为自己不得不做的事情生气，也在担忧他（明天早上）会发现这通胡闹对他在殖民地的地位造成了什么损害，而这一切都还是为了一个最后很有可能被证明只是个四处流窜的骗子的家伙。

沙发对史密斯来说太短了，而且破丝绒蒙布下面不听话的弹簧还一块一块地顶在他的后背上。但朗姆酒已经浸透了史密斯的意识,他很快就坠入了混乱的熟睡中,凹凸不平的弹簧伴他入眠,也融入了他的梦境里,于是史密斯时不时觉得自己似乎变成了一张棋盘,浑身僵硬动弹不得,还被分成了一格格(颜色不同)高低不平的方块。梦里有个必须要整理归类的东西,可当史密斯一次次试图整理的时候,这个谜团永远都是尚未解开的样子。高低不同非常重要,软硬不同也非常重要。可往左一翻身——就像把虹吸管两头的内容互换一样——不——一切都又回到了起点。有的时候,史密斯就像一个睡在起伏的山脉之巅的巨人一样,除了隆起的山峦之外再没有支撑他的东西,他也必须绝对保持静止,否则就会滚落下来,从尖锐的安全里跌落到环绕四周的深渊中。不过他一滚落到深渊之中就瞬间又回到了不舒服的山巅,而且还有事情要做,有事情要做——

一阵"砰砰"声吵醒了史密斯。他被惊醒过来然后躺在那里听着。他头很痛,嘴里也发干。现在正是漆黑的深夜,正是凌晨最冷的时分。一抹淡淡的月光透过格子窗的菱形玻璃照了进来,没比蜗牛的荧光亮多少。他的心跳得很快,一切都很安静,除了"砰砰"的响声之外。史密斯先想到的是咚咚砸着房间大门的拳头——以为暴徒又重新集合起来然后继续开始追捕他了!——但这个声音不是从外面传来的,是种木头的响动,一种规律的、硬硬的敲击声。也许有个护窗板松了,而且外面起风了。朦朦胧胧,半梦半醒,史密斯从沙发上直起身来,轻手轻脚地走到了里屋的门口。那一道犹豫的月光跟在他身后,淡淡的、蜗牛荧光一样的月光并不亮,但是也够他开门的时候看清赛普蒂默斯和阿基利斯正在热切地交合,床头砰砰地撞着墙壁。他们看到他看见了——他们的动作停了下来,两双眼睛都朝上看着他。

史密斯哼了一声,把门拉上,走到堆满灰的壁炉旁边双手抱头坐下了。一阵沉寂之后,门后传来了愤怒的咒骂,急匆匆地套衣服的声音还有脚蹬进鞋子里的声音。接着穿着睡袍的赛普蒂默斯就冲进了起居室里。

他看起来一点都不镇定，他看起来一点都不像陶瓷一样光洁。他的皮肤上是斑驳的阴影，他的嘴则成了一个蠕动的黑色方块。

"上帝啊！"他叫道，"你到处乱闯的毛病是不是停不下来了？你这个无耻的浑蛋！我是不是因为救了你就必须马上要受惩罚？你连等到早上的耐心都没有，对吧，你这个小无赖。对，没有，直接就该死的来敲诈来了。其他人也许看不出来你就是个朱瑞巷的下三滥，但我可以——对，我可以。所以，说吧！你想要什么？你在找什么？你——"赛普蒂默斯停了下来，因为史密斯其实并没有跷着二郎腿满意地坐在那里，脸上也没有得逞的奸笑。他的脸藏在自己的双手之后，手指深深地陷进了鬓角，还在发出一阵阵绝望的低泣。

"怎么？"还在生气的赛普蒂默斯问，"怎么了？"

"我以为我听到的是护窗板敲出来的声音。"

"护窗板。我这就没有护窗板。"

"我又不知道！我是半梦半醒地走进去的。就是个意外。相信我，我根本就不想走进去撞见你们——你们——"

"你知道那是什么。"

史密斯挪开了他的手。"我知道？"他说。他的声音里第一次带上了一点逆反甚至愤怒，但他双眼都是湿的，在月光下闪光。

"你把我搞迷糊了，"赛普蒂默斯说，"你在咖啡馆里说话的样子就像个站街的脂粉男，现在你又是一副哭哭啼啼天真无辜的样子。这就是你骗人的方法吗？假装受到了惊吓，男人居然会——"

"上帝作证！"史密斯说，"我没有要敲诈你。我不是在敲诈你！至于天真无辜，我可以用六种语言说出你刚才在干的事情，包括最脏的阿拉伯土话和拉丁文医学术语。我学语言很快，声音也是。我一学就会。它们就沾在我身上。有的时候我会用错话，着急的时候。这就是我在商人咖啡馆里做的事——对你说错了话，我很抱歉，就像我现在很抱歉闯进去一样。你救了我，结果我却如此报答你。我请求你原谅。好了！如果我有看不起你,也不是因为你是个鸡奸犯。"

"你看不起我。"赛普蒂默斯说。他现在很困惑,也很警惕。他走了过来靠在壁炉台上,另一只手拉紧了自己的袍子。"怎么,你觉得我是个下流的人,因为我和奴隶搞在一起?"

"我觉得你是个下流的人,因为你找不能拒绝你的人取乐。"

赛普蒂默斯瞪大了眼。"这个嘛,"他慢慢地说,"还真是个我没料到的评价。"

"你确定?"史密斯说,"这里就没有个声音——"他敲了敲自己的头,"在小声提醒你?"

"那看起来像是强奸吗?你刚才看到的?我们俩有谁是不情愿的吗?——我不敢相信我还得向你证明自己。"

"我肯定你不需要使用暴力就能让属于你的人对你恭敬从命。"

"阿基利斯是总督的财产,不是我的。而且,更重要的是,他是我的朋友。"

"我肯定你是这么跟他说的。"

"他是这么跟我说的。"

"他当然这么跟你说。那,他的真名是什么?他真正的名字,我的意思是,我可不相信那是阿基利斯,就像你不叫帕特洛克罗斯[1]一样。"

赛普蒂默斯的脸涨得通红,但回答史密斯的却是另一个声音。

"阿基利斯就是我的真名。"那个奴隶站在两个房间之间的过道里说,他裹着床单站在那里,"我曾经有一个别的名字,而且他——"严肃地用下巴指了指赛普蒂默斯,"不止一次地问过我那是什么。但那段人生对我来说已经终结了。我必须活在我正在的地方,要不我的胸膛里就没有心了。如果我用旧名字称呼自己,哪怕就是在心里,静静地,在这些

---

[1] 阿基利斯是希腊神话中的英雄,在《荷马史诗》中挚友帕特洛克罗斯之死使他怒而参战。一说帕特洛克罗斯和阿基利斯是恋人关系,史密斯此处正是以此暗示赛普蒂默斯和黑奴阿基利斯的关系。

骨头的背后，我也会变成一个鬼魂。我不想变成鬼魂，我想活着。他明白这点，你不应该责备他。他是个好人。"阿基利斯说话有浓浓的非洲口音。他的声音是庄园的声音，稳定而自信，而听到他说话的史密斯意识到这个人的瘦削和剃光的头遮盖了一件事情，那就是阿基利斯是在场的三个人当中年纪最大的，也许比他们要大上二十岁。

"我亲爱的，没有必要——"赛普蒂默斯开口说。

"不，和这个人有必要。"阿基利斯说，"听着，小子，"他对史密斯说，"他没有强迫我做任何事情。他甚至都没要求过我。是我要求他的，我把手放到了他身上，当时他还吃了一惊。"

"我的确是。"赛普蒂默斯小声说。

史密斯清了清嗓子。"你是自愿选择的吗？"他说。

阿基利斯大笑。

"谁在说什么选择了？"阿基利斯说。他走进起居室，坐在了沙发的另一头。暗淡的月光在他身上画出了一道道锡灰色。"你的问题在于，你害怕，"他乐呵呵地对史密斯说，"你在等不好的事情发生，你在找一个可以藏起来的安全角落。但安全的地方是不存在的，坏事也总是会发生的。今天晚上他们差点杀了你。今天你运气好，就这么简单。明天，谁知道。每次能开心半个小时，那就够了。"他从床单下伸出了长长的黑色胳膊，原来他还拎着那个几乎要喝空了的瓶子。他喝干了残酒。

史密斯和赛普蒂默斯互相看了看。

"他不愿意让我计划。"赛普蒂默斯说，"每次我想讨论我们未来计划的时候，他都会让我闭上嘴，他自己一句话都不会说。他的沉默很有说服力。我想把他从总督府手上买下来，让他自由。如果我能找到足够的钱，但是……"

"你们准备去哪里？"史密斯问。

"伦敦？"赛普蒂默斯耸了耸肩。

"古怪的奥克肖特先生和他的管家？"

"你大大高估了我的家世。我家能做到的极限就是给我安排一个可以和总督一起出人头地的职位,分享一下他的荣耀。可总督现在过得不好,也没有什么荣耀可以给我分享。如果我回家去——尤其是如果我辞职回家去——我可以期望的最多就是当个学校老师,或者当个私人教师。也许当个文书。你还记得你提起过的林肯律师学院[1]吗?你必须得想象我们俩挤在那里的一间阁楼里。——就算那样我也得先攒出一笔看起来根本不可能的巨款。"

"要多少——哦,不对,你现在还不能问。"史密斯说。

"对,不能。除非到我确定我出得起那个价钱的时候。不论它是多少,然后毫不留恋地离开这里。但是,等一下!"赛普蒂默斯带着讽刺地夸张,一巴掌拍到了自己的额头上说,"我真是蠢!哈哈,就在今天晚上我救了神秘的钱袋子先生的命,让他欠了我的情嘛!他肯定会很乐意借给我二十畿尼这么点小钱!"

"没问题。"史密斯说。

"没——什么?"

"等圣诞节票据兑现了以后,我会借给你阿基利斯身价两倍的钱。"

赛普蒂默斯盯着他,嘴微微张开。

"你听上去像是认真的一样。"

"我是认真的。"

"你是想告诉我,"赛普蒂默斯慢慢地说,"你是认真地想告诉我——你是真的有钱?"

史密斯点了点头。

"我猜你还是不会愿意解释一下。"赛普蒂默斯说。

"要是我可以的话我肯定会,"史密斯说,"但我不可以。我保守的不是我自己的秘密。但不管你信不信,我可以向你保证。我也会守住你

---

[1] 英国四大律师学院之一,位于伦敦市中心。

的秘密。"

"哈。"赛普蒂默斯说,他咧嘴笑了,"嗯,让我看看,如果我相信了你,结果最后发现你在撒谎,未来的我就是个傻瓜;但如果我相信了你,而你又说的是实话,那过去的我就是个对别人的礼物吹毛求疵的傻瓜;如果我不相信你,而你又没有撒谎,那未来的我又成了傻瓜;只有在我不相信你,而你又的确在撒谎的时候,我才不是个傻瓜,只是一个非常失望的人。三条路都要当傻瓜,只有一条悲伤的路可以避免当傻瓜的命运。我想我必须要选择愚蠢的道路,同时期望结果不会太糟。如果你同意的话,亲爱的斯多葛人[1]。"他对阿基利斯说。

但阿基利斯已经睡着了。

"你确定这样安全吗?"史密斯早上问赛普蒂默斯,当时他们正准备从要塞出发各自奔向不同的方向。阿基利斯的脸又变成了一张面具,赛普蒂默斯的脸又变成了陶瓷般光洁的样子,这让昨夜感觉像一场梦一样。

阿基利斯的一道眉毛一蹙,但赛普蒂默斯说:"对,没问题。教皇日其实就是人们被迫紧紧地困在一起过冬之前的一次放纵。不仅不会有人威胁,你会发现甚至没人愿意提起昨天晚上的事情。"

"就算是这样,我想我也得去买把自己的军刀。"史密斯说(先记账,他想)。

走过被早上的雨冲刷干净的铺路石,赛普蒂默斯大步走开了。在他后面一两步的地方,阿基利斯谨慎地跟着他。在转弯的地方,赛普蒂默斯转过身来,一边倒着走一边喊:"我们晚点还会见面吗?"

"可以。"史密斯喊道,有了盟友让他放松,"那时候你可以告诉我洛弗尔的瘸腿女儿到底是怎么回事。"

赛普蒂默斯越退越远的脸困惑地皱了起来。"什么?"史密斯听见他说,"洛弗尔的两个女儿都不是瘸腿……"他摇了摇头然后走远了。

---

[1] 斯多葛学派是希腊哲学家芝诺创立的学派,该学派的主张之一是要无视命运起伏,感情不为外物所扰,故而后人用斯多葛人来指感情不形于色之人。

# 三

**国王陛下的寿诞**

11月10日

**乔治二世治下第二十年**

1746年

# I

"我想我用不着问你为什么要那么做了。"史密斯对塔比莎说。

"噢,好的。"她边说边在他身旁欢快地走着,大踏步穿过出城往北半英里的一块潮湿草地。

既然塔比莎现在不用再装瘸了,她的步态轻快、大步,是种完全实用的走路方式,没有任何扭捏,也没有什么着意的优雅。她似乎完全没想到日常走路的步态也可以成为做作的机会。事实上,在某些方面,塔比莎让史密斯觉得她比他认识的任何年轻女子都不在意自己的魅力,不在意自己在别人眼中会是什么样子。她所有的想法,所有的念头都写在她反应敏锐的脸上。她今天看起来倒是容光焕发。11月湿冷的空气在她的脸颊上刮出了和嘴唇精致的朱红相称的颜色,当她把自己锐利、带笑又审视的眼神投向史密斯时,会下意识地咬上自己的嘴唇。她头顶没有梳好的缕缕棕发在风中摇摆。她的牙齿非常白。他们几乎就是两个人独处。从灌木篱笆和半秃的树木之上望去,除了几个教堂的尖顶,纽约城别的地方都看不到。不过对一双英国眼睛来说,这幅景致还算不得彻底的田园风光,因为远处角落田地里收土豆的劳工都是黑人,而沿着百老汇大街最终变成的有深深车辙印的土路,一辆又一辆马车驰过,数目比在英格兰乡村道路上会偶然遇见的车辆要多得多。透过飘荡的霏微雨帘,阵阵哀悼声从远处的奴隶墓地传来。走在他们后面的泽菲拉之前曾停下来,转身小声地和一群人说了几句话,他们抱着一个用破布包成的小孩大小的包裹。现在她站在二十英尺远的地方，躲在长刺的灌木篱笆之下，用手撑着下巴，她扭过一旁的脸上和往常一样什么都看不出来。

"你发现的时候是不是非常生气？"塔比莎问。

"不是。"史密斯说，"我一刻都没有相信过你。"

"骗子！"塔比莎咧嘴笑着说，"都在你脸上用一英寸高的字母写满了，你相信了我。你还可怜了那个不幸的瘸腿女孩。那个可怜的——孤独的——被圈禁的——"

"如果我真的生过气，我是永远不会告诉你的。"史密斯说，"因为我算是开始明白惹别人烦心会让你有多开心了。告诉了你就等于顺了你的意，而你可没有给我太多的理由想让你顺心。"

"可你现在在这里。不管怎么说，我肯定你没有生很久的气。我敢说你多半还松了口气。"

这算是观察入微了。最初的惊讶和愤怒过后，史密斯由衷地感到了道德上的放松，因为这个他本以为可能会被自己的计划伤害的无辜之人从他的道路上挪开了，而正是出于对卸去了道德包袱的感激，过了几天，等史密斯又找回了自控力，他给她送去了一张便条，询问"洛弗尔小姐是否愿意与他一同散步"——如此让她确定自己的陷阱已经生效了。但现在他只是不置可否地偏了偏头。因为他发现总的来说自己还是不乐意做什么让她顺心的事情，这也不假。一丝愤怒的回味还是留了下来，像胡椒一样给他们的关系调了味。他推测这恐怕是那些不幸喜欢上塔比莎·洛弗尔的人的共同经历。弗洛拉和洛弗尔先生看起来都是又焦虑又小心的样子。

"我听说你过了相当刺激的一夜，在教皇日那天晚上。"意识到她之前的花招不能套出他更多的话了，塔比莎如此说道。

"你听说了什么？"

"呵，就是你和那个奥克肖特小子闯进了铂金斯先生的聚会，后面紧跟着一群暴民，吓坏了他家的仆人，然后又闯了出去——爬到了房顶上？那是真的吗？——然后铂金斯先生第二天早上收到了一封道歉信，那封信写得如此地冷漠、古怪又英国味十足，结果让他很困惑，怀疑自己是不是被嘲笑了？所有的客人都告诉了他们所有的朋友，而他们的朋友又告诉了他们的朋友，最后这个故事就传到了岛上的每一双耳朵里。这里没有秘密的。任何事情一旦做出来了就被人知道了。除非，"塔比莎转过脸来微笑地看着他，"这件事没有发生。那天你到底是在做什么？"

"嗯——"史密斯说，他不愿意放弃向一位热切期盼的美丽听众讲述那场冒险的机会，但同时那天晚上的恐怖回忆又暗暗地让他觉得不安，"我在篝火旁边遇到了一点小麻烦。我没想到那天会是如此认真的，呃，纵情狂欢，然后我的举止冒犯了某位绅士。"

"这可真让人意外呢。"

"谁说不是呢，对吧？但我的确冒犯了他。接着场面就变得有点粗野了，然后我又犯了个错误，你知道的，举起了拳头，结果让他们更粗野了。"

"啊，"塔比莎说，"拳击，伦敦式的！"她停下来，转身面朝他，摆出拳击手的架势在那里蹦了几步——这让她看起来就像个十二岁的女孩——打出一记非常温柔的右勾拳，划过空气停在他的下巴之下。和屠夫的拳截然不同，这是个纤细的拳头，手指像竹节或者一节节笛管一样，捏成一个空心结。她把自己的拇指握到了拳心里；假如她真打到人身上，这就是把拇指弄断的不二法门；史密斯在莱姆豪斯的师父这么告诉过他。史密斯完全可以吻到那些发白的指节，每个周围都是皱起来的淡粉色皮肤，只要他把头低下去一英寸。

"伦敦式的。"他却只是表示了同意，还朝她笑了笑——她把手收了回去，"但它不管用。这么做惹火了他们，我的英勇也对付不了那么多人。但就在那个时候——"

"你害怕吗？"

"害怕。"他说，没有防备地说了实话。她脸上满是认真。"我以为我完了。"这些话一出口就把记忆里屠夫手中的尖刀带到了现在,差点被扎出来的伤口的幽影让史密斯一阵抽搐,"我以为我可以——"

"你可以靠机灵的话摆脱他们,我确定。"

"不行,"他对着她认真的眼睛说,"已经不是动嘴可以解决的了。"

"这种事情讲起来的时候总会被夸大。小打小闹会变成一场大战。擦破了皮会变成掉了脑袋。下面又发生了什么?"

她是认真的还是只是急着听故事?

"继续说呀,"塔比莎说,"告诉我下面发生了什么。——当然。我很高兴你没事。"

"哦,那是自然。"史密斯说。他挣扎着想找回轻松的语气,就好像一个人从井里拉起满满一桶水,结果发现井绳比它哗哗响着轻轻松松落下去的时候要长得多。"嗯——我就在那个地方,被凶残的纽约人包围着——"

"二十个穿着上浆硬布的人,没错——"

"对,每一个人都是头发里结满了血块的野蛮样子,而且他们的牙齿都锉得尖尖的——"

"为了显得更加凶残——"

"你知道吗,"史密斯说,"这太吓人了。就像你也在场一样。可到底谁来讲这个故事,小姐,你还是我?"

"你。"

"你确定?"

"是的。你——你——你——你——"

"好的。像我之前说的,我站在那里,处境危急,我用左手抵挡一半杀手,再用右手招架另一半,用会让你震惊到流泪的武技把他们接二连三地扔过肩头,这些招数都是从诡秘的东方大师那里学来的。然而因为面对如此多的对手,我依旧脱困无望,就在这个时候,不知从哪里突然冲出了秘书中的堂吉诃德——奥克肖特先生,而且他还碰巧配着把长刀,于是敌人就退回去了。'啊,史密斯先生,'他说——史密斯非常不公平地给了赛普蒂默斯配上了一种张不开口的装腔作势的调调——'我看你好像遇到了点麻烦?我可以助你一臂之力吗?''啊,当然,你这个玩墨水的救难骑士,你当然可以!'我大喊道;结果——"

"结果你就逃出来了。"塔比莎语气平淡地说,还故意打了个呵欠。

"对,我逃出来了。"过了一会,史密斯同样语气平淡地说,然后就闭口不言了。

"所有这些不可能的事情都发生在篝火旁边,在公地上。结果你却跑去了铂金斯先生家,去了王子街上。"

"是的。"史密斯叹口气说。

"你为什么不跑去金山街?我们要近得多。"

真相是在忙着逃跑时,史密斯甚至连想都没想到这点。洛弗尔家的房子——现在想起来——在他的印象里是一个要努力要费心的地方,不是用来躲避的地方。对他来说,它不是个可以找到安全感的地方。

"那可算不上什么友好的行为,"他说,"把一帮暴民领到你家门口,对吧?"

"我们应该可以对付的,我敢说。但这不是你真正的理由。"

"不是?"史密斯说。

"你不确定我们会不会给你开门。"

"我肯定你们会的。"史密斯半心半意说。

"你确定?你敢打赌吗?赌多少?你愿意赌一千镑吗?因为假如你被人杀死在我家门口,我们就能赚到那么多。我们可以任由你被人打得血肉模糊,然后一切就都属于账本上的贷方了。"

她的两道眉毛都蹙起了,就好像她在等着什么一样,绝对是热切的,实际上已经急不可耐了。她其实的确在等,史密斯意识到了,她在兴奋地等他反击。轮到他了。

"我们必须玩这个吗?"他突然说,"我们每次见面的时候都必须打塔比莎女王的战争吗?"

她阴沉着脸退了开去,踢了一脚地上的一块朽木。

"你在嘲笑我,"她说,"我不喜欢被嘲笑。"

"可你喜欢嘲笑别人,而且你引诱别人嘲笑你,这样你就可以更多地嘲笑别人。"

"你又如何?你只想让我仰慕你,让我做一个睁大双眼的女孩,听你的男孩历险故事,因为你想被人喜欢。你想我们喜欢你,一直到你拿了我们的钱突然消失的那一刻为止。我的做法更诚实。"

"假如我是坏蛋的话。"

"在你解释清楚之前,你就是个坏蛋。"

"你有双恶毒又敏锐的眼睛,擅长发现别人的弱点,塔比莎·洛弗尔。你会用它们来看你自己吗?你会——"

"有的时候,"她出人意料地说,"在找不到别人和我斗的时候。"

史密斯停下了脚步。塔比莎再走了一步,然后也停了下来,她的头垂着,视线落在自己的脚上。

"我没有几个朋友,"她说,"来找我的人,不是,很多。"

"这可真让人意外呢,"史密斯说道,但她突然的坦白令他生起了同情,他又温柔地说,"可为什么要斗呢?为什么手里一直要握着刺剑呢?"

"我不知道,"她说,"似乎我一张嘴就会变成那样。当我说话时,当我激动起来时,当我在享受时,刻薄就会突然在我身上现身。我想要别人反击,你知道的。当我不能把他们击倒,当他们不认输然后哭成泪人的时候,我喜欢那种感觉。但大多数的时候他们都做不到。我父亲躲着我,而弗洛拉软弱得就像一摊水一样。"

现在,塔比莎在抬头看着史密斯。现在,她是认真的,至少看起来是。眉头困惑地皱成一团,棕色的双眼盯着他的眼睛,就好像有一个答案,她还没问出口,他就已经有答案了。

"噢,好吧,至少,"史密斯故意用轻快的语气说,"我知道了当你刺我时,这并不意味着你特别厌恶我。如果你捅穿了我,那也只是因为你一贯的政策就是如此。你并不是特别恨我。"

她眨了眨眼,然后回复了常态。

"啊对,"她说,"不比恨一般人多。"

他们彼此相视笑了。今天的霏霏雨丝正在变得越来越明显,可能很快就要下雨了。她额上的湿气正在聚集成小小的透明水珠。

"我们最好该往回走了。"史密斯说,"你其实对莎士比亚很熟悉。"等他们朝着路上的行人车辆走回去时,他又说,"你为什么不像嘲笑小说家那样嘲笑他呢?"

"我猜,因为他不会拿我身边的事情编谎话。我可以去读关于王位、关于国王、关于罗马人、关于捆着交叉吊袜带的黄袜子,还有荒野上的疯子的故事[1],我还可以呼吸到自由的空气。戏剧对我就是一扇打开的窗户。我不会看到那些我熟悉的事情——生意、还有钱,还有礼节,还有订购牛肉和红葱头——都变成了令人傻笑的伤感和不可能的东西。[2]"

"要是莎士比亚同样也在对你撒谎,只是因为你不用和国王或者罗马人一起生活所以觉察不到呢?"

她耸了耸肩。"如果那样,那就是我不介意的谎言。反正我读《哈姆雷特》不是为了解丹麦的新闻。"

"我觉得你喜欢莎士比亚是因为他的喜剧里全是利舌如刀的急脾气女人。我猜你喜欢听比阿特丽斯和本尼迪克[3]对骂。"

"也许吧,"塔比莎大笑着说,"但是你,先生,你不是本尼迪克。"

"而你,女士,你也不是比阿特丽斯。"

"没错。"

---

[1] 此处塔比莎指的是莎士比亚戏剧的内容。莎士比亚写过很多历史剧,国王是他戏剧中常见角色,他也写过诸如《尤里乌斯·恺撒》等关于罗马历史的戏剧。捆着交叉吊袜带的黄袜子出自《第十二夜》,荒原上的疯子指《李尔王》。
[2] 关于这类生活和商业的细节正是18世纪小说常见的内容。
[3] 莎士比亚戏剧《无事生非》中的角色。两人互相爱慕但却一直斗嘴。

"吵得厉害得不得了，"第二天在商人咖啡馆吃早饭的亨德里克如此说道，"整天整天，每天都一样。满屋子都是她们吵架的声音，就像一队哈比[1]合唱团一样，你甚至不敢相信你亲眼见到的你面前真的只有她们两个人。洛弗尔太太永远都在抱怨塔比莎，她残忍，她冷酷，她没有女儿温柔的样子等。但洛弗尔太太也一直都在发起自己猛烈伤人的进攻，而塔比莎每分钟都在控诉她是如何被污蔑了，被限制了，被误解了，同时也用她反击的狠话把窗帘烧起来。弗洛拉像只兔子一样躲在沙发的角落里，洛弗尔先生躲到账房里。她们俩是一对有名的悍妇，关于她们俩最好的评价也无非是她们自己吸纳了自己最糟糕的一面。平常也不会殃及旁人，除了个别流弹，或者她们俩落单了，找不到平时下牙之处的时候。现在亲爱的塔比莎失去了她在悍妇界的对手——唉，你见识过了。"

"她母亲是什么时候去世的？"史密斯看着亨德里克留在盘子里的面包问。

"她十五岁的时候。"

糟糕的分别，史密斯想，一道没有愈合的伤。只是这很让人心痛。

"我必须得说，"亨德里克站起身说，"全家人都很感激你自愿抵挡她。她去踢你的时候我们就能更安静地生活了。"

"弗洛拉和乔治的订婚也可以继续了，不会有碎砖头飞来飞去。"

"或者至少没有那么多。所以谢谢你。你承担的是个高贵的责任，没人预料到一个一心想骗钱的骗子会帮这个忙。如果这是你的真面目的话。如果你想毁了她，请把她带走吧。你不会介意请客的，我确定。"——亨德里克离开了，手指的是他们中间的一堆盘子，那里培根只剩下了油脂，小面包（绝大多数）也都变成了面包屑。

---

[1] 希腊神话中长有女人头鸟身的怪物，也用来指泼妇。

## II

第二天就是国王的寿诞。史密斯收到了一封请他赴宴的卡纸请柬，看笔迹是赛普蒂默斯写的，还印着总督的纹章。他非常期待这次活动，因为他很好奇，但也因为他已经——就在前一天，花掉了他手头的最后一点钱。他的口袋再也不会沙沙作响了。里面只剩下了空气。

在纽约的各个地方，人们都在小型的家庭聚会上举杯向乔治王致敬，念诵着传统的祝酒词，就像篝火旁的爱国狂欢得体地转到室内重演了一样。但是，总督的晚宴必须占据市政厅二楼装饰着镶板的整个长方形大厅——因为要塞的火灾让他不能再住在官邸里——这个大厅通常是议会开会的地方。两种权力再加上他们各自领地的重叠，让双方都异常谨慎。赛普蒂默斯——史密斯到的时候他还站在梯子上，在努力把国王御像的菱形装饰框周围的一团红色、白色和蓝色的丝带理顺——就像被带到陌生人家的猫一样紧张。总督一方的其他人，包括总督阁下本人，脸上都会时不时地一阵紧张、坐立不安，而议员和他们的妻女，还有显赫的市民和他们的妻女，一起挤在后面组成了小声低语的人群。

"我觉得我没法弄得更好了。"赛普蒂默斯喊道。

"你的问题在于，你在找他哪半边脸更好看。"詹姆斯·德兰西说，他穿的法官黑袍显得他身躯庞大又友善，似乎只有他可以无视房间中的分裂四处走动，"但乔治王好看的地方只有宪法。"

赛普蒂默斯站在梯子顶上，僵硬地点了点头。张嘴回答的是史密斯在教堂里见过的那个满脸牢骚、脸颊凹陷的家伙，他用锯木头一样的苏格兰口音说："这是慷——慷慷——慨，友——友友——友善地开始今天晚上的方法吗？侮辱国王陛下的容貌？"

"得了吧，卡德瓦拉德，"德兰西轻松地说，"我可没有羞辱的意思，我确定就算我当面告诉国王，他也不会觉得被冒犯了。所有人都说他是君主里最和蔼、最不暴虐的——我的表亲佩勒姆就是这么告诉我的，照他和国王见面的经历。"

德兰西的微笑依旧温暖，但总督周围的人就像被捅了一刀一样。德兰西鞠了一躬然后走到了他的选民之中。

"他说的是佩勒姆爵爷[1]吗？"史密斯边扶着梯子等赛普蒂默斯下来边问，"他真的是首相的表亲？"

"是的，"赛普蒂默斯恨恨地说，"那只是我们的麻烦之一。通常来说，这边的事情变得棘手的时候，总督至少可以靠他在伦敦的关系来找平衡。很慢但最后还是能管用。但德兰西的关系比我们更硬。他的表亲是首相，而且在这个该死的蛋糕上再放个红樱桃，他在剑桥的导师今年还成了坎特伯雷大主教。政府和教会，他从两翼都包抄了我们，就像你看到的，他还时不时地喜欢提醒我们一下，折磨我们。好了，酒和音乐。"

赛普蒂默斯正侧着身子从人们中间曲折前进，朝着房间那头正在调音的奴隶小乐队和——从酒馆及咖啡馆里征召来的——一大群拿着托盘的侍应走过去。晚宴的食物摆在房间一侧的一张大桌子上，另一侧则空出来当了舞池。乐队奏起一支小步舞曲之后，来宾们自动分成了站在一旁的人和跳舞的人，站在一旁的人拿到了一杯加纳利[2]酒，而跳舞的人（在聊天声和认出人的招呼声中）开始在打磨光亮的地板上随着节奏起舞。至少他们给来宾们的分歧之上涂上了一层欢快的气氛，而随着一对对舞者转动身形，先是只有几对，然后越来越多，他们转圈的动作轻轻地从角落里把对立的人冲刷了出来，然后把他们混在一起。总督和克林顿夫人走到了舞池里，德兰西夫妇走了过去，利文斯通夫妇走了过去，菲利

---

[1] 亨利·佩勒姆（Henry Pelham，1694—1754），英国辉格党政治家，在1743—1754年间担任英国首相。
[2] 指来自属于西班牙的北非加纳利群岛的一种甜白葡萄酒。

普夫妇走了过去，拉特格斯夫妇走了过去，范隆夫妇也走了过去，他们家族里的年轻人紧随其后，这些年轻人在不断鞠躬、持续的屈膝礼和笑声中找到了自己的舞伴，马上加入了其中。

史密斯四处打量，看谁会注意到自己，他很高兴地发现了一队洛弗尔家和范隆家的年轻人正在准备下场，他溜过去加入了他们。弗洛拉微笑了，约里斯低吼了一声，亨德里克抬起了一道眉毛，而塔比莎则向他投来了一道分外顽皮的欢迎目光，以至于他的心在身体里呆住了。塔比莎穿了身很适合她的暗红色丝绸裙，耳朵上戴着石榴石的耳坠，可她一点都不享受自己这身她新的、正式的外皮，不像弗洛拉对她的粉色裙子那样，弗洛拉在裙子里扭动着，还用手指抚摸着面料。而塔比莎站在裙子里的样子就像它不是自己的一部分，像一根碰巧在风中裹上了一块布的高杆一样。

史密斯朝这一群人行了个礼。

"有人需要舞伴吗？"他说。

"你必须和弗洛拉跳舞。"塔比莎马上说。

"不，要和弗洛拉跳舞的是我。"约里斯说。

"可你答应了我的！"安妮可尖声说。她的灰裙子让她看起来像只小球胸鸽一样。

"我还以为我可以和你跳支舞。"史密斯对塔比莎说。

"你是这么想的？我很抱歉亨德里克已经预定这一曲了。"

"我定了？"亨德里克说，"当然，是我要求的。我可真健忘。"他手心向上伸出了手，塔比莎握住了他的手。他们两个走开加入了小步舞，顺畅无误地旋转着，对彼此的兴趣缺缺，就像一对跳舞的发条人偶。

"你答应过的，"安妮可对她哥哥说，"你知道这是我的第一次舞会，如果你不先邀请我其他人就不能邀请我了。你答应过的。"

"唉，好吧，"约里斯咬紧牙关说，"不过……不过……"他的手指警告地指着史密斯，但他找不到可以让自己出气又不让局面变得更糟糕的话。

"别犯傻了,"弗洛拉出人意料地坚决地说,"我和史密斯先生一起是非常安全的。你知道塔比莎就是想气你。你和我可以跳下一支舞。去吧!"

"你真是决心要玩个痛快。"史密斯说。这时一脸欢喜的安妮可旋转着走远了。

"是的,没错。"弗洛拉高兴地说。她握住了史密斯的手指尖,滑行到他身边,粉色、白色还有金色,闻起来是肥皂和健康的年轻皮肤的香味。当他们面对面时,她热情地而不是轻柔地拉手旋转,双脚几乎是重重地跺在地上,而当他们拥抱转身时,把她抱满怀非常让人舒心。随着弗洛拉的呼吸越来越急促,她的胸衣在上下起伏,她胸部的上半截也开始发红了。

"是的,没错,"她又说,"塔比莎想和你跳舞,而你其实也想和她跳舞,可你们俩谁都没法做自己想做的事情,因为她更愿意当恶人;我觉得那就是犯傻,我不论怎样都要开心。我要和你跳舞,我要和约里斯跳舞,我还要和其他任何邀请我的人跳舞。——你挺会跳舞的,对吧?"

"和一个时髦的舞蹈老师学了两年。"史密斯边说着眼前浮现出了考文特花园舞蹈教室里打过蜡的地板,还有试图用教人跳舞这门手艺挣几个先令的一年。史密斯并没有说出口,如果弗洛拉去过伦敦的上流社会,她就会发现史密斯的动作已经变得比标准的绅士动作要炫目得多:这门高贵的艺术已经被扭曲成了一种从远处取悦别人的表演。约里斯和安妮可从旁边经过,安妮可踩在她哥哥的脚趾上,他疼得咧嘴;德兰西像一根身手敏捷的凯旋柱一样微笑着舞过,还向史密斯点了点头。

"我可不乐意被别人说成是安全的。"史密斯向弗洛拉抱怨说。他尽力投出了调情式的威胁目光。弗洛拉大笑了。"可我和你在一起就是安全的,"她说,"我也许没有塔比莎那么聪明,但我不是白痴,你知道吗。你觉得我很漂亮,但她才是你感兴趣的人,史密斯先生。"

"这样的话,你可以叫我理查德。"他说。

"等票据没问题的时候再说吧。"她说,毫无疑问是她父亲的女儿。

晚宴的时候,史密斯被安排在离长桌上首四分之三的地方,很明显是总督来宾名单上的尾巴,他对面就是赛普蒂默斯,而殖民地的大人物们都聚集在他右边,在这里史密斯可以很荣幸地旁听他们的碰撞,但很明显不被邀请参与其中。范隆一家和洛弗尔一家在长长的白色桌布那头很远的地方。他们之间正同时进行着好几场对话,转身看过去,史密斯只能看到那他们的对话变成了哑剧,一点声音都没有。他看到弗洛拉在大笑,然后在包裹着她的粉色丝绸里坐定,约里斯和亨德里克两个人都殷勤地向她靠过去,肯定了她在这个美妙的皇家庆典之夜扮演公主的权利。而塔比莎,在这种无懈可击的快乐里找不到下手做坏事的机会,她只能在桌子对面直挺挺地坐着,看起来很孤独甚至还有点迷茫。史密斯朝她举起了自己装满加纳利酒的酒杯,但塔比莎的目光落在心中那条想象的地平线上,她没有注意到他。

晚宴的主菜——今晚必然如此——是烤牛肉。一大片一大片的牛肉——滋滋作响,棕色里透着鲜红,每一片肉都是牛身上相当可观的一部分——盛在大木盘上,在人们的欢呼声里被送上来的时候,乐队也理所应当地奏起了《老英格兰的烤牛肉》[1],接着在场的人都忠诚地大声唱起来:

> 当无敌的烤牛肉滋养着英国的子民,
> 它让我们的血管高贵,让我们的血液丰美;
> 我们的士兵勇敢,我们的廷臣英明……

——议会的议员们和总督的人比赛着谁唱得更响,想证明他们也同样忠诚,最后桌子上首只剩下了假发、张大的嘴和烛光下闪闪发光的眼睛,

---

[1] 英国爱国歌曲,源自英国作家亨利·菲尔丁1731年的歌剧《格拉布街歌剧》。至此之后烤牛肉就成为了象征英国精神的食物。

最后一段副歌之后，粗陋的音乐消失在了洋溢的笑声中。

"詹姆斯，我能给你切一块吗？"总督用尖细的声音问道。他涂了粉的两颊各浮现出一块红晕。

"啊，乔治，我当然非常不介意。"德兰西用低沉的声音说，边说边递过了他的盘子，然后这份协议就用滴下来的油脂和肉汁签好了。

赛普蒂默斯用发白的食指和拇指捏着酒杯柄在一边旁观，他长舒了一口气，然后带着一种可以暂时松懈的神情转而注意到了对面的史密斯。史密斯正在竖着耳朵听他右边的对话，同时又好像被人强迫一样朝左下方看去，但最重要的是，他正在咀嚼着他可以合乎礼节地吞下去的最大口的牛肉，同时努力不要把口水滴到桌布上。赛普蒂默斯察觉到了史密斯在朝哪里看，对着他微笑。

"你知道吗，"赛普蒂默斯说，"我计划让她们俩——两位洛弗尔小姐——都在我的戏里出演一个角色；我说的是我们在初冬时候打发时间的戏。今年我们演的是《加图》[1]。你想来演个角色吗？"

"看情况，"史密斯边咽食物边说，"那这是场私人剧场的演出吗？"

"哦，也不全是；我们不收钱，因为买票会唤醒这座城市的清教徒的疑心，让他们觉得表演是不适合他们的儿女们的消遣，但我们的确会在想看戏的人群面前演出。之前是在要塞里，观众主要是驻军的家属，但今年我借到了拿骚街上的老剧场一晚上，那里平时是个木材商店，因为找不到演员来让它发挥应有的作用。来吧，这样可以打发时间，让我引诱你来当个罗马人。"

"她们会演戏吗？"史密斯用下巴往左一指说。

"嗯，非常奇怪的是，弗洛拉小姐比塔比莎小姐演得好，因为她满脑子想的都是如果她有机会的话，她要做个女主角，她也会非常享受地

---

[1] 英国作家约瑟夫·艾迪生在1712年写成的悲剧，根据罗马议员小加图的生平改写。这出戏因为盛赞了加图抵抗恺撒暴政，坚持共和理想的精神，在18世纪英国的美洲殖民地广受欢迎。

大声说台词，尽管她不能表达出其中的微妙之处。而 T 小姐[1]则懂这出戏，但她表现得就像个读者偶然被摆到了舞台上，对整件事情的荒谬不停地蹙着眉头。"

史密斯大笑了，他完全可以想象这个画面。

"好吧，"史密斯说，"我可以演谁？波蒂乌斯？马库斯？"

"你也知道这出戏？太好了。不，我想让你演朱巴——那个努米比亚的王子[2]？"

史密斯犹豫了，但赛普蒂默斯正忙着用力切自己的牛肉。他没有注意到，我直到现在都没有故意装出谨慎的样子——史密斯想。这个计划里没有需要谨慎的地方，恰恰相反，要大胆。他提醒着自己。

"好啊，"史密斯大声说，"但我很惊讶你选了这出戏。"

"为什么？"赛普蒂默斯说，"它保证是出会讨好所有人的戏，尤其是在这里。没有别的戏比它更好，因为它挠到了纽约最喜欢的主题。自由和美德，美德和自由。有的时候我在想如果我能教会一只鹦鹉说这两个词，我们也许能让它去参加议会选举，那样至少可以为总督阁下弄到一张可靠的票。"

"你在说什么？"史密斯右边紧挨着的一个中年男子说，提到议会让他激动了，"自由是句空话？一点不让人吃惊，从你嘴里说出来。别听这只鹦鹉胡说。宝贵的信任，神圣的信任，宪法最美丽的花朵，英国人最伟大的荣光。史密斯！"他边说边伸出了一只手。他的眉毛是两条漆黑的黑道，和假发一起衬得他一脸吃惊的样子。

"怎么了？"史密斯困惑地握住他的手说。

"不是——我是史密斯！"这个人不耐烦地把手抽回来用，一根手指戳了戳自己的胸口说，"你呢？"

---

1 指塔比莎，T 是塔比莎（Tabitha）的首字母。
2 努米比亚是北方的古王国，因此朱巴可能是个黑人。在剧中，朱巴向往罗马文明，不认为自己身为外族就不能成为罗马人。

赛普蒂默斯长长地叹了口气。"威廉·史密斯，这是理查德·史密斯。"他说，"理查德·史密斯，这是威廉·史密斯先生，律师和历史学家——他本人就是我们小人国参议院的荣光。"

"小人国是吗？"这位议员说，"如果你少居高临下地对我们，你这个自大的宫廷小虫豸，你可能会得到更多的配合。"

"如果我们得到过任何配合的话，我也许会少对你居高临下点，"赛普蒂默斯愤怒地说，"比如说，你们可以先发了总督的薪金。或者我的。"

"任何支出都要投票表决是我们的古老传统。"另一个史密斯说。

"你说古老？"总督旁边那个死尸一样的苏格兰人插了进来，"那就好笑了，直到去年——年、年以前，我们从来——来、来没听说过则[1]回事。""钱袋的绳子要攥在人民手里，否则国王们就要变得傲慢无礼了。古老，是的。像贤人会议[2]一样古老。"

"呵，贤人会议。"这个苏格兰人轻蔑地说，轻蔑地哼出了这个词，"作为法律原则的来源有那么一点点不清不楚了，你不觉得吗？看看落在白纸黑字上的记录，很明显在它存在的整六十年里，纽约省议会都承认了它为基本的，我说的是基本的，政——政府运作拨款的义务。"

"这种权力就是存在的。无论使用还是不使用，依旧是种权力。我读过议会记录的，科尔登，和你一样熟悉它们，多半比你还熟悉。没想到你居然会提到议会记录。别管权利和义务了。黑手！赠地里有舞弊，关税里有舞弊。你想这些都被翻出来吗？你想吗？"

总督（他一脸震惊地旁观着这场局部冲突的爆发）拼命用勺子敲着自己的酒杯。餐桌上安静了下来；先是总督这一头，然后像一道不规则的浪一样扩散开去，直到几乎整张桌子旁的脑袋都期待地转向总督的方向，同时还可以清楚地听到另一头一位胖胖的绅士咕咚一声把最后一口

---

1 原文 sich，带有英国南部口音的词汇，意同"such"，此处用别字处理。——编注
2 英国历史的盎格鲁-萨克逊人时代每个郡都会举行的议事会，各郡权威人物和村庄的代表都会出席，议事会是要裁决案件及对本地的大事做出决定。这一传统被视为英国议会的起源之一。

肉汤咽了下去。总督手举酒杯站了起来。

"先生们——"他说,"自然还有女士们、市长阁下,渊博的法律界绅士们、尊敬的市政会和省议会议员们、英勇的驻军守护者们,这座美丽城市的市民们,以及我们很高兴地在国王陛下的寿诞,呃,聚集的陛下的臣民们。这是我的责任,是的,非常令我愉快的责任,来回忆我们在过去一年中受到过的庇佑,以及我们从国内国外的威胁中多次获得的仁慈拯救,然后提议我们用忠诚的心和声音,是的,用心和声音一起,来感谢我们受过的众多庇佑,还要切实地隆重庆祝它们,一年中这个特殊的日子里,这是尤其合适的,让我们一起举杯盛赞:敬国王!"

"敬国王!"全桌人用令人人耳朵作响的声音回应道。还不习惯如此隆重地庆祝这些节日的史密斯举起了他的酒杯,但他的嘴大张开是出于惊讶而不是忠诚,他的声音没有加入到祝酒的声浪中。

德兰西微笑着在总督对面站了起来,他自己的酒杯已经举好了。

"祝国王陛下健康长寿,"他说,"我们看到他身上承载的是我们法律的尊严,我们权利的保障——不论我们地位是高是低——以及我们新教自由的不可动摇。敬国王!敬卡罗琳王后!敬弗雷德里克王子!"

"敬国王!敬卡罗琳王后!敬弗雷德里克王子!"在场的人大喊。

"没错,是的,没错。"等到声浪涌过而且回落成了泡沫之后,总督说,"这是多么的正确,在已经,呃,为国王陛下本人举杯之后,我们最后应该,是的,就像我们一直做的那样,为他所代表的一切举杯。女士们,先生们:敬政治和宗教自由!"

"敬政治和宗教自由!"餐桌旁的人语气平淡地说,现在人群已经有点严肃了,多少带上了点教众在教堂里回话的神情,也像在教堂里一样,在这一刻的高度肃穆之后对比分明地换到了一种稍微有点不确定的、尴尬低语的时刻,就好像他们担忧在这样崇高的情怀面前不能有任何太过于普通的东西,但同时也希望尽快从情感高峰上下来。见总督还站在那里,史密斯好奇他会不会带着在场的人唱起那首新国歌,最近这几年朱瑞巷几乎在

117

每部戏结束的时候都要唱。但似乎阿恩先生谱曲的《上帝保佑我伟大的乔治王》[1]这首歌的流行之风还没有刮到大西洋这头来，因为总督另有安排。

"接下来我们给大家安排了一个好东西，"总督说，边说边把手合在一起又松开，"圣詹姆斯宫非常遥远，然而今天晚上我们很荣幸地可以听到那些国王陛下本人——啊哈哈——在今天会欣赏的著名生日颂诗之一。为我们表演的是我们的汤姆林森夫人！"

赛普蒂默斯瞪大的双眼和吃惊的眉毛清楚地表明这是一个他不知情的余兴节目。他额头白瓷一样的皮肤皱成了一片不会散去的痛苦白浪，一动不动，烤成了型，刷上了釉。与此同时，伴随着阵阵掌声甚至还有呼哨声，史密斯在教堂里见过的那个眼睛蓝得出奇的女人从桌旁走过向着乐队走去，她穿着灰色的紧身衣和只有前后片的长战袍，戴着顶纸板头盔，手里拿着一根比烤肉叉大不了多少的三叉戟。她的眼睛是青金石般深浓的蓝色，或者就像热带海洋里浅滩的石青色正在像向深水的紫色过渡的地方一样，她还在眼皮和眼睛周围涂了蓝色的眼影来衬托它，让皱起的皮肤（她已经不年轻了）宛如一颗大宝石周围环绕的嵌宝绳索一般。但桌旁绝大多数的男宾都没有把注意力限定在她明亮的目光、她希腊雕像一样的鼻子和她金红色头发等之上，因为汤姆林森夫人正是那些幸运地，或者不幸地，拥有姣好的面容加上妖娆曲线的女子之一。她并不胖，这点必须要说清楚，她依旧多少保持了出色的身材。但是，从小腿往上，她的曲线在女人身体可以凹凸的地方都凹凸到了夸张的地步，或者恰好更过一点。她的胸部把战袍绷得紧紧的，随着她不慌不忙地踱步，她浑圆的大腿夺目地摇摆着。除了那些像赛普蒂默斯一样的男人以外——他们被自然剥夺了欣赏这种丰美的资格——整个房间里的男人都饥渴地盯着她，而他们的女眷，眼睛张得就没有那么大了，看着他们盯

---

[1] 现为英国国歌，但18世纪英国并没有国歌。这首歌最初发表于1744年，并在詹姆斯党起义之后在英国广为流传。此处的阿恩先生指18世纪英国作曲家托马斯·阿恩，历史记录显示他谱曲的版本1745年已经在英国剧院传唱。

着她。汤姆林森夫人可能曾经有过一种清新,或者天然的魅力。现在——至少女宾们的目光评价四十六岁的她时是这么说的——她像个已经熟到发酵一样的李子一样颤抖着,随时可能爆出一大股果浆。

汤姆林森夫人走到了乐队中间,和小提琴手说了几句话,接着他拉出了一串低沉、快速的反复旋律。在这段音乐作背景,在乐队的黑脸和闪亮的假发共同的陪衬下,汤姆林森夫人侧过身去摆出了一个姿势,一条腿向后伸出,三叉戟(或者烤肉叉)和腿成一条直线朝前举着。

"那些原野!"她清脆地吟诵道:

> 那些要塞!还有洪流!它们不曾有过荣耀!
> 现在却想从恺撒的武功里把名声讨,
> 颂扬它们吧,不列颠人!虽然这歌声粗野……

这可能是科利·西伯先生[1]臭名昭著的颂诗里最糟糕的了,这一首,到现在有三年了,颂扬的是乔治王在德国战场上的个人勇武。是的,来了,用"塞利根斯塔特"和"败退"押韵,还用"德廷根"押"幸福的重压"[2]。来了,从桂冠诗人的私人鼓风机里刮出的雄风。赛普蒂默斯脸都快抽筋了。"啊,上帝。"他从紧闭的嘴唇和紧咬的牙缝间低声挤出来,"啊,上帝。啊,上帝。"詹姆斯·德兰西每隔几秒钟都觉得有必要咳咳咳地清嗓子。议员们的目光似乎都没有落在这个场面的整体上,而是特别关注在战袍鼓起的衣边之下,这个造型是如何聚拢抬高了汤姆林森夫人壮观的屁股。

可史密斯为了听得更清楚闭上了自己的眼睛。他能分辨出欧忒耳皮·汤姆林森[3]声音里的不同层次。他能听出她曾经很久以前初到伦敦时

---

[1] 英国剧作家和诗人,1730年起被任命为英国桂冠诗人。
[2] 塞利根斯塔特和德廷根都是德国的地名。
[3] 此处是作者的一个文字游戏。欧忒耳佩(Euterpe)是希腊神话种掌音乐和抒情诗的缪斯,与忒尔皮(Terpie)名字类似,史密斯用女神之名来说明忒尔皮的朗诵富于音乐性。

说的埃塞克斯，或者也许是萨福克口音的最后一丝痕迹，他敢打赌，那时她还是个佩吉或者莉莎，打定主意要让自己的美貌给自己挣一份未来。他能听出有人用心教过她怎么呼吸、怎么发声、怎么开口就变得尊贵和怎么假装优雅，也能听出来她是如何把这些课程牢记在心，当作命运的配方紧紧地攥住的。因为他闭上眼睛，屏蔽了所有的荒谬，史密斯还能品味出她勇敢地认识到了自己希望的机遇正在离开，或者已经离开了，而她却被抛在这里，困在永远的巡回演出里。那首诗很糟糕，但她却念得很好，辅音都发得很清楚，出色地处理了西伯痴迷字母 S 带来的不断的咝咝声，还把这首诗打开了——最多就只能做到这样了，真的——变成了一种温暖、慷慨的空话。她是，简单地说，一位专业人士，听着她吟诗，史密斯第一次在纽约城里感到了一阵悸动的乡愁。

> 不列颠人啊！受庇佑的族民，
> 战争还是和平中都同样安宁，
> 什么能扰动你们的幸福呢，
> 除非你们自己要把它毁灭？

汤姆林森夫人成功地让最后这几个词有了种严肃沉思的感觉，于是有那么一瞬间，她让人有了那位桂冠诗人在写这行诗的时候真的动过脑子的幻觉。一阵沉寂而不是一阵掌声。史密斯睁开眼，发现她从转身侧面对着观众变成正对着观众，用深蓝色的警示眼光瞪着他们，荒谬，却又奇怪的威严且令人信服，帕拉斯·雅典娜的严肃，再加上深深的乳沟。她低下了头，熄灭了蓝色的灯光。然后掌声响起了：并不是很热烈，除了餐桌中部，那里一群穿着红色军服的军官中的一员正在死命拍手，满身都是骄傲和快乐，而他的龙虾兵同僚们也正在重重拍打着他的背，就好像该祝贺的是汤姆林森少校一样。尽管如此，这是尊敬的掌声，有些甚至还是来自女宾们。一次值得表扬的丰收，毕竟土地是如此的不肥沃，史密斯想。他也加入其中鼓了几下掌。

赛普蒂默斯像看疯子一样看着他。"噢,不,"他说,"又是一个被汤姆林森女神捏住命根子俘虏了的家伙?告诉我不是这样的。"

"赛普蒂默斯,"史密斯说,"你为什么一定要坚持惹人厌呢?"

"你还有脸这么说。"

"但你在这里有社会地位需要维持。我不明白——"

"你不明白?"赛普蒂默斯挤眉弄眼地说。因为威廉·史密斯正很感兴趣地听着。

"行吧。但是,我向你保证,我们之间有个不同的地方,虽然我现在不能明说那是什么,你知道的,"史密斯继续冲动地说,"但让她在你的戏里演个角色不是最糟的事情。"

"什么!"赛普蒂默斯大叫道,"你说你读过这出戏!戏里就只有两个女性角色,加图的女儿和卢修斯的女儿,两位贞洁、天真、道德高尚、出身高贵的少女,豆蔻年华的好人家的女儿,还是初绽的春花。告诉我,史密斯,告诉我,刚才这段描述里哪里让你想起了忒尔皮·汤姆林森?"

"没关系,"史密斯说,"她能把台词说得很好的。"

"她没有品位!"赛普蒂默斯身体前倾嘶吼,"这里的人就她当是个色情笑话。你看看她,理查德。她就是你听过的每一个低俗的女戏子笑话的结晶。你不觉得吗?"他近乎恳求地又说道。

"那没关系,"史密斯又说,"你是导演,你有品位。你告诉她你想要什么然后她就能做到。"

"噢,我确定她非常地……善解人意——"

"那不是我的意思。我的意思是她受过训练,而且她会听指挥。如果你能让她明白你希望你的玛西亚或者露西亚听起来是什么样的,她就能为你创造出来。你难道没有听出来吗?在她的声音里,那里有真正的演技。得了,赛普蒂默斯,她都让人为科利·西伯鼓掌了……"

"你是认真的。"

"我当然是认真的。我不知道你想怎么安排其他的角色,可我猜本地人才有点稀薄——在小人国这里——而她是个真正的演员,你不能无视这么明显的资源。"

赛普蒂默斯张了张嘴,重新考虑了一下,然后改口说:"她的样子怎么办?"

"布匹。用又大又白的松垂布料把她裹起来,让她看起来就像个雕像一样,然后设计一场她大多数时候都站立不动的演出,这样人们只会注意到脸和声音。"

"把她裹起来?哈。"威廉·史密斯说,这证明他的确在听,"奥克肖特的预算可能还不够多。你得要不少的料子才能把忒尔皮包起来。有意思,很有意思。不过,那是你的专业判断吗,史密斯先生?"

"我的……懂行的判断。"史密斯说。他突然谨慎了起来。

"行吧,让我考虑一下,"赛普蒂默斯说,"既然你如此恳切。但我必须得说,我很吃惊你会乐意挤掉一位洛弗尔小姐的角色。"

被自己熟知之物的诱惑所干扰,被自己空肚子里装满的牛肉鼓舞(或者说醉倒),而且刚刚才觉察到了另一种不同的焦虑,史密斯其实完全还没有从这个角度考虑过。他突然意识到了一种非常可能且尴尬的后果。

"等等,"他说,"我——"

一只又大又光洁的手毫不客气地捏上了他的肩头。"史密斯先生,"詹姆斯·德兰西站在他旁边说,"我们在找人玩牌。你要不加入我们吧。"他的句子里并没有问号。

沿着整张餐桌,客人们正在零零散散地分成不同的人群。一部分年轻点的客人又一次跳起了舞,而其他的人则在挨个和人告别,朝着楼梯间和大门走去。一批年纪更大的,而且大多数是属于议会那边的头面人物,正在像沉淀一样从把不可调和的分歧暂时融为一体的晚宴里分离出来,从团结的桌布下面拉出一张张的小桌子,造出了一座他们可以坐下抽烟讲政治的小岛。德兰西正领着史密斯朝其中一张桌子走去,后面跟着的是律师史密斯。总督的人似乎正在准备撤离战场，同时赛普蒂默斯朝着乐队附近的方向跑了过去——他只是去，史密斯希望，做一点和音乐有关的安排。

德兰西居高临下地走近了最近那张桌子时，史密斯还以为他会做个介绍，桌旁坐着一圈穿着丝绸和金线的大人物——为了显得更质朴，他们都在抽长长的陶土烟斗，而不是照伦敦的时尚在吸鼻烟——然而相反，这位大法官在空中一挥，做了一个让他们散开的动作，露出了他的狐狸一样的微笑，那些坐着的人就都点点头，露出明白了的表情，听话地站起来走了，任由他占据空空的桌子。明显德兰西想私下对话，出于什么目的史密斯就不知道了。只有他自己，史密斯，还有那个律师。现在已经很清楚了，律师就是今天晚上身负重任的亲密友人，负责充当德兰西的耳目，在晚宴的时候监视史密斯。

"好的，现在，"德兰西坐在史密斯对面说，双手交叉叠放在桌面上堆起了一座指关节的白色小山，"你要来点什么？抽点烟，来一杯马德拉酒[1]，来点白兰地？不用？你一定要放松，你知道的，今天晚上的正事已经都完成了，我们面前只有欢乐游园。"

"你确定你不是刚好说反了吗，先生？"史密斯说。

德兰西大笑，一阵爽朗的笑声，一点都没有影响到他双眼的清明。

"给我们拿点干邑白兰地还有三个酒杯来。"他隔着史密斯的肩头对昆汀说。原来昆汀一直等在那里，一言不发地做好了准备。"至少我准备让自己放松一下，年轻人。你看到了没？"德兰西边说边解开了自己的领扣，"彻底下班了。"他把假发从自己头上摘下来，然后挂在他旁边空椅子的靠背上。他的头顶上原来还长着细细的银发。看到德兰西没戴假发的头并不比看到一只老虎舒服地趴在窝里更让人安心。

"我一直有话想对你说，"他说，"全城都在讨论你的神秘来意。"

---

[1] 位于北非的马德拉岛出产的添加烈酒的葡萄酒，一般作为餐后酒饮用。

"我抗议,先生。"史密斯试着用同样轻松而威严的语气说,"隐私是没有什么神秘的,只是简单的隐私——"

德兰西竖起了一根手指。

"省省吧。"他说,"按我听说的,你已经非常充分地证明了任何真正有用的东西你都不打算说,所以让我们就略过这些废话吧。"

"他跟奥克肖特关系很好。"律师主动说。

"我也看到了。"德兰西斜着眼说,"但那是出于策略还是品位呢?是在站队的迹象呢还只是碰巧而已呢?我怀疑你是不会明说的,史密斯先生,对吧?"

"是的,先生,我没有看到任何那么做的理由。"

"没错。所以,你看,这就是为什么我说的是我有话要对你说。我今天晚上对你什么期望都没有,除了些好听的废话,但我要确保你听到了我的话。——不过我们要边打牌边说,就像文明人一样。你带牌了吗,威廉?"

律师从大衣口袋里掏出了一副用旧了的牌,角上磨得像打了蜡一样,用被烟草染黄的手指把牌递了过来。德兰西把牌分开,开始洗牌,不是一副惯于洗牌的样子,更像是他的手在自行完成这项任务,而他只是一个饶有兴致的旁观者。侍应们正在熄灭不需要的蜡烛,房间里变得越来越暗,朝着剩下还点着蜡烛的桌子收缩。

"你喜欢玩什么,史密斯先生?吹嘘还是法罗[1]?"

"惠斯特,如果非要玩的话。"史密斯说。他读过霍伊尔先生[2]的书,还在演员休息室里短暂休息的时候成功地用它和人打过一便士一分的牌局。

"真的?"德兰西说,"我喜欢的是皮克牌。所以我们就玩这个吧。你知道规则吧?"

---

[1] 这两者包括下文的惠斯特和皮克都是18世纪常见的扑克牌玩法。
[2] 指英国的"惠斯特之父"爱德蒙德·霍伊尔1741年出版的《惠斯特牌戏短论》。

"当然了。"史密斯说。他说得比真实的感觉自信多了。

"那就好，那就好。我看我们三个人，就来玩赌注池吧。每局每人一个畿尼的底注；输家下一局就换人，不论谁连赢两局赌注池的钱都归他。同意吗？"

"同意！"威廉·史密斯说。他这么快就开了口，史密斯敢肯定他和德兰西之前就约好了。他觉得自己脚下有个坑张大了口。

"先生们，"史密斯边把椅子往后挪了一英寸，两英寸边说，"我很抱歉，直到我的票据兑现之前我可没有钱支撑我玩这么……大。"尽管他有意克制了，但最后一个字出口时还是因为他语调中的惊讶听起来透着贫穷。

"啐，"德兰西热情地说，"就像我们会不信任你一样。威廉，从你的记事本里给他撕张纸，再给他支铅笔。你可以用白条下注，史密斯先生——只要你想就可以。"他又一次看向史密斯的身后，用两根手指摆出了靠近的手势，史密斯感觉到自己身后站的人又把他的椅子朝前推回了桌边。

"按说第一局我们应该切牌决定谁是看家。但威廉，我想任性一把，马上就想玩一局，还想让年轻的史密斯先生来当我的对手，如果你不反对的话？很好。那我们切牌看谁先发牌。我的是杰克，你的是八点。你来发牌，我就是上家了——难得又一次玩乐的顺序对应了自然的顺序。这是个不能指望的偶然。三个人都下注，请吧，先生们。"

从德兰西的幽默里很明显能看出至少他打算找点乐子——史密斯害怕的正是这种爽朗又昂贵的幽默。史密斯在一片纸上写下了无法避免的承诺，把它推到前面。律师在上面放了一把发黄的殖民地钞票。法官把手伸进自己的马甲口袋里，然后他扔到这堆纸上的，闪光耀眼的，是一个真正的畿尼金币。史密斯看了它一眼。当然，在一座商业城市里肯定有不少畿尼金币在流通，但自从他告别了自己的金币之后，他本人就一枚也没有见过。史密斯伸手拿过牌来，发了他确定自己没记错的张数，他自己和德兰西每人十二张牌，把剩下的八张牌牌面朝下在他们俩中间摊成一排。现在，为了理解接下来发生了什么，彻底、毫无疑问地弄懂皮克牌的规则对读者们是至关重要的，所以接下来我就来解释一下：这个游戏的关键在赢得每一圈牌，但大多数的分数是在之前的叫牌里赢到的，比如三张、四张还是五张的顺子，或者三张还是四张同点数的牌——但是，等等，在那之前还要先叫点数，那可是最关键的，除非有一家手里一开始就拿到了白牌，那就又是一回事了，接着还有（在正确的时候）喊出"皮克"或者"赫皮克"，一个值三十分另一个是六十分，可哪个是三十哪个是六十现在只有魔鬼才知道了——而且还有到现在还没有提到过的"卡朋"和其他特殊的分数，除此之外还有根据玩家是上家还是下家变化的其他非常特别的分数，这一点决定了整个游戏的样貌或者特征，除非——等等——等等——哎呀，这整个解释都乱成一团了，可没法收回重来了，因为牌局已经开始了。我们已经没有时间了，却没能明白多少。不过现在读者可以发现自己和史密斯先生身陷同样的困惑中，而这肯定算得上有了更多的理解。

詹姆斯·德兰西（史密斯一点都不惊讶地发现）喜欢在他打牌的时候说话或者说讲演，而玩牌的时候所必要的交流其实是在他演讲的缝隙或者边角里发出的。因为他已经明确无比地说明了任何史密斯嘴里说出的废话都是不受欢迎的，史密斯觉得自己可以自由地专注在（而其实这也是他最需要做的）牌局上，只需要说打牌必须的话就好。

"你知道我为什么更喜欢皮克牌吗？为什么在所有的牌戏里我投它一票？因为通过卡纸的国王和卡纸的宫廷，皮克牌给人的是最接近政治生活场景的缩影。至少，如果一个置身其中的人仔细观察，而且他脑子也清楚，那么政治生活在他看来就是如此。红桃5。"

"你赢了。"史密斯说。

"四张顺子。"德兰西说。

"一样的。"史密斯说。

"A。"德兰西说。

"你赢了。"史密斯认输了。

"我的意思是，"德兰西继续说道，"皮克牌让我们体会了一个难题，那就是人只能近乎了解全貌却不能洞察一切。我们几乎可以看到全貌，但永远不能绝对彻底地看到一切。看看桌上——顺便说一声，皮克。这里只有三十二张牌，它们还都在我们面前。按你手里的牌和我手里的牌，还有我们补牌时看到的，我们几乎就可以推测出整副牌的分布。可还是差点，永远不能绝对确定。而就在那点不完美的空间里，意外是那里的王者，它把我们的计划弄得一团糟。——剩下的几圈牌都是我赢了，我想：没错，如果你想我们可以仔细计算，但非常明显是我赢了？"

"是的，先生。"

"那我们继续！威廉，到你了。请大家再下注。"又是一片撕下来草草写了几笔的纸，这可能会意味着，如果法官连赢了第二局，于是把全部赌注都赢走了的话，史密斯会发现自己从今晚开始时的一无所有变成负两个畿尼，落进一个两个畿尼深的洞里。律师又掏出了一摞皱巴巴的钞票——从德兰西的口袋里——又一枚同样闪光的金币。大法官转过去面对律师，但他还在继续滔滔不绝地说话，除开牌局必要的交流，他的话依旧都是对史密斯说的。

"切牌定谁发牌，王后。"威廉·史密斯说。

"十点。"德兰西说，"你是上家。语言永远会逃离真理。——所以意外是一种力量，先生，这是每一个聪明人都必须要承认的。最大的局势也许只是最小细节的结果，也许谁都没有选它，它最后却决定了所有人的命运。"

"四张梅花。"那位律师说。

"比你大，五张黑桃。就用现在总督和议会之间的僵局来说，就是我们纽约的事。我们为什么可以如此有效地、如此光荣地牵制住总督呢？就因为一件预料之外的意外。"

"五张顺子,"那位律师咯咯笑着说,"没错,谁都不能预料到他是这个脓包。"

"没错。——但我说的是更早的事,史密斯先生,更久远、更随机的事情。因为英格兰的民法规定有二十英亩[1]的自由地产保有人就有投票权,因为这条法律毫无变动地、没有改变地被运用到了纽约省,没有任何人想到它会带来任何变化。点数一样的牌?"

"四张。"

"不错。现在运气在你那边了,威廉。"

律师开始了他的第一圈牌,法官亮出了他的五张黑桃,下面的牌局除了顺畅的抽牌和放牌之外什么声音都没有地继续去了下去。"然而在这里,"德兰西继续说,"只要你想,几乎任何人都可以保有二十英亩土地,只要你认领它们,保卫它们,并为它们流汗,有很多人是这么做的。就这样过了四十或者五十年,直到对于保有这个省的现在这一代人来说,英国人和荷兰人都一样,投票权几乎就是每一个成年男子所必需的特权了,如果他是个正经人,如果他是个有自尊的人——而且这一切都不涉及什么原则,也没有想有什么目的,不过现在在它已经发生了之后,我们非常轻松地发现了其中的原则及它可能可以达成的目的。直到我们开始,史密斯先生,完全是偶然地,发展成了一个,简直令人惊讶,一个民主政体。我们变成了雅典人,完全是个意外!三十四,五十二,五十三。你赢了,威廉,不过就多一点。年轻人,该你玩了。"

他们又下了底注,三个人都下了。史密斯已经不再惊讶德兰西可以从他的口袋里掏出真金了。赌注已经变成了一小堆,一个肯定值六个畿尼的小堆,不算史密斯扔进去的纸片。史密斯正在努力装出一副礼貌地倾听德兰西的政治布道的样子,德兰西似乎觉得自己必须要让史密斯固定在一个地方他才会听,但其实史密斯的注意力越来越被那堆钱干扰,

---

[1] 英制面积单位,1英亩约等于4000平方米。——编注

被想到它可能代表的所有的面包和牡蛎还有其他肉体必需之物的念头干扰。"我只是个临时的租客,"他肚子里的牛肉说,"到早上你就再也不会感觉到我了。你日常的真空将会取代我。"史密斯突然想到了——毫无疑问,这件事读者们很久以前就想到了——赌博赢来的一把钱正是和富人的大手大脚相称的为数不多的几种挣钱方法之一。可以很轻松地就赢到它,不会引起旁观者的警觉——如果可以赢到的话。和威廉·史密斯切牌决定谁发牌的时候,史密斯只抽到了一张九点,他的心一沉。但律师只切到了一张八点。史密斯先生是上家,获得了先手的所有优势。史密斯补到了他有权换的所有的牌,还使用了别的他有权使出的策略(而上文对这种牌玩法的糟糕介绍彻底断绝了读者理解这些策略的可能),然后紧盯着自己暂时的王国,在德兰西继续滔滔不绝的时候,史密斯对着他点头微笑而心里则在祈祷,还要努力不让自己发抖。

"六张红桃。"史密斯说。

"你赢了,你个该死的。"律师说。

"四张顺子。"

"同样的。最大到王后?"

"到国王。"

"你自己和政治人物打过很多交道吗?"德兰西问。

"很少。"史密斯简短地回答。

"但是多少有点?"

"我以为你已经决心不注意我说了什么,先生。"

"我只是希望确定你有听懂我的话所必需的最基本的经验,年轻人。确定你不完全是个傻瓜。当然,是希腊文的意思[1]。"

"事实上,我和你的表亲一起吃过饭,先生。"被刺激了的史密斯说,完全没有注意到傻瓜这个词在希腊文里的微妙之处;也没有提起当他在

---

1 英文的傻瓜 idiot 源自希腊文的 idiotes,在希腊文里这个词有外行人的意思。

字面意义上和佩勒姆勋爵同桌而食的时候,他们之间隔着好几码的桌布。

"真的?"德兰西说,"在劳顿[1]?"

"不,在另一个地方。"史密斯说。

"很好,那,我可以有信心继续了。"德兰西说,"继续玩,继续玩!现在,先生,当整个局面最为平衡的时候,在政治里和皮克牌里都一样,这种偶然性的力量是最无法抗拒的。当一点差别就会影响全局的时候,微小的干扰就会产生最大的后果。当分数几乎持平的时候,那张你没有预料到的牌会在你没有预料到的地方出现。比如,就像那里,在那圈牌里。哎哟。也像此时此刻一样,史密斯先生,在这座城市里,在这个当口。如果议会有足够多的票(但只是刚刚够)来拒绝给总督提供发动战争的资源,也拒绝拨给他政府通常该有的资源,一笔可以用来贿赂、用来款待、用来劝说足够多的选举人,让一个或者两个议席转而支持他的钱——那么,先生,如果一个陌生人突然出现,还带着一大笔他想怎么花就怎么花的现钱,那么他也许就是那个可以改变一切的一点点偶然性。这就改变了整个游戏了。啊,我看这一局你们必须要仔细算算分了。别忘了还有卡朋。赢家是——?节哀顺变,威廉。又该我上场了。"

这位法官兴奋地搓手的样子是如此明显地虚伪,如此和他脸上要一探究竟的神情格格不入,他的手还连在他身体上这件事看起来简直就是个奇迹。这次,当所有人下注的时候,法官用拇指和食指捏着第四枚金色的圆片停了下来,还在手里转动着它,烛火映得这枚畿尼金币闪光又暗下去,闪光又暗下去。

"是的,"法官说,"我是从洛弗尔兄弟那里知道这些的。他非常清楚自己的利益在哪边。切牌定谁发牌。杰克?让我们看看。噢,上帝。国王,所以我又是上家。"

史密斯紧紧地攥住了自己的卡纸宫廷。作为下家,成功地阻挠上家

---

[1] 英国东萨塞克斯郡的地名,佩勒姆家族庄园所在地。

赢牌，获得两连胜然后赢走赌注不是不可能的。但这非常不现实。如果霍伊尔先生像分析惠斯特牌一样在书里分析了皮克牌，史密斯甚至可以给出自己微薄胜率的具体数字。

"五张梅花。"德兰西放松地说。

"你赢了。"史密斯不高兴地说。

"三张顺子。"

"比你大！"

但德兰西又举起了那根禁止发言的手指——手指一歪，手指一指——指向史密斯左边的阴影里。

"我想有位女士要找你说话？"

他和律师不慌不忙，饶有兴致地看着站在史密斯胳膊肘旁边的塔比莎，她双手交叉放在自己身前，其他的政治人物也从自己的桌旁转过身打量着她。人群里传来了笑声和低声的议论。她毫无疑问是大厅抽烟赌博这一头唯一的女性。史密斯心中闪过一阵愠怒，为自己还要烦心这样的事情恼火。他觉得很难把自己的注意力从手上印着红色、蓝色和黑色的纸上拖开，就像他马上要面对的命运都写在了上面一样。

"有事吗？"史密斯朝上望了一眼说，"现在有点不方便。"

"我会长话短说。"塔比莎说，"我和那位秘书说过话了，他说我在那出戏里的角色没有了，还说了为什么。我没有想到——"她说，然后停了下来，她声音里明显的挣扎彻底穿透了皮克牌的氛围。史密斯转头面对面看着她。她的嘴绷成了一条细线。"我没有想到，"她重新控制住自己之后说，"你会利用我说过的话，戏剧对我意味着什么的话。我没想到你会。但这步走得不错，"她说，"这步走得非常好。我会记住的。"然后她朝他咧嘴笑了，狰狞得像个用尽全力拧开夹具的木匠一样。

"塔比莎，等等——"史密斯说。然而她走开了。史密斯想把椅子往后推去追她，但后面同一个看不见的人形障碍物把他摁在了那里。

"我还没说完。"德兰西说，"回头看这边，看着我，把你的思路转过来，我在说的那个陌生人。如果真有这么一个人出现的话,他难道不会是最令人担心的对象吗?如果他似乎飞快地变成了总督跟班的密友,这不会是一件极其严重的问题吗?应该向这个小伙子说清楚,他自己的命运也同样在两种可能之间摆动,难道这不也是最急迫的吗?取决于他行事的不同,史密斯先生,他可能朝一边或者另一边走上几小步就会让自己要不是走上了出人头地的未来,要不就是很容易就无路可走,遇上点令人不快的事故。两种命运,先生,并排着放在那里。一种是黄金的,或者至少是黄金般的感激,因为你现在清楚真金是多么地少见了。而另一种就是铅的——或者是破了窟窿的冰,或者是长长的坠落——我说得够清楚了吗?我的话你听懂了吗?"

"是的,先生。"史密斯说,他吓得呆住了,"我向你保证,用全部的荣誉——我绝对不是做那种事情的人。我不是给政府跑腿的,也不是派给总督的秘密援助。"

"听你这么说我很高兴,"大法官讽刺地看着他说,"当然了,就算你是,你也会说同样的话。而如果你是沃波尔[1]的人,想给上届政府捞的战利品在海这头找个安全的家——你会说同样的话。而如果你是有些人认为的耶稣会士或者詹姆斯党人——你会说同样的话。当你否认所有可能性的时候,这个否认本身并不比其他被否认的东西让人放心。不过我谢谢你。"还在观察着史密斯,还在考虑着,德兰西看起来似乎满足于继续无限期地观察考虑下去。

"我刚才在说,比你大?"史密斯主动说——这场牌局突然变成了他最不焦虑的东西。

"哦,至于那个,"德兰西带着帝王般的微笑放下手说,"我发现我的牌太糟了,我必须认输。赌注都是你的了,去吧。"他说。但史密斯还是一头雾水地坐在那。"拿上你赢的钱——然后考虑考虑你的处境。

---

[1] 罗伯特·沃波尔(Robert Walpole,1676—1745),于1721年至1742年担任英国首相,被认为是英国第一任首相,曾因为贪污入狱。

去吧，"他重复说，"要是你赶快，你也许还能追上她。"

于是史密斯在一群男人的笑声中离开了大厅。虽然他急匆匆地穿过街道一路追到了金山街，可他路上经过的赴宴回家的人群里没有洛弗尔家的人也没有范隆家的人，而等他追到洛弗尔家的时候，窗户都是黑的。他没有敲门。

"你觉得那个小伙子怎么样？"后来，等白兰地瓶子几乎都喝空了的时候，德兰西问威廉·史密斯。

"你觉得他怎么样——我是说奥克肖特的朋友？"靠在三个白枕头上的忒尔皮·汤姆林森问汤姆林森少校。但汤姆林森少校并没有回答，只是发出了吸吮的声音，他的嘴当时塞得满满的。（为什么，他在喝什么吗？他什么都没喝。）

到了早上，从三一教堂到鲍厄里的全城都知道了，那个有钱的陌生人，不管他的钱是怎么来的，他又准备用它做什么，他肯定是个演员。

### III

结果那位律师在牌桌上下的赌注甚至都不是那些常见的种类多到令人头痛的殖民地纸币，而是弗吉尼亚一家烟草仓库出具的票据，于是史密斯第一次尝试用它们付账时，他掏出了一张但心里并不抱多大期望。然而票据被毫不犹豫地按照面值的百分之五十五收下了。纽约的商人们似乎心里都有一本账，记录着他们可能遇到的各种可以想象的替代钱的物品的价值。韦姆帕姆[1]、成捆的烟草，一加仑一加仑的朗姆酒——在这个没有现钞的世界里，它们都是现钞。烟草票据再加上刻意还回他

---

1 北美印第安人用作货币或饰品的贝壳串珠饰带。

手上的金畿尼，史密斯算计自己现在有足够的钱相当轻松地过到圣诞节了——如果他未来不会因为破坏了德兰西对付总督的计策被人在头上来一下，或者不会因为别人给他强加的角色惹上麻烦，或者不会丧命在完全没有预料的灾难里。

史密斯从自己会饿死的恐惧中解放了出来，却收获了其他需要担忧的事情，在接下来的几天里，他在商人咖啡馆这个制高点里观察着这座城市攀上疯狂的活跃高峰。这是纽约一年中两个高峰时段之一，亨德里克说，他在突然拥挤得多的咖啡馆里呐喊着解释，另一个高峰是晚春船队载着今年的收成从糖料群岛回来的时候，那时每家熬糖房、精炼厂还有酿酒厂都会吐出甜蜜的烟，而空气里会燃烧着焦糖的味道。但为了这天，为了这座城市首要的也是最明显的商业律动，港口里的每一艘船，每一条属于曼哈顿商社们的船都必须满载上岛和上游农场[1]的农产品，一直塞齐了船舱。热带印度群岛上的土地太少了，不能浪费在宝贵的甘蔗之外的任何作物上，那些在巴贝多斯、牙买加、圣多明戈和德梅拉拉种甘蔗的奴隶吃的都是北方省份出产的面粉、饼干和干豌豆。大量奴隶会死掉，但总有从非洲来的数量更多的人顶替他们在这个大机械里的位置，所以那些种植园主一直不断地收购，而且是急切地收购，纽约省可以种植出来养活奴隶们的所有东西。自然了，他们是用自己的收成来付账的。小麦出去，蔗糖回来。沿着百老汇大街、宽街和梅登街，以及其他任何一条通向码头的街道，交通都拥堵得水泄不通。史密斯见过的从栅栏墙外的田野驶来的、装得满满的大篷车和四轮运货马车变成了不断的车流，一支上下颠簸、前后摆动、左右摇晃、装着轮子的缓慢无敌舰队，在这座城市肌理里每一个足够宽的（及有些最后发现并不够宽的）铺着卵石的缝隙里拥堵着，一英寸一英寸地前进。车夫在咒骂，马匹在站住了拉屎，车上的货物在翻倒。同时，在河面上，从哈德逊河上游下来的内河双桅

---

1 曼哈顿岛南北延伸，上岛即岛的北部。

纵帆船，从长岛和康涅狄格各个地方来的沿海贸易船，还有往返新泽西的单桅纵帆艇就这样运来了一麻袋一麻袋的货物，在码头上被嘎吱作响的起重机从一个船舱吊进另一个船舱里——上百对声音喊着"起吊放手"和"接货落舱"——一场转船的狂欢。每一条桅顶横杆上都有个木匠在抡锤；吊索把还散发着松脂味的新松木圆材吊给他们；缝帆工忙着缝补；索匠把帆索里坏掉的部分拆出来换上新的马尼拉麻绳；一晚又一晚，在灯光的照耀下，这场半空中的敲打声和碰撞声的大合唱都要持续到深夜。同时涌进城里的还有那些要出航的水手。夏天几个月在家种地的职业水手，哈德逊河上游居民点里的小儿子们——出海去挣开垦自己的新农田和建造自己房屋的本钱，还有各种满怀希望的人，漂泊的人和形形色色的冒险者——所有这些人满满当当地挤在酒馆里，结成快活的人群在夜晚的街道上寻开心，还填满了每一家有空床、空地板甚至空阁楼的客店。李太太的早餐桌又接长了三块桌板，她忙着端着一盘盘的粥跑来跑去。因为很快就有人小声地告诉这位新客人史密斯多有钱，他每天早上离开客店时，经常要面对找他借款的请求或者请他参股计划的邀约，这个计划据说一定会在春天给他和发起人挣一大笔钱。

就在金山街下面的莱昂船台，普雷蒂曼船长监督着洛弗尔家和范隆家的三艘西印度群岛商船上货，用权威的尖利嗓音下着命令，仿佛船上的一只精瘦耗子膨胀到了人的大小。但是史密斯没有塔比莎的任何消息。在没能及时找到她，向她解释清楚那件不幸的事之后，他已经准备好了接受她回敬的天才的恶意，不论是有人传话还是写信给他或者是当面的，但这样的事情没有发生，而随着沉默越拖越长，他变得越来越犹豫，不愿主动打破沉默去承受她备下的任何攻击。在见不到她的脸和他在她脸上读出的东西时，懦弱和自保就这样无人挑战地控制着战场。史密斯开始告诉自己说这个粗心的冒犯其实是件走运的事，和一个公认悍妇断绝关系有一种意外的明智（也许德兰西的哲学会赞同这点）。然而每天早上，一种特别的负罪感阻止了他在商人咖啡馆向亨德里克打听塔比莎过得怎么样,他听过她在家里是多么不受人喜爱,不希望在他伤到她的地方再撒盐,不想让这件事被亨德里克知道之后遭到他极有可能的嘲笑。"和我亲爱的姻姐妹闹翻了?"亨德里克说,史密斯却只耸了耸肩。

十天之后,赛普蒂默斯的《加图》开始排练了。范托恩先生在拿骚街上的老剧场原来就是楼上一个方盒子一样的空间,是打穿了那里三幢狭窄排屋的隔墙建成的,那里灰尘漫天,黑黢黢的,还堆满了木材。一旦有人碰到糟朽的天鹅绒幕布,一大队落着磷粉的蛾子会从上面飞起来。史密斯、赛普蒂默斯还有一位要塞里来的态度生硬的伦诺克斯少尉——他要演加图的角色——不得不先清理掉舞台上的木材,搬开挡着最近两扇窗户的东西,这样演员们才能看见彼此的脸。史密斯本来多少有点期待塔比莎会利用排练的机会实施某些精心计划的捣乱和破坏,会带着闹事的人的全套武装陪着弗洛拉出现。但弗洛拉是一个人来的,一个人,如果把一脸怒意的约里斯除开的话。他在昏暗的光线里坐在一堆木板上,就像一尊表示反对的高瘦纪念雕像。弗洛拉完全没注意他。她和史密斯在一起的时候表现得很开心,和赛普蒂默斯一起的时候很健谈,她还如此真诚地表现出了和伦诺克斯在这里很开心的样子,以至于伦诺克斯甚至愿意放松地露出几个微笑。唯一让弗洛拉小心的是忒尔皮·汤姆林森;史密斯饶有兴致地看着忒尔皮钻研如何赢得弗洛拉的信任。她来的时候穿着一身得体的深色长袍,扣子一直扣到脖子上,她就那么一动不动地坐着直到你以为她只有一张脸和一双摆动的手,忒尔皮还把弗洛拉的行为变成了自己言行的界限。她甚至模仿了——虽然史密斯确定弗洛拉没有注意到——弗洛拉本人的仪态。只用自己的声音和双手,忒尔皮似乎变成了另一个十七岁的女孩,同样令人安心地守着礼节的要求,也同样坦率天真——而且还稍微更害羞一些,需要有人鼓励。第一次剧本通读的时候,忒尔皮不带感情清晰地念出了自己的台词,这赢得了赛普蒂默斯的点头赞许,但史密斯觉得自己可以猜出来她最终的表演会是什么样子。在排练结束的时候,她已经可以和弗洛拉咯咯笑做一团了。

但见不到塔比莎。十一月份陷入了连天的寒雾,就像弹簧坏了的旧沙发慢慢被自己的分量压塌。一天又一天,河上的冷风搅动着房屋之间缓慢弥散的灰雾的支流,密集的车辆穿过雾气影影绰绰地靠近,越靠近就变得越黑,就好像它们每前进一步就变得更真实。雾气包裹隔绝了平板马车夫的喊声,车轮的嘎吱声,半空中的敲打声等等,就好像盖子上有衬垫的首饰盒一样,把一切都压进了天鹅绒不透气的紧箍中。在商人咖啡馆里,不等人提起或者询问,亨德里克就主动汇报说洛弗尔和老范隆都陷入了账房里的生意泥沼,现在除了吃饭睡觉都不出来了。同样在场的赛普蒂默斯试图八卦议会里最新的阴谋,而史密斯担心有人偷听,也还记得法官的威胁,他把话题岔开了。在满是雾气的公地上,腰带上挂着军刀的史密斯从一棵树踱到另一棵树,边走边背着自己的台词。

> 罗马人的灵魂追求的是更高的视野:
> 把文明带给这个粗鲁、粗糙的世界,
> 并且把世界置于法律的准绳之下;
> 让人与人之间温良而友善;
> 把那粗野不逊的野蛮人
> 用智慧、纪律和博雅的艺术来浇灌……

每念完一行史密斯就跺跺脚。在每一段的结尾史密斯会跺跺脚转身往回走。喧嚣的雾气带走了他的表演,也不觉得它们有什么出色的地方。这样做的确可以打发时间。但见不到塔比莎。现在商船开始起航了,载满了货物,远远地消失在了码头之外静谧的白色帷幕中,仿佛它们去的不是西印度群岛而是不知驶去了何方。但其他的船似乎不间断地在取代这些已经起航的船的位置,接下来的每一天早上——太阳就像泡在牛奶里的蓝绿色蛋黄一样,如果能看到太阳的话——那令人不适的疯狂毫不减弱地继续着。还是见不到塔比莎。

在第三次排练之后，赛普蒂默斯带史密斯去了一间威廉街上的浴室，史密斯还以为纽约没有这样的地方。蒸汽很舒服，因为一直不散的雾气让他开始咳嗽了。又热又湿还满是桦木气味的蒸汽灌满了他鼻腔到胸腔的所有通道——雾气曾把自己黏糊糊的手指伸进过这些地方，然后健康的汗把雾气发散了出来。当赛普蒂默斯邀请他时，史密斯还以为这个蒸汽浴室可能是个声名狼藉的地方，就像故乡考文特花园的妓院一样，他（一边把这个邀请视作对自己的赞许一边）很好奇自己将置身怎样的场景中。但这家浴室没有任何狂野放荡的地方，里面挤满了要在起航之前把自己烤干净的水手们。那里实际上似乎是个守规矩到几乎过分的地方，在浴室里男人们紧挨着一起挤在蒸汽室的木头凳子上，一直忙着讨论他们这个秋天的收成和接下来航程的计划。赛普蒂默斯围着一条蓝浴巾，坐得直直的，完全是在用他的公众形象见人，不是卧室里那个满是激情的人，不过浴室里低声的喧闹倒是多少保证了谈话的私密。

"我在想，"史密斯边把水瓢递过去边说，"是不是在演出的时候，你想让我把脸涂黑了演朱巴？"这是一个他尤其在意的问题。

"上帝啊，不！"赛普蒂默斯说，"对于这个问题，你要把自己当作有史以来肤色最浅的非洲人。北非人，比如巴巴里诸国[1]的北非人，像圣奥古斯丁一样的非洲人。"

"'总是有从非洲来的新事物。[2]'"

"对，就是那个。美好、安全、古典的非洲。"

"在伦敦演他是要涂黑脸的。"史密斯说。

"肯定是，但这里不行，就算一眼就能看出来你是用鞋油涂黑了脸也不行，我保证。因为朱巴爱玛西亚，而玛西亚爱朱巴。这里的上流社会无比在意什么地方是厄洛斯[3]不能到访的。"

---

1 指北非沿海地区，现摩洛哥、阿尔及利亚及突尼斯等国所在区域。
2 原文为拉丁文，出自普林尼的《博物志》。
3 希腊神话中的爱神，即罗马神话中的丘比特。

"即使当他真的去了。"史密斯小声说。

"尤其是当他真的去了。"赛普蒂默斯声音压得更低地说。"说真的,"他继续说,声音又变回来了,"我一直在想,关于玛西亚——我可能会把她的演员和露西亚的换一换,让忒尔皮来演她而不是弗洛拉小姐。你会介意吗?我知道你和弗洛拉很般配。"

"不,不,我不会有问题。"史密斯说,"但为什么?你对忒尔皮演露西亚有什么不满的地方吗?"

"永远不会!她就像你说的那样出色,是你让我放下了自己的偏见,让我发现这一点,我欠你个人情。可我还是需要小心避免,呃,观感上的意外。"

"然后你发现了一个?"

"我想是的,没错。当露西亚在说起玛西亚的哥哥们的时候,她说她渴望的'不是其中之一而是两人全部'——我想,如果演她的是忒尔皮,那么我们观众里那些思想肮脏的一般纽约绅士——你知道的,和我不一样,他们还是充满了对女演员的流俗偏见——将会无法抑制地,唉,去——"

"去什么?"史密斯咧嘴笑着问。

"唉,去想象忒尔皮成了某种罗马三明治的夹心。我预计到时会有嘲讽的窃笑。"

"这倒没错。"史密斯说。

于是在下一次排练时,史密斯发现自己面对的就是忒尔皮·汤姆林森而不是弗洛拉了。虽然论起比例来,她的身材构造是如此豪放。说起绝对的尺寸,她一点都不高大,她的头只到他下巴的位置。而在忒尔皮严肃地盯着史密斯的时候,既没有从不带感情的古代贞女里出戏,也没有从扮演这位贞女的体面少女里出戏,她垂下了眼皮——他们在满是灰尘的舞台上站的这个位置别人是看不到的——冲他眨了眨眼。但还是见不到塔比莎。

等到 11 月 26 号，史密斯已经说服了自己和洛弗尔家大小姐令他心碎的遭遇不过是他刚到这座城市时的插曲，现在谢天谢地已经完结了。这是和一位臭脾气（虽然不同寻常）女孩的短暂来往，在这种来往可能影响他的任务之前，一场误会就让他幸运地解脱了。事实上，史密斯是如此彻底地被说服了，以至于他每天早上要重温这个问题好几遍来重新劝说自己，尤其是每当通过弗洛拉或者亨德里克传话或者猛敲金山街上的大门直到自己被放进去的诱惑变得过分强烈的时候。谨慎、自保和自尊都在力劝他接受塔比莎的沉默——而现在他已经不指望看到她打破沉默了。

因此，当那天早上史密斯踏出李太太家的前门走进永恒的昏暗中时，他相当吃惊地发现和自己打招呼的是洛弗尔家学徒以赛亚的臭脸。以赛亚把一张纸条塞进他手里。打开之后，史密斯发现自己被邀请——塔比莎亲笔写的——和她一起乘坐洛弗尔家的横杆帆小艇去上游兜风，同时去把最后一批货物拉下来。邀请他在哈德逊河边的埃利森码头和她一起上船，当天——这天早上——就是现在。语气里没有任何责备。"你也许会乐意从胶水一样的雾气里逃离一天，"她写道，"我自己是受不了这个雾气了。"史密斯随手从兜里掏出了一张破纸钱，塞到了一脸吃惊的学徒手里，然后撒腿就跑。埃利森码头在百老汇大街西边破烂小巷里，是一条在滩涂上远远延伸出去的木制栈桥，这是为了低潮的时候有足够深的水，而现在走在上面，走进河面上方飘移的雾气凝结成的灰色帷幕中，让人感觉仿佛从坚实的大地上被带走了却不保证会通到别的任何地方。四周一片沉寂，从海里涌进来的咸水流壮大着河水的肌肉但没有打破它镜面般的皮肤。只能听到水汩汩地流过桥桩的轻响。史密斯紧张地猜想自己是不是会在栈桥的尽头遇到一个街头无赖，被人雇来在没人注意的地方把他推下河，然而不是，从雾气里现身的就是一艘又胖又宽的横杆帆小艇，它高高地乘着潮水，系泊缆绳嘎吱作响，船身随着潮水上涨的劲头碰撞着栈桥，几英尺之上它的索具就变成了看不见的猜测。而当史密斯从潮湿的索具里看过去，当他招呼了一声的时候，塔比莎就站在甲板上，她为了防寒包裹得严严实实，但眼睛依旧明亮，她周围是几个普雷蒂曼的水手，为了合乎礼仪，泽菲拉依旧是面无表情地跟在她身后。

"我很抱歉——"史密斯边手忙脚乱地上船边说。

"噢，闭嘴。"塔比莎拍了他的胳膊一下说，"看这个。"

他们解开了系泊缆，舵手只是轻轻地让船和涌动的潮面摆出了一个夹角，水流就立刻把船冲了出去。布匹一般的雾气飘荡着在他们周围分开又合拢，在这个不知身处何地的灰色过渡地带航行了大概有一分钟左右，雾气瞬间彻底地分开了。突然间，他们完全冲出了雾气，彻底摆脱了右侧长而弯曲的一块低垂云团，云团一直延伸到前后目力所能及的地方，而整个纽约城——实际上，整个曼哈顿岛——大概都被包裹其中。左边远处，新泽西的河岸也消失在了另一道云墙的背后。虽然还是遍布云层，他们头上的天空比史密斯一周多以来见过的都更高、更亮、更宽，也更开阔。他们正沿着一道银灰色的水面向上游驶去，河面宽到足以吞下好几条泰晤士河，周围陆地上的地理风光一瞬间都不见了。船不费力地沿着河流流动的胸怀轻松上行，但它并非孤独前行，因为银色的水面上还散布着各种滑过的驳船、渔舟、长艇和更大的船只，都在趁着涨潮驶向上游。船上的水手们升起了一面三角形的船帆，帆在潮湿平静的空气里几乎鼓都鼓不起来，却仍然提供了助力来平衡船舵的阻力，然后水手们点燃了自己的烟斗。

"魔术！"塔比莎说，"这是你那个硬币戏法的报酬。"

"那是免费的。"

"这也是——不管怎么说——几乎是。你不能指望我一点准备都没有就从你的耳朵里变出一整条船来。"

"我们要去哪里？"

"不远。就去塔里敦[1],装上科特兰来的面粉,然后今天下午趁退潮的时候回来。"塔比莎把大半个身子探出船外,然后靠在船边,看着白色、灰色还有河水的银色在天边交汇的消失点。史密斯看着她的后脑勺就很满意了,她的头发正在从别住头发的银发夹里一缕缕散落出来,而在她围脖的上方,在她伸长脖子时,他可以看到她细细的脖子里筋腱移动的样子。

"你必须要让我好好解释一下到底怎么回事,关于那出戏。"

"我必须吗?"

"我希望可以,求你了。"史密斯还是在冲着她的头发说。

"因为那就是场意外,不是塔比莎女王的战争里的一条计策,完全不是。"

塔比莎轻蔑地吐气吹动了双唇,但转过身来面对着他,在史密斯说话的时候,她看着他的额头,看着他的肩膀,看着他的胸口——看向他的周围,然而并没有真正地看着他。

"在晚宴上我分心了,"史密斯说,"戏剧还有演员还有剧场是我……我了解的事情。而当我自己世界的一块飘进了我的视野时,我伸手抓住它纯粹是为了一点快乐,为了在一个陌生的地方,在陌生人之间不再一无所知。我把赛普蒂默斯·奥克肖特的这场戏纯粹只当作一个问题来考虑,一个没有后果的谜题一样。我完全没想到它对你可能意味着什么,直到一切都太晚了。我知道我居然可以完全忘记一位朋友关心的事情这点也不会让我好看到哪去,但至少我不是有目的地——"

"你话真多。"她说。

"尤其紧张的时候。"

"你有什么好紧张的? 如果我是你的朋友——你得要原谅我。我两周都没怎么说过话了。父亲埋头账目,而弗洛拉又不在。我的嘴都锈得

---

[1] 现在为纽约州城市,在纽约沿哈德逊河上行 25 英里处。后文的科特兰是更上游的一座市镇。

张不开了。"

史密斯看了一眼泽菲拉。很明显塔比莎没有把她算作伴侣，或者是聊天的对象。他自己其实到现在也没有听见过她说的话。

"你可以来看排练。"他说。

"不要。"

塔比莎还是没有直接看他的脸。她的双眼一直在他的面孔周围跳着闪烁的回避之舞。史密斯几乎都可以感觉到，试探的、谨慎的、冷漠的，像天鹅绒反光一样闪烁不定的注意力，就好像蜂群的探路工蜂们正在拜访他一样。

"塔比莎，你为什么这么紧张？"

这句话让她停了下来。她棕色的眼睛对上了他的双眼。工蜂们呆住了。

"你说为什么呢？"塔比莎激动地说。

这句话可以有好几种解释。史密斯先生试着不去采纳那种让一位年轻男士最为得意的解释，可他并没有完全成功。其实他感觉自己的胸骨之后有一点热度和满足正在膨胀。你没有必要——史密斯开始在自己脑子里说，但在这句话到嘴唇之前他就制止了自己。慢一点，他对自己说，别忘了所有那些不可能的事情，别忘了你必须要做的事情，别忘了你是谁，什么都别忘了，要耐心。

史密斯只是朝塔比莎笑了笑。她皱起了眉头，把头摇得像是要甩出堵住耳道的异物一样。

"告诉我，我们到哪里了。"他说。

"喷恶魔溪，"她边说边指向右边，指着云正在分开的地方，那里看起来是哈德逊河的支流，"曼哈顿的最北角。"

哈德逊河正在收窄，而透过两边的云团，可以看到更高的峭壁开始出现了，陡峭昏暗的岩壁长满了树木，还夹杂着一种神秘的暗红色。潮水载着他们进到了一个像峡谷一样深的河谷里；潮水的水流正推着他们飞速地靠近右边的河岸,直到如墙的山崖在旁边飞驰而过,把雾气撕成了飘带和破布条,很快史密斯就可以看清在他头顶斜斜地支棱出来的是一片连绵如茵的密林,光秃秃的纤长树枝拼成了灰色的花丝纹路,上面垂满了死去的藤蔓,而那种奇怪的暗红色其实是树皮在秋天变了颜色(在重复了一百万遍之后),让整片树林闪出了淡淡的栗色。哈德逊河岸边的礁石越来越近,近得让人有点不放心。又有两个水手和舵手一起用力地靠在了舵把上。史密斯和塔比莎让到了一旁,然后一起靠着右侧的栏杆站在那里。咯吱响着,呻吟着,横杆帆小艇的船头转了过来,然后他们慢慢地远离了岸边,回到了更深的航道里;但塔比莎和史密斯还是肩并肩地留在栏杆旁边朝外面看去。这种奇怪的无声疾行,意料之外的高耸而壮观的景色,还有在他之前所有的乡村经历里都没有见过的颜色让史密斯先生陷入了一种敬畏的、几乎是着魔的状态,而尽管这是她熟悉的家乡河流,似乎有种同样的安定效果也在塔比莎身上起了效,她的躁动似乎也正在平静下来。她似乎也很满足于观察从越来越薄的雾气里显露出的每一处新景色。

"我简直没法告诉你我有多高兴能够离开城里。"史密斯过了一会说。

"我以为你就是个城市动物,彻头彻尾的。"塔比莎说。

"没错,我是。"史密斯说,"但是——没有任何要冒犯的意思——纽约实在算不上城市。"

"而伦敦就是了,我猜。"

"哦,对的,伦敦就是个世界——不,是一个有很多小世界的大世界,是令天文学家困惑的碰撞在一起的无数条行星轨道。在每一个街角都能发现一颗新的行星,臭烘烘的、脏兮兮的、危险又庞大无比的。我希望我能带你去看看。"

"你爱伦敦。"

"是的——或者我爱的是伦敦对我意味着什么。和伦敦相比,纽约又小又整洁,而且等你习惯了这里之后,它到处都一样,一样得让人不敢相信。你一次又一次见到的还都是同样的脸。"

"然而你却在这里。"

"没错。"

"因为你更喜欢逃避。"塔比莎得意地说。她就像一个完成了公式推导的人，现在把关于某个事物的全部知识都整齐地推算出来了。

"你是怎么知道的?"史密斯吃惊地说。

"这很明显。"

"是吗?"

"就是。"

"好吧，我希望只有你觉得很明显。"

"我亲爱的伙计，"塔比莎说——从她嘴里说出来的这句话听上去的确是个爱称，但也像小女孩过家家时借来的行头的一部分，"关于你的身份，有一帮人都认为你是个银行家的文员或者抄写员的学徒，你从自己主人的书桌上偷了张票据然后逃跑了。"

"但我是——但我不是——"

史密斯先生最近少有机会为自己辩解，等他现在想这么做时，他却磕磕绊绊不知道说什么好。

"伦敦才是我逃避一切的地方，"他试着让自己镇定下来说，"如果我想逃离这里，我会回伦敦的。"

"我听不明白。"塔比莎说。她看起来就像她不想弄明白一样。

"你看到的是在尽责任的我，"史密斯说，"至少是在努力尽到责任。"

"英雄史密斯，"塔比莎讽刺地说，"英勇的史密斯。"

"你是不是永远都要用最不友好的方式来理解我?"他喊道，"我都尽量从好的方面去揣摩你!"

听到他们提高了嗓门，普雷蒂曼船长朝史密斯的方向瞪了一眼，他脸上挂着的可不是什么友善的表情。塔比莎冲着船长的方向摆手，让他平静下来，船长听话地缓和了。史密斯突然不安地意识到，自己是和洛弗尔的女儿在一起,在洛弗尔的船上,周围都是洛弗尔的人。

"我是认真的,"史密斯说,"在纽约我每天早上醒来以后就必须整天待在同一个地方,就么干等着。我的双脚想动想得发痒,但我却不理睬它们。我恨被禁锢起来,我恨这样。"

"那么你要是个女孩你不会过得开心的,"塔比莎说,"如果你觉得几周的无所事事和违心的演戏就是不能忍受的重担的话。"她把手搭在了史密斯的肩头,而且一直放在那里。"安静点。"她说。史密斯可以感觉到她的手放下时的那阵摇摆和迟疑;还有她是如何强迫自己把手放下来的,以及这个举动她是下了多大决心才做到的。这让史密斯更加觉得她这么做的宝贵了。就算隔着外套和衬衣,史密斯也能感觉到在之前她抓住他的手时他就发现了的东西——那就是塔比莎的血发热,比一般人要热一点,就好像她一直处于不出汗的驰张热[1]中一样。史密斯想象着当她整具红色-白色-棕色的身体如火炉一样的热度贴在自己皮肤上时会是什么感觉。但搭在他肩头的手正在慢慢平定下来。那只手的热度不断地穿透他的衣服,像熨斗一样把他熨得服帖了。

"安静点。"她又说了一遍。

"好吧,"他说,"我不想惹事。"

"那就好,"她说,"他们说河的这一段像莱茵河。"

的确是。他们已经通过了河流收窄的地方,现在河正在变宽,一直在变宽,直到变成一片让史密斯震惊的无垠水面,整个河面都能看见了,因为雾气正在消散或者后撤成远处的云朵,挂在遥远的河岸之上,岸上是灰色、棕红色和棕色混杂的森林和成列的峭壁。水面变宽之后潮水的劲头就减弱了,他们在水面上朝前漂着,水面像金属表面一样平静,也同样带着金属色,此时水手们升起了更多的帆来兜住微风,微风像小猫爪一样在水面轻轻一点,吹起了波纹,风拂过水面时让银色的水面皱起

---

[1] 医学术语,指体温波动大的发热。

成了锡灰色。不论有没有轻风拂过,峭壁和森林都在水面映出带状的倒影然后消失不见。他们一起看着。这是会让人类的一切忙碌都显得渺小的景色,但风景中动人的平静也让人对它心怀感激:这个风景仿佛可以驱散尚未犯下的错误的幽灵,让人不再焦虑。慢慢地,小艇有了足够的前进动力,开始拐起了一个大弯,对准的是前方右侧岸边一个还看不见的地方。

"比莱茵河大。"史密斯说,"更大也更壮观。"他清了清嗓子,"我发誓,这就像把荷马史诗和十四行诗相比。把一整首诗篇和对偶句做比较。"

"你见过莱茵河?"

"没错——没错!"见她怀疑地眯起了眼睛,史密斯强调说,"我完成了完整的环欧旅行[1],我接受过绅士的教育。否则你以为我为什么要逃避?"

塔比莎冲他咂了咂嘴。

"那么你就没有这样的冲动?"史密斯问,"你从来都没想过从你的椅子上站起来,走到楼梯下面,穿上大衣然后跨出大门走到金山街上,然后就这么一走了之?"

"我能去哪里?"塔比莎问。

"随便哪里。"史密斯说,"你有整个大陆可以选。你看,你可以在那个岸边任何地方上岸,然后就这么走开,就在那些树下走开。"

"你知道那些树下有什么吗?"

"有什么?"

"什么都没有,史密斯。比你能想象的最空荡荡的世界还要空无一物。你是从英格兰来的:你以为那里会有村庄,会有道路还会有可以停驻的旅店,但那里什么都没有。只有几百英里光秃秃的树枝、枯树叶和无名的山谷。如果你不知道自己在做什么就贸然闯进去,你只能倒下来

---

1 也译作"壮游",17—18 世纪英国贵族和中上层家族男性教育的一部分,通常是在 21 岁成年之后沿着规划好的路线游览欧洲的文化名胜。

死在那里——而你的确不知道。你会冻死、会饿死、要不就被人剥了头皮。只有你一个人。"

"我没有说要一个人去。"

"人和人是不一样的，"塔比莎说，"甚至他们的疯癫都是不一样的，史密斯。"她把手从史密斯身上拿开了，他感到自己身上她的手碰过的那一小块在痛苦地朝着孤独降温。塔比莎用双臂环抱着自己，然后把下巴埋进了围巾里。"我觉得走到未知世界这个念头……让人害怕，"她说，"就像手脚乱舞着跌进虚空里。"

"你第一次尝试的时候是最困难的，"史密斯说，"然后你会发现你能找到自己的道路了。你会发现自己有足够的本事来应付一切。"

她只是在围巾里摇了摇头。

"再说了，"他大胆地说，"我觉得这么做对你有好处。你在这里还有什么？"

"家庭。生意。"

"除了那些呢？"

没有回答。

"我猜，"史密斯说，"你也许是那种因为被拴起来了所以才咬人的狗。"

史密斯以为塔比莎会笑出声来，或者冲他发火，或者二者皆有。她的确抬起了头，但眼里却满是忧伤的困惑。

"一个可爱的类比。我谢谢你。"塔比莎说，"可如果我是那种因为她乐意所以才咬人的狗该怎么办？"

"我不信。"史密斯说。

塔里敦就是另一座通向几条泥泞街道的木头栈桥，在街道后面是一块几英里宽的伸入河面的陆地，上面都是农田，这块地延伸到河谷边缘，一直到陡峭的岩壁耸立的地方。麻袋和板条箱已经堆在栈桥上等着了，马上装船就开始了。作为洛弗尔家的女儿，塔比莎有些必须要见的人，于是在她忙着的时候，史密斯就沿着一条无人小道漫无目的地朝内陆走了一小段。他发现塔比莎说的林子里什么人都没有这一点并不完全正确：在山脊顶上，篝火的淡淡烟痕正在升入灰色的天空中。

等史密斯走回来的时候，他发现塔比莎正在栈桥的尽头和普雷蒂曼还有另一个人激动地说话——代理商或者是中间人，他正在把一叠文件塞回文件袋里。看见史密斯之后，塔比莎中断了对话，快步走到了他身边，手又在空中用力一挥，命令两个人等在那边。史密斯很高兴能看到她的脸——他觉得她的脸在这越来越暗淡的灰暗白昼里是一个无比重要的光源。她的脸和其他自然造物无关紧要的、线条模糊的面孔如此不同——他根本没有停下来琢磨一下她脸上那副做出了痛苦决定的表情。史密斯只是给自己的欢喜加上了一点安慰人的冲动和乐观的确信，他觉得只要稍微坚持一下，他就能够抚平她的焦虑，不论那是因为什么。

"我觉得你应该留在这里。"塔比莎说。

"什么？为什么？——你的想法可是突然急转了。"史密斯边说边笑，因为他怀疑她马上就要开玩笑了。

"这里有个旅店。"她继续说，很明显是认真的，"你可以在这里待几天——看看这里的风景——深呼吸——离开纽约一阵。你说你想这么做。"

"刚才？塔比莎，我那是在浪漫地幻想。"史密斯边笑边说，咧嘴笑出了两人份的傻笑，"倒不是说我的邀请不是认真的——"以防他意外地驱逐了未来的幸福，"但是……但是……我不能这么做。直到我的任务完成之前，我是真的要对它负责任。在那之后我可以陪你去任何冒险；什么都可以。"

"闭嘴！"塔比莎说，"我说的不是那个。——你确定？"

"确定！"

"那好吧。来吧，我们要起航了。"然后她干脆地"啪"一转身，领头走回了船上。史密斯还想象着在回纽约的航程里他们俩又会有时间深切交谈，但除了满舱的麻袋和堆满了甲板的木箱之外，小艇还载上了一小群要去纽约的乘客，有拎着几篮子鸡蛋的荷兰农妇们，有准备去西印度航海的预备水手们，还有一个健谈的律师，他说自己是从巴尔的摩来参观北方殖民地的。史密斯和塔比莎被木箱和人群隔开了，他在顺着退潮回到雾气和黑暗的旅途中还不得不回应那位律师找他聊天的试探。当他在种种干扰中可以抽出空时，他会好奇地想——就像青年人在这类情况下很自然会去想的那样——爱上一个人，也确定这个人爱你肯定是无比平凡无比普遍无比普通的命运，是人类普遍命运中多么可期的一部分。然而，当它发生在你身上，在你自己身上时，它是多么令人惊讶：它是何等光荣、何等让你配不上、何等前所未有、何等预料不到的幸运。你，就是你这个人，居然会被允许去分享这种普遍的命运。直到航程快到尽头时塔比莎才挤回到了史密斯身边。他们已经又驶入笼罩曼哈顿的云团中，在比之前更深的黑暗中，水手们"喂喂"地呐喊着，试探着方位把船驶向码头。

"史密斯——"她开口说。

"理查德，"他说，"我想你该叫我理查德了。"

"如果你坚持的话。"塔比莎说。她脸上受折磨的奇怪表情已经消失了，她又变得充满了活力。不只是充满了活力；几乎有点慌乱了，仿佛她快要被什么消息给撑爆了。"理查德，羚羊号昨天晚上到港了——"

"那些人是谁？"史密斯打断了她，埃利森码头已经在黑暗中浮现了出来，而站在码头边上还看不清的人群毫无疑问有种公事公办的感觉，有种人世间的权力要尽到职责的感觉。

"外城区的教区执事和治安官们。"塔比莎说，"羚羊号昨天晚上到港了，上面并没有你票据的副本。你是个骗子，你被发现了。如果你今天白天在曼哈顿四处走动你也许会听到消息然后溜走，但我确保了你不会那么做。我们抓住你了，史密斯先生。你被抓了。我抓住你了！"

胜利和羞耻在她的脸上狰狞地混杂在了一起，恐怖得叫人不敢看。

## 四

### 致
### 庞匹里乌斯·史密斯牧师的一封信
纽约，1746 年 12 月 1 日

父亲大人：

你曾如此多次地警告过我，对我等这样的人而言，只要我们越过了安全的界限一步，必会遭遇世间遍布的危险，因此你（在我音讯全无如此之久后）发现我现在的住址是监狱之时定不会惊讶。然而我所在的并非一家普通的伦敦感化院，当我脱离了×××勋爵的庇护，拒绝恭顺地服从他为我在牛津安排的角色，当他公子的永久跟班之时，你也许笃定了我在经历你所预言的不幸之后会沦落到这样的感化院里。可我现在的监狱和伦敦的感化院之间隔着一个大洋：我被囚禁的地方是美国。我发现自己栖身在纽约市的负债人监狱[1]里，它其实就是——不加修饰的话——此处市政厅的阁楼。法庭和政府都在我楼下那一层运行。目前我是因为我的女房东及几位我欠他们债的商人、咖啡馆老板和酒店老板的民事诉讼被拘留在此的；但起诉我诈骗罪的刑事诉讼的庭审日期已经定好了，地点就在下面的法庭里，而如果我继续走霉运的话，现在一切似乎都对我不利，接下来几天里我将势必在整幢楼里越走越低，因为刑事犯监狱是在地窖里。虽然我的命运在那之后仅剩一趟短暂的公地之行，说起来它还是在继续往下走。诈骗，正如所有各方都一脸报复的快感，咧嘴坏笑着告诉我的，是会判绞刑的罪名。所以如果我被定罪，我很快就要前往地下的终点了。

我承认，父亲，如果不是考虑到我或许命不久矣，我可能会继续保持沉默，自从我从洗碗间的窗户逃出爵爷在格罗夫纳广场的大宅，拒绝

---

[1] 一直到19世纪西欧的法律都会将无力偿还债务的人关到专门的负债人监狱里，他们要在狱中劳作以还清自己的债务和收监自己的费用。

了牛津及在那之后被人当成宠物、被人保护的未来开始,我们一直没有通过音讯。我并不乐意验证你很早以前就认定的我鲁莽轻率的判断。然而我也不想在没有保证你能多少了解你儿子的事迹之前就离开这个危险的世界,而且实话实说,这样和你说话能让我找到点安慰,因为绝大多数时候我都难受透了。很多我指望或者期望的事情,要不是出了岔子,要不就是最后发现它们和我之前的期待和理解截然相反。而当我的笔在纸上不停地写下去的时候,在这露出板条和木框的四壁破墙之间,当人世间喧嚣的声响随着更冷的空气飘上来,灌进我房间里两扇没有玻璃的屋顶窗时,我在心里发现了一种不值一提的得意,因为我可以想和你说多长的话就说多长,你却不能打断我——你再也没有权力提高你的嗓门,或者一手扶住你的额角,或者用你布道的语气念诵着上帝关于忘恩负义子女的话来责难我。现在,我不在你的书房里,是你在我的书房里。我想说什么就说什么,只要我还有墨水和纸。

我能有纸和墨水多亏了我在这里剩下的唯一一位朋友,奥克肖特先生。他现在非常困惑,因为他最近才刚刚认定我是诚实可信的,却又出了这件证明(也许)我最终还是不可信的事。他不知道他之前是不是在欺骗自己,或者如果他继续如此大度地对待我,乃至怀疑我的罪名,他现在就还在欺骗自己。我让他很恼火:你看到了,这是我和这个世界的大部分人相处的模式,不仅仅只是你。但奥克肖特先生的天性就是他一旦允许自己和人建立了联系,他就无法不表现出善意的关心。你会赞同他、认可他的,父亲,至少是在某些方面。奥克肖特也是个牧师家的孩子,尽管他言辞犀利,脾气刻薄,但被灌输的慈爱和宽容的原则在他身上极其滑稽地起到了效果,不论他想还是不想。三周前,他在一场突发的麻烦里救了我的命。我希望我可以更好地报答他。——这一切都是在没有见到他的情况下的推断,因为他没有亲自来探望过我,而是派他的仆人阿基利斯送来了一篮子食物和写这封信的工具。

"他很生气吗?"我问。

"噢，没错。"阿基利斯乐呵呵地说，"所有人都在跟他说他和一个无赖兼小偷交了朋友。总督骂了他；然后在咖啡馆里，他们嘲笑说，看啊，总督的一方就是小偷和无赖的一方。"

"啊，天啊。"

"他用的字眼语气更强烈，先生。"

"你能告诉他我有多么的感激吗，为了——"我指了指那个篮子，我能看见里面有面包、奶酪还有苹果。毫无疑问这都是奥克肖特赊账买来的，他也没有多少可以分享的东西。实际上阿基利斯还没有把篮子穿过监房的木栏杆递给我，而是靠我很近地举着它逗我。

"也许我会等到他更冷静的时候。"

"没错。他这么做很好心。"我边说边努力让自己不要伸出手去（到这个时候我一天一夜都没吃过东西了，因为我不能采用负债人们通常的权宜之计，让牢头去商人咖啡馆里给我叫菜。在已经就我现存的债务起诉我之后，他们再也不准备继续管我伙食了。而且这是所有人的决定。在整个纽约城看来，我最好饿着肚子上绞刑架）。

"他是个好人。"阿基利斯边说边把他小而整洁的脸转过来对着我，而他带着笑意的目光里闪动着决心，就像蛇信子一样。他以前也说过这句话，但现在里面带着种保护的警告。我明白，阿基利斯也愤怒了。也许比他的主人更愤怒，因为我和他又有什么关系呢？

"我知道。"

"没错，先生。而你呢，先生？你是什么人？"

我毕竟是你的儿子，所以我没有用简单地回答说我也是个好人。我耸了耸肩。阿基利斯也耸了耸肩，撇着嘴把篮子递给了我。

"唉，"他离开的时候又说了一句，"这就是你的下一件倒霉事，就像我说过的，来得可真快。"

我吃了一片面包、一角奶酪还有一个苹果；早上我早饭吃的是在水里泡软了的面包尖上的硬壳，又一角奶酪和又一个苹果，我在抵挡着用更多东西填饱肚子的冲动，因为我不知道我只能依靠这些东西活多久，我就这样让身体和灵魂勉勉强强地继续捆在一起。我祈祷，我向你保证是最认真的祈祷；我还在写这封信，这么做拯救了我，让我不至于无法抑制地号叫起来。大多数时候是管用的。

　　在这四壁之间几乎没有任何可以消遣的东西。牢头，一位叫雷诺兹的先生，因为没有几个客户也就懒得来看我们一眼，而我唯一的那位关在对面木头笼子里的狱友，除了他从臭烘烘的毯子下面发出的哼唧声，我什么都没听他说过。他（据说）是个堕落了的士兵。我用我的耳朵和鼻子都可以判断他欠纽约城老实商人们的最新一笔债务肯定是喝酒喝出来的。

　　我看着窗户里日光的慢慢变化，我就这么等待着，在时间像蜗牛一样缓慢前进时，我试图从下面这个念头里挤出点乐子来，那就是假如（或者当）我一周以后走向绞索之时，那时的我肯定会非常认真地希望可以把眼前的一幕换成一间舒适牢房里的哀伤、无聊和饥饿。但当我必须坐着不动时，我一点耐心都没有——自然，你肯定可以回忆起我们在这件事上的上千次冲突，还有你给我的上千次说教，还有鞭打，为了让我明白耐心的必要，而我却在一旁扭动、打滚、不耐烦。父亲，如果你能看到我现在的样子，你肯定会以为我已经接受了教训，因为在外人眼中，我的确在这里耐心地坐得好好的，背靠着墙，膝盖曲起来当写字台，脸上还挂着温和的表情。但我的心里却在愤怒、在号叫、在踢打。当然了，有一个我无比希望她能来看我的人，即使她来看我只是为了幸灾乐祸。但我还没有蠢到会忽视她第三次向我展示的恶意。骗了我一次，骗了我两次，我都会保留我傻乎乎的希望的微笑。骗了我三次，愚蠢的怀疑最终也会在我心中觉醒，我会明白我的情感并没有得到回应。我没有心情更详细地向你说明我在这方面犯的错。就说我把恶意当作了有趣，把对自己利益的关切当作了对我的关爱，这就足够了。可是，她在塔里敦的时候看起来——不，不，不，这么想，等着我的就是第四次当傻瓜的机会。

我学到了，对某些人来说根本就不想修补创伤，因为她只想让自己伤痕累累。我很确定，如果我向你解释自己，你肯定会说我到底是有多疯狂，已然置身如此疯狂的任务中却还敢怀抱浪漫的希望：然而请相信我，这整件事或许可以得出一个让人捧腹的道德教益，至少可以当作一出酸涩的喜剧，如果你能够看到我，那个如此喜欢吹嘘我做的事情都是自己选择的我，是如何付出了惨重的代价却只学到人类的常识之一，那就是人无法选择你会把自己的心献给谁。不论你想还是不想，你的心会在你忙于其他事情的时候把自己献出去。——父亲，也许你不会嘲笑我，反而会把这看作智慧的起点。

我可以听到楼下华尔街上小贩的叫卖声，还有报时的声音，因为现在天色已经暗下来了，从前不久开始还能听到两个等着接人的轿夫聊天的内容，他们在聊一匹他们觉得会在法拉盛马赛上胜出的马获胜的几率，这匹马的名字叫"皇家罗杰"[1]。笑声，还有拿这个名字打趣的黄笑话。但我却听不清楚直接从楼下的法庭和议会里传上来的声音。那些声音都太低沉了，而且按它们越来越安静的趋势，楼下现在已经休会了。想一想就会让人很忧伤，就在几天之前，我还在楼下的地板上跳舞，还在那里接受有权有势的人献殷勤（虽然他说的话是令人害怕的而不是让人得意的）。今天我就被关押在这里，如此接近昨天膨胀的自我。那位法官，他昨天还在奉承我，还在威胁我不得插手高层政治对付他，明天却会皱着眉头看着我这个被告席上的囚徒。你会从这里总结出这个世界不可信的教训——我们在这个世界里的地位是如此摇摇欲坠；我们所有的是如此之少，所依仗的根基又是如此地不牢——因此，为了防止它们从我们的手中滑落，我们需要用尽全力抓牢它们。但我相信的正好相反，我的格言是就算冰再薄，我们也得继续滑下去；能滑多快就滑多快，就好像自己脚下还是稳稳当当的，即使事实正好相反。

---

[1] 罗杰（roger）这个词在当时的英语中也是阴茎的俚俗说法。

说起冰，这间屋子已经从凉变成寒冷了。他们把我抓进来那天，就是前天，整个纽约还被会让人风湿发作的雾气包裹着，但雾已经散了。季节似乎在变化了，冬天干脆透亮地来了。我除了自己身上的衣服——感谢上帝，我还穿着大衣——就没有别的衣服可穿了。空气变冷了，也变得宁静了。我闻到了木炭火的烟气——不是海煤[1]，因为这里没有——从纽约城的烟囱里不受打扰地直直地升起来。但不是从这间屋里，因为我们既没有火堆也没有壁炉。今天下午，从窗户里望出去，是一片湛蓝的天空，现在变成了各式各样蓝色的阶梯，从像水一样澄澈的蓝色到渐渐发黑如墨一样的颜色都有。早上我的毯子上都有霜了。我写字的手已经发麻了。我最好停手了，因为现在窗户里的颜色是一种只有诡辩术才能把它和黑色分开的蓝色了，我信纸上的墨迹也都在飘浮闪烁了，就像是字母表越来越暗的鬼魂一样。

第二天。我本打算早上天一亮就开始向你解释我的情况，这样你才能理解我是怎么在离家这么远的地方惹上麻烦的，也才能劝说你，或许你不需要因为我而感到羞耻，尽管事情看起来的确如此。我边写边想象你读到这封信的样子，尽管这些信纸到你手上将会是好几个月之后的事情，到时候它们会被海水泡得起皱，还会在从布兰德福德[2]给你送信的信差马车上沾满洋葱的味道，我看到的画面是如此的清晰，就好像这些话是直接从我的嘴里飞入你的耳朵一样。"亡者还会说话"——就像富勒的《圣徒传》[3]书名页上那个骷髅嘴里说的一样，这本书就在你左肩背后，你用你习惯的姿势坐下来读书，四个手指分开撑住你的额头，小手指卷起来。你看我多了解你，尽管我们在一起就会互相折磨。而我猜这次的消

---

1 即煤炭，在当时英国煤炭是通过海路运输的，故有此名。
2 英国多赛特郡的城市。
3 指英国宗教作家托马斯·富勒 1651 年出版的《亚伯的回归或者亡者还会说话；现代圣徒的生与死》。

息是我最后一次折磨你了。我想象你读完了这封信之后会站起来,像平时一样整整齐齐地把它叠好,然后走到隔壁的教堂墓地里,你穿着牧师袍的身影依旧又高又黑,在母亲的墓地前把这个消息告诉她。你肯定会觉得我笨极了,因为直到我在心里描绘出这个画面之前,我都没有意识到我的死亡会让你无比地孤独。你一直在我心里占据了如此重要的地位,在我心里,你一个人就好像一个排,一整个连队,像一群人一样不孤单。父亲,我真的为我最后给你的痛苦难过。请相信我,如果我可以,如果我能做到,我就会拿起这张仿佛你现在就坐在它背面的纸,不论这中间隔了几个月,也不论我们隔了多远,然后在中间巧妙地撕一个洞,把它折成半空中的一扇门,穿过这扇门,我可以立刻回家陪在你身边——即使我们一秒钟之后就又会开始争吵。

但我的渴望——我的道歉——我想说清一切的计划——这一切现在每隔不到三十秒都会被我对面的狱友打断。他那边的屋顶窗是朝东的,于是当十二月耀眼却没有温度的太阳爬上了华尔街屋顶时,太阳会伸出了一根金色的手指来戳着他肮脏的窝。那堆毯子蠕动了;他蹬了蹬腿,他站起来了,一个恶臭又肮脏的海中诞生的维纳斯[1]。很明显地,昨夜的放纵海浪一般一阵一阵从他身上滑落下来,似乎是直接从他的大脑上剥落了。至少是不再把他的大脑压入沉默中了。就算他还醉着,那也是活力十足地醉着。他的鼻头肿得像块红苹果,上面点缀的黑乎乎毛孔就跟草莓上的种子一样多;身上其他地方的皮肤像太阳暴晒过的皮革一样,到处是坑和斑;脏兮兮的头发从光秃秃的头顶垂到肩头;一双眼睛里堆满了如此多的眼屎,充血充得如此红,它们都值得荷马给它们起个名号修饰语[2]了,但这双眼睛依旧有神,满是活力还在算计着。我很困惑为什么我会觉得他很熟悉,然后意识到他是我在纽约见到第一个残破的人,

---

[1]《维纳斯的诞生》是意大利文艺复兴时期画家波提切利的名画,此处用来反讽。
[2]《荷马史诗》的文体特征之一,是诗中会反复出现形容某角色特征的固定修饰语,比如"飞毛腿阿基利斯"或者"醇酒般深色的大海"等。

第一个飘浮的人类残骸,这样的人在伦敦四处可见,金酒铺里,最低等的一便士旅店里都有。我来纽约之后变得心软的速度肯定比自己意识到的快多了。

"小兄弟。"他发现我在盯着他看的时候,他意味深长地点了个头说。接着他就开始梳洗了,吐唾沫、挠虱子、冲着他的尿罐哗啦啦地尿了一大泡臭尿。

"早上好。"我说。有人陪总比没人陪好,不论这个人是多没有魅力,再说我还记得自己昨天度过的漫长时光,一点消遣都找不到。"你觉得怎么样,今天?我希望你的头不是太疼。"

"嚯,你倒是个乐呵呵的小鹦鹉,"他边回答边冲我咧嘴一笑,露出满嘴棕色的牙齿,"礼貌勒很[1]——想把我放躺下,几大杯香甜酒[2]可不够。不可能让川长[3]动弹不得。"如果他曾经在任何船上当过船长,那我就是使徒保罗。"你那有食没,小兄弟?有没有几样吃食?"

我犹豫地看了看我的两个苹果,然后扔了一个给他。他用猴子一样灵巧的胳膊在半空里接住了苹果。

"你就只有这个?得了,也没得挑了。"他把这个苹果整个吃了下去,连核带籽,用他乱糟糟的牙齿把果蒂也磨碎了咽下去,最后响亮地打了个嗝。"香甜酒下肚的时候是个美人,"他边说边还用舌头抵住上腭发出啧啧声,像个采集到标本的博物学家一样激动,"等你和她一道醒过来的时候她就连个满脸长斑的脏兮兮的老婊子都不如了。""就像醋,"他继续说道,"就像里头腌过耗子的醋一样。而且一般的吃食紧的时候,我可是吃过咱们的耗子兄弟的,所以这个比方,按你们有文化的操蛋家伙的话说,是精准的。话说,你是犯啥进来的,小兄弟?"

"一个误会。"

---

[1] 即"礼貌得很",原文此人说话多有不标准之处。
[2] 朗姆酒、水、糖,以及肉豆蔻调和成的饮品。
[3] 即"船长",下同,不再另行说明。

"哦?"

"一个关于几张文书的误会。"

"文书,是吧?喔,'文书'可大了——从货物单造假到坐庄开盘口都算。你到底是犯了啥事,嗯?"

我犹豫了,可他却开始哈哈大笑。

"噢,别管我!别当真,别当真,我在逗闷子呢。我知道你干了啥。人人都知道你干了啥。一千镑换张你自己用擦屁股纸写的汇票!厉害!够胆大,够厉害!要干就干大的,对不?"

"你呢?"我说。我觉得最好转换一下话题。

"我?我是个常客,我就是。这里是我常住的房间。不过他们可不会因为什么误会把我逮进来。他们逮我进来的时候清楚得很,我兜里毛都没有一根。但是,不要担心。只要有什么脏活需要人干,我过一两天就又出去了。我可抢手得很,我就是。他们知道去哪找我。"他眨了眨牡蛎一样的眼睛,敲了敲他的鼻子,"不像你,可怜的小浑蛋,你可是要吊到麻绳架子上了。该先从小的开始干。甭管了,甭管了。我们可以让时间跑得飞快。有牌吗?"

"没有。"

"哦,好吧。烟呢?"

"没有。"

"你可真是个吝啬鬼,是吧?你得提提精神,小子。现在他妈的瘫在地板上又有啥用,对不?太晚了!早该想到的。活着就该享受,这才是我的格言。你要能觉着你的血在流,跟你说。你来这以后有睡娘们吗?科特兰街上有个黑妞,嘴唇就跟垫子一样,就要六便士,她可以吹你吹得跟底舱排水泵一样有劲。她——"

不过我就不再向你复述他余下的肮脏控诉了,虽然他可没有放过我,每一小点、每一个饥渴的细节、每一声让双眼发亮的回味的声音我都没有逃过。他尤其吹嘘的是他上次去找她的时候,他耍了个花招连那六便士都没有花。虽然他的肉体已经腐烂，但是他的生命力却毫不减弱地燃烧着，就好像他的软弱和疾病削弱的其实不是他的欲望，而是对欲望的所有限制和制衡；就像是把猪圈的墙给弄塌了，然后把猪给放出来了。他说完自己的故事之后，他呵呵笑着，把指节握得噼啪作响，揉着他的家伙想让我也讲点同样的故事来回敬他。我承认，有那么一会我感到了一种邪恶的诱惑，不是要回敬他，而是回敬那个让我失望的她，我想编一个有关她的龌龊故事，然后借我的狱友之手（我肯定这个人是不会保守任何秘密的）把这个故事变成全纽约的八卦。但我的绝望比我的愤怒强烈多了，过了一会，一想到这件事我就整个人低落得想哭；最后我没有这么说，我回答的是我有封信要写。我敢肯定，我听起来就像最懦弱最古板的白痴一样，而实际上，我像任何普通男人一样喜欢肉体的欢愉。

我以为这样就可以终结我们的对话了。但我的狱友最糟糕的一点就是他原来是那种心里没有东西来应付孤独的人。他打定了主意要拿我找乐子，不停地骚扰我。"小兄弟，"他会说，"小兄弟。小兄弟。小兄弟。小兄弟？小兄弟！"——一直不停地说下去，直到我回答他为止。我会说："什么事？"而每一次，无一例外，他都会回答："没事。"接着粗声粗气地笑一阵，然后似乎会安静一阵；接着他又会开始，就好像想要用他的主意来讨好我一样。"不过来点——怎么样？"来个谜语，来个故事，来个笑话怎么样？满足一下他对百万种小事的好奇怎么样？"你会喜欢这个的。"他会说，边说还给我一个会意的眼神。当我咬紧牙关忍耐，还想表现得友好时，这是他可以接受的；而当我表现出不耐烦或者厌烦的样子，想用短短的回答让他闭嘴时，我想这样让他更高兴，就好像他享受的就是我的难受一样，他就喜欢强行污染听他说话的人的耳朵。我本应该很轻松就能应付和掌控这种对话的，因为我早就和各种底层人物一起厮混过，还是贫民窟沙龙里引人注目的风趣人物，我其实就是在那些地方见识了人性的多样。但我今天没法放松下来，我没心情逗乐，我太伤心了。你的存在让我有了负罪感，即使你只在纸面上存在，而且还远在天边。看起来我到底还是在你的书房里。我只能无力地反抗他。"我必须要写信。"我说。"写的啥信？你都说的啥？给谁的？"他马上就问。我和一个保姆聊过天，她曾经说过，如果就你一个人，照料一个婴儿可能会很折磨或者令人变得疯狂，你每一分钟都必须要找点新东西来分散孩子的注意力；你还必须警惕自己心中突然升起的、令人惊讶的愤怒，因为它对这个孩子是危险的。我当时以为她要不是有点危险，要不就是有点疯狂，居然可以把如此简单的事弄得如此复杂。但现在我完全理解她了。

照外面太阳运行的轨迹推算，大约快到中午的时候，在度过了一段漫长和破碎得令人痛苦的时间之后，他的脾气变得越来越暴躁了，他的手明显开始发抖了。我断定香甜酒越来越低的潮位已经退到他头脑清醒的部分之下了，开始暴露出难忍的酒瘾。他的问题变成了辱骂，然后又变成了喊叫。他用长满溃疡的晃动的双腿站了起来，抓住木栏杆，开始疯狂怒骂，怒骂我，怒骂把他关在这里的人，以及很多我不认识的杰克和苏——我倒挺欢迎这样的发展的，因为需要我参与的时候更少了，不过我并不期待下一个阶段会发作的口吐白沫的抽搐。我转过身去，试着在幻想中逃离。但是，当牢头雷诺兹似乎是在回应这种不休咒骂的召唤，顺着楼梯爬到了我们的阁楼里，看起来还一副好脾气的样子时，你可以想象一下我有多惊讶。"好啦，你这个怪物。"他友善地说——比跟我说话的时候友善多了——"就已经到了你该来一瓶的时候啦？"然后他从栏杆之间递进去一瓶黑玻璃装着的烈酒，就好像这是按照绝对正常的一样，我的邻居则抓住瓶子，喉咙一起一伏地灌了下去。"乖乖的，"雷诺兹说，"现在老实点，当个好怪物。"

明显这里有什么我不了解的安排，但我依旧很高兴有这么个谜团，因为我狱友的怒火听话地变成了笼子最深处颤抖而顺从的吸呦，接着又变成了稻草堆里继续的昏睡，除开高低起伏的鼾声就算得上美妙的静谧了。如果我不是如此全心全意地感激他终于睡过去了，我可能会因为他的弱点而怜悯他。

他就这样保持了两个——三个——四个美妙的小时，我也开始镇定下来，止住了他在我身上引发的战栗，在心里攒够了为了向你解释所必要的冷静。现在就开始：父亲，你必须要知道，我来纽约不是因为任何穷极无聊的冒险，相反，我是为了完成一个一旦我说明之后，像你这样的人会肃然起敬的任务，委托我的是——

但有人来看我了。雷诺兹告诉我的时候，当我听到女人落在楼梯上轻轻的脚步声时，我的心在雀跃，但来的不是她，不是那个为了她我甚至情愿被人幸灾乐祸嘲讽的人，来的是她家的黑人女仆泽菲拉，看起来还紧张得不得了。她走路的样子就像她怕地板会塌下去一样，她站在我的笼子离我邻居最远的地方。我一开始以为她是想私下和我说话，但我必须马上承认自己错了，因为她表现得非常紧张，转过脸来背对着另一个笼子；还因为她不停地用眼角余光瞥向身后，就好像危险就藏在她身后一样。这一切都让我觉得太过分了，尽管我的狱友的确惹人生厌，到现在我已经有充分的理由理解这一点了，但他是牢牢地关在笼子里的。

"你好。"我说。我无法压制心中的希望，继续问道："你有带什么话给我吗？"

"是的。"她说。我从来没有听过她说话，原来她的声音深沉低颤，就像大提琴的音色一样。她身子前倾靠近我，让我再次有机会观察到她的眼睛，那是什么都传达不出的黑色水潭；她压低声音用力地说：

"Mewura, wo ne gyefwo a me twen no?[1]"

我眨了眨眼，突然就觉得自己在危险的悬崖边上摇摇欲坠。"你说什么？"我说。

"你听不懂我的话。"她有所思地说。她又说了一次，但这次语气凄凉平缓："你听不懂我的话。"有那么一瞬间，极度悲伤、极度难过的失

---

[1] 原文为非洲阿坎语的契维方言。意为"你是我在等的人吗？"。

望填满了她的脸,然后,更令人难过的是失望被有意识地强行遮盖了——就像它从来没有出现过一样——被收回了她惯常冷漠的脸孔之后。一扇门打开了,又飞快地关上了,门后的房间里发生了一件令人绝望的事。一场悲剧,可来不及判定是怎样的悲剧。

"你说的什么?"

"什么都不是。"

"但是——"

"什么都不是,"她说,"先生,我犯了个错误。"她马上转身走开,想侧着身子走向楼梯,她把脸转过去,躲开我的视线。

"等等!"我喊了出来,没想到自己喊得这么大声,"求你了,等一等。"她停下了,但没有走回来。"我很后悔,"我说,"我不能——像你期望的那样——回答你。我猜你是这么想的。但是——请你——你能不能告诉你,你家小姐怎么样?"

"你干什——么?"她说。什——么。每个音节分得很开,"闷"字在她的上腭上嗡嗡作响。"你要不是——"她又停了下来,"你就一疯子。"

"求你了。"

她咬紧了嘴唇,用这个小动作就完美地制造了一丝嘲讽的鄙夷。

"求你了。"

泽菲拉叹了口气。

"她坐着,她咬着嘴唇,她盯着。她比过去还疯。她想自己坐,可她父说,不。没有贼要看着,要去抓了,她和弗洛拉小姐一起走。她现在天天在范隆家坐,在那里咬她嘴唇。"你现在满意了吗,你这个傻瓜?——她的表情非常明显地补充说道。

我们两人都没有注意到,我那个下流的同伴已经不再打呼噜了。不光如此,更重要的是,那个黑色瓶子让他复原了,他醒过来时,他的生命力又再次势不可挡了,他立在那里,抓住笼子上交织的细网,舌头伸了出来,上面还闪着光,他干瘪的屁股就像在造爱一样往前耸。

"黑肉!"他盯着泽菲拉,粗哑兴奋地叫喊着,"黑透了,那不是问题,只要你好这一口!只要你用你的家伙插过粉——色——那——块!"最后几个字的每个字都伴随着一次耸动,他歪歪扭扭的破烂及膝裤把他的兴奋显示得过分清楚。

"闭嘴。"我说。

"虽然她还揣着崽,但是那不是问题。那更好——奶子更大,屁股更肥。来呀,宝贝。过来这边,我有——东——西——给——你——"

"闭上你的嘴。"我命令他,或者恳求他,因为我没有任何办法让他听命:不管说什么,都没用。

"别听他的。"我对泽菲拉说,她害怕得缩成了一团,又一次对一个牢牢关在笼子里的人表现出了同样的过度恐惧;就好像她面对的是一头猛虎,不是一只害虫。"别害怕,他是下流,但也是个可怜虫。"

"他是个萨萨本萨姆[1]。"

"我不知道那是什么。"

"对,你不知道。"她低落地同意说。

"告诉我。"我说。在他继续喊叫的时候,我试着用眼睛让她重新靠近我,就像两个一起困在风暴里的人一样。"你真的怀着孩子吗?"

"是的。"

"孩子的父亲是谁?"

"你说是谁。"

"洛弗尔先生?"

"我睡在下面的厨房里。小姐们睡着了,我听见他的脚悄悄地顺着楼梯下来。他说女人你过来,婊子你过来,我很孤独。"

"塔比莎知道吗?"

她耸了耸肩。

---

[1] 非洲阿坎人传说中的生物,据说浑身长毛双眼充血,四肢细长,长有利爪。有的传说里它类似欧洲传说的吸血鬼。

"会没事的。"

"怎么会'没事'？怎么？"突然间，她的失望爆发了，就像罐子被摇动之后，里面装的液体必定会洒出来一样，"我以为你是埃舒神[1]。他知道所有语言。他会变戏法，就像你。他会变化，就像你。他两种人，任何一种人，就像你。他知道弱变强的魔法。我向埃舒神和耶稣基督祈祷。我说，帮助我，让我变化，救救我。你来了。我以为你来救我的。不。你就是个疯子、蠢人。"

说完这句话，她就真的转身而去，然后顺着楼梯飞奔而下，就像墨水飞快地流进下水道一样，把我和我狱友失望的喊叫留在了一起，他的叫声不但没有变小，反而还改变了声调，高升到了一种颤抖的狂乐之中。他在打手铳。我坐在地板上，背过去不看他的行径，这是我唯一可以假装屏蔽这一切的方法，等着这个举动结束在喘气、尖叫和吧嗒溅落声里。

"你真恶心。"我在他完事之后的喘气声里小声说。我是冲着我面前大概一英尺远的空中的一个点说的，但他听见了。

"真的吗？"他说，似乎因为这个表扬非常高兴，"啊，我就是，小子，对不对？是的，我就是恶心，因为我冒犯了你尊贵的鼻子，是的，我就是恶心，因为你是那么的干净；是的，我就是恶心，因为你所有的想法都那么正直；是的，我就是恶心，因为我的屎很臭，我也不否认它臭；是的，我就是恶心，非常恶心，因为我把自己的内心翻到外面，在白天让你们看到自己晚上干的勾当。噢，我就是恶心。我就是，我就是，我就是，我就是，我就是，我就是，我就是，我就是，我就是，我就是——"

这一连串重复里有一种我无法完全传达的恶意；这是种如此含沙射影，如此不知疲倦，如此享受自己微不足道的肉身堕落的恶意，以至于我在那绝望的状态下几乎都愿意相信这是来折磨我的魔鬼的杰作。一个

---

[1] 非洲约鲁巴人信仰的神灵，是神与人之间的信使，也是恶作剧之神。

藏在我同伴衰朽身体里的魔鬼，像操纵机器一样（打个比方说）操纵他，兴高采烈地拉着绳子让他的胳膊腿舞动起来，一拉操纵杆就能让他从嘴里吐出不断重复的污言秽语。至少，我就是这么想的，当时也没有什么限制我胡思乱想的东西可以让我依靠。与此同时他继续挑衅着，说了什么似乎对他并不重要，只要他可以继续用语言挑逗我就行。过了很久，他终于厌倦了对着我的后背说话，因为我一直坚决地背对着他。他试着向我扔稻草，但稻草飞不过两个笼子之间的距离：于是他又重拾了一开始吸引我注意的方法。

"小兄弟。小兄弟。小兄弟。小兄弟。小兄弟——"

可现在我拒绝满足他，我一想到这就开心，于是我能忽视他一段时间。他变得低三下四起来，他变得一脸伤心的样子，他开始苦苦哀求。

"我可以很听话的，只要我努力。"他说，"求你了，先生，不要拒绝，陪我一小会。我可以让自己配合你的天真，你可以看看我行不行；像个裁缝一样让我自己像件合身的衣服一样贴你的身，哈哈。我可以只说甜美和光明，我会只说甜心不说操。求你了，先生。求你了，小兄弟。说会话。就只说会话。要是我们能说两句话，时间不就过得更快了吗？就说会话，先生。一点礼貌往来。一点不幸的人之间的聊天消遣。兄弟之间的聊天，先生。难兄难弟之间的聊天，先生——"

"我不是你的兄弟。"父亲，因为神学上的原因，你也许会责备我这样的想法，但不管怎么样，大声地说出这句话是个大错误，因为他得意地咯咯笑了，他苦苦哀求的样子马上消失了，或者说换了副嘴脸。

"你不是？"他说，"好吧，那可真让人松了口气，让我可怜的感情大大地松了口气，对不。谁会想把你这样一本正经的傻子当兄弟？谁会想认你，你这个只射得出牛奶的玩意？你个脓包。你这泡臭稀屎。你这个没把的假货。你这个会走路的屁眼。你这泡尿。你——"

"雷诺兹！"我大叫着。我发现在一眨眼之间，在完全没有预料到的情况下，我是完全有可能从一副平静样子变成气得浑身发抖。（或者，也许是愤怒和恐惧的颤抖结合体。)在我反应过来自己在做什么之前，我站了起来，摇晃着栏杆，大声喊着牢头。我叫喊了一两分钟之后，牢头来了，踏着重重的脚步，眉头皱成一团。

"你就不能让这个怪胎安静下来吗？"我大叫，"你就不能在他把我逼疯之前踢他一脚让他别再胡说了吗？"

"什么？"雷诺兹说，"踢那个可怜的怪物？"他看向了另一个笼子，里面关押的犯人就躺在那里，安静地蜷缩起来躺在地上，仿佛他从来没有动弹过一样。连我都差点相信了。"我最好先给你一脚，你个捣蛋猴子。"他说，"因为你才是那个在闹事的人。要不要我来一下？"

"不用了，先生。"注意到了他的块头，我顿了一顿，颓败地说。

"那就别让我找到掏钥匙的理由。"

他一走，那个折磨我的家伙就从稻草里坐了起来，露出一口棕色的牙齿像个万圣节鬼脸灯一样咧嘴大笑。

"那可不行，小子。"他说，"你只能跟我在一起了，你没得选了。现在，因为你不愿意跟我讲礼貌，我就想了个可以让你好好享受一下的故事，教训教训你的无礼。而且，哈，哈，这还是件真事。这就更棒了，对吧？这样我讲故事的时候，你就能想象一切了，你就知道它就发生在五年前，就发生在这里，就在这几条街上，就在我们可爱的公地上，我打赌你在那里礼貌地散过步，你这个木偶，你那个时候在忙着礼貌地算计、礼貌的抢劫。但这个故事可不礼貌，一点也不。这可是个见得到软骨的故事，还带点骨髓呢。好啦，你已经注意到了，对吧，那边总督大人住的那个老要塞有点使用痕迹？像烧了一半的木头一样都烤焦了。火烧起来的那天晚上我正在修森家的酒馆喝酒，就在河那边，那天晚上蜡烛烧到一半的时候，一个小个子的威尔士混球（他的名字我不记得了）把头伸进门来大叫说，热闹了，伙计们，有东西烧起来了。我们跑到了马路上想去看看热闹，尽管那天冷得像针扎一样难受，可不是呢，天上有火星，就在三一教堂尖塔后面，就像地狱的锁开了一样，一片红光。烧的绝对是要塞,恺撒说,他是面包师瓦克家的黑鬼;莎拉·修森,酒馆的老板娘,她把她的手举起来,像是在烤火取暖一样,然后说我很高兴这个壁炉燃起来了,要我说,宽街上那些大房子都烧了才好呢。她生气是因为她男人修森当时就在这里楼下吃牢饭,因为他销赃。我记得这些话,因为我后来在法庭上还重复过。嗯,我们笑啊,然后我们又进去敬了这场火两三杯酒。他们是帮会找乐子的人,在修森家喝酒那些人:恺撒,还有王子——他是约翰·奥布瓦诺家的黑鬼,还有纽菲·佩吉,她和恺撒的崽子住在那里。王子和恺撒,他们管自己叫日内瓦俱乐部,因为他们从仓库甲成桶地偷酒来卖给修森,那就是为啥他家的金酒那么便宜,你吐了的时候也没人找你麻烦。佩吉是恺撒的妞,但你花一个先令就可以上她,或者等她馋酒的时候请她喝一杯。一帮会找乐子的家伙,没错,川长我还和他们一起过了很多个快乐的晚上。可等到早上——"

我不知道这个故事会走向什么结尾。也许它多少会让我放松点,虽然这个怪物看起来想用这个故事威胁我,可我判断他现在已经迷失在淫秽故事的迷宫里了,他可能会在那里漫步回想,直到这些回忆让他再次失去理智昏睡过去,我还希望他可能会放过我。我非常迫切地希望会是这样,因为我还在发抖。为了不打断他,我一边时不时地点点头,一边轻手轻脚地挪开了,我冒险坐了下来,又悄悄地拿起了我的笔。

我现在一边假装听他说话,一边坐在稻草堆上写信。父亲,又一个短暂的白天过去了,早上融化的冰正在被冷风重新冻成有棱有角的碎片。如果我剩下的人生都必须在另一个人的疯癫的包围之中度过,这实在是悲惨。

"所以呢,有人说是法国佬干的,还有人说是西班牙佬干的,为的是逼我们拜教皇;但是呢,大多数人一害怕起来就认定真正下手放火的肯定是黑鬼们;霍斯曼登先生,他和德兰西一样是特委法官兼治安官,他看到这件事,他可是个什么任何可以利用的事情都不会放过的老浑蛋,他就对自己说,我要把这件事闹大。他就抓了恺撒和王子还有十来个别的人。在法庭里,他说,这是个大阴谋,先生们,一个恶毒又卑鄙的阴谋。大伙就爱听他这么说。对,我看清楚了风头在往哪边倒,轮到我去作证的时候,我也好好地卖了那帮黑鬼一回,给他们来了几下狠的,说他们看到那悲剧景象的时候笑得有开心。"

"什么,你的朋友们?那帮会找乐子的家伙们?"尽管我不想表现出来,我还是不敢相信地开口了。

"哟,你这不是醒着呢嘛——过一分钟我要让你更清醒,我绝对可以——没错,恺撒和王子还有其他那些人。"

"你就没有想过,也许,因为你是他们的朋友,你或许该手下留情?"

"你可够傻的!不,在这个世界上可不能心太软。你在哪找到的乐子就得在哪享受,今天喝一杯讲个笑话,而明天,明天有什么就享受什么。我从来不觉得我们在一起乐呵过我就欠谁的债,或者他要欠我点什么。最好是先下手为强,在他可以朝你下手之前。就是这样啦。王子和恺撒还有那帮黑鬼,他们肯定都完蛋了。霍斯曼登说,先生们,我们必须要给他们特别厉害的惩罚,这样才能让全世界注意。王子和其他那些家伙,他们必须在公地上被烧死,慢慢烧,但是恺撒,霍斯曼登说,他居然想当国王,就必须用轮子碾断他全身的骨头[1]。大伙当然对这样的判决满意得很:你都能听到他们在法庭里乐得号起来。唯一的问题就是,全纽约都没人知道该怎么碾,连刽子手皮特斯都不知道,没人知道。等他们发通告问,有人知道怎么碾吗?——哈,没有一个人吭气了。小子,这世上有的是需要有人去做、但没有几个人想去做的事情,不管他们号得多大声。好吧,我就想,川长我的机会到了,傻子才不抓住它。我来吧,我说,我在巴西见过怎么搞的(差不多是真的)。小子,想象一下第二天我在公地上的样子,可怜的恺撒给捆在一个马车的轮子上,我手

---

[1] 欧洲的传统酷刑,一直到19世纪才废除。受刑的人要被固定在地上,而行刑人用木制的车轮逐一碾碎他的四肢,然后把受刑人捆在车轮上立在准备好的立柱上示众。如果此时受刑人还活着则要将其绞死或者斩首。

里拎着撬棍,还有一桶啤酒,这是给我干活的时候解渴用的,我觉得这个安排很好,这很可能是个要花时间的活。有一大群人围着我,一脸着急又犹豫的样子,那帮人也在高兴握着撬棍的是我的手。早上好,我跟恺撒说。朋友,他说,你能不能先给我头上来一下,让我死得快点?抱歉,我说,咱们得给他们好好演一场。我还冲他咧嘴一笑,要是一点乐子都没有,活着还有什么劲?我嘴说得自信,说真的我下手是靠蒙的;他们给了我本书,一本外科医生的书,上面有张全身骨头的图,可川长我从来就不是个读书人。我就在自己脑子里说,好,就让我们先从小腿骨开始吧,它们离皮最近,是个容易的靶子,同时我再看看——

"我不想听这些。"

"你不想?你不想吃你的药了吗?小子,那你可要倒霉了;你必须听下去,听到川长我选来给你上药的每一个字。我抡起撬棍——"

我捂住了耳朵,用尽肺里的空气大声唱歌,我蹲在黑暗中,试图顺着这条墨水写成的小道爬走,但我挡不住他的声音。夜色降临,他还在不知羞耻地继续,他要不是在说那个可怕的故事,要不是就是在说故事里那个可怜的尖叫着的受害者,我不知道他什么时候才会停下来——那个怪物说,人身上有一百五十六块骨头,他打算让我听听他是如何笨拙地、耐心地、有条不紊地把它们全部敲碎的,这一切就像毒液一样涌进我的耳朵,在我肚肠里翻江倒海直到我吐到了稻草堆里(这让他非常满意)。"接着是肋骨。"他说。

父亲,我几乎看不见自己在写什么了。他那张坑坑洼洼的脸在黑暗里起起伏伏,说,说,说个不停,一脸毫不在意的野蛮狂喜样子。我不明白为什么有人可以如此地迷失,如此满足于被冲动吞噬。我这么说似乎很奇怪,我这个口袋里什么都没有,却还故意迷失在伦敦城里的人,但是,父亲,关于我的悲哀真相就是,不论我沦落到何等地步,我一直都清楚我还可以回去。在我开始游荡的最初几周,我有的时候会回去,藏在×××爵爷宅邸对面公园的树后面,就那么看着它。看到它还在那里，上面还有一扇会为我打开的门，只要我把错都怪到别人身上就行，这让我又能够再次走开。不过有时候回家的诱惑的确非常强烈。你知道吗，我从来没有怀疑过自己是安全的。这就是我为什么会对你所有关于危险的预言如此不耐烦。

我还记得那一刻——如你所愿，我永远不会忘记——你露出了你的胳膊，把我抓过去，挽起我的袖子，把我的胳膊和你的胳膊并排着摆在桌上，叫我仔细看我们皮肤的颜色。你的是棕色，像掺了很多牛奶的咖啡一样；我的，因为那时正是夏天，是一种淡淡的但不可否认的琥珀色。"这就是我们的命运，"你说，"上帝给了我们这样的命运，我们必须在其中发现他的恩典。"你用你的全套能力给我描绘了一幅最生动的恐怖画面，你平时是在布道时用这套本领来展示地狱之火的恐怖，告诉我了那些因为我的肤色在等待着我的残酷，如果我不小心就会遭遇它们。你给我讲了奴隶制、种植园、锁链、皮鞭、鞭刑和火刑；你给我描述了一整个恐怖的世界，你说的话让人觉得仿佛出教区那条路的第一个里程碑之外就是这样的世界了。你想向我证明，家是我唯一安全的地方；而我在外面的广大世界里唯一的通行证就是×××爵爷的庇护。我猜那时我才五岁，我跑到母亲身边把头埋进了她的围裙里，那时，她抱着我的双臂的白色皮肤似乎就是我可以被豁免的保证，是我可以免受你刚刚描述的一切的承诺。"他必须得明白，玛莎。"母亲和你吵的时候你是这么说的。但我不愿意相信——那个时候不愿意，后来也不愿意——我们除了藏起来之外别无选择。我也不相信因为你的父亲碰巧是个奴隶，或者我的祖父是个奴隶，我们就一定会永远没有逃脱的希望。我也不相信我们必须永远接受×××爵爷的宝贵善意，这种善意和拥有我们没有两样。我不愿意相信你。我对自己说，你的恐惧只是你一个人灵魂的疾病。我是不会得这种病的。我不会同意自己陷入恐惧之中。

可现在我害怕了：啊，现在我怕了。我恨这座城市。我恨这些人。我就不应该（此处这封信突然中断了）。

## 五

**圣尼古拉斯节前夜**
12月5日
**乔治二世治下第二十年**
1746年

# I

"所以他们就放你出来了？"

"他们也没别的选择。"史密斯嘴里塞满了面包，含混不清地说。他走进来时亨德里克和赛普蒂默斯正在商人咖啡馆吃早饭，史密斯看起来跟个野蛮人一样，蓬头垢面而且（说真的）闻起来也有点刺鼻。但他们俩谁都没有不礼貌地提起他衣冠不整的样子，再说他们都对他的重新出现感到无比好奇和惊讶。"似乎，"史密斯把食物咽下去继续说，"今天早上天刚亮的时候，桑瑟姆历险号进港了，我票据的两份副本都在它的邮包里——伦敦那边出了点岔子，本来该羚羊号送过来的那份错过了潮期——所以说变就变！我立刻就从骗子和公众敌人变成了被冤枉的人。洛弗尔拿着票据一路跑到了市政厅，我那群债权人七零八落地跟在他后面，就像彗星的尾巴一样。洛弗尔给了我，呵，你们该听听看的，这个世界上最愤怒的道歉，每个字都是痛苦地从他嘴唇之间挤出来的。"

"你声音太大了。"赛普蒂默斯打断史密斯，警告地看了他一眼。史密斯在大声讲述自己的经历，就像是说给全屋人听的一样；实际上，屋里的大多数人也的确在听他说话，尽管他们都或多或少地装出了没有在听的样子。与此同时史密斯忙着从面包筐里拿小面包往嘴里塞，还像稻草人一样急忙挥手让人再送点面包过来。

史密斯露出一个满嘴面包的笑点了点头，压低了自己的声音，但很明显他并不在意，很明显他很乐意让纽约城都知道，就从他面前这一屋绅士开始，现在情势已经反转过来了，洛弗尔的信誉都捏在他手里了，全看他想不想因为自己的遭遇生事。"噢，然后，"他接着说，"牢头把我放了出来，然后其他那些起诉我、害我被关起来的人也围了过来，告诉我他们是多么地抱歉，然后把从我这里没收去抵偿我债务的东西——我那根本不存在的债务的东西塞回我手里。"史密斯这样提醒着全屋的人，"我的剑，我的钱包，还有这家出色的咖啡店对我的欢迎。李太太告诉我她会专门为我换掉她家靠山墙房间里的床单被褥，而且今天的晚饭吃牛肉派。我得承认，听到这个我开始流口水了。我在一阵表明自己心意的声音里离开了市政厅，就像走在天鹅绒垫子上一样，接着我就到了这里。"

"呃，欢迎你回来。"亨德里克尴尬地说。

"真的欢迎我吗？"史密斯说，"知道你这么想我很高兴。因为我已经回来了，而且我还准备一直在这，现在该你们家为你们的猫捉老鼠游戏道歉了，然后我想我们可以开始办正事了。"

"我看洛弗尔先生不是唯一一位在生气的人。"赛普蒂默斯说。

"我？这辈子都不会！"史密斯边说边朝他们露出了他常用的友善阳光的表情：只是现在这个表情带着点不协调的混不吝，一种半心半意的应付，就像一个人把带把手的面具暂时往脸上一举，但却懒得把眼睛和面具上的孔对齐。赛普蒂默斯和亨德里克不自觉地对视了一眼交换了他们的惊愕，不过他们吃惊的原因各有不同。

"就我自己而言，我确定你受到了不公的待遇，我全心全意地对它表示抱歉，"亨德里克小心地说，"但我想请你考虑一下，我们是按照明面上的局势来行事的，我们必须这样做。而把你送进监狱的是一连串的意外而不是我们的任何……恶意。全家没有人对你怀有恶意。"

"没有人？"

"我父亲没有，"亨德里克咽了口唾沫说，"乔治·洛弗尔没有，我也没有，任何和你在我家的生意有关的人都没有恶意。我明白塔比莎咬你咬得够狠，都见了血，现在咬伤的地方还在化脓，我再说一次，我对此表示抱歉；但她咬你的那一口并不是洛弗尔和范隆商社的官方政策；它更像是一个诅咒，一个最开始下在我们身上的诅咒，但似乎我们总忍不住要和人分享它。我们过去聊过这个问题？不过当时你看起来很享受这种毒液。"

赛普蒂默斯插话说："再说了，你好像的确很享受让他们怀疑你是来这里骗他们的。行了，理查德。你毫不克制地假装自己是个骗子，你拿这事和人打趣，要是有人相信了，你也没什么好奇怪的。"

"连你也是吗，布鲁图斯？[1]"史密斯说。他闭上了眼睛，用指尖揉着自己的眼窝。赛普蒂默斯和亨德里克观察着他的举动。他们发现他的眼窝因为缺觉显得发黄，鼻子上长着雀斑的皮肤蜡白透明。"你们说的没错，"他闭着眼睛说，"我觉得我的冷静受到了点冲击，先生们。请原谅我。"

"那么你愿意再给我们一次机会吗？"亨德里克乘势说，"让我们补偿一下你。今天晚上我们在家过一个荷兰节日，我想你也该来。"

"你在开玩笑吧，"史密斯说，"一两个小时之前你们都还满心希望我被吊死，现在就要我去当你的客人了？"

"你应该把它看作是回归事情应有的状态，从一开始就该这样。"

"我不是闹剧里的演员。我不能从这个门出去之后马上就从另一个门进来。"

"不，不，"亨德里克说，"今天会是个节日宴会。我们会用杏仁蛋白软糖和圣尼古拉的歌谣向你发起攻势，用甜蜜让你原谅我们。"

"你们会坐成一排冲着我皱眉头，一个接一个的。"

"我们不会那么做，我保证。不会有人皱眉头，不会有人反过来指责你；在场的每一个人都会遵守节日的礼节。"

"真的？"

"真的。我发誓：不会有任何不愉快,就算我们必须堵上塔比莎的嘴,

---

[1] 原文为拉丁文，出自莎士比亚的《尤里乌斯·恺撒》，故事中恺撒临死之前对背叛了自己的布鲁图斯说的最后一句话。

把她锁在阁楼里也在所不惜。来吧,你说呢?"

史密斯用手捂住自己的嘴盯着桌面,桌面是满是刀叉留下的切割痕迹,或者无聊的手在木头上刻出的名字。他这样坐了很久。已经说不清楚他是在思考、在拒绝,还是干脆已经陷入了幻想里。

"史密斯先生?"亨德里克问。没有回答。

"理查德?"赛普蒂默斯问。

没有回答。

"洛弗尔叔叔最恼怒的人可不会是你。"亨德里克狡猾地说。

史密斯把手从嘴上移到了额头正中油黄的纹路上,然后挠了起来。他抬起了头。

"我进门的时候,"他疲惫地说,"我做了一个再直接不过的决定,永远不要再从你们这帮人这里接受任何东西,除了你们的钱。但看来我没法遵守这个决定了。唉,那好吧。好吧。"

"棒极了!"亨德里克说。明显他很精通推销最重要的守则,那就是达成交易之后你永远不能停留,于是他马上就站了起来。"我今天晚上6点去李太太家接你,让你先有时间睡一觉洗个澡。现在我最好去工作了。昆汀!给史密斯先生端盘肉排来可以吗?记在我的账上。"他挤出了一个笑容走开了。

"他是个好儿子。"史密斯对赛普蒂默斯说。在他们周围,咖啡馆里的人正在办公桌和账房的召唤下离开。

"他试图做一个好儿子,做点他能做到的事情,用来弥补那些他注定会让他父亲失望的地方。"

"哦。"史密斯说,他打了个呵欠,"跟我说实话,我闻起来是不是特别臭?"

"是的。"

"那我最好先去洗掉这身臭味,再换点干净的衣服。"

"你先吃饱了再说。"赛普蒂默斯犹豫了一下,"那里……真的很糟吗？我听说的是就算下面的地牢很脏，但监狱里关负债人的那边还挺干净的。"

"还不错。稻草很舒服，风景很好，狱友也很渊博。"

"好吧，我肯定不是想窥探你的私事。"

史密斯叹了口气。"抱歉！"他说，"那篮子吃的简直是天赐之物，我都说不出我有多感激它。我希望我的事情没有弄得你太尴尬。阿基利斯说你过得不好。"

"没什么好担心的，"赛普蒂默斯说，"既然你的覆灭有我一份，那么现在你的重生也有我一份，我可以从几张脸上抹掉他们幸灾乐祸的笑了。看，你的肉排来了。"

"看到它们我就差点流口水了。——你记得你给过我的警告吗？一开始的时候？关于这个城市的——的——的本质？我……验证了你说的话。有太多让人作呕的事可以证明了。"

"我猜你肯定出了点事。"

"王八蛋，全都是王八蛋。"史密斯压低了声音，愤怒地朝自己的盘子说，"下次谁再提自由我就揍他。"

"你知道，伦敦也有监狱。"赛普蒂默斯温和地说，"这里的小地窖相比，新门监狱是个黑得多也深得多的深渊。泰伯恩[1]绞刑架上每个季节吊死的人比这座城市里一整年的都多。"

"那被人剥头皮？或者烧死？或者……敲碎骨头？"

"哦，你听说了那个故事。"

"至少在英国，他们不会假装自己的双手是干净的，心头是正义的。"

"我知道我已经离开英国一段时间了，"赛普蒂默斯说，"但我非常肯定我记得伦敦有骗子，也有伪君子，还不止一个。也有让爱上她们的男孩伤心的姑娘。"

---

1 泰晤士河的一条支流，过去河边是伦敦的刑场。

"我不是说那个！至少——不全是。"

"我得确认一下，"赛普蒂默斯说，"虽然我也不是什么行家。"他用面包搓了一个小球，用食指推着这个球在他面前转圈，就像泰坦巨人阿特拉斯[1]轻松地操纵着一个小行星一样。"你知道的，他们处心积虑地想让我过得很惨，所以如果我可以找到点这里值得表扬的地方，你也许会相信？我上岸一年之后来了个客人。我父亲的主教的大关系户，来这里查看他继承的一份遗产，在南边弗吉尼亚那里。而我很困惑我为什么如此讨厌他和我说话的方式，他比这里的任何人都要让我讨厌，比随便多少个范隆或者范伦塞拉尔家的人都讨厌，比喝醉的威廉·史密斯或者最自满时的德兰西法官都要讨厌——直到我意识到，他和我说话的时候理所当然地把我当成了一个秘书，这个头衔就囊括了所有他需要知道的我的品格。我发现我不知不觉中就习惯了被人，甚至被我的敌人，当作一个人来对待，让我的言行来证明我的品格。他对待我的方式就是一般大人物居高临下的样子，但我发现自己憎恶被这样对待。我发现我已经获得了憎恶被这样对待的自由。理查德，那可是种真正的自由。"

"除非你的皮肤是黑色。"

"没错。"

"他们会因为你的真爱说错了一个字就乱棍把他打成肉泥。"

"在伦敦，他们照样会为了他兜里的六便士，或者因为他走进了不该去的巷子而乱棍打死他。好了，亲爱的朋友，我也必须去工作了。赶快睡一觉吧，好吗？你现在的皮肤和平时相比薄了好几层，我不觉得你现在去见人是安全的。"

"再见，"史密斯说，"谢谢你，赛普蒂默斯。噢——那部戏排得怎么样了？"

"突然变好了，因为现在是你，而不是我，要去演朱巴了。我们就

---

[1] 希腊神话中因为反抗宙斯失败而被惩罚肩托天空的泰坦巨人。

剩四场排练了,所以赶紧恢复过来。吃东西,洗澡,睡觉。"

史密斯先生慢慢地朝着威廉街的浴室走去,他的胃撑到自己稍微有点恶心,他自己的思绪占据了他大部分的注意力。一开始他还以为街上的安静是自己头脑逐渐平静的结果,然而不是这样,纽约安静了是因为它突然就变得空荡多了。超过一半的商铺都关上了护窗板,而在忙乱的人群一度拥挤不堪的码头边,现在只有他的脚步声孤独地在铺路的卵石上响起。在他被关进监狱的时候,纽约已经度过了它盛大的秋日转折点。糖料船队已经离开了,一起消失的还有过去几周的疯狂氛围。水手们,来确认自己的货物安全上船的乡下商人和农夫们,还有那些推销马上就能挣大钱计划的嗡嗡扰人的骗子都向纽约道了别,留下的居民正在锁好门窗插好门闩准备过冬。如赛普蒂默斯预言过的,这座城市正在缩成一团。它正在捅大炉火然后紧靠着火坐下,它正在把身上的皮毛大衣裹得更紧。一刻也不能浪费了。东边街头的尽头,那个曾经桅杆如林的地方,今天那里露出的天空带着一点泛绿的惨白,无疑是预兆严寒将至的颜色。在街道的背阴面,前一天晚上的霜到了中午还不会化。通向百老汇大街方向那片迷宫般的小巷,低垂的太阳完全不会直射到那里,那整片昏暗的领地已经完全在寒冰的控制之下了。那里的空气平静寒冷得就像在×××爵爷庄园上的冰窖里一样,有一天史密斯被派去找一块冰来冻布丁,结果他发现掩埋起来的寒冬统治着地下,黑暗而寂静,耐心而永恒,每一次呼吸里都带着钢铁的肃杀。

那天傍晚,史密斯裹着李太太家干净的被单在黑暗中醒来,眨着眼睛,过了一会他才清醒过来,注意到屋顶窗冰冷的玻璃板之外第一场雪正在落下。像长了羽毛的粉尘一样的小雪花从上方黑暗的夜色里落进下方黑暗的夜色里。他打开窗户探身出去。在他蒸汽熏过还刷洗过的皮肤上传来了一点一点针扎一样的寒冷,就好像冬天毫不犹豫地准备在他身上文出自己的地图。沿着这条昏暗的大道,不论是向左还是向右,粉末一样的雪已经让铺路石上长出了一层薄薄的灰色绒毛,就像天鹅绒一样,还顺着铺路石之间弯曲的缝隙给石头镶上了一道白边。一切似乎都慢到和雪花飘落的速度一样。在变得浓稠的空气里弥漫着一种神圣的期许，行人都安静地走着，仿佛不愿意打扰这种期许一样。只有从对面王冠街的街口走过来的一小群人在说话。他们在唱着什么，手里拎着一个挂在木杆上的小灯笼，灯笼把围绕它周围的雪花都照成了飞舞的碎金，还给那群人脸的边缘——帽子的轮廓，卷曲的耳廓，或者根根胡须——打上了带阴影的金光，就像古代神庙里的塑像一样。他们过了街。被眼前的场景所安抚，同时也感到好奇的史密斯在衬衫里打了个冷战，看着他们越走越近，越走越近，最后就停在他正下方，围着李太太家门口的台阶摆成了个半圆，然后开始敲起门来。过了一会，李太太的声音顺着楼梯传上来，有人找他。

史密斯慢慢地下了楼，他故意慢吞吞地用围巾、手套还有一顶三角帽子把自己包裹起来，因为他并不想让自己在楼上看到的魔法剧目那么快就消退成一群范隆家的人。然而，尽管他开门时发现自己在纷飞的碎金中面对的确实是亨德里克、约里斯、搂着小丽丝的皮特、一两张他不认识的脸，还有在最后冲他点头的——洛弗尔家的学徒杰姆，每个人脸上都是一副努力示好的表情。他们似乎还是被降落的雪花改变了。当然，站在那里的还是他们那些人，贪婪、危险、焦虑，但纷飞的雪花却给了他们一种新的、耐心的、超脱俗世的庄严。史密斯的脸上表现出来的，或者没有表现出来的，让亨德里克胆大起来，他打着响指在空气里打起了拍子，边打边说："一，二。"

> *Sinterklaas, goedheiligman!*
> *Trek uwebestetabbardan,*
> *Reis daar mee naar Amsterdam,*
> *Van Amsterdam naar Spanje,*
> *Daar Appelen van Oranje,*

> Daar Appelen van granaten,
> Die rollen door de straten.

他们用荷兰语唱了一遍之后马上又用英文唱了一遍,这一次的歌声更加欢快,因为年轻人们不再是磕磕巴巴的了。

> 圣尼古拉斯,善良的圣徒,
> 穿上你的罩袍,你最好的装服,
> 穿上它骑到阿姆斯特丹,
> 然后再往西班牙赶,
> 在那里双手捧满橙子,
> 再把石榴给我带回来,
> 看它自由在街上翻。

丽丝的鼻子冻得像饴糖猪一样粉扑扑的,雪花吹进她眼睛时她正在眨眼。尽管歌里提到了自由这个词,史密斯先生谁都没有揍。他鼓起了掌。或许是他的手自己碰到了一起。在这个奇怪夜晚的命令下,在会给任何差劲表演打气的本能的指挥下,他的手自动鼓起了掌。

"我是不是必须要给你们一个回应?"史密斯问亨德里克说。他本来想让自己听起来讽刺又镇定,但他脱口而出的声音却几乎满是尊敬。

"不用,不用,只要你跟我们来,然后在一两家人门口把它再唱一遍就好。"

于是史密斯也加入了那个移动的金色光圈,和他们一起踩出了一条破坏脚下灰色天鹅绒的小径,但只要他们的脚一挪开,天空就开始重新填满这条小径,一粒又一粒,一片羽毛又一片羽毛。下一扇门打开时,史密斯的高音加入了歌声中,再下一扇门也同样如此。先是有一对夫妻,然后是一户荷兰人全家都走出来加入了这支队伍。他们已经为这个晚上梳妆打扮好了。没有人打招呼,只能听到沉闷的脚步声和雪花落到灯笼滚烫的锡皮上发出的"呲呲"声。纽约还没有大到史密斯先生会迷路的地步,但笼罩在打着旋的细密宁静的雪花中,街道看起来和平时不一样了,史密斯也没有注意尼古拉斯节前夜游行的具体路线。他们甚至可能还经过了市政厅。史密斯从来没有见过范隆家的房子,等他见到的时候,这幢房子让他大吃一惊:一幢阿姆斯特丹式的、有阶梯形山墙的、老要塞一样的高大建筑。今天晚上这幢房子的每一扇窗前都点着一支插在橙子里的蜡烛,每个窗台和窗框四周都挂着绿色的松树枝。这幢房子看起来就像一座光明的城堡,一块吸引他们的灯笼穿过风雪回家的大磁石。孩子们抬头像着魔一样盯着这幢房子。

"到啦。"亨德里克边说边把灯笼杆交到他父亲手里,"嘎吱——嘎吱——嘎吱"地走上了前门口的台阶,重重地敲起了门。门打开了,门后站的是穿着一大片亮闪闪丝绸的海尔切,弗洛拉和安妮挤在她身后朝外看,在昏暗的大厅里有各式各样的小火光在闪动,看起来仿佛一座宝库刚刚打开了门,一个镶满了珠宝的冬日洞窟,混着浓浓香料味的空气也飘了出来。他们站在台阶下最后一次唱起了"Sinterklaas, goedheiligman",而那三位女主人都十指交错地合掌听着。但到此为止了。最后一个音符一散去,雪中的宁静就变成了一阵友好的嘈杂,所有的歌手都冲到了门口说笑不停,他们亲吻彼此的脸颊,也接受着别人的亲吻。

史密斯觉得魔法已经消失了,他也感觉到了憎恨的忧郁魔爪正在再次合拢,他留在人群后面,想着自己是不是可以悄悄溜走了,但在皮特·范隆从他身边经过走进屋之前,他往史密斯腰上伸手一推,就把他直接朝着门槛推了上去。范隆夫人伸出了一只手。史密斯本来想牵着她的手鞠个躬,但她却把他拉过去撞在了她胸口扑过粉的丘陵之上,在他的两颊上"砰砰"地亲了两声。"Prettige Sinterklaas。"[1] 她用力地说,就好像是

---

[1] 荷兰语,圣尼古拉斯节快乐。

在开处方一样，然后把史密斯传到后面让他接受弗洛拉双唇欢笑地一印，以及安妮嘴唇紧张的轻咬。"圣尼古拉斯节快乐。"她们说。弗洛拉看起来容光焕发，也显然如鱼得水，她全身充满了繁忙的兴奋，一缕金色的头发从她的珍珠发网里脱了出来，她说话的时候就在她嘴边颤动。弗洛拉充满权威地站在海尔切的身旁，看起来好像已经成了这家人的长女一样。现在的她和一个月前史密斯在楼上门口看到的那个被人欺负的女孩判若两人。史密斯突然意识到，他在这座城市里的短短时光对弗洛拉来说却是人生中的一整个时代。在他无意间帮弗洛拉分散了她姐姐注意力的时候，她已经得到了某些她要的东西。她已经在自己的人生转变事业上迈出了一大步，而只要约里斯不是浪漫故事里的浪荡子，他就是弗洛拉的出路，帮助她把洛弗尔家方形房间里的刻薄言语换成这种精明的家庭幸福，换成这个谈话中不会遍布陷阱的家庭。

"理查德，你别盯着我看了。"她说，但她听起来非常乐意他这么看着，仿佛被他注视着其实可以帮助她的两颊发出光彩，"快进去吧！过半个小时圣尼古拉就来了，到处都有吃的和喝的，不过你只能在二楼找到男客，他们在那抽烟。"

为了装得下所有的人，范隆一家把家里的大房间都清空了。只有每个房间角落里的青花瓷暖炉没法移走，因为它们是和墙连在一起的，这些炉子似乎也是这幢房子的装潢里最后一点荷兰品位的痕迹。油漆、墙纸还有油画——都时髦地遵循着最新的英国时尚，或者至少是纽约最新的英国时尚。在许多根蜡烛的照亮下，一大群有钱人紧紧地挤在一起交流新鲜事，零星地有几个人在用荷兰语聊天，但大多数人说的都是英语，这些人同时也在努力控制自己孩子的胃口，那些孩子一次又一次把手伸进范隆家的仆人送上来的装满了扁扁小饼干的篮子里。"维姆，戴维，肚子里留点地方等圣尼古拉斯来的时候再吃。撑病了你就该后悔了。"史密斯自己也拿了一个。饼干吃起来有肉桂味和橙皮味，还意外地有黑胡椒味。在史密斯挤上楼时，有很多人都祝他节日快乐。有的人心不在焉,只是遵守今天晚上必须遵守的习俗而已,另一些人说的时候则是一边点头一边满脸放光,他们的神情暗示着他们和范隆家的关系更近,亨德里克已经向他们交代过要让史密斯开心。过了一会史密斯也开始回祝他们节日快乐了,等他走到一楼楼梯平台时,在他的语言天才的帮助下,他已经能把 pret-tige Sinterklaas 的发音发得近乎完美了,虽然他还是不明白人们到底在庆祝什么,也不明白那位圣徒来到时会发生什么,因为他在环绕欧洲旅行时并没有碰巧在 12 月经过低地诸国[1]。

平台右边的房间里堆满了从其他屋里搬过来的椅子,一群微笑的老人张着没牙的嘴坐在椅子上聊天,但左边有一扇紧闭的门,宣布前方是非请莫入的私人领域。站在门口的黑人仆人正在等史密斯,给他从旁边桌子上的大银盆里盛了一银杯热腾腾的橙子果酒,然后才转动门把鞠躬请史密斯走进了一片黑暗中。

史密斯从宝库进到了洞窟里。他能感觉到脚下的致密柔软的土耳其地毯,能闻到浓浓的烟和香料混在一起的味道,但是这间屋里唯一的光亮来自窗台上插在橙子里的四小节蜡烛和壁炉里暗金红色的炭火光。这间屋里是如此的漆黑,他过了一会才分清皮特·范隆书房里隐在阴影中的各种形状,有书桌和地球仪,还有摆在壁炉旁边的高大扶手椅。如果这个房间是一幅版画,一张刻刀刻出的线条不断交叉一直到如地狱般黑的版画,一道又一道线条,一遍又一遍上墨,直到画面里的人物消失在了黑暗中。如果这个房间是幅油画,那它就是一幅被烟熏黑了的古画,黑到看画的人只能从剩下的几笔朦胧线条里猜测它的主题和布景,然后按照品位决定它画的到底是战争场景还是爱人在窗下唱着夜曲,是一出悲剧还是个瓜田中的茅屋[2]。主人们都坐在椅子里等着他。皮特、亨德里克和洛弗尔,三个烟斗的火光随着他们的呼吸在黑暗中忽明忽暗。不对,

---

[1] 荷兰、比利时和卢森堡三国。
[2] 此处为《圣经》中的典故,故而应该指《圣经》题材的绘画。"瓜田中的茅屋"出自以《以赛亚书》第 1 章第 8 节,"仅存锡安城('城'原文作'女子'),好像葡萄园的草棚,瓜田的茅屋,被围困的城邑。"

皮特、亨德里克、洛弗尔和塔比莎，她坐在他们身后远处的角落里，扭过身去坐在她的椅子上，就像是为了让自己的脸离正在关上的门越远越好。史密斯是凭着一道淡淡的光把她认出来的，这道光落在她冲着他耸起来的瘦削肩头上。那道扭曲的线条，他是不可能认不出来的。就算它远在月亮上他都能把它认出来，自然月亮上的光线也更好。

"坐下吧，先生。"皮特说。他们给史密斯留了一个背对壁炉的座位，面对着窗台上的火光和它们在玻璃上跳动的反射，还有玻璃外面正在洒落的小雪。塔比莎几乎就在史密斯正背后，他完全看不见她。史密斯一想到她会在黑暗中酝酿的复杂恶意就心头一跳。聚会的声音听起来非常遥远。

"我还以为你们卡尔文教派的人不过圣徒节日。"史密斯说。

"只有这一个。"皮特说。

"对你们来说有点太热闹了，不是吗？"

"我们离归正会的教会议会远着呢。"亨德里克说，"我们放松一下不会有问题。自从总督开始办圣乔治节晚宴，还有爱尔兰和苏格兰社团大办圣帕特里克节和圣安德鲁节开始，圣尼古拉斯节才变得这么盛大。但是，"他继续耐心地说，这是个竭尽所能帮助自己家族的人，"你不是来这里说这个的。你想说正事。我们都来了，开始吧。"

"没错，"洛弗尔咬着他的烟斗嘴说，"我会咬住我的舌头，不去指责到底是因为谁的错我们才围着这件事周旋了该死的这么久却什么都没谈成。好了，没错，我们都来了。你的票据没问题。我们承认这个事实了。现在的问题是，你接受什么形式的兑付？"

"你什么意思？"

"我们的意思是，结账日离现在只剩下十九天了，我们必须说好用什么样的财物来兑现你的一千七百四十镑纽约钱，不用想就知道还有不少讨价还价——"

"我猜你们还欠我个道歉吧，对不对？"

"已经给你道过歉了，"洛弗尔说，"我给你道过歉，而且照我听说的，这边的亨德里克也给你道过歉了，这就等于两家人都给你道过歉了。"

"欠我一个道歉的不是你们两家人。"史密斯说。他的注意力，他的怨恨，他肌肉的颤抖，这一切都带着通了电一样的敏感集中在他左肩后那张阴影中的椅子上。

"啊，上帝把我们从自尊受伤的小子手里救出来吧。好，我们也考虑到了这点。塔比莎，向这个小子道歉。"

沉默。

"塔比莎，你知道这是必须的。"

沉默。洛弗尔不耐烦地叹了口气。他站了起来，接下来那声闷响暗示他踢了一脚角落里那张椅子。

"塔比莎！"

一丝细细的低语："我道歉。"

"行了，"洛弗尔喘着粗气说，"皮特，抱歉对你的家具动粗了。"

"没关系。"皮特说。

"现在，如果我们可以的话，上帝在上，不用再继续这种愚蠢的沉默了。你想怎样兑现你的票据？终于可以直爽地说了。我们可以给你一艘春天运糖船里四分之三的货，或者我们正在米斯蒂克建造的私掠船的一股，或者是任你挑选的城里的房屋和宅基地，再或者我们商定一个数量的朗姆酒，或者给你个农场，或者我们其他生意的股份。你要哪个？"

"哪个都不要。"史密斯说。

"好吧。"洛弗尔在微微停顿之后说，"那你想要什么？你说出来我们就能找到。"

"烟草，比如说，我们可以给你弄到比现货价格还低的烟草。"皮特说，仙霍加戈[1]，"甚至可以比批发价都便宜，如果你通过我们在巴尔的摩的朋

---

[1] 和前面一样，史密斯依旧在注意皮特·范隆英语里的荷兰口音。

友交易的话。"

"奴隶呢?"史密斯说,"奴隶你们也能找到便宜货吗?"

"当然可以。但快慢取决于你要的是什么样的人手。冬天城里的市场没有多少存货,而且他们主要供应的都是干家务活的,这附近只有这个需求。都是调教好了的,适应这个国家的生活,还会说英语之类的。如果你要的是办种植园需要的劳力,那你就得往南边去找了。但那也不是什么难事。我们在萨凡纳[1]有个朋友,不管你要什么样的劳力他都能帮你找到,价格保证不错——"

"那寒夜暖床的娘们有吗?"

更长的停顿,洛弗尔的声音里充满了寒意:"史密斯,我女儿还在这里。"

"我没忘记。"史密斯说,他等了等,但角落里并没有传来反驳的声音,"再说了,你们误会我了。我只是在好奇。先生们,你们搞得太复杂了。我不想用我的票据换人肉,也不要一千个巨大的针垫子,或者一桶桶的猪油。你可以说我是个老顽固,但我更喜欢钱。我要现金。"

洛弗尔和皮特两个人立马提高了嗓门喊叫起来。皮特冷静的低音最后盖过了洛弗尔愤怒的高音。

"我们已经解释过了,城里找不出这么多现金。这里钱只是账本上的数字。到了该结账的时候,我们就用财物来冲抵。入乡随俗,先生,入乡随俗?你要在这里做生意,你就得照我们的方法来。"

"我必须吗?"史密斯说,"我猜法律会有不同的看法。我付的是现金,那如果我拿回来时也要现金,我有权利这么要求。"

"但是你想买的任何东西我们都能替你搞到。"洛弗尔说,"这有什么区别吗?"

"隐私。"史密斯说。

---

1 美国南方佐治亚州的城市。

"那你为什么需要隐私呢？"

"好吧，"史密斯双手指尖相接摆出个倒 V 字形，然后把声音压得低低的，像是商量机密的样子说，"就让我们说……也许我是某位绅士派来的——一位非常显赫的年轻绅士，来自，比如说，来自一个德国家庭——他想在绝对没人知道的情况下巡视一下他……在新世界的产业。他要求先给他做好准备，安排好符合他身份的住处，但需要极度谨慎。一幢房子，一辆马车，全套仆役。所有这一切都要深藏在秘密中。深，更深，最深的秘密中。需要谨慎又谨慎，王者般的谨慎。"在史密斯说出这一长段子虚乌有的话的每一个音节时，他都在等待角落里传来一声嘲讽的"哼"声，但是什么声音都没有。

"你想说的是，"洛弗尔压低了声音说，"你其实是在替王——"

"不是。"亨德里克没精打采地说，"别听他的，他就是在寻开心。"

"没错，"史密斯说，"肯定是因为坐牢让我忍不住想开个玩笑。"

"你个小浑蛋——"

"别那么轻易就被他激怒了，"皮特对洛弗尔说，"我们还是必须得了结此事。选择任何他要的兑付方式的确是他的合法权利。"

"我去哪里找一千七百镑的现金？"

"哦，我没指望你们能拿出金币。"史密斯说，"这点我还是学会了的。只要能够流通，随便哪沓纸币都行，多奇怪都无所谓——但是不能是罗德岛来的。只要能用来买东西，你给我枯叶我都无所谓。但如何找到这些现金就是你的问题了。"

"班亚德公司要到春天才会付我糖的钱。"

"但是到了那个时候，如果我没说错的话，他们会付你现金，因为你兑现我的票据就等于是结清了和他们的账了。"

"我猜是的，按理来说。"

"那么到那之前就借钱吧，"史密斯说，"要不就卖点什么东西，要不就去要，要不就去偷。但十九天之后，我要见到现钱。"

"没有现钱。"

"什么,整个殖民地里没有哪个抽屉、壁橱或者小隔间里能找出钱来吗?你让我很失望。我相信你也让德兰西法官很失望。他保证过如果我不插手你们的事情,你就会尽力让我满意的。"

"我看你是根本不想修复我们的友谊了。"亨德里克说。

"我还没有听到想让我那么做的话。"史密斯说。

沉默。

"如果你愿意接受实物支付,我们也许可以额外多给你几个百分点。"皮特说。

"真的吗?"史密斯说,"多少?"

"百分之六?"

"不行。二十。"

"简直荒谬!"皮特说,不过屋里的气氛开始放松了下来。与此同时,外面楼梯上从刚才开始就越来越响的声音大到了震耳欲聋的地步,然后在史密斯眼中一片夺目的亮光中,房间的门突然开了,涌进来混乱的一群人,领头的是一个身材高大,穿着红白色衣服,戴着明显是假胡子的人,他手里还举着一个枝形烛台。

"吾乃圣尼克,身背大行囊。"这个人影大声喊道:

> 前来分那黑与白,
> 前来辨那恶与善,
> 行善事者得奖励,
> 有德行者得赞礼,
> 为恶者领罚诗!

被光亮晃得头晕目眩的史密斯半站了起来,在白色亚麻胡子和红色头罩之间辨认出了一双他认识的一直在评判人的小眼睛。这个人丝绸般顺滑的政治嗓音现在变成了轰隆隆的巨响。袍子底下是谁非常明显了：这位圣徒就是法官，圣尼古拉斯就是德兰西。史密斯很好奇德兰西是不是会在圣乔治节那天装扮成红十字骑士来取悦自己的选民们，或者可能是扮成龙。在德兰西胳膊肘旁边扛着袋子、用炉灰涂黑了脸的精灵就是威廉·史密斯。他们周围挤满了好奇的面孔。不论这位圣徒在楼下做了什么，这帮看热闹的人都很期待看他在楼上再来一次。

"欢迎你，神圣的好人。"皮特坐在椅子上说。

"圣尼古拉斯，你会发现我们还没能达成我们期望的和谐。"亨德里克补充说。

"真的吗？"圣尼古拉斯眼神凌厉地朝阴影里瞥了一眼说，"那么，我来得巧还是不巧我们一会就知道了。给那些不能赞成彼此的人，我行囊里装的有惩罚也有奖励，有伤人的话也有祝福的话。嚯，嚯。告诉我，黑皮特，我忠诚的助手，我们先给谁带来了消息？"

"亨德里克，这家的儿子。"那位律师说。他伸手从行囊里掏出了一小张折起来的纸和一个系上丝带的小包裹。圣徒清了清嗓子，把烛台举起来照着纸然后念道：

> 亨德里克，善良又尽责的孩子，
> 　你给你的父母把快乐送递！
> 但你完美的答卷上有个污点——
> 　你众多美德里还少了一样！
> 　你享受了太久单身的快乐！
> 　已经要晚了！你该结婚了！

众人大笑。在闪烁的烛光里，亨德里克也配合地笑了笑。

"我们要给他蛋糕吗？"圣徒问他身后的陪审团。

"给！给！"——然后那个小包裹就给递了过来。

"下一个,格雷戈里·洛弗尔。"那位行囊管理员宣布道。

圣徒拿过了小纸条,在他看纸条时,他两道粘上去的亚麻眉毛垂了下来。"做好准备了,洛弗尔兄弟。呃哼——"

> 浪涛作响的七海之上,
> 海浪把你的舰队背扛,
> 一铲又一铲地堆起财富,
> 聪明又兴旺的高里·洛弗尔。
> 却为何在你那金色的头顶,
> 戴那死老鼠样的破烂一顶?
> 因为吝啬不愿意再买一顶假发,
> 你就计划让我们呕吐吗?

难受的干呕,赞同的大喊。半隐在交织着黄色烛光的黑暗中的洛弗尔咧嘴挤出了笑,一副不耐烦又要表示善意的样子,但他还是不自觉地摸了摸他被冒犯了的头颅。不过,从塔比莎坐的角落没有传来讥笑声,没有传来任何声音。

"先生,你的假发被裁定有罪了。但小伙子们,小姑娘们,女士们,先生们:假发下面这个人配得上他的圣尼古拉斯蛋糕吗?"

"配得上!"

"好的。黑皮特?——我们现在肯定应该向晚宴的主人致以节日的问候了?是的,是的,让我们开始。Een Sinterklaasgedicht voor Mijnheer Piet Van Loon[1],带着我们感恩的敬意,虔诚地希望他会原谅我们。"

> 皮特家的伙食美名扬,

---

[1] 荷兰语,大意是"祝皮特·范隆先生圣尼古拉斯节快乐"。

> 他用慷慨的双手把菜上，
> 有肉又有酱，珍馐甜品也不少，
> 纽约没有哪个主人比他好。
> 但是为了他的身体棒，
> 他是不是该少把美食尝？

围观的人激动得大叫，但圣徒的声音盖过了他们。"胡说八道！"他瓮声瓮气地说，"这个东西是谁写的？先生，作为另一个身形魁梧的人，我建议你该为自己的身材感到骄傲。自豪地在全世界面前碾过！不过——"他灵活的手指解开了皮特蛋糕上的缎带——"我觉得这个最好我自己把它吃掉。呜嘛。嘛嘛。"大家大笑。这个笑话让皮特的肚子笑得发抖，带着（多少有点）舒服的不适。"我的任务里简单的部分就这么完成了。"圣尼古拉斯擦着嘴继续瓮声瓮气地说，"在寒冬降临，我们收紧我们的圈子时，圣尼古拉有老朋友们可以表扬，可以向熟悉的面孔……还有熟悉的毛病投去微笑。但我的行囊里会为一位不熟悉的客人准备什么呢？黑皮特？"

史密斯知道自己不属于这个圈子，他小心地站了起来。不论是什么结果，他都不想在德兰西的脚下接受这位圣徒的裁决。他明白这场仪式性的小丑表演本来是安排来巩固他们原以为能和他达成的协议的，但他们想给他什么礼物、他们觉得他们能够提供什么慰藉——他不知道。法官朝前走了一步，他手里的烛台就像是稳住飘动光带的旧船锚一样，法官把烛台举在他们之间，他们两个人透过火焰互相看着，四外的一切都陷入了黑暗之中。法官自己的眼睫毛是发棕的粉色，像猪皮上的硬毛一样。

"让我们稍微失望了一阵，小伙子，"他压低声音说，"还以为我们在一个无关紧要的家伙身上白费脑筋了。稳住了，好吗？演好你的角色，好吗？我猜你是想在绳子上跳舞，而不是吊在绳子上。"

他的声音又恢复成了圣徒需要的欢快的洪亮嗓门。

> 孤单又勇敢、神秘的史密斯,
> 远离家人和朋友去远方游历。
> 你举止嚣张,却行为温良,
> 似乎你的阴谋只是玩笑一样。
> 厄运意外来袭——
> 被误会,被控,被捕,被投进牢狱——
> 你像个基督徒一样谦卑地把一切承受,
> 表现出了你灵魂真正的高尚。
> 只要有人认错补偿,你马上就原谅,
> 把你的对头变得和朋友没两样!

这首诗没法证实史密斯广为人知的性格特征,因为没人知道史密斯有什么性格特征,但它描绘了一幅非常讨喜的谦卑画像,再加上还有意外给人带来的额外满意,于是当圣徒开始拍手向周围的人示范他们应该做出什么反应时,他身后和门廊里的陪审团很乐意地加入其中,掌声像一阵水波一样扩散开。圣尼古拉斯抬了抬胡子还张开了手向史密斯示意如果他想的话他也可以拍手回应大家,但史密斯只是紧张地微笑了一下。于是圣徒袍子一舞转过身去,同时还高举着烛台。

"黑皮特。"他说,"屋里还剩一个人,对不?"

"的确还有。"

"她配得上圣尼古拉斯的礼物吗?"

"她配不上。因为她是个固执的、爱管闲事的,还爱捣乱的人;一个坏女儿,还是认识她的人的诅咒;一个臭名远扬的悍妇和泼妇。"

"那我们行囊里有什么可以给她?一根木棍、一条鞭子,还是一块炭?"

"苛刻的话，善良的圣人。用来讽刺她所做的冒犯别人的事，还要对被她冒犯过的人做出补偿。"

一张纸被递了过来，然后这位圣徒开始在袍子里鼓气准备演讲了，他吸气时，大肚子整个一团往上挪动。然而史密斯突然再也不注意他了，因为圣尼古拉斯转过去对着塔比莎的椅子之后，烛光终于照亮了她，让他看到了椅子里坐着的人，而那里坐着的完全不是他这么久一直想象的那个一脸嘲讽、自信镇定的人。塔比莎蜷起来蹲坐在椅子上，把下巴放在膝头，她的确是在尽量把身体扭到远离屋里的人的方向——但没有满脸嘲笑，没有摆出一副骄傲拒绝的架势。她就像一只在猎手面前把自己紧紧蜷成一团的动物，露出了自己脆弱的脊柱或者沙沙作响的角质甲片，因为她不能用别的更主动的方式来应付这个世界。烛光让她的脸色显得发黄，但没有烛光可能她看起来也是这样。她的皮肤似乎已经皱缩成了一层包裹在骨架上的木乃伊化的干壳，她眼圈下的黑影看上去几乎就像瘀青一样，而且她好像还缩小了，苗条的身材瘦成了干瘪的、关节突出的僵硬样子。她看起来既不健康也不年轻。被烛光突然照亮时，她只是懒懒地动了一下，瑟缩了一下，就像一只夏天过后的黄蜂。烛光照亮的那个瞬间，史密斯心中发生了翻天覆地的变化。人常说，如果欲望里混进了一点反感，那么我们的欲望就会变得更强烈，毫无疑问这是人类堕入凡间的后果之一。现在史密斯的欲望却完全让位给了反感。想用嘴、用舌头、用手去接触她的温柔念头——像露出的皮肤一样毫不遮掩的想抱住她、抚摸她、吮吸她、溺爱她、进入她的温柔冲动——惊恐地缩了回来，就好像他想亲吻的（没错）是一只在冬天瑟缩爬行的黄蜂，是只螃蟹，是只长着绒毛和触角的蛾子。直到那个瞬间史密斯都相信他是恨她的，但憎恨一个足智多谋、意志坚定的强大敌人，其实换种说法就是在继续欣赏她，尤其是当你觉得你憎恨的人也很美丽时。现在，史密斯看到的不是一个因为精力旺盛过头忍不住要去捣蛋的女孩，拥有一种狡黠有活力的自由，相反，他看到的是一个被逼到走投无路，一个满身恶毒但又可怜无助的生物。她刺到了自己，毒到了自己。她和她造成的灾难相比显得异常悬殊。

> 用歌声记录你的美德，
> 塔比莎小姐，是不用多长的。
> 要是我有匹和你一样糟的驽马，
> 我早把她的死尸贱卖去做胶水啦，
> 要是我有条这样发骚的狗——

史密斯觉得自己心中的愤怒凋零成了灰。那张椅子里的人对她激发出的强烈情感来说太小了，她太丑了，让人没法爱她，她把一切都藏在心里没法有热烈的情感，她太容易让人忽视了，于是没法恨她。但她没有小到让人无法怜悯她的地步。如果爱上她是如此的难受，那么她自己只能感觉更糟糕。

"停下来，求你了。"史密斯说。

"这是怎么回事？"圣徒困惑地说。

"求你了，够了。"

"你还想不想圣尼古拉斯给你蛋糕了？"

圣徒看看这张脸又看看那张脸想找点提示，他还举着写诗的纸条。

"愚蠢。"塔比莎小声地对椅子套说。

"你就不能让这个停下来吗？"史密斯对亨德里克说。

"史密斯先生很心软。"亨德里克说，他的声音表明他发现了什么，还带着点高兴，"我猜史密斯先生要重新谈判了。百分之六。"他说。

"什么？"

"百分之六。"

"十。"史密斯说。但他听上去并不认真。

"六。"洛弗尔说。

"六。"皮特瓮声说。

"行吧。"史密斯说。他伸手去拿圣尼古拉斯手里的纸条。亨德里克点了点头。那位圣徒让史密斯扯了一下纸条,然后就松手了,他咧嘴笑了。史密斯把那首诗在手里团成一团,把它扔进了炉栅里滚烫的炭火上。在房间里突如其来的沉寂中,人们甚至能听到炭火的噼啪声。所有人都看着史密斯——范隆父子、洛弗尔、德兰西、他身后的人群甚至还有(像蛇一样慢慢转身的)塔比莎。在窗台上,融化的蜡烛已经聚集起来顺着橙子皮往下流了。"但你们必须给我几天,让我考虑一下我要什么付款方式。"史密斯说完就从房间里挤了出去,穿过富有的男男女女和忙着吃杏仁蛋白软糖的孩子们走下了楼梯,同时叽叽喳喳的说话声又在他身后响起,那位圣徒则放声大笑起来。

屋外,纤细的雪花耐心地、密密层层地落着。

## II

早上还在下雪,到中午,纽约的街道就变成了一片结实的白色了,等史密斯离开纽约时他都没有见到这片白色消融。天放晴了,温度计里的水银柱骤跌,圣尼古拉斯节前夜泛绿的天空所预言的寒冷结结实实地降临了。从北方吹来的空气裹挟着如此多的寒霜,在史密斯小心地踩着雪去排练时,他呼出的气都在他拉起来的围巾上冻成了小冰柱,额头上的皮肤绷得就跟要裂开一样。所有能待在屋里的人都闭门不出了。在远处的东河上,曼哈顿岛和布鲁克林之间的潮水流动得越来越慢,越来越多的叮当作响的成团重物在滞涩着水流,直到从两岸伸出去的寒冰之指在河中间交错握在一起,纽约城和长岛之间的整片水域变成了一片高低起伏的粗糙冰原。在冰层之下,你可以看到灰色的海水和透明的淡水汇聚而成的螺旋，它静止而僵硬，就像孩子玩的玻璃弹珠里的纹路一样。冰盖越来越厚。等到云层又铺满天，气温上升之后，冰已经厚得不受任何影响了。雪——现在的雪是一团团蓬松的雪球，跌跌撞撞地从空中落下来，仿佛天上的人正在往阳台外扔家具里的填料——只是在冰盖上加盖了一层又软又厚的敷料，让视野所及之处都笼罩在一片无法区分的白上加白之中，除了哈德逊河流过的地方，河水在白色上撕开一条铁黑色的道路，一直通向铅灰色的港口。纽约城的房子变成了一团乱糟糟的黑点，坐落在白色河岸的白色边缘上——这是白色大陆的白色一角，整个大陆都被巨大而彻底的白色一层层覆盖、窒息、抹平。等到寒冷最凛冽的冲击一过，纽约城的人们就毫不畏惧地又出现了，他们包裹在皮毛大衣和海獭皮帽子里（最穷的人只能用包脚布）。在短暂中断之后，往波士顿、费城，以及纽瓦克的邮路又恢复了，头上笼罩着一团热气的奔马拉着装有邮件的雪橇飞驰在白色道路上。纽约城的富人们同样钟情于这种交通工具，或是因为享乐，或是因为实用。菲利普家，范伦塞拉尔家的人乘坐可以坐得下六个，八个乃至十个人的雪橇；德兰西大法官坐着雪橇从他在鲍厄里的农场出发去巡回法庭开庭，雪橇滑板一路发出悦耳的沙沙声，旁边还有小男孩们喊叫着一路跟着跑。街道上的积雪被行人的双脚踩结实了，在路人撒过尿的地方被浇出了窟窿，马蹄还在上面踩出了满是 c、n 和 u 的[1]令人不解的诗篇。出太阳时，拳头大的蓬松雪块簌簌响着顺着屋檐滑下来，散成一团飞扬的五彩光。

与此同时，史密斯全心投入了那出戏，因为没有别的东西可以让他愉快地投入精力了。每一天，他都会接到洛弗尔写给他的便条，追问他决定要如何兑现他的票据没有，但他都视而不见。除此之外，史密斯和洛弗尔家的接触只剩下了弗洛拉，因为商人咖啡馆已经在最冷的时候关门了，他早就轻松地避开了亨德里克。

---

[1] 这几个字母都是指马蹄铁在雪上印出的痕迹。

"这是对所有人的努力不可饶恕的浪费。"当他们第一次在拿骚街剧场二楼冰冷又空落的剧场碰头时,弗洛拉一脸严肃地说,"居然有人会自私到不愿意顺从别人为了让他开心做的特别安排。"她漂亮的粉色嘴唇因为寒冷皲裂了,她不赞同地嘟起了嘴。"真的是!"她说。

史密斯不清楚,她到底是在生气他没有享受设计好来教训塔比莎的戏码——或者根本是没有能欣赏整场聚会——还是更商业一点,是在气他在涉及她家族利益的时候表现得很顽固。弗洛拉表现出来的样子就是不想让他再问任何问题,可他根本什么都不想问。她把他从"理查德"又降格到了"史密斯先生",当弗洛拉需要因为演戏的事情和他沟通时,她故意摆出一副高高在上的冷漠样子,声音里透着不耐烦。幸好她演的不再是玛西亚——她在戏里会爱上朱巴,而是高贵的露西亚——她的心在加图的两个儿子之间犹豫不定。扮演这两个角色的是和她年纪相仿的一对真正的双胞胎,他们是来城里过冬的一位支持德兰西的议员的儿子。弗洛拉用如此天真的欣喜表演着露西亚和这两位年轻人的难题,她对有两个追求者这件事表示出了如此坦率天真的快乐,以至于赛普蒂默斯对这段剧情可能引发淫秽联想的担心彻底消失了。不过约里斯不再瞪着史密斯了,在他一如既往地坐在那里看排练时,他转而冲着那对双胞胎低吼,他裹着皮毛大衣隆起肩坐在那的样子俨然是只消化不良的熊。

史密斯还在牢里时,这出戏的准备已经越过了那条微妙但的确存在的排练初期和晚期的分界线。排练初期时大家还在探索戏要怎么排,也欢迎各种实验,而在晚期时,大家已经基本决定了要达到怎样的效果,此时再引入任何重大的改变都只会让其他的演员分心,或者惹他们心烦。台词都基本上记好了,也请了约翰街上一个副业是画装饰画的棺材匠来画上面有廊柱和遗迹的背景,男演员需要的胸甲和战裙也找好了,连死亡那场戏需要的猪血也已经和屠夫预订好了。史密斯其实很乐意见到他所回归的这种稳定状态,因为这让融入一群业余演员(忒尔皮·汤姆林森除外)的任务变得容易多了。他们不能被拉得太猛,这样恐怕会撕破大家对戏剧的共同理解。光是现在这样就已经有点令人尴尬了：每一幕完成之后，在他们所有人都站在拿骚街室内的昏暗里抱紧自己跺脚取暖时，赛普蒂默斯对其他人会有很多话要说，要急着给他们很多意见，但对史密斯和忒尔皮他只会说："非常好，汤姆林森太太。棒极了，史密斯先生。"

不过史密斯很遗憾他错过了影响大家如何理解这出戏的机会，尤其是在他看来艾迪生先生这出关于罗马品德的悲剧现在在某一个方面是绞结的、扭曲的、混杂的，拉扯成了一团难看的乱麻。

"所以，你觉得怎么样？"那天晚上赛普蒂默斯假装随口一问。当时他们正坐在几乎已经没人的浴室里，让里面的热气融化他们骨头里的寒冰，驱走他们的手指和脚趾里已经结晶的僵硬。史密斯的上颚感觉就像个磨破的垫子一样，但和外面的冷空气相比这种刺痛都让人觉得舒适。他们俩中间的长凳上摆着一瓶朗姆酒。

"非常不错。"

"真的？"

"真的！"

这的确是真的，除了他脑子想的那个巨大的例外。

"伦诺克斯没让你失望？"

"一点也不。我是说，他的确不能算是个自然的演员，但加图是个只有一种状态的角色，而他牢牢地抓住了这点，这是个他可以一次又一次敲响的钟。他说起责任，说起为你的国家而死等等的时候，声音是让人信服的。他听起来像个真心是这么想的人。他还可以稳稳地把台词吼完。没错，我想你会发现粗糙的真诚是不会效果不好的。你应该提醒他注意第三幕的'记住，我的朋友们'那段，到时可能有掌声，让他停下来等掌声结束再说，否则他会一直说下去，结果反倒没有那么好了。"

"对。"

"不过你注意到了没有，"史密斯咧嘴笑着继续说，"他牢牢地记住了加图像阿特拉斯山一样这个比喻。"

"你什么意思?"

"我是说,不论哪次他上场时,他都走到自己站位的地方,然后他这样稳稳地站在那里,"史密斯站起来表演,"一只脚在这里,'嘭',然后另一只脚远远地放在这边,'嘭'。"

"上帝,你说得没错。你觉得他是在让自己变得……更庞大——"

"更像山岳——"

"像个三角形!上帝啊,他看上去就是个三角对不对?也许是因为他长的样子,你觉得是这样吗?大家都觉得他长得——"

"像石头一样?"

"怪石嶙峋!"

"向人山致敬!把瓶子给我。"

"给。"

"干杯!"

"干杯!"

"忒尔皮也演得很好,这是自然的。"

她的确是。在成功确立起自己年轻、纯洁又高尚的形象之后,她现在开始在这幅严肃的洁白表面上描绘起了初恋纯真的悸动、初恋的担忧、初恋的起伏,初恋那完全不设防的情感骚动。冷静的玛西亚是如此温柔自然地失去了对自己的控制,观众会完全忘记这层新的幻象是画在前一块怎样的幻象上的。

"但是?"赛普蒂默斯说,"我觉得有个'但是'要来了。"

"你的塞姆普罗尼乌斯不行。他表现不出任何热情。每次他一说话就冷场了。"

艾迪生构思这出戏的重点就在加图身边要有两个同样重要的角色。不是这位政治家的两个儿子,当这位伟大的罗马政治家在乌提卡[1]等待暴

---

[1] 突尼斯北部城市,最初为迦太基城市,在迦太基败于罗马之后成为罗马在北非的重要城市。

君尤利西斯·恺撒来扑灭自由最后一点火光时，他们只是在上演一点浪漫的小情节，表现一下冷静和冲动头脑之间的对比。这出戏的情节是靠另外两个人物的冲突展开的。在加图的这边是非洲王子朱巴，一个想成为罗马人的野蛮人，而在加图另一边的是他名义上的盟友，阴险的议员塞姆普罗尼乌斯，一个行事如同野蛮人的罗马人。塞姆普罗尼乌斯试图掩盖他的邪恶，但邪恶仍然在他过分和野蛮的语言里表现了出来。当他最后计划装扮成朱巴绑架并强奸玛西亚时，他的邪恶毫无遮掩地显示了出来。当第四幕里假朱巴遭遇了真朱巴，二人相斗而后塞姆普罗尼乌斯被杀之时，这场决斗点明了这出戏的寓意：文明美德的根基在于意志和灵魂，而不是血统。这些品德是人想做到的，是由人自由选择的。皮肤并不决定品格。任何人都能成为"罗马人"。任何关心自由的人都可以成为伟大的加图的继承人。当然，对艾迪生先生来说，尤其是作为当今世界自由帝国公民们的英国人更应当如此。但他给的启示更为广大，并不局限于某一个国家。不幸的是，那位必须扮演这一对比中一方的那位绅士，那位必须令人信服地表演出在这位议员皮肤下蠕动着暴怒的人——是菲利普家的一位乡下叔叔，他连一点点这个样子都演不出来。

"行了，他没有那么糟。"赛普蒂默斯抗议说。

"行了，他是，他就是这么糟。而且你也清楚。"

"他五音步诗念得一点错都没有——这一点是你一直强调的。"

"他是这样没错，他念的时候还用拇指在他的马甲上悠闲地打拍子，为了保证不出错。他还是个无比和蔼的人，舞台上随便谁说话时他笑着看我们的样子就可以证明。但在美德面具之下的那个恶毒的浪荡子去哪里了？他说话不像塞姆普罗尼乌斯，行动不像他，甚至（我确定）想都没有想过他。你是怎么想的，会选他演坏人？那天你是发晕了吗？忧郁发作了吗？"

"他年纪合适，"赛普蒂默斯从自己鼻尖上抹掉一滴汗水，为自己辩护说，"他年纪合适。他站得很直。他说话很清晰。他很愿意。你知道吗，在你跑来开始提高大家的期待之前，我们认为这样就足够有资格出演这个角色了。"

"我没有把这件事给你弄砸了吧？"史密斯说。他突然一阵良心不安。

"永远不会！"赛普蒂默斯大喊道，"没有，没有，绝对不要这么想。很高兴能看到在你的帮助下我们能把它变成好得多的一件事。——很高兴有人给我展示那些我们在包厢里看到的效果是如何在舞台上实现的。这甚至可以说是种荣幸。"

史密斯尴尬地低下了头，但赛普蒂默斯并没有看到，因为他也在研究他苍白膝盖之间的地板。

"事实是，"赛普蒂默斯尴尬地说，"我选老菲利普还有个政治上的原因。因为他在议会的纠纷里哪边的人都不是。如果他演坏人，没人会怀疑我在试图嘲讽谁。我就不会在说任意一边是假装热爱自由，不论是总督或者德兰西。我在躲避危险。"

"但现在你把塞姆普罗尼乌斯也躲避了。他完全不在了。"

"其他人的成功表演不能带着他走吗？"

"没有坏人是不行的。——假如是为了用令人满意的冲突来完结一整条故事线，那么没有打斗戏也是不行的。你看到今天我们排练的时候是什么样子的了。他死的时候就像——就像——"

"就像个心怀感激地坐进了扶手椅里的人，因为他有点消化不良。是的，该死，就是这样。"

"他会很介意被换下来吗？"

"多半不会。他演戏只是在帮忙。我想他会很乐意只看戏。但这么说也没有任何意义，我找不到任何熟悉这个角色的人来替换他。"

"你自己演怎么样？"

"哈！"赛普蒂默斯愣了一小下（这个停顿非常短暂）大喊道，"真是个好得不得了的计划！如果总督的秘书本人来演一个臭名昭著的自由之敌，谁都找不到借口来讽刺了对吧？一个咧开大嘴咯咯怪笑，搓手不止的怪物？"

"我看你已经思考过要怎么演这个角色了嘛。但是我不确定咯咯怪笑……"

"理查德！认真点！"

"我是认真的。你记得台词——你记得所有人的台词——我也觉得你可以演得很好。你可以把塞姆普罗尼乌斯演出令人意料不到的激情。记得吗，我见过你发脾气的样子，我听过你的怒吼——你生气的样子和你平时冷静表情之间的差别是最让人震惊和害怕的。"

"哈，我谢谢你。"

史密斯叹了口气。"你知道吗，对一个演员说他能在自己身上找到点令人不快的品质并不是在侮辱他。演员这行默认的就是每个人身上什么品质都有，诀窍就在于怎么才能找到需要的那个。"

"你真的觉得我能演好？——我一刻都不相信你认真考虑过这会带来怎样的后果，你就是不论如何都想照你的设想演戏——至于如何在舞台上打斗，我和可怜的老菲利普一样一窍不通。我只会真正的剑术。"

"我可以教你！简单得很！"

"啊，上帝。我猜你知道你在做什么。把朗姆酒给我。"

等他们终于摇摇晃晃地出门走到积满雪的威廉街时，寒冷就像一扇门一样"砰"地拍在他们脸上露出来的刚刚熏蒸过的、软下来的肌肉上。没有月亮的夜空是种深得和黑色难分清的蓝色，上面刺满了星星的寒光。冷风摇晃着本来就站立不稳的两个人。史密斯压住了他的三角帽，拉起了他的围巾。赛普蒂默斯的光头上戴着一顶有很多层的护耳小帽，他笨手笨脚地把帽带扣在了下巴下面。看到他们出来了，阿基利斯拎着灯笼从对面的酒铺里走了出来。

史密斯喝了太多朗姆酒，脑子里也全是如何用木剑表演一场你来我往、上下翻飞的精彩决斗。他一开始并没有注意越来越近的摇动灯光，或者那个拿着灯笼、像父亲一样"咯吱咯吱"踏着积雪走来的、浑身包得严严实实的、又瘦又高但是头很小的人。看到他们喝醉的样子，这个人脸上写满了无可奈何。史密斯也没留意另一个紧跟着阿基利斯从同一扇门里溜出来的穿着厚衣服的黑影，这个人一出门就顺着街跑开了。昏暗的街道宛如一条走廊，昏暗的墙壁夹着灰白的地板。这个人就像影子一样，或者像一道在水中扩散的墨迹，每次轻轻落足就会越过一大片无人踩踏过的积雪。这种松弛的、像飞一样的跑法有点熟悉，还有他长长的、直直的头发。那是——带着被干扰的、被灌醉了的迟钝，史密斯认出了，或者几乎肯定他认出了——那就是在他来纽约的第一天早上偷走了他钱包的贼。

"嘿！"他大喊着开始追赶那个人，但就在那个时候，赛普蒂默斯不知怎么笨手笨手地挤了过来，他的脚正插在史密斯两脚之中，结果史密斯不但没能飞跑着追出去，反倒脸朝下飞扑了出去，随着雪花四溅的一声闷响，他整个人都趴在了雪地上。赛普蒂默斯和阿基利斯都一脸关心地围了上去。

"拦住他！"史密斯吐了口雪沫子说。

"谁？"赛普蒂默斯问。

"他！他！"史密斯试图在他们的腿缝里指出方向，但那个人早就没影了，"他偷了——"

"什么？"赛普蒂默斯问。他们扶史密斯站了起来。

"我的钱。有些钱。从我这偷的。"

"那可真糟。什么时候？最近？"

"不是，我刚到的时候。"

"哦，哎，我敢说钱早就没了。"

"可你肯定看清楚了他长什么样，"史密斯镇定了一下对阿基利斯说，"他就在你背后。"

"没有。"阿基利斯说。

"我谁都没看到，"赛普蒂默斯说，"你看到了吗，老伙计？"

"没有。"阿基利斯说。

"但他就在那,"史密斯说,"你肯定见到他了。他和你一起出来的。他就落后你一步。"

"没有。"阿基利斯说。

"其实,"史密斯慢慢地说,磕磕绊绊地搜寻着自己对前一分钟的记忆,"你和他在一起,对不对?在一起,你们是不是?我肯定你们在。"

"没有。"阿基利斯说。

"行了,说他是谁?"

史密斯开始往前靠,一脸坚持地贴到了阿基利斯的面前。但赛普蒂默斯伸手拦住了他。

"理查德,住手。"他说。

赛普蒂默斯的声音不是很清晰,但他的手臂要做什么明确无比。他朝史密斯微笑了,阿基利斯也一起笑了起来。两人脸上都是友善的微笑、鼓励的微笑,但他们微笑里的居高临下,还有耐心的自信,确信自己此时掌握了局势的主动权,这都让史密斯大吃了一惊。因为这出戏和赛普蒂默斯对他的恭顺,史密斯已经习惯了把自己当成了更有权威的那个人。他突然感到一阵惊恐的颤抖。

赛普蒂默斯伸出了另一只戴着手套的手,两只手一起开始漫不经心地刷打着结在史密斯羊毛大衣前襟上的雪块。

"你必须得承认我也清楚我自己是做什么的,"赛普蒂默斯友善地说,"我向你保证,那边绝对没有任何人。绝对没有任何你想和他说话的人,你看见了吗?绝对没有任何你见了有什么好处的人。这点你得相信我。好了,理查德。行了,你这个会说服人的家伙,你跟我都喝多了,我还同意做了一件我到早上就会后悔的事情。再说,毫无疑问的是——"他的"是"带着舌头乱颤的簌簌声,"——到了该说再见的时候了。不用再说什么别的东西让复杂的生活变得更加复杂了,你不觉得吗?"

"你们俩都应该上床睡觉了,这肯定没错,"阿基利斯说,"今天晚上的霜不是闹着玩的。"

"你看！再见！晚安！"

赛普蒂默斯在史密斯的脸颊上来了一个干脆、干燥的人形陶罐之吻，随手把胳膊搭在阿基利斯的肩上，不回头地由他把自己扶走了。史密斯站在寂静的街道上发抖，街上中间高两边低的结实积雪已经堆到了两侧冰冷的砖墙上，路旁不多的几扇亮着的窗户里透出来的光就像即将熄灭的余烬一样，深嵌在不知多少层冰之后，无法触及。的确是到了该走的时间了。史密斯高一脚低一脚地朝李太太家走去，路上一个人也没遇到。在他走路时，他的想法发生了一场缓慢又混乱的剧变，他思想宇宙里的行星缓慢地磨蹭到了新的相对位置，透过这样得到的新视角他有了新的怀疑。他开始思考起一些也许他早就该考虑的问题，那就是一个替总督搜集情报的人——其实亨德里克已经尽可能直接地向他暗示过这就是赛普蒂默斯的工作了——要做的可不只是坐在咖啡馆里听人聊天，纽约城里争斗的各方相互敌对的计划里可能还有他没有注意到的细节，赛普蒂默斯和阿基利斯这对擅长用剑还会靠绳子在屋顶之间穿梭的组合，也许还肩负着他根本没有猜到的任务。

## III

史密斯先生一站上舞台就像变了一个人，他身上的冲动都不见了。不论他行动是快是慢，他的动作都是刻意的，仿佛是举行仪式一般，举止优雅得不带一点个人情感。随着忒尔皮的小刷头一英寸一英寸地像小舌头一样舔过他的脸，铅白粉也给他的脸带来了类似的变化。史密斯焦糖色的雀斑不见了，雀斑下容易变色的皮肤不见了，灵活的眉毛不见了，还有他眼角随着大笑或者惊讶会皱起的纹路也不见了，代替它们的是忒尔皮在他额头更高处画出的男主角纤细弯曲的理想眉线。忒尔皮没有给史密斯点美人痣[1]，因为朱巴不是个爱慕虚荣的人。她在他涂白了的嘴唇之上用深红油彩画了一张更小的嘴。用力刷，用力捆，再扑上厚厚的粉，史密斯红棕色的乱发变成了整洁、发白的棕色发式，像个挂着糖霜的椰枣。他的脸变成了一张有表现力的面具，随时准备好展示出经过选择的、他想表达的情感——当然，扮演一位白化的非洲王子本来也不会要求表现出多少的自然真相。

全纽约城只有忒尔皮才有一套完整的戏剧化妆工具，所以在等待表演开始时由她来给所有人化妆，那天是12月15日，圣灵降临节[2]第三周的周一。赛普蒂默斯保证付钱给忒尔皮，让她去补满存货，于是她在化妆时毫不吝啬。她搬了张凳子轮流坐在每一位演员面前，用她青金石色的眼睛专心地注视着自己正在勾勒的效果。当她用刷子触摸演员们的脸时，她本人的舌头则在舔着自己的牙齿。忒尔皮给扮演塞姆普罗尼乌斯的赛普蒂默斯画上了参差的皱纹和下垂的腮帮子，这是表示人物上了年纪的常用画法，还在脸上抹上几道模糊的胭脂印来象征他的暴躁。她给演加图的伦诺克斯画上了更粗的眉毛，还在嘴角加了几道表示坚毅的纹路。她最后才对着赛普蒂默斯举起的镜子给自己化了妆，涂上了一张弗洛拉一样的面具，从玫瑰色的红唇到少女精致的眉毛和睫毛都一样，只是她没在自己脸颊上刷上几笔淡淡的胭脂，毕竟玛西亚是个比露西亚更冷静的角色。在演员化妆时，他们一直能听见观众们入场的说话声和椅子拖在地上的声音——观众们都按照要求从家里带来了椅子。因为这里没有可以拉起来的幕布或者可以躲藏的侧厅，演员都等在剧场的小储物间里。等到了开场的时候，他们只能直接从储物间的门走到唯一的布景前光秃秃的地板上，面对突然像海浪一样抬起的好奇面孔，还有那一排在舞台边缘的锡杯里燃烧的蜡

---

1　这是一种起源于16世纪法国，然后一直延续到18世纪的欧洲妆容，在脸上画上黑点或者诸如星星等形状来凸显人的容貌或者遮盖疤痕。通常点上美人痣就意味着这是个爱慕虚荣的人。
2　基督教的宗教节日，又叫五旬节，从圣诞节前四周的周日开始一直到圣诞节为止。

烛。他们必须要小心不能把蜡烛踢翻了。

史密斯第一个出场，只有他一个人，他要朗诵蒲柏先生写的开场白，传统上这就是由扮演朱巴的演员负责的。史密斯踱步走到了舞台正中看向观众。在普通的剧场这只是一个姿态而已，演员对准的是舞台脚灯之外的黑暗中一个假想的点而已，但在这里，史密斯是真真切切地在观察。暗淡的冬日光线正照亮着整个房间，一切都还可以分清。在下面，在那些低声说话，一起呼吸，用他们共同的呼吸互相温暖的人群里几乎坐着他到了纽约之后所见过的每一个人：总督和他府里的人，汤姆林森少校和他的军官兄弟们，议员们和他们的家人，德兰西和听命于他的大人物们，三一教堂的教堂牧师，坐成一排的范隆家和洛弗尔家的人，人群中塔比莎消瘦的脸显得愈发憔悴，商人咖啡馆里喝咖啡的常客们也来了——在越来越靠后的地方坐在板凳和条凳上，甚至只能站着的是纽约城的中下层居民们，里面就有李太太，跑堂的昆汀，在教皇节那天晚上要杀了史密斯的那个屠夫，还有一群在吃坚果的学徒，甚至（紧靠着后墙）还站了一排纽约城的奴隶。仅仅只过了六周，这群人就快要和他变得半熟了。然而史密斯把自己变成了他们面前的陌生人。他小声地开始了，仿佛他在自言自语一样，仿佛这些台词是他边说边想出来的一样，为了听得更清楚，所有的观众都不由自主地向前倾着身子，尽管史密斯的声音其实很轻松地就传到了房间的最尽头。接下来，让观众对自己有信心之后，他们面前这位涂着白脸的小丑一边大声感叹着悲剧那臭名昭著的力量——哪怕是最硬的心肠都不能抵抗，最没有价值的悲剧，还有仅仅是重演了人类不幸的悲剧都可以打动人——一边开始走动了。史密斯的论证伴随着越来越庄重，越来越明显，越来越正式的姿势，他说话的节奏越来越快，就像一条在着迷地盯着谷仓里的小鸡，在它们面前左右摇摆的白蛇。突然，史密斯摆出了一个演说家的雕塑一般充满雄辩的造型，用号角般洪亮的声音说出了他论证的转折点。

> 这里，眼泪将为更重要的事业飞坠，
> 这是爱国者为垂死的律法所流的泪：
> 他让你们的胸膛随着古老的热情挺起，
> 从英国人的眼中召唤出罗马人的泪滴！

史密斯用演说家的激昂朗诵完了剩下的开场白。他掌握住了观众们。他们的眼睛紧随着他，一副被深深吸引的样子，看着他在台上踱步，转身，赞颂着他们即将要看到的伟大的加图。"有谁能见到他的举止，"他大喊道，"而不嫉妒他的每一个行动？有谁能听到他呻吟，"他呻吟道，"又不希望是自己在流血？"史密斯感觉不到自己面前的人群有一丝不情愿和迟疑。当演员面对一群不想被感动的、必须要克服他们的偏好，一点点地、温柔地触动他们的观众时，他就会感受到这样的情绪。可这些观众想被感动，他们毫不反抗，反倒撒脚狂奔，肆意飞速地滑落到激烈的感情里。于是，和史密斯在伦敦舞台上的表演相比，他今天或许更粗暴地在驱赶着他的观众——再说了，在伦敦他还从来没有出名到可以演主角。这些观众是可以说服的，于是史密斯就说服了他们。这些观众想感受情感的冲击，于是史密斯就尽自己所能地满足他们。

史密斯营造的效果不光持续过了下面那场——说实话，相当乏味的说明性一幕，在这幕戏里加图的两个儿子贴心地说明了这出戏的政治背景，开场白的效果还推动着整部戏安全地进入了后面的精彩部分。观众们喜欢那两位姑娘，不论是露西亚对爱情明快、兴奋的辩护还是玛西亚对爱情严厉的否认他们都喜欢。他们非但没有嘲笑忒尔皮，反而痴迷地听着她说话。观众也认可了朱巴，在朱巴解释文明的美德不光不会让他变成温室里的娘娘腔，而是还会给他的男子气概盖上自制力的印章之时，他们庄重地点头同意。每当艾迪生让加图发表一段充满反抗精神的讲演之时，观众都为他鼓掌，而照伦诺克斯少尉双脚分立，握拳敲击着胸膛，大声吼着台词的演法，那基本上就是每次他一开口就有掌声。"现在不是空谈任何东西的时候,只有枷锁还是征服,自由或是死亡!"雷鸣般的掌声在剧场里响起。

  但他们恨死了塞姆普罗尼乌斯。史密斯只有时间给赛普蒂默斯讲解一次这个角色,他们两人都同意赛普蒂默斯应该把这位叛徒议员演成一个典型的伪君子,朝向这一面是微笑,转到另一面就用独白吐露出他的乖戾。但在赛普蒂默斯第一次出场时,他刚宣布自己是加图和美德的秘密敌人,观众们就像嘘童话剧里的坏人一样冲他喝起了倒彩。赛普蒂默斯表现出一阵不快和迟疑之后,同时还责怪地瞥了眼史密斯,但他决定就朝这个方向表演。他越来越享受这种浮夸的表演,他自己变得越来越像童话剧里的夸张角色,走路偷偷摸摸,一脸嘲讽,眼睛眨个不停,还咯咯怪笑着。他把独白变成了直接羞辱观众的演讲,还在念独白时鼓励着、怂恿着观众恨上他。赛普蒂默斯把观众们的恨意引了出来,还勾引出了更多他们平时不显露的憎恨。"我会把这一切都怪到你身上。"他们在储藏室门口擦身而过时,赛普蒂默斯对史密斯说。"那就别这么享受了。"史密斯低声回复他。史密斯觉得赛普蒂默斯尤其享受表演塞姆普罗尼乌斯那段虚伪至极的自由颂歌,然后等着纽约的人们来奚落他。"一天、一个小时高洁的自由都胜过在枷锁中度过的永恒"——赛普蒂默斯把头感动地偏向一边。嘘声如雷。史密斯原本期望当塞姆普罗尼乌斯下令处死自己手下的反抗军时,观众们至少会有点灵魂的冲击和不适——就是当塞姆普罗尼乌斯下令这些士兵要在"肢刑架上被拉断骨头,然后趁他们还活着,把他们钉在尖桩上,留他们在血腥的尖桩上蠕动"的时候——然而那是不可能的。等到了这一场时,塞姆普罗尼乌斯已经不可动摇的是邪恶的化身了,观众们可以舒心地谴责他的一切野蛮行为,而不用想到自己身上的任何罪孽。观众们继续看着,嘶吼着。塔比莎没有发出嘘声。她现在看起来没有那么哀怨了,尽管她不情愿,但现场的热情还是感染了她,她现在坐得直直地、着迷地、乐在其中地盯着周围那些嘶吼的脸和舞台。史密斯肯定她发现了这一幕里的讽刺。

到了塞姆普罗尼乌斯和朱巴决斗时，赛普蒂默斯和史密斯来回周旋，上演了一整套夸张的来回格挡，剑碰得砰砰响。他们两个还双剑相交，鼻子贴着鼻子僵持在一起。排练时赛普蒂默斯还拒绝了史密斯的建议，他不愿意跳到空中同时让史密斯的木剑在他脚下扫过。荒谬，他当时说的是，太容易出错了。但现在，赛普蒂默斯被扮演恶人的快感冲昏了头，他打得过分投入，甚至有点令人害怕，他一剑把一根蜡烛挑进了第一排，幸好那里有人给接住了。赛普蒂默斯刺破自己戏服下装着猪血的猪尿泡，在鲜血喷涌中死去了。然后他又用胳膊肘支撑着自己，挑起他画出来的眉毛，发表了一通睿智得过头的遗言，然后再次在流血中死去。现场观众阵阵欢呼。

忒尔皮的演技的确值得赞扬。过了一会，玛西亚发现了塞姆普罗尼乌斯扮成朱巴的尸体，错以为死的是朱巴，她成功地将观众重新带入到严肃情绪中。从戏一开始，忒尔皮一直保持着优雅的步态，她的胳膊动起来就像是大理石雕像活过来了一样——可现在她在抽搐着、颤抖着，睁大了眼睛，啃咬着手指。观众安静了下来，盯着她，同情着她。"啊，他全身都是爱心和魅力。"她如此哀叹道。她看起来就像是在为安东尼痛哭的伟大的克里奥帕特拉，而不是艾迪生对这位女王平淡无奇的模仿。忒尔皮让剧场里的人感觉到对被挥霍了的爱、对被错放的爱、对被忽略的爱和不幸的爱的颤动的怜悯。接着朱巴又出现了，一切问题都烟消云散了。"哈，幸运的错误！哈，幸福的玛西亚！"更多友善的欢呼声，更多主动进入剧情和松了一口气的欢呼声。观众对最后一幕的反应里也满是这种认真和剧情互动的主动。最后一幕是一组阴郁的画面，先是加图的长子英勇地躺在血泊中被送到了他父亲面前，然后是加图自己，在罗马的自由之光最终熄灭之际，他毅然自尽。鸦雀无声。叹息。抽泣！靠在储藏室的门上，史密斯惊讶地发现整个剧场都在毫不掩饰地哭泣。到处都是湿润的眼睛。后排那个屠夫用他的大拳头堵着自己的嘴，一对从弗吉尼亚来游玩的绅士在擤鼻子，连德兰西都在用手指擦着一边的眼睛。

当全体演员列队谢幕（尽管台上并没有幕布）时，掌声如同雷鸣，经久不息，特别是在加图、朱巴、玛西亚还有塞姆普罗尼乌斯谢幕时掌声尤其热烈（塞姆普罗尼乌斯那还有嘘声）。他们大获成功。

  演员们一起在黑马酒馆吃了晚饭。他们盛了一满杯又一满杯庆贺的果酒，还有人拿出了一瓶真正的香槟，汤姆林森少校靠在忒尔皮的肩头，脸又红又肿像个骄傲的番茄一样，连弗洛拉都忘记了不给史密斯笑脸，大家敬了一杯又一杯。在那之后，史密斯和赛普蒂默斯又坐到了威廉街浴室的蒸汽里，不出声地大笑着。但是他们之间除了欢喜也有点压抑。赛普蒂默斯开始体会到狂喜令人不安的后果了。史密斯担心他们的友谊能不能够抵挡得住。

  "那种感觉！"赛普蒂默斯说，"它真是不寻常，是不是？"

  "是的。"

  "就像你同时在和一整群人亲密地交谈，就像你可以把他们所有人当作一头动物来抚摸、拉扯、搔挠和鞭打……"

  "就像所有人的血液在一起循环流动。是的。"

  "而且你能感受到他们，他们也能感受到你。可他们感受到的你又不全是你——你知道的，不是简单的你，真实的你——而是一个他们构想出来的你。"

  "你真的把那个角色演疯了，今天晚上。"

  "我从来没有感到过类似的冲动。"

  "我们第一次见面时，你还因为'看起来像'的力量好好训了我一通，你说它是不可信的。"

  "没错，我猜我是说过。但那是相对于存在的'看起来像'，是下面隐藏着真正自然生命的'看起来像'。表演却是向里挖掘进存在的'看起来像'。这是胜过自然的巧技。它不是谎言，是种变化！"

  "赛普蒂默斯……"

"我好奇,他们明天会让我脱下塞姆普罗尼乌斯这个身份吗?当他们和我说话时会不会永远看到一点他?永远在嘘他?"

通常情况下,史密斯会向他保证,一出戏就是一出戏而已。那些把城里的剧场坐得满满的人群应该有足够的见识来分清演员和角色。可现在史密斯对纽约的秉性已经了解得够深了,他反而不敢确定在这里也一定是一样的。

"赛普蒂默斯,那天晚上——那个偷了我钱包跑得飞快的影子。如果我没有误会你的意思——"

赛普蒂默斯叹了口气。"如果你没有误会我的意思,你就不会问这样的问题了。你看到了些你不应该见的东西。我请你相信我。这件事我们不能就这么算了吗?"

"问题是,"史密斯执意要说,"我这么问是有特别的原因的。不是因为钱。包里有张纸——"

"别说了!"赛普蒂默斯大吼了一声,生气地站了起来,瘦削的身体像牛奶一样白,"我不会和你讨论这个问题了。那不是你该管的事情。当我告诉你在这事情上有些事你不知道,这样才就不会伤害你时,你必须相信我。上帝知道,你也没少要求我相信你。"

史密斯盯着他。

"不管怎么样,"赛普蒂默斯放松语气说,"我得走了。阿基利斯还在等我。你知道,我们俩可以一起去的地方没几个。我们只能私下里举行我们的庆祝。我圣诞之前会再见你的。你到时候还在这里吧?"

"我肯定在。还得等我的票据兑现。"

"啊,对。好,我到那时就该回来了。我明天必须得去上游,要尽力让等在那里的军队感觉好一点,但我二十二号或者二十三号就回来了。晚安,我亲爱的。今天晚上既崇高又愚蠢,为此我得感谢你。"

陶瓷人一样的笑一闪而过,赛普蒂默斯就离开了,只剩下史密斯一个人坐在蒸汽里。史密斯能听到他在隔壁穿衣服扣鞋子的声音,接下来更远的地方门开了又关了,然后就再也没有任何声音了。

忧郁而孤独的史密斯以为自己应该是浴室里最后的客人了。但他发现自己并不急着从这里换到外面街道上更寒冷的孤独中,或者换到李太太家的房间里——那里已经有点像家了,甚至还有点舒适的避难所的感觉。自从他入狱时开始,冬天的风似乎就刮穿了它想穿透的每一栋纽约的房屋。他又从桶里舀了一瓢水浇到炉子上,随着一阵噼啪作响的咝咝声,水马上就沸腾成了蒸汽,变成了从铺着木板的屋顶降下来的一阵浓密的灰色雾气,雾气先灼烧着,冲击着史密斯的毛孔,在他的皮肤上拖出了一层新的汗珠,然后更悠闲地卷曲飘浮起来,变成了灯笼周围光亮的水气,变成了悬浮的螺旋和卷须。史密斯连一英尺之外的东西都看不清,但他不在意。他在心里看到了舞台上的演出,还有当观众们扛着椅子离开时他靠在储藏室门口看到的场景。忒尔皮在忙着用一块蘸了醋的抹布擦掉她脸上的油彩,隔着她的肩头,穿过门框,在那些正在离开的人影中,史密斯看到了塔比莎站在那犹豫的样子,她周围的家人都在不耐烦地催她赶快走,但她却留在那里,带着困惑的表情看着空空的舞台,仿佛她发现了自己心中还有别的什么事情需要说一样,一件令她吃惊的事。她就是个怪物,史密斯提醒自己说。她有很大的问题。但印在他脑海里的画面却一直挥之不去,他闭上眼睛依旧能看见。汗水流淌了下来。滚烫的炉子噼啪爆响。联想的力量是如此的强大,当他听到了脚步声和女人说话的声音,然后惊讶地睁开眼时,他甚至以为站在那里的会是塔比莎。然而并不是。站在那里的是忒尔皮·汤姆林森,她只有他的肩膀那么高,但像夏娃一样一丝不挂,就那么靠在门框上,等着史密斯来欣赏她。

"我很久都没演过纯真少女了,"她说,"我想说的是,谢谢哩[1]。"原来清晰的舞台口音之下不是平平的,慢吞吞的埃塞克斯腔,而是英格兰

---

[1] 原文 thankee,即"谢谢你"。——编注

西部某地温暖的颤音。或许这也只是另外一种演戏用的声音：一位选出来献殷勤的友善挤奶女工。

浑身赤裸，被蒸汽稍微烫过的汤姆林森夫人全身都是粉红的曲线。凝脂般的皮肤被热气熏得皱起来，熏得深浅不一，被热气搅动抽打成一片片灵活的红疹和红斑。她壮观的双峰没有遮盖也没有支撑，摊开来比胸腔还宽。沉甸甸的肥美双乳垂下来朝前伸着，乳房红晕的中心是覆盆子颜色，拇指粗细的肥大乳头。她丰硕的臀部从纤细的腰身延展而下，就像里拉琴一样。她臀部往外挺着，把本就是极限的丰满变得更加夸张。她的小腹往下在肚脐的位置有一道棕粉色的褶皱，然后又向外凸起，往下延伸出另一座矮小一点的山丘，再往下还有一座小丘，那里有峡谷还有棕红色的双唇，旁边绞结着有弹性的毛发，蒸汽凝结在上面然后滴落下来——描述一个诱惑的女人而又不提起地理学实在是太难了！或者是不提起谷仓，或者是不提起果盆里的佳果。就好像只考虑肉体本身，袒露的脆弱的"肉中的肉"[1]还不够，好像我们不用比喻就无法说明它的力量。我并不想写故事的这个部分，所以我在含糊其词地拖延。——忒尔皮脸上庄重的美似乎和她身体的丰腴相矛盾，然而两者都是真实的她。其实这两者毫不矛盾，就像一个人碰巧拥有的不论哪两种品质一样：矛盾只存在于旁观者的期望中，他认为完整女性应该服从自己单一的印象。这样的人在发现女性和自己的印象不符时，如果他已经沦为下半身的奴隶，就会选择把这种双重印象看作额外的刺激。至于岁月在忒尔皮夫人身上留下的痕迹，让我们像画家一样描绘吧。让我们说，她身上美丽的线条已经随着时间动摇了，偏移了，或者变粗了，这是无可抵赖的。在过去曾经是一条河流完美地曲折蜿蜒的地方，现在是一片河网交错的三角洲。然而，模糊了的美丽依旧是美丽。

看着忒尔皮给他展示的一切，看着她自信的微笑，史密斯一开始感

---

[1] 此处作者是在化用《圣经·创世记》第2章第23节亚当对夏娃说的"那人说，这是我骨中的骨，肉中的肉"。

到的是一阵挫败。眼前的场景不是他谋划来的。这个场景根本就和他那时所疲惫地渴望着的东西截然相反。他马上就预见到了失望和尴尬的场面——如果他说了——或者麻烦和纠缠的未来,如果他说了"好"。当然还会是种背叛。但背叛了什么,说真的?在短短的一秒之后,史密斯直到刚才都还在思考、渴望和梦想的东西和忒尔皮正在奉送给他的丰富的必然相比显得有点变态,有点不值一提,它成了一种些微、微薄、几乎不值一提的不可能之物。就好像,如果继续忠诚——甚至是考虑要继续忠诚——于他真实的爱情,就像是选了一团鬼火,一嘴空无一物的发酸的空气,却放弃了一张可以亲吻的嘴,一具自愿打开的肉体,一具至少可以在它身上找到在这世界上有个家的感觉的肉体。史密斯喜欢做出选择。他喜欢做出选择,他是个要自己说了算的人。他最后一次能那么做是什么时候了?他受够了等待不是他自己做的选择的结果了。在他盯着看时,时间流逝了——按照各种外在的计算来看,没有很久,但足够长到被人感觉到,尤其是当这样的奉献没有收到任何反应的时候——史密斯注意到了他之前因为太过惊讶而忽视的东西,尽管忒尔皮在微笑,但她青金石色的眼睛里却颤动着焦虑,每过一秒就颤动得更厉害。虽然他很确定她曾像这样有计划地征服了不少男人,但是,他意识到,离她上一次这么做恐怕已经有一段时间了。也许她心中很不自信,不确定这样的视觉冲击在她四十六岁时是不是还有效果。史密斯突然在忒尔皮的勇敢里看到了一种风骚的勇气,这和他走进纽约的每一间房间时所鼓起的有意识的无耻相隔并不远。她是不知羞耻的。他也是。

史密斯咧嘴笑了。"他让你们的胸膛随着古老的热情挺起。"他说。

"你可以把那玩意直接塞进你的屁眼里,史密斯先生。"忒尔皮用玛西亚那冷静、纯洁的细嗓门说。

"哈,我想我更愿意——"

"也许晚点你有机会,如果你是个好男孩。"

她摇摆着走进了蒸汽房,隔着一英尺远,隔着六英寸远,然后走进了他伸出来的手里。他握着她壮观的臀部。她潮湿发红的皮肤是温暖的，也非常结实。他轻轻地，试验一样在她一个硕大乳头周围起伏不平的暗粉色皮肤上吹了吹气。乳头紧绷胀大了。她颤抖了。

"我猜你不会一直待在这里？"她说。

"不会。"史密斯说。

"我们一起有很多可以做的。"

"我不能。"

"很多东西。真正的戏剧。不是活人造型这种无聊的东西。"

"我真的不行。"

"好吧，"她说，"那就真的没有需要小心谨慎的理由了，对吧？"

史密斯可以想出很多需要小心谨慎的理由，但他能提起的只有一个。

"少校怎么办？"他说。

"他不知道的事情自然不会伤害他。"她把手伸进了史密斯湿湿的头发里，然后他……

可为什么一直是从史密斯的角度来看呢？就因为忒尔皮在史密斯看来是他的渴望并发症的成熟、浑圆、直接的解药，这一幕从忒尔皮的角度看过去就一定也同样简单吗？难道不是她在冒更大的风险吗？难道她就不用把谨慎、悲伤、希望、恐惧和忠诚放到一边才能允许自己变成蒸汽室里这个丰满主动的塞壬女妖吗？我们难道还没够史密斯先生的欲望，看够了他眼中的汤姆林森夫人吗？难道我们不应该至少稍微关注一下忒尔皮眼中的史密斯？他像个长了雀斑的萨梯里[1]一样斜靠在木头长凳上，现在忒尔皮的礼物已经不再让人惊讶了，他就摆出年轻人懒惰的理所应当的表情朝她咧嘴笑着。他的身体基本上已经完全长开了，但手脚看起来还是太长，膝盖和胳膊肘的骨节仍然给他一种没褪尽的小马驹的笨拙感。他的胸口有一层汗水，他的卷发成了显眼的黑色螺旋，发梢

---

[1] 希腊神话中酒神狄奥尼索斯的追随者，通常被描绘为阳物勃起的半人半兽样子，一般被视为欲望的象征。

还带着水珠。他眼睛周围最后一点没有擦干净的油彩给他的目光涂上了一圈黑色的邪恶。他张大了嘴笑着,他的阳具软软地垂着?不,再也不是软塌塌的了。它正在昂扬,因为她用双手抓住了它,这让她和他都很享受。

读者可以自由想象他们偶尔在欲望或者耐受力上的不协调,这是他们年龄差异的结果,在后面发生的事情里有时也是其他差异的结果:二十四岁的毛糙和四十六岁的耐心之间的差异;二十四岁的直接和四十六岁的老练之间的差异;二十四岁的肌肉和四十六岁的腰疼之间的差异。读者可以自由想象,当忒尔皮跪在长凳上摆出"后入式"[1]的时候——她是从一位法国绅士那里学会的这个专业词汇的,意思就是把你的屁股翘起来——年轻爱人在她身体里又深又湿的抽插并不能完全抵消她膝盖上的皮肤在木条之间摩擦的刺痛。然而他们俩却成功地为自己营造了一个可以沉浸其中的感官世界,在这个世界还继续时,就算它看起来不是个在更广大的世界里可以依赖的家,至少也是个小世界,有那么一会在它之外的一切都不重要了。不过,他们同时到达了,就算不是极乐,也是那种最接近极乐的令人融化的抽搐,在那里感激和对彼此的贪恋就是你能用来装饰这个令人安心的地方的一切。

她在浴室里要了他一次,和他一起低声细语地偷偷爬上李太太家的楼梯到了他的卧室以后,她又在床上要了他一次。她那天晚上就和他睡在一起。在周二早上积雪反射的灰白天光里,她先醒了过来。她发现上了年纪的代价之一就是贪婪之后的酸痛,但她还不愿意让冒险就此结束,让后果甚至悔恨的统治现在就开始,她又用嘴让他兴奋了起来。等他也醒过来之后,她惬意地爬到他身上整个人趴了下来,用她的嘴肆意逗弄着年轻的肉体之树,而他则忙着吮舐湿透了的粉红褶皱。

不幸的是,就在这时,弗洛拉把两人发出的呻吟声当作了她进门的

---

[1] 原文为法文。

邀请,手里拿着一封塔比莎逼她送来的信走了进来。迷茫、惊讶、好奇,她平静温和的脸上生出了一种恶毒的狂喜。她扔下信跑了。

六

致
理查德·史密斯先生的一封信
百老汇大街,李太太家

金山街，周一晚

史密斯——虽然看起来有点无礼，但在我心里这是称呼你最容易的名字——我不习惯有人友善地对我。刻薄的人会说毫无疑问那是因为我保证了自己没有什么机会去习惯它，因为我总是先一步表现出自己的恶毒。我甚至发现仔细关注任何表示出温柔和亲切想法的迹象都很困难，因为我的头脑会飞速直冲到摩擦和矛盾中。对我来说，注意到别人对我的友善就像是听到非常轻微的声音一样。可你却一次次地重复了那轻轻的声音，直到最后连我都注意到了。我讽刺过你，取笑过你，讥笑过你，欺骗过你，还尽我所能地陷害了你：尽管有过这一切可悲的嘲讽，你回应我的却只有"你希望我一切都好"这个耐心的想法。你觉得我不是一个只会抑制不住想惹人生厌的人。我不知道要拿你表现出来的善意——这种毫无来由的对我的好评——怎么办。既然我们开始说实话了，我一点也不确定我喜欢这样的友善。它让我觉得危险，它好像在邀请我去一个空无一物的地方，在那里我可能找不到任何可以滋养我的东西。十分之九的我，甚至是百分之九十九的我都想再次开始嘲讽，想为了保护自己把它像虫子一样碾碎。然而似乎出于尊重对你的善意，或者也是给我自己一点希望，我应该问问看那余下的十分之一，或者百分之一的我想要的是什么。今天我看了你演的朱巴，你演得好极了。不过艾迪生比不得莎士比亚，所以我觉得你是试图站在低矮的天花板下挺起身来。不过这不重要，我又不是想当戏剧评论家。我对自己说，玛西亚真是个傻瓜，她居然要周围的环境狠狠地踢她这么多脚才能明白自己对朱巴的感情。

如果她尊重自己的独立人格,自愿冒一点和她爱人承担的风险相比小得多的危险,这早以足够触动她,让她审视自己的心灵了。如果我能从你那里学会耐心,史密斯——如果我能努力然后成功地把我的老朋友刻薄扔在一旁一个小时——你愿意再来我家一次,和我一起喝个茶,然后看看我们是否可以鼓起勇气接纳什么别的新东西吗?

你无礼的 T。

# 七

**啊,智慧**[1]
12月16日
**乔治二世治下第二十年**
1746年

---

1 在基督教传统中,在圣灵降临节的最后七天,每天的晚祷都会使用一篇以"啊"开头的经文,故此这七段经文叫做"啊对经",也叫"大对经"。"啊,智慧"是大对经的第一篇。

# I

当冬日火堆里一根半埋在灰烬里的木柴突然被拨火棍敲中时,一片明亮、细密、健谈的火星马上就会醒来。阴郁的木炭发出尖细的"嘶"一声响然后裂成一片桃红和艳红的马赛克,这明暗变化的脉动在火堆表面向四面八方飞速传开,快得眼睛根本追不上。当史密斯不光彩的风流事被突然投进纽约城里时,情况就与此非常类似。

就在几个小时之内,那个英国演员和有名的汤姆林森夫人一起肆意放纵被人撞破的消息就传遍了从要塞到拉特格斯农场,从结冰的东河到哈德逊河铁黑的浪头之间的每个地方,从这个人的嘴里传到下一个人的耳朵里再从他口里传开。这件事之所以会传播得如此之快,这还要归功于它可以很轻易地就翻译成几种版本,讨不同想法的人的喜欢,每一种都同样令人满意也同样充满破坏力。说教的:一个下流的戏子被人发现和另一个搞上了,一个老得能当他妈的娼妇,毫无疑问,就是他们目无上帝地假扮他人的行径,让他们不顾一切自然的限制;爱国的:英格兰就是一口肮脏的大锅,一个刚刚从那边来的人自然会把那里的腐败带过来;艺术的:昨天晚上朱巴和玛西亚表现出来的激情原来是真的,对昨天剧场里任何一位有眼力的人来说,这都没有什么好惊讶的,其实当时在那你就能看出空气里有点什么;嫉妒的:那么多人都想上手的忒尔皮居然被那个伦敦来的小崽子得手了;另外一种嫉妒的:他是个帅小伙,一个小青年从一位友善的寡妇那里或者谨慎地从一位太太那里学一两招是理所应当的,但他脑子一定有问题,居然愿意跟那个婊子学;政治的:那个新来的有钱小子,他之前似乎一直在两边摇摆不定的,现在他公开地给总督的军官戴了绿帽子,他也就跌跌撞撞地把自己给操到议会那边去了。愉快的赞同;愉快的反对;一场冬日丑闻的大火热腾腾地,愉快地烧了起来。

至少,那些没有受到切身影响的人可以如此。最先被烧到的是忒尔皮。弗洛拉"砰"一声关上门的瞬间,她就毫不温柔地抽开身来,一脸僵硬,低声咒骂着,飞快地穿上了衣服。忒尔皮给史密斯唯一的告别就是做了个鬼脸,然后朝趴在那里用枕头盖着头呻吟的史密斯的方向狠狠地拍了拍空气让他小声点。接着她急匆匆地穿过积雪的街道,赶回圣乔治要塞的值班房里,睡在那里的汤姆林森少校还没有从昨夜的波尔图葡萄酒[1]里醒来。忒尔皮看懂了弗洛拉的脸,她难受地确定有场灾难正在袭来,她必须跑在灾难的前头,她必须叫醒自己丈夫,在其他任何人用嘲笑的声音把这个消息告诉他之前,她自己要先向他承认,她还必须要承受他的愤怒和羞辱,要试着能不能有办法让他回忆起他承诺过会理解她演员生活的不同寻常之处。当她上一出戏失败之时,他在考文特花园的剧场后门旁追求她时是这么承诺的。可那是很多年以前的事了,他们已经因为他的职务来了美洲,而那个从来没用过的承诺则积满了灰,变成了朦胧的、假想的迁就,他们俩都很乐意让它慢慢消退。她喜欢他,喜欢他友善好交际的为人,喜欢他不在意未来会没有孩子。本来男人们的眼睛在她身上遛一圈就足够了。直到那个小子,那个该死的小子出现了。忒尔皮走到要塞时深深地吸了一口气,然后做了自己必须做的事。

与此同时,史密斯决定要私底下一个人难过,他还在幻想自己没有别的麻烦要对付,只是恰好在塔比莎鼓起勇气伸手时又把她推开了。

史密斯一直躲在床上,直到他对自己裸露身躯的一阵抽动的厌恶逼

---

[1] 原产葡萄牙波尔图的添加烈酒的甜葡萄酒,一般作为餐后酒饮用。

得他起了床。然后他发现了那封信。然后他把那封信的内容，尤其是里面赞扬他耐心的话，和弗洛拉见到的他的样子两相结合，史密斯在心里重演了弗洛拉见到自己的样子，他躺在那里淫荡地窒息在忒尔皮肉体里的样子。他开始无助地大笑，又马上开始哭泣，然后一边哭一边笑。他洗了脸，穿上了衣服。但当史密斯站在那里准备好了面对世界时，一想到要重建一层有魅力的表象，还要顶着它面对包括洛弗尔一家在内的整座冰冷城市，他就突然觉得疲倦得睁不开他酸胀的双眼了。史密斯重新倒在了床上，把脸深埋进枕头里，就好像枕头会裂开然后把他吞进去一样。他跌入了冰河一般的睡眠中，里面满是慢慢盘绕在一起的晶莹暗流。他躺在凌乱的床单上打了个冷战，把双手夹到了腋下，但他还是尽可能长地紧紧抓住昏睡不放，一旦睡眠的水流要把他推到醒来面对后果的边缘，他就把自己滚回去，坠落到睡眠厚厚的冰面之下。直到冬日黄昏袭来时，史密斯才发现自己彻底醒来了，他溜出门去，想找个地方躲躲的念头吸引他一路沿着百老汇大街蹑手蹑脚地走到了三一教堂去参加晚祷。史密斯有气无力地加入总告解中，但那些话听起来都离他很远，没有任何明显的用处。当唱诗班唱起了当天的大对经，赞颂神圣的智慧"轻柔地给一切带来秩序"时，史密斯觉得自己心中又涌起了之前那种又哭又笑的冲动，他不得不咬紧衣袖直到这阵冲动过去。就这样，总的来说，史密斯向宗教寻求安慰的努力实在算不得成功。史密斯离开时，教堂牧师瞪了他一眼，但他低着头，什么都没有注意到。他回到住处的时候李太太张嘴要和他说什么，但他浑浑噩噩地挤了过去，也同样什么都没注意到。

甚至第二天早上史密斯去商人咖啡馆吃早饭时，他的幻想也没有马上被人打破。城里人变少了，意味着剩下的常客都隔得很开，这些人走进咖啡馆时都是边哈着气跺着脚边大声点单。虽然他们可能看了看史密斯，而且昆汀还扬起头用闪亮的好奇眼光看着史密斯，还没有人跨过空荡桌椅的鸿沟来找史密斯说过话。因为难过而丧失了敏锐的史密斯，点了自己平时要的面包和咖啡，甚至还时不时地玩起了逗昆汀的老把戏，用各种语言偷袭他看他能不能听懂。接着赛普蒂默斯走了进来，苍白、迅速、神情专注。

"你在这里，你这个白痴。"他说。

"我以为你走了！"史密斯兴奋地叫了起来。

"我差点就走了。他们叫我回去开幕僚会议时我几乎都骑到马背上了。"

"好啦，我非常高兴能见到你——"

"你是这么想的吗？我不是很高兴见到你，因为那个会议就是为你召开的。理查德，你惹麻烦的方式简直有规律得让人发疯。就像人给钟上发条一样，就有那么井井有条，不过这次你不是把发条钥匙插进了发条里，你是把你的鸡巴插进了忒尔皮的身体里。"

"啊，你知道那件事了。"

"所有人都知道那件事了。"

"恐怕我又让自己丢丑了。"史密斯说，不过他的自责是那种期待朋友会马上反驳他、马上安慰他的自责。

"你真这么想吗？——我不得不说，我以为你的品位更高雅，你的胃口没有这么粗鄙。再说了，我以为你心有所属了。"

"别说了。那才是最糟糕的。就在我放弃一切，以为什么结果都不会有，而且在——你知道的，放纵自己，以为这么做什么后果都没有的时候——"

"就算你告诉我你今天早上又被人伤了心，理查德，我也只会说：什么，又来了？也许你应该更小心地呵护你的心。"

"她非常地……殷勤。忒尔皮，我说的是。"

"你个可怜的宝贝。你这个无力抵抗的亲爱的小可怜。"

"不是。好吧，不是。她在那里，而且她看起来——她要给我的是没有麻烦的满足。她的确也非常诱人。行了，赛普蒂默斯，如果你有一点点喜欢女人你就知道，她就是非常地诱人。"

"不，她不是。她像是诱惑的讽刺画，是用疯狂透顶的夸张手法画成的，任何有一点脑子的人都该知道不应该对她下手。"

"也许我们已经不在你的专业范围之内了。"史密斯说。他有点困惑，但他也察觉到了摩擦产生的热度。

"哼，我自然是不想和你有这场对话的。上帝知道我更愿意鼻子下面拖着一条冰溜子在上冻的森林里找路。我更无比情愿我是在去河谷上游的路上，那里要对付的只有野狼、野蛮的印第安人和微妙的政治局势，而不是在这里和你聊忒尔皮的奶子。我向上帝恳求我那时没有听你的，没有把她也加到这部戏里来。"

"赛普蒂默斯——"

"但不在我的专业范围之内？让我们看看：嗯，不对。因为你和忒尔皮一起被人捉奸在床并不是个严格的私人问题。你这个白痴，你制造了一起足以让整个岛上的人嚼舌根嚼到春天化冻时候的丑闻。"

"你得原谅我，如果我说我现在不是很在意这些人的骚动。"

"这些人就是我的工作，也是我的邻居，他们的意见决定了我的起伏，我生活在他们的目光里。我不知道我还得跟你解释多少次。你不在伦敦了！你不在伦敦了！"

赛普蒂默斯在桌子对面冲着史密斯嘶吼，就像个嗤嗤喷蒸汽的人形陶罐。

"你已经解释得够清楚了，我不再需要你给我解释了。"史密斯边说边往后撤。

"你要不要我都得给你说清楚。你给汤姆林森少校戴了绿帽子，由此引申而来的后果就是你在总督和整个殖民地政府的头上都戴了绿帽子。所有人都在笑。"

"我没有。"

"无关紧要——你在笑还是没有笑，无关紧要——不论你这么做是为了什么。你让我们丢了脸。你让我们看起来像傻子。你羞辱了我们，于是必须有人回敬你。少校不能挑战你，否则他就连他最后那点尊严都没了。但会议的结论很清楚：必须有人挑战你。"

"那我谢谢你的警告。"史密斯僵硬地说。

"你理解错了我的意思。这不是警告。这就是挑战。"赛普蒂默斯从桌子对面伸过手来狠狠地在史密斯脸上扇了一耳光。桌子跳了一下，然后咖啡壶翻倒了，壶底的咖啡像黑色的溪流一样流到了史密斯腿上。

"你明天早上要和我见面，清早的时候，就在公地上，我们要有一场荣誉的对决。"赛普蒂默斯响亮地说，为了让整个房间里的人都听见，"否则就等着被所有人视为可耻的懦夫，可耻的放荡之徒，不值得被人称为绅士。"

史密斯张大着嘴。

"你应该找一个副手，然后让他把你的书面回复送到要塞去。"

"我该找谁？"

"随便哪个在笑的人，"赛普蒂默斯吼道，"你伤害了很多人，也让同样多的人感到了满意。——上帝，你还在让我照顾你，就算是现在这个时候。你还真是擅长啊。住手。自己去解决你的麻烦吧。"

准备任何决斗都是件令人忧郁的事。决斗非但不能让史密斯集中精力——正如我们已经见过的，差不多就在这个时候，知道自己明天就要被吊死却可以让人集中精神——反而还让他胡思乱想，对自己面前的大问题不知如何下手，就像只踩在玻璃板上的小猫，或者换一个和此时此地更贴切的比喻，像一个在冰滑梯上双手乱舞、力争不要摔倒的人。史密斯一刻也忘不了将发生什么，却无法专心地筹划。他倒是很快有了个决斗的副手，在赛普蒂默斯气冲冲地离开商人咖啡馆之后，史密斯只是呆呆地坐在那里就有人找了上来。这是一位和议会那边有点关系的绅士。他和议会有什么关系，这位绅士向史密斯解释了，但史密斯没有记住，史密斯甚至连他叫什么名字都没记住，尽管自己还和这个人在咖啡馆里心不在焉地聊了一阵。聊天的时候，越聊越明显的是他的这位支持者期待的报酬是淫靡的细节，是卧室里的八卦。史密斯没有满足他。至少，他觉得自己没有。至少，这位绅士很快就离开了。在同样的状态下，史密斯又开始了另一封给他父亲的信，等他又一次死在了纽约之后再拆开，但他刚开头就放弃了，因为他没法保持解释一切所必需的专注。他还没开始就放弃的计划还包括写给汤姆林森少校的、给忒尔皮的和给赛普蒂默斯的道歉信。还有一封给塔比莎的信，内容是雄辩地论证两个人的心为何无法同步。不，是一封低声下气、苦苦哀求的信；不，是一封愤怒地反驳她的信；不。史密斯回到百老汇街住处时还在胡思乱想，内心的焦虑在滋滋作响。回到住处之后他心不在焉地看着李太太把自己赶了出来，她很有可能说了些好名声的住处，还有那些坏了自己住处名声的人之类的精彩发言，而他（可以肯定）除了模棱两可心不在焉的微笑之外什么反应都没有。史密斯扛着箱子去黑马酒馆里找了间更贵也更豪华的房间，他告诉自己他和洛弗尔他们谈判来的票据溢价就可以轻松地支付房钱了——除非他明天就死了，等不到票据兑现——这个念头又引起了一阵新的、停不下来的胡思乱想。关于他这一趟的任务，他的责任，还有他因为可鄙的纵欲而破坏了的承诺，还有他是不是配得上被人称作绅士，还有他想不想被人如此称呼，还有他还能称自己什么别的，还有他有多害怕，还有他的父亲，还有塔比莎，还有赛普蒂默斯。这些想法无休无止地在他脑海里眩目地回旋，一阵阵的自责、担忧、不愿相信、烦躁，然后又是自责，它们组成了个旋涡。或许对有的人来说，可能的死亡或者肯定的死亡步步逼近时也许会在他们心中激发起一种抓紧享受每一秒剩下时光的欲望，但史密斯先生并非其中之一。对他来说，过了第二天日出之后的某一分钟他或许就不在了，而他死后清晨还会继续下去这样的可能性似乎已经感染了在那发生之前的每一刻，就好像他已经半死了，已经从时间里部分滑脱出来一样。和史密斯在监狱里时相比，他现在不坦然多了。也许他的坦然已经用光了。在新床酒红色天鹅绒的床帷之中，史密斯翻身，翻身，然后又焦躁地翻身。他可能会被杀，他可能会受伤，他可能也可以一直防守，坚持到赛普蒂默斯觉得公众意见已经满意的时候。还没人说过这场决斗的规则是什么：是见血就止还是"斗到尽头"[1]（又是一个源自法语的专业词汇，意思是直到你脚趾朝天为止）。史密斯甚至没有考虑过自己可能获胜。他不想伤害赛普蒂默斯，而且这还不是全部原因。作为绅士教育的一部分，他曾经接受过剑术训练，但他的剑术从来没有真正派上用场，在那之后更是被炫耀的舞台剑法遮盖了，只能用来赢得观众的掌声。他真的只知道如何在舞台上打斗。

## II

决斗场地选在了公地靠西边的那部分，远离纽约城，靠近陶窑和济贫院。窑周围一圈的积雪都化掉了，露出了烧焦的草皮，但其他地方都覆盖着一英尺厚的积雪，积雪上人走过的地方被踏出了一条硬实的、踩上去嘎吱响的脏白色小道，上面坑坑洼洼的满是来来去去的人踩出来又冻上的靴子印。这是一个晴朗、寒冷的黎明，刮着刺骨的微风。东边，在积雪覆盖的城市的白色尖顶的远处，天空露出了一片透明的红晕。到冬天的这个时候，上冻的东河上已经一直有人在运送货物了。从地势稍高的公地上看过去，可以看到崎岖的冰原上有黑点一样的人影，慢慢地拖着口袋和箱子沿着冰面上最平顺的地方朝着纽约城蜿蜒前进，他们非常遥远，看起来就像小虫子一样，除此以外没有几个人在场。寒冷，还有这么早的时间阻止了大多数看热闹的人。除了参与决斗的人之外，有几个好奇的贫民从济贫院大门里走了出来，穿着包脚布站在积雪里，等

---

[1] 原文为法文。

着看看有什么热闹。阿基利斯就站在他们旁边，穿着总督家仆人制服的他都比他们穿得好得多，但他还是保持了符合自己仆人身份的距离。最近的哨兵从木栅栏墙里头走出来看来了，他的胳膊在大衣下面紧紧搂着自己，呼出来的团团白雾包围着他烟斗里飘出来的一道轻烟。

每个人脸上都带着严肃的、有点像去教堂的表情，甚至连史密斯那个凑数的副手也是，似乎真实决斗场合的到来让他清醒了过来，知道胆怯了。伦诺克斯少尉，他是赛普蒂默斯的副手，他脸色严肃得像加图一样，检查他的决斗人的军刀和史密斯赊账买的佩刀长度是否一致，还确认了双方都同意因为天气太冷，他们就不按照惯例脱掉衣服只穿衬衣决斗，而是穿着大衣比试了。赛普蒂默斯的脸硬得像瓷器，白得也像瓷器，连蜥蜴可能都比不上他的冷漠。

"据我了解道歉来了结这场争端是不可能的了？"伦诺克斯按照惯例问了一句。

"不可能。"赛普蒂默斯马上说。

"好的，"伦诺克斯说，"那么这场争端必须接受武力的裁决。见血即止还是重伤停手？"

"到满意为止。"赛普蒂默斯说。

史密斯从这个模糊的说法里看到了一丝希望，他马上说："我同意。"

"好的，"伦诺克斯犹豫了一瞬说，"先生们，往后退，做好准备。手绢落地就开始，我喊'分开'就分开。"

史密斯后退着，直到大约二十英尺的空间把他和赛普蒂默斯狠狠的眼神分隔开为止。前一天晚上炽烈的迷乱已经消失了：他似乎在把清醒的意识和寒冷的空气一起吸进去。他的脚发冷，但他下意识地就摆出了击剑的架势，准备好了开打。他的朋友拔出了自己的军刀。史密斯也拔出了他的，把刀举在自己面前，等到开始的信号。手绢掉下来了。他们各自抢上前去。

史密斯摆出了第一姿势，也就是首式，手掌心向下[1]。看到他的姿势赛普蒂默斯猛攻了他没有防护的头部，史密斯抖剑换到了第三姿势，勉强格挡住了他的攻击。一阵金铁交鸣中赛普蒂默斯撤剑，然后摆出第二姿势低身冲刺。史密斯用第四姿势格挡。第五姿势！第六姿势！第一姿势！第二姿势！——然而说真的，这一点用都没有，就和我直接朝读者喊数字一样不能让你们想象出决斗的场面。而且我的确看起来是在朝你们喊数字。真相就是，因为没有可以借鉴的直接经验，我只好从一本书里抄来了这些击剑术语。我只能祈求读者们宽宏或者无可奈何的接受。在忍受过这本书是如何处理皮克牌和性爱之后，读者们现在也许已经不期望——如果我够走运的话——这本书能把决斗的场面写得多清楚。但决斗必须要被呈现得同史密斯经历的一样，喘着粗气，听着刀刃和刀刃摩擦的尖响，还有积雪绊住他的脚。而且还得表现出决斗的形式之美，因为如果结果对你没有影响，你悬浮在上空，就像一只海鸥一样完全无涉下方人群的善与恶，你就能够在那些前进、跳跃、喘息和后退中找出一个精妙至极的结构。优雅的、绝望的、荒谬的、倔强的死亡之舞。行啦，除了一连串的法语数字，我们能做的还有很多。

　　舞台决斗的精髓就在于打出一连串叮当作响的格挡来，越响越好。打斗的双方通常会通力合作，事先约定好他们的刀会在空中的这个地方或那个地方碰到一起，当史密斯似乎总是在最后关头挥刀拦在赛普蒂默斯的刀没有提前约定好的路线上时，他至少是在完成自己熟悉的任务中的一半。只要史密斯不去进攻，而只是防守、防守、再防守，他发现自己可以（勉强）抵挡住赛普蒂默斯呼呼响的进攻，代价就是被压得不停地向后、向后、再向后。很快他们就离开了选定来当决斗场地的那条被人踩出来的小道，史密斯退进了越来越深的雪里，正朝着差不多就是大篝火曾经燃烧过的那个地方退去，但现在那里的表面只有被风吹出来的

---

[1] 作者此处使用了一系列源自法语的击剑术语。

小雪丘,就像打发过的脏兮兮的蛋白一样,每踩一脚都会蓬起一阵雪雾,跟跟跄跄地落进软雪里。史密斯后退着蹚进雪里,慢得就像在糖蜜里走一样,他握刀的手左右摇晃着保持平衡;不过赛普蒂默斯也要面对同样的不利,所以他的攻击也好像是被糖蜜粘住了一样变慢了,两个人的节奏放缓了下来。即使这样,他们的冲劲也够大,让他们暂时把副手和围观的人都落在后面。发现自己目前手指、四肢和脑袋都还齐全的史密斯抓住了这个特别的四下无人的机会说,或者喘道:"真的必须。是你来吗?"

"难道你希望,"赛普蒂默斯也喘着说,"是一个,会想,杀掉你的人?"

"你是说你不想杀我?"史密斯说,他忘记了继续后退。赛普蒂默斯的刀几乎偏都没有偏,紧贴着史密斯的耳朵砍了过去,史密斯甚至感到了刀的寒气切过,像冬日压缩的寒气,像一根邪恶的灰色冰手指。他都可以想象如果刀碰到了自己,他会沿着伤口开始结冰。

赛普蒂默斯撤回了刀,往后退了半步,大口喘着气。

"我真的非常生你的气,理查德,"他低声说,"我很难抵挡砍掉你的耳朵教训教训你的诱惑。看在上帝的分上,打起精神来。不过,不,我不想杀你。计划是设法安全地羞辱你一顿。"

"噢,"史密斯说,"我明白了。"

"你不同意?我也可以接受其他的办法。"赛普蒂默斯说。这时副手们跌跌撞撞地跑过来了。

"不——不——请——继续。有什么是我必须……做的?"

"会替你都安排好的。"赛普蒂默斯阴沉地又举起刀说。但紧接着,在他们剩下的最后几秒独处的时间里,他飞快地小声说:"你可以边打边往左绕。不对,白痴,我的左边。小心那丛野蔷薇!"

劈砍遮挡,劈砍遮挡,挥砍挥砍。赛普蒂默斯赶着史密斯绕了个圈子,又回到了他们开始那块踩平的空地上。松了口气结果动作有点忙乱走形的史密斯用尽全力扮演好自己的角色,况且落在他的护手上的劈砍其实依旧真得吓人。又有几个看热闹的人被不断的金属碰撞的乐声引来了。"捅死他，朱巴！"其中一个人喊道，明显是把这场决斗当成了那出戏里对决的重现。但史密斯很清楚到现在他已经演不动什么了。汗水顺着他的后背往下淌，每挥一次剑似乎就加重一分，他期望不论赛普蒂默斯有什么打算，他最好赶紧动手。赛普蒂默斯左右打量，明显觉得观众已经够多了，于是中断了连续的攻击，史密斯把这当作了极大的仁慈。就像突然忘记自己为什么要和史密斯决斗一样，赛普蒂默斯撤回了自己的刀，心不在焉地检查起刀尖来，就像一个发现芝士莫名其妙地掉了的人在检查自己的烤叉头一样：这整套悠闲的举动透露出了对自己汗流浃背气喘吁吁的对手可能造成的任何威胁的无言不屑——这个姿势表达的是，面对一个如此可悲的敌人，随意忽视他安全得很。和史密斯不一样，尽管赛普蒂默斯的呼吸也很急促，他依旧冷静、不慌不忙、镇定而精准。他又把刀尖抖向下，然后在一臂远的地方把刀插进了雪里，于是这件武器变得不起眼地和平起来，成了一根他刚好可以优雅地扶在上面的铁手杖。赛普蒂默斯的样子像极了木板画里印着的摆出芭蕾舞造型的法国国王。围观的人发出零散的咯咯笑声。

"看来我们这位勾引人妻子的人，"赛普蒂默斯大声说，"在卧室里比在战场上厉害得多。"围观的人群笑得更大声，更放肆了。"如此说来，他绝对是……穿得太多了。"

军刀似乎毫不费力地飞回了赛普蒂默斯手里，马上又变回了战争的道具，接着他朝史密斯侧身齐腰高的地方砍了过去，飞快的刀光再清楚不过地证明了他之前只是在戏弄史密斯而已。赛普蒂默斯轻松地避开了史密斯迟来的无力格挡，而随着赛普蒂默斯利落地划开史密斯及膝裤的裤腰、内裤还有一片弧形的皮肤（留下了一道浅浅的口子），史密斯感觉一线剧烈疼痛划过了他的屁股。这边的扣子被挑开之后，史密斯的及膝裤开始往下落了。原来结局是要我光着屁股站在雪地里，史密斯意识到。这场热闹的精彩部分露头之后，从济贫院的方向传来了一阵兴奋的高叫声。赛普蒂默斯头一点，空着的手优雅地一转回应了欢呼的人群。

接着他准备在另一边再来一次。

史密斯知道自己大可以一动不动站着，等赛普蒂默斯来终结这场闹剧，但一点骄傲、一点残存的固执让他举刀摆出了格挡的架势，至少准备试一把冲刺反击。此时赛普蒂默斯还在摆斗牛士的造型。然而史密斯被划开的裤子妨碍了他右侧的行动，他就把重心笨拙地落在了迈出去的左脚上，结果他的脚趾却在积雪之下踩上了一块玻璃一样滑的冰。史密斯左脚一滑，整个人突然朝前扑了出去，摔倒的时候佩刀依旧朝前举着。赛普蒂默斯和史密斯本人一样没有预料到他会朝前扑倒，仓促之间他只来得及把自己的军刀撤到一边，以免史密斯扑到军刀上扎个透亮。

史密斯的刀尖似乎有惊无险地从赛普蒂默斯的两腿之间穿了过去，他挣扎着跪了起来，脸上又盖满了雪，他的佩刀丢到了自己够不着的地方，他已经露出了强烈的尴尬和道歉的笑容。但一个深红的点出现在了赛普蒂默斯大腿根内侧的灰色丝绸上，然后眨眼间就变成了茶盘大小的湿漉漉的红圈。

"噢。"赛普蒂默斯说。

又一眨眼，红圈拉长成了瀑布一样的印子一直延伸到了他的膝盖。再一眨眼，血像晶亮的喷泉一样从他的袜子上方涌了出来。

"分开！"伦诺克斯边朝前跑边大喊。这位少尉知道自己看到的意味着什么，他马上就让赛普蒂默斯躺到了雪上，忙着扯掉他染红的、已经开始发黏的及膝裤，好够到他腹股沟肌腱之间白色凹陷处那个伤口，一股篱笆钉子粗细的暗红色血泉正在那里规则地喷涌着。史密斯傻傻地看着。伦诺克斯扯下了自己的领巾，打量一下，把它扔到了一边，因为它太短了。

"拿能做止血带的东西！"他大喊道，"围巾？衬衣？随便什么！快！"

有人递过来一条围巾。伦诺克斯把它尽可能高地围在了赛普蒂默斯的大腿上，然后在他屁股外侧把两头扭在一起想把它拧紧。然而动脉受伤的地方位置太靠上了，上面没有空间来压迫止血了。不管伦诺克斯怎么拧怎么挤，血还是不停地从围巾里渗出来、滴出来，然后很快就是涌出来了。这条围巾只起到了绷带的作用，但绷带完全不能抵挡血液涌出赛普蒂默斯身体的劲头。伦诺克斯的双手染得血红。

"噢。"赛普蒂默斯又说了一声。他不是喊出来的，不是呻吟出来的，也不是惨叫出来的，他依旧把它当成一个字有控制地念了出来，不过这一次是从紧咬的牙关里透出来的，声音里明显带着有意识的努力和对自己战胜了即将到来的慌乱的满意。

抱着一抱干净雪的阿基利斯飞快地跑过来，把史密斯挤到了一边，他一把跪在了地上，然后在伦诺克斯的帮助下，试着把厚厚的雪用力拍到伤口上，让雪变成一道可以让血液凝固的冰冷屏障。他们按着、压着、翻举着、挣扎着找到能用上力的地方，但他们团在赛普蒂默斯腿上的每一把充满希望的压结实的冰冷膏药里很快就渗出了鲜红的血液，白色的晶体沿着不可阻挡的锋线变成了酒红色，最后变成了一团暗粉色顶上的一圈白毛，然后整团雪都融化成了酒红色的糊。看起来就像×××爵爷家的冰窖布丁一样，史密斯想，他觉得恶心发晕：只是味道不一样，热腾腾的腥气，肉铺的气味。血流开始减缓了，但并不是因为什么值得高兴的原因。

史密斯发现自己站到了赛普蒂默斯的头旁边。赛普蒂默斯的眼睛睁得大大的，不停地转动，像一匹惊马的眼睛一样。他的皮肤也出现了令人震惊的变化，变成了一种脏脏的灰色，还泛着黄，就好像离开他身体的不是红色，而是他平时的白色；就好像一股股流失的是他的精致，他的光彩。

"看看你对我干了什么。"他有气无力地说。

"我真的很抱歉。"史密斯说。

"我要做的只是捅你个透心凉，然后就可以回家吃早饭了。荒谬。荒谬。我看起来就像警告分娩危险的警示画。"

的确如此，赛普蒂默斯现在就躺在公地白雪上一个触目惊心的酒红圆圈之中。一只乌鸦不知从哪飞了过来,一副很有兴趣的样子,那个哨兵正在把它踢到一边。

"我真的很抱歉,"史密斯又说,"这都不是我有意的。"

"谁管你的本意是什么。靠近点。"

"什么?"

"靠近点。过来。马上。"

史密斯俯下身去,赛普蒂默斯把自己色如炭灰的嘴唇转向了他的耳朵。

"你必须要给阿基利斯自由,"他小声说,"我要你向我保证。"

"我不知道是不是——"

"用你的荣誉。发誓。"

"用我的——?"

"发誓。发誓。你欠我的。还欠他。发誓。"

"好吧。"

"用你的荣誉。"

"用我的荣誉。"

面色灰白地微微点了点头。

"你会在我的海员箱里找到你的钱包。你的秘密还好好地在里面。上帝,理查德。你可真是充满了惊喜。"淡得几乎无法察觉的微笑,"我觉得我——"

"怎么了?"

"把纽约太当回事了……"

阿基利斯终于放弃了不会有结果的努力,他把史密斯推到一旁,站到了他的位置。他们的对话,史密斯既不能听到也不想听到。他们没能说上太久。伦诺克斯已经开始念《西面颂》[1]了。阿基利斯脸上的表情让

---

[1] 《圣经·路加福音》第 2 章的第 25–32 节谱曲而成的圣歌,英国国教的《公祷书》规定这首圣歌是用于葬礼和缅怀仪式的。

人无法描述。

那个哨兵如此温暖又稳稳地抓住了史密斯的肩膀,他甚至觉得那是个安慰,一直到教区执事穿过染血的积雪来以谋杀罪逮捕他。

## III

"你很走运。"威廉·史密斯律师说。

史密斯听到这句话想开口笑,但除了一阵刺耳的沙哑呼气声什么都没有发出来。他们说话的地方是市政厅楼下的监狱,这一次史密斯被关到了地下的刑事监狱,而不是楼上的民事监狱。从他发着抖被人从公地上带走,再到他在华尔街地下黑暗、冰冷的小地窖里等待的这几个小时里,他好像已经着凉了。

"没错,走运。这是真的。"这位律师准确地体会到了史密斯的不敢置信,"在各种意义上,我会说,但至少这一点是肯定的:明天是米迦勒开庭期[1]的最后一天。法庭要到一月才会再开庭,但大法官会在明天的庭审日程里给你腾出时间来,所以你只要在这里待一晚上就好,在审判之前。"

"在我被吊死之前,你的意思是。"史密斯沙哑地说。

"城里一半的人都想看你上绞架,没错;还有一半不想。不想的那一半派来了我。你应该觉得自己的运气会更好。"

"为什么?"

"有了好律师事情自然会变好——还是你问的是他们为什么派

---

[1] 指从9月29日圣米迦勒节一直到圣诞节这段时间。英国传统上的法律年分为四部分,每部分都是由圣徒日为开始标志。现在英国法庭和某些大学依旧遵循这个传统的开庭期和学期的划分方法。

我来?"

"对。"

"纯洁的星星啊,小子,难道现在还不够清楚吗?也许你的脑子已经冻僵了。来,"律师说,"喝一口这个。"他从自己的内袋里掏出了一个酒壶,他把酒壶递过去时,这个酒壶就成了从格栅窗透进来的昏暗蓝色光线里最耀眼的东西,格栅窗上积满了雪,开在地牢墙上的最高处,窗外就是华尔街的铺路卵石。银酒壶反射着微光,变成了一个寒冷的光团。可里面装的烈酒入喉却像火焰一样,分散成一条条热气腾腾的支流,烧灼着史密斯由痛苦结成的灰暗冰块,暴露出了下面由愧疚、恐惧和绝望组成的还在作痛的土地。

"好点了?"律师仰着脑袋看着史密斯,满意地问道,"告诉你:这里有两派人,妨碍这一派人就是帮助另一派人。你几乎等于是给总督戴了绿帽子;你放干了总督秘书的血,他还是总督的间谍头子。他输了,所以我们赢了。你已经选了你要站在哪一边。"

"我没打算这样。"

"没有?对我们来说没关系。就像大法官说的:'如果那个小子派不上这个用场,他还会派上别的用场。我们花点时间来指出这个故事的寓意还是很划算的,那就是反对的一方获胜了。这值得法庭的十分钟。'"

"十分钟?"

"明天上午十一点。在一桩盗窃案和一桩诽谤案之间。"

"十分钟?"

"呵,你肯定没见过几场重罪审判,我敢说。通常就是那么长,甚至还有点超过了。"

"那好像并不是很久,无论是决定一个人的命运,"史密斯说,"还是给死去的人带去公平。"

律师耸了耸肩。

"好吧,时间有限,庭审日程表排满了。在正义的注视下度过十分钟已经比许多生活在暴政之下的可怜家伙要幸运得多了。再说了,陪审团已经审了半个月了,不耐烦了;现在,厌倦了。最好不要用什么漫长的程序去让他们觉得无聊,对不?但我相信这个案子会让他们有胃口的。"

史密斯似乎对这种安慰人的话没有反应。他坐在那里用手捂着脸直抽鼻子。

"好啦,"律师说,"你不想被吊死,对吧?"

"不想。"史密斯说。

"那么,请你务必别这么悲伤。哀伤已经够多了。说正事。"

"我不应该哀伤吗?我杀死了我在纽约最好的朋友——我唯一的朋友。"

律师的眉头一皱。他好奇地看了史密斯一眼。

"没想到。"他说,"没想到,有趣。但没用。不要再说这句话了。你看,你已经承认了奥克肖特的死,不能否认了。"

"我不这么想。"史密斯说。在他脑子里那个红色的圆圈又开始扩散了——一直没有停止过扩散。

"没错。但是,结果依然如此,忏悔也没用。可能会影响判决,不能逃脱判决。你必须要证明杀人有理,不是情有可原。"

"决斗不管怎样都是违法的,不是吗?难道我不是已经有罪了吗,因为决斗?"

"哈,但是谁先挑战的,嗯?官方先发出的挑战,你明白吗?所以,为了不让官方难堪,决斗的真相要放到一边。这就是机会,就在这里:承认这场决斗其实是互殴,那么陪审团也许会觉得你没错,如果他们喜欢我们提出的互殴的原因。"

"我们就不能说真话,说他是意外死的吗?"

"意外?怎么样,意外而死?你们在拿刀打斗,小子,典型的意图使用暴力,双方都是。"

"但是赛普蒂默斯不是想杀我,只是教训我。"

律师停了下来，闭上嘴做出了咀嚼的动作。又是好奇的一眼。

"你怎么知道的？"他问。

"他告诉我的。"

"什么时候？决斗之前？"

"不是，决斗的时候。"

"有别人听到吗？"

"没……没有。"

"喔，谢天谢地，要不你就完了，干脆利落地完了。他说了他不想伤害你之后还捅了他？非法杀人罪。或者更糟糕，让人讨厌的杀人罪。法律承认的真相，先生，只有一种：有人见证的真相。没有人见证的事情就没有发生，这就是法律的伟大所在，这就是法律的保障，先生——使法律免于暴君的心血来潮，免于死板的规定。普通法是在案例里寻找真相的——是个会呼吸的东西，先生；是个自由的生物，先生。从人的生活里塑造出法律，不是用法律的形式压迫人的生活。权威来自英格兰的自由，而不是听命于权力——所以，你看，幸运为你缝上了灾难的口。没有见证，就没有发生。但'意外'？不，不要提起它。你明白吗，法律就是一场打斗，要去决定一个故事，去验证一种解释。难道你要说，全然不顾法庭的声誉，"这里律师眨了眨眼，"你不小心砍到了奥克肖特的——"

"我的脚打滑了。"

"真的吗？——但没有人能发誓是这样的——所有的血都仅仅是因为不幸。好了，会有人不相信，小子，会有人失望。陪审团想要的是和发生的事情匹配的故事，不是乱糟糟的意外。"

"生活就是乱糟糟的意外，我发现。"

律师微笑着看着他，舌头顶住上颚发出了"咯"的一声。

"不，不，在法律上不是，它不是，最后的时候不是。我的意思是，有人死了的时候，我们必须要搞清楚是怎么回事——那不如就让它是能帮助活人的东西，反正它也帮不了死人，没门。"

"所以我必须要编个荒谬的故事？撒点合适的谎？"史密斯愤愤地说出了这句话。

"谎言，永远不行，"律师似乎真的受惊了一般反驳说，"而且如果你撒了谎，它也对你没好处。因为所有的证人都必须要讲他们的故事，谁又知道他们会说什么？不能预测，不能控制他们。可以稍微摆布它一下，也许——在质证的时候——但那就是极限了。你的力量只是讲一个陪审团最喜欢的故事，一个他们想从一堆乱糟糟的故事里挑出来的故事，一个想让人相信的故事，一个会变成判决的故事。下面怎么办？你知道下面该怎么办。你是个演员，这对你不是什么谜。法庭就是你的舞台。明天，想人在法庭里相信你，你就必须是可信的。你需要讲一个可能的故事，一个有概率是真的故事，一个让人满意的故事。就算我们要绕点路也行，为了达到这个目的。"

"你想要我们的第二次决斗，"史密斯说，——他的声音带着沉闷的无助，像他给赛普蒂默斯的表演意见一样，是从深深的井底发出来的——"像第一次决斗一样让观众满足。不过这次用的是真血。"

"没错！你说对了。那就是你要瞄准的目标，一点不差。现在，年轻人会为什么打斗？出于愤怒，当然是。这是一个非常有可能的动机。热血、冲动，甚至是不计后果的冲动，被冲昏了头脑。你因为同样的冲动和忒尔皮上了床，裤裆里的欲火！有损声誉？但可信。——再清楚不过了，对不对。——只要看看她就明白了，大多数陪审员都看过，奶子大得跟良种母牛一样。所以，疯狂的史密斯，对不对？然后为了给疯狂再加点料——"

"等等。"史密斯说。他伸出一只冰冷的手，打断了这位律师正在越来越快地用食指点着手掌一点一点列出的计划。史密斯想说，这样吹嘘他犯的错误，这样在陪审团面前炫耀自己犯下了他们都想犯的罪孽，肯定只会让事情变得更糟。他想反对，他或许还剩下点好名声，最好不要这样随意糟蹋和抹黑它,尤其是在某一个人的眼里。但史密斯察觉到威廉·史密斯脸上的职业热情,这提醒了他,倾听你心头的秘密是朋友的职责。而他在这座城市里唯一能够算得上朋友的人——唉,红色的圆圈又一次在积雪上扩散开。他的眼睛很酸。塞住他鼻子的黏稠分泌物涌到了嗓子里,像个怎么都咽不下去的牡蛎。他只好纠缠细节问题遮盖过去。

"等等,"史密斯说,"我以为我是个谦卑且耐心的朝圣者?"

"什么?"

"你在圣尼古拉斯节的短诗里给我安排的形象,你从袋子里掏出来的那个。我道德高尚的形象。"这样的话说起来有种自噬的快感,就像一大口咬住自己的胳膊,然后狠狠地咬下去。

"哦,不行。那个形象已经全毁了,再也没用了。"

"但这样不会矛盾吗?你可以这一周给我编一个形象,下一周再编另一个吗?还会有人相信你吗?"

"容易得很。"律师有点不耐烦地说。他已经到了总结陈词的部分了,他也和任何人一样,都喜欢达成自己计划好的效果,为此他吝啬地排出了每一个字,仿佛每个字都要花他半便士一样。"容易得很,因为在法律上你可以不受影响地改变自己的立场。你可以一口气说,我不在那里,如果我在那里,我没有打他;如果我打了他,那也不是致命的;如果那是致命的,我动手的时候没有恶意。明白了吗?再说了,我们还会留着圣尼克节前夜的一小块道德珍宝。我们需要的——为了让你的狂怒更完美——就是让它变得正当。嗒嗒嗒,你瞧!现在正好可以帮上忙的是什么呢,难道不是奥克肖特自己的形象吗?"

"谨慎、慷慨、善良。"

"权力的工具。臭名昭著的间谍。一个——"

"住口。"史密斯说。

"你不知道我要说什么。"

"不,我知道。我不会侮辱他的。"

"侮辱他?"律师咧嘴笑着大声说,"你没法侮辱他了,小子。他已经死了,你把他捅穿了,记得吗?现在再伤害他的感情有点晚了。"

"但我可以不用在他的尸体上撒尿。"

一阵沉默。

"这里非常冷,小子。"律师说,"我也不准备再在这里耽误太久,因为楼上有间点着炭盆的温暖房间在等着我。不管怎么样,你都要在这里过一晚上。然后你也许会走一小段路回家,也许会往下落一大截。这就是你的选择,这就是你能开动脑筋考虑的唯一选择。你可以接受别人给你的帮助,或者拒绝。但你不能选择别人要怎么帮你,因为掏钱的不是你。你可以选活,你也可以选死。如果你选择要活下来,那你就得帮我们把奥克肖特描成任何合适的下流样子。你就得说,是的,那个浑蛋主动伸手摸了你;是的,他说他会让你活下去,解决这桩忒尔皮的麻烦,如果你满足了他恶心的欲望;是的,这种肮脏的交易激起了你的一阵义愤。然后你反击了。然后你一刀碰了巧,勇敢地杀死了他,他也的确该死。这就是暴君的下场。[1] 这也是干屁股的家伙的下场。"

"不。"

又一阵沉默。

"难道你不喜欢喘气吗?要做的事,要处理的问题,你跨过大洋来处理的问题?计划要花掉的一千英镑?"

痛苦让史密斯把负罪感之外所有的念头都扔进了一个窟窿里,现在它们被律师用棍子捅了出来。史密斯突然想起了他的责任,他必须要活着才能完成的任务。他给赛普蒂默斯的承诺,这需要他活着才能实现。这些难道不也应该是写进资产负债表里的真实数目,用来冲抵负罪感的数目?飞快地、贪婪地、对喘气的偏爱抓住了这一切,当然它也是史密斯也生来就有的,竭力要求他考虑它们,试图躲进它们之内,就像那种

---

[1] 原文为拉丁文,据传是布鲁图斯在刺杀恺撒之后所说。

必须借更硬的甲壳来当房子的软壳蟹一样——

"啊！啊哈！"史密斯得意地脱口而出，"我不能这么做，对不对？就算我把这个令人作呕的故事讲得再完美，他们会认为它是什么呢，难道不会是我为了逃脱绞刑使出来的花招吗？没有人可以作证，只有我。它不可能有证人，因为它从来没发生过。这是个完全没用的诡计，也是个丑恶透顶的阴谋！怎么样？"

"哼，事实上，已经有人愿意作证了。"律师说。

"什么？"史密斯说。

律师叫来了牢头，很快一个熟悉得可怕的身影就站到了牢门口，即使在如此冰冷的空气里也能闻到他发出的尿和污垢的恶臭。

"不。"史密斯呻吟道。

"呵，宝贝儿，"那个身影咧嘴说，"你难道不川长的帮助吗？"

在那个年代，刑事审判里有律师为罪犯辩护还不是很常见。通行的观点认为任何无辜的人都应该能很快地澄清不实的指控，只靠自己就行。可在地牢里那次谈话之后，威廉·史密斯觉得让这位囚犯掌握他自己的辩护，或让他为自己质证等，都不是太安全，于是在12月19日早上的11点整，当法庭文书宣布下一桩案件是国王诉史密斯之后，在史密斯打着喷嚏流着鼻涕走向围栏时，律师就在他的身边。史密斯之前被允许在一楼牢头的房间里暖和了半个小时，有人给了他一盆雪用来洗脸，还从黑马酒馆给他拿了一件干净的衬衫来。然而一阵阵剧烈的高烧让他全身发抖，浑身酸痛，他的鼻子也通红，还不停地用手绢响亮地擤着鼻子。总的来说，看起来就是一副颓败可怜得不得了的样子。

法庭所在的房间是市政厅楼上的大厅，在这栋楼的中间的楼层，围栏从地板中央穿过，左右两边是大小陪审员的座位，穿着全套行头的法官坐在王室的狮子和独角兽徽章之前，面朝着高大的窗户和俯视华尔街的阳台，今天窗户里透进来的是明亮的积雪反光。这个房间紧临史密斯

253

庆祝过国王寿诞还和法官打过皮克牌的大厅,它也像那个大厅一样拥挤。不过有一点不同,今天,从伸长了脖子皱着眉头想先看史密斯一眼的陪审员,到穿着镶金边的大红法袍、戴着底部散开的硕大假发的法官,再到就在他身后挤得不透风的好奇市民和奴隶们,所有的观众都是男性。史密斯担忧过忒尔皮的注视,担忧过也期望过塔比莎刻薄敏锐的脸,女性突然的彻底缺席让他觉得整个房间都有种让人害怕的固执,就像是聚集起来看比拳或者斗熊[1]的混乱人群。

"女人都去哪里了?"

"你还真是条坚持不懈的色狗,对不对?"律师从嘴角出声回答他,"你必须得把你的及膝裤扣好了。不管你赢了还是输了,你都不是正经人家会接待的人了,再也不是了。"

"我不是——"史密斯刚张嘴就打了个喷嚏,于是他放弃了。

"国王诉史密斯,罪名是谋杀。"文书又喊了一声,然后说话声停了下来,"全体肃静。原告方——即国王陛下——的起诉人是科尔登先生。为犯人出庭辩护的是史密斯先生——威廉·史密斯先生。"

站在左边几英尺远的地方,用两根瘦骨嶙峋的手指摸着围栏的科尔登就是在国王的寿诞宴会上和律师斗口的那个暴躁的苏格兰人,明显他们两个天生就是不可分割的一对,简直是自然安排的对头。

"律师可真多,平时我们一个都没有也审得挺好的。"德兰西说,"总督本来可以更礼貌一点,我想,对司法独立表现得更尊重一点,如果他能同意让我来起诉。但是,好吧……我要提醒你们两位先生,证人作证时不可以被打断。会有质证的时间,但不会允许你们超过时间限制。而且我真诚地希望,在我自己的法庭里,我能被允许偶尔插上几句话。"回到了能衬托出它的庄严的环境之后,法官的声音和史密斯想象的一样威严,他的话里那一点点打趣的意味确认了他声音的权威,这种幽默是

---

[1] 英国传统娱乐,把熊拴在立柱上,然后驱使训练过的猎狗和熊搏斗。

绝对禁止其他任何人参与的。

"我确定没人会觉得我们能阻止您,法官大人。"科尔登说,也不管法官是不是在请他开口。他转过身来,把那两根手指中的一根还有他长长的鼻子都指向史密斯。"我们起——起——诉,该犯在12月18日当天,无比血腥歹毒地,在纽约——约——的公地上,通过刀劈——劈——的方式,夺去了赛普蒂默斯·奥克肖特先生的生命,奥克肖特先生去世前是纽约殖民地总督阁下的秘书。"

"犯人,你是否认罪?"德兰西问。

"无罪。"史密斯停顿了一刹说。德兰西点了点头,文书写了下来,然后对这位犯人,以及赛普蒂默斯的世俗事务的处理就这样猛地开始了。

科尔登首先请了外城区的验尸官出庭作证,他证明他一个小时之前主持了对赛普蒂默斯·奥克肖特死因的调查:死因是失血过多,由一个大腿上部一英寸长三英寸深的伤口切断了股动脉导致的;伤口是由刀尖造成的,因此死亡方式肯定是由暴力造成的。

"该犯,法官大人,"威廉·史密斯说,他在法庭上说话的风格和他私底下一样紧凑,"希望节约时间,乐意认同,死亡方式。进一步声明,是由他造成的。不过,是出于自卫。一个问题:身体上发现了其他痕迹吗?"

"什么样的痕迹?"验尸官问。

"放浪的痕迹。长期道德败坏的痕迹。"

"不,没有。"

"噢。但是,似乎还记得,最近听到过,在舞台上:'我必须掩盖自己,说一种我内心听不懂的语言。'谁说的?噢,奥克肖特。"律师模仿的赛普蒂默斯扮演塞姆普罗尼乌斯的样子是一副呲呲作响的邪恶小像。

"我相信,"科尔登说,"犯人的律师清——清——楚戏剧和现实的区别?"

"你不是要准备传讯可怜的奥克肖特先生,因为他推翻了罗马共和国吧,威廉?"德兰西问。法庭里一片笑声。"不是?好的。但时间不等人:

快继续。"

科尔登传唤了商人咖啡馆的跑堂昆汀,他证实他看到了奥克肖特和犯人发生了争吵,然后奥克肖特扇了犯人一耳光。昆汀不能证明他们争吵的内容,因为当时咖啡馆里很吵,但犯人看起来很吃惊自己会挨打。赛普蒂默斯刚来时,犯人看起来是非常高兴的,犯人对事情的发展非常吃惊。

"所以,你不会说,双方同样的愤怒,你的意见是?"犯人的律师在质证昆汀。

"不会,先生。奥克肖特先生才是生气的那个。"

"犯人还手了吗,他被打的时候?"

"没有,先生。"

提出反驳的科尔登对昆汀说:"犯人的行为有没有可能非常自然地被解释为一个犯了错的人的困惑,他直到当时都以为自己的秘密不为人知?"

"有可能,先生。"

科尔登传唤的下一个证人是伦诺克斯少尉,他说自己"撞见了"史密斯和赛普蒂默斯在公地上打斗。(史密斯自己的副手为了保证自己不会卷进审判里,前一天就飞速离开了纽约。)伦诺克斯说,他可以非常肯定地给出他们争吵的原因。奥克肖特秘书就犯人的行为向他表达过非常合理的——要塞里大多数人的意见也是如此——道德憎恶,犯人污辱了一位军官兄弟的妻子,是个可耻的小浪荡子。毫无疑问,引起决斗的就是史密斯这种不够绅士的行为,他背叛了荣誉和友谊的所有要求。伦诺克斯没有试图阻止他们的打斗,因为那很明显是不可能的,犯人拒绝道歉,而非常可以理解地,奥克肖特先生坚持如此无耻的羞辱必须给出交代。奥克肖特受伤时,他被一刀碰巧伤到了裆部,伦诺克斯尽力帮忙救治了他,但血流得太快了。那是个可怕的场面,也是犯人放纵自己下流欲望的可怕后果。

"严肃的话,嘿?"威廉·史密斯说,"非常重的话,一个演员和一个女演员搞在了一起?年轻的血液,冲昏了头。演戏的,这是出名的;而且那位女士,出名的——"

"那位女士是一位军官的妻子。"伦诺克斯瓮声瓮气地说。

"你不能打断问你的问题,少尉。"德兰西说,"可你说的没错,这次审判没有必要继续抹黑人的名声了。"

"抱歉,法官大人。"威廉·史密斯说,"少尉,——这场打斗,'到满意为止'?常见的条件?熟悉的条件,在决斗里,按你的经验?"

"不是,先生。"

"啊哈。那就是不寻常、不常见、不成比例,有凶残的一面,也许,奥克肖特的天性?"

"我从来没见到过任何迹象。"

"他不是因为言语刻薄出名吗?"

"他只嘲讽过国王的敌人。"

"国王的敌人。国王的敌人。"威廉·史密斯重复着,回味着这句话,"不是总督的,嘿嘿,而是国王的。很好。告诉我,少尉,你在这里看到了任何奥克肖特会包括在这个分类里的人吗?"

"没有,先生。"伦诺克斯挣扎地说。同时他一直带着无助的诚实看向大法官。笑声。

科尔登问伦诺克斯:"奥克肖特伤到了犯人任何地方吗,到打斗结束时?"

"他没有,尽管他有很多机会,犯人是个糟糕的剑手。——奥克肖特第一次把刀落到犯人身上的时候,是打算划开犯人及膝裤的腰带,犯人就是那个时候砍出致命一击的。"

"划开犯人及膝——膝——裤腰带?有没有可能奥克肖特先生没打算让犯人流血,而是准备好好教训他一顿?"

"他有可能是,先生。"

伦诺克斯被打发走了，接着科尔登传唤了第×××步兵团的普罗瑟罗下士，就是岗亭里那个哨兵。下士马上就宣布这场打斗开始时他是远远地看的，但到结尾时他离他们就只有几码远了。他马上就看出了犯人砍到裆部的一刀是要命的一击，所以他当即抓住了犯人，以防他逃跑。

"你见过很多动刀动枪，是不是？"威廉·史密斯质证时问。

"是，先生，见过不少。"

"他们俩水平相当吗，你觉得，打斗的两个人？"

"不，先生。穿灰裤子的那位先生，他明显厉害得多。"

"意思是，奥克肖特。那这边的犯人呢？"

"像个新手一样手忙脚乱，先生。他没早被砍成几块简直是个奇迹。"

"他为什么没有呢，你觉得？"

"我觉得他在拿他开心，好像是。"

"拿他开心，嗯。猫和老鼠。终结打斗的砍到裆部那一刀，碰巧砍到的？"

"是，先生，绝对是。"

"慌乱中砍出的一刀？"

"可能是，先生。"

反驳的科尔登说："奥克肖特躺在地上流血到死时，这个犯人试图给过他任何帮助吗？"

"我没有看到有，先生。"

"他有表示过任何的悔——悔——恨吗？愧疚？他说过，'啊，不，我干了什么啊'吗？"

"没，先生。他就站在那里，呆住了。"

在这之后科尔登传唤了犯人。

说史密斯先生在这之前都还很轻松，那肯定是夸张了，但不用他的帮助，这场审判也在顺着它可怕的轨道前进。史密斯用自己发凉的手指抓住围栏光滑的木头，任别人说的话在这间高大的房间里回响，任它们从他身边滑过，而他就消极，甚至还有点平静地等在那里。现在，法庭里所有人的注意力突然都集中到了他身上，仿佛一张被照得像雪一样亮的叠起来的白纸包突然打开了，露出了站在正中的小小的他。（这时他可能已经在发烧了。）他们都在盯着他看，好奇、严肃、迫不及待、饥渴，成片的嘴和眼睛。史密斯自然已经思考过他要说什么——他愿意说什么——已经试过劝自己相信在这场表演里他可以说出剧本要求的台词，同时还能保留自己依旧诚实、不用感到负罪的那一部分。可他一开始作证就发现，这是不可能的，完全不可能。史密斯发现，要把自己编造成被赛普蒂默斯加害的人并不只是一次孤立的决定，一旦下定了决心就可以抛诸脑后，而是必须一次又一次下定的决心，一片必须不停重新吞下去的苦药，一座有很多级台阶的楼梯，每下一级台阶他都必须推自己一把。其他下到阿韦尔诺姆[1]里的方法也许很轻松，很明显，这回不是。史密斯原以为自己应该表现出一副浑不在意的样子——走投无路的纨绔——或者至少是一个一会就必须擤一下鼻子的人尽量能表现出的浑不在意的样子，但他最后表现出的却是一种沙哑、羞愧的反抗。

"我正坐在咖啡馆里，结果奥克肖特走进来就打我——"噗，他擤了一下鼻子，"结结实实地打在我脸上，没有任何警告。我大吃了一惊。他好像很介意我最近——"噗，"的一次历险，那是我绝对没想让任何人知道，或者因此生气的事情。我一直听说绅士是不应该散布流言的。我觉得那看起来是我的私事，我不明白他为什么如此生气，我初来乍到。这让我很愤怒。我是个情感的学生——"周围的人一阵大笑，"我的意思是在舞台上。而且我猜我和任何人一样都是有脾气的，但我从来没有做过违法的事情。我第二天又在公地上碰到奥克肖特，一大早的时候，我承认，因为他还是粗鲁无礼，不讲情理，我们很快就拔刀相向，因为我气血上头，他肯定也是，否则他不会那么紧逼我。但我可以告诉你们，

---

[1] 意大利南部城市库迈附近的火山湖，在古典时代被视为是通向地狱的入口。

我很快就后悔了。我马上就希望可以收回这个冲动,因为——"噗,"原来他是个比我厉害得多的剑客,而且他是认真的,他不只是想让我受点小伤。除非我受了重伤,否则他是不会满意的。我用尽全力也只是勉强保住自己的命而已。一下了舞台,我可不是朱巴,我向你们保证。"史密斯如此对陪审团说,令他恶心的是他们点头回应了他,好几个人都点了头,"他压着我退后,退后,我觉得自己只能由他摆布了,最后我确实只能绝望地乱砍了,简直就是——"噗,"乱砍乱捅然后祈祷可以管用。我很惊讶我最后的冲刺伤到了他。我不知道股动脉在哪里,我在今天之前都没有听过这个词,我不是个人体解剖学专家——"周围的人一阵大笑,"就算我知道,我也没办法故意刺穿它,我完全就不是个合格的剑手。我没想杀死他,只是想保住自己的命。我没想杀死他。"

最后的重复不是史密斯提前构思过的。但它是史密斯全部证词里唯一他自己当真的话,就像是他被淹没的良心大陆伸出水面的最后一角,这句话不受控制地从他嘴里跳了出来,和他证词的其他部分相比有一种粗糙的激烈。我出戏了,史密斯带着朦胧的职业内疚想到。本来还欢快地交头接耳的法庭几乎是生气地一下子就安静了下来。在史密斯作证时,德兰西本来是在关心地左右环顾,像一个好牧羊人一样关注自己羊群的所有情绪。他身后的木雕狮子和独角兽上涂金漆的花纹把金光轮流反射到他假发的这一边或者那一边。德兰西停了下来,落在犯人身上的是一种收紧的、打量的、完全认真的目光。发现气氛起了变化,科尔登马上抓住了机会。

"你给奥克肖特先生的结局是非常惨不——不——忍睹的,是不是?就像屠宰场一样,这个场面更适合的是畜生的死,而不是一位基督徒?"

"是的,先生。"史密斯咽了口吐沫说,"但不是我故意造成的。"

"不是吗?难道这整个鲜血淋漓的场面不是你淫欲的后果吗?难道你就不该对它负责吗?"

"不是我要打斗的,不是我要开始争吵的。"

"这个诚实人之死的重量就没有沉甸甸地压在你的灵魂上吗?"

"没有。"史密斯说。

"没有吗?"

"他已经回答了这个问题了,科尔登先生,"德兰西说,"你还有别的问题要问吗?"

"一个问题,法官大人。你说你从来没有做过违法的事情——难道你不是因为欠债被关押在我们站的这栋楼里,就在还不到一个月之前吗?"

"因为一场误会。"史密斯说。

"友好地解决了?"德兰西问。

"是的,先生,"史密斯说。

"好,"法官说,"犯人律师?"

"你受到了惊吓,对吧——奥克肖特的死?"威廉·史密斯说,"那么多血?"

"是的,先生。"史密斯说。

"很自然。不是个士兵,不是个剑手,不习惯。惊吓。但这个场面不是你选的,对吧?"

"不是,先生。"

"而有的时候,流血,是正当的。有的时候,血是为高尚的事业流的。'要记住,啊,我的朋友们,法律、权利、代代相传的慷慨的权力安排,是你们光耀的先祖们用高昂的代价换来的,付出的是如此多的血……'"随着律师大喊起剧中加图的台词,他通常断断续续的句子听话地变长了,整个法庭回复了交头接耳的快乐基调。他安全地把鲜红的血泊变回了一种修辞。"如此多的血,"他若有所思地重复道,"诚实人的血?那还要等着看。你有没有,"他突然冲史密斯说,"在,被扇耳光,商人咖啡馆,和打斗,公地上,之间,再见过奥克肖特吗?"

这是要求史密斯完成向下的最后一步。史密斯斗争了,扭动了,挣扎了，但发现自己仍然还悬浮在内心那座楼梯必须要踩下去的台阶之上：他没有发出任何声音。

"史密斯先生？"律师提醒说。

"我不得不说，"德兰西法官自然地插话说，"当一个人拒绝回答自己律师的提问时，这就验证了我对让律师参与审判这种新花样的怀疑。你可不会见到有人拒绝回答自己提出的问题，对不？"他大笑了一声，"可是有人还在跟我们说这种新安排在法律上有同样的效果。犯人——一旦提出了问题，我们必须听到你的回答。犯人？"

"没错，"史密斯阴沉着脸说，"没错，我又见到了赛普蒂默斯。那天晚上，在威廉街的浴室里。"

"那时又发生了什么？"律师追问道。

但这一次史密斯的嘴怎么也不肯张开了。

"请求法庭原谅，法官大人，"威廉·史密斯说，"犯人的证言非辩护必需，另有证人可以证明。犯人不愿开口事出有因。会有说明的。"

"好的——"德兰西刚开始用他像摊开锦缎一样顺滑富贵的声音说话，刻薄的苏格兰人科尔登不敢相信自己刚听到的，他同时开了口。

"什么？你竟然会容许如此……如此明目张胆的谎言？"

"上帝！"德兰西说，"科尔登先生，请你记住你必须对法官保持尊敬。还要请你记住，本庭容许什么是由纽约的良善人士决定的，本庭也是由他们授权召开的。这一权力，先生，是容不得其他任何力量来限制或者篡夺的，不论它如何强大。"

掌声。

"是，法官大人。"科尔登咬牙切齿地说。

"好，如果你没有别的证人要传唤，就完成你的结案陈词吧。时间不等人。"

"国王陛下一方的指控非常清楚，"科尔登说，"不需要再进一步澄——澄——清了。这个四处流窜的骗子——"指了指史密斯，"我们不了解他的任何背景，只知道他会唱歌，也的确会跳舞，会把脸涂白了漂亮地显摆自己，还喜欢勾引别人的妻子。他自己已经承认了他造成了总督秘书的死亡。那是一位宝贵的年轻人，严肃的年轻人，有才能的年轻人，也是你们都认识的人。我还要提醒你们，他也是这里，这个法庭所代表的合法权力的臣仆。而引发这一切的缘由不过是狭隘莽撞的怒火。不论是国王陛下的，还是国王陛下正直子民的臣仆，都不能任人如此随意砍倒泡在自己的血泊里。我的发言完了。"

"谢谢你，科尔登先生，"德兰西说，"威廉，传唤你的证人，让我们快点结束吧。"

史密斯的律师传唤的自然是他曾经的狱友，那个用可怕的话折磨过他耳朵的怪物，似乎法庭里的人群也同样熟悉他。船长咧着嘴走向了围栏，露出一口开裂、缺口、断掉的牙齿，他身上的阵阵恶臭就像军队的先锋一样飘散在他前方，旁观的人一阵骚动，然后为了自卫给他让开了道，不过除了那些奴隶。人群边挪开边互相用肘轻推，边点头，边露出了期待的兴奋。这是一群知道自己将会看到一场恶心但绝对令人开心表演的人。船长回应着认出了他的人群，他轻轻地点着头，左右摆手致意。

"啊！"他站在法官席之前说，"非常荣幸能够袒露这件事，自从我两天之前偶然目睹之后它就重重地压在我心头。当时我在威廉街的澡堂子里，我听到了一阵争吵声，我就从拐角后面探过头一看，我看到的就是这边这个家伙——"用手捻着史密斯的衣袖，"在抵挡那个瘦长、惨白、病恹恹的娘娘腔、奥克肖特。奥克肖特正在追着要亲他，或者要在他身上摸摸搞搞，或者要做更糟的事。他说：'不，不，拿开你的手，我不会任你羞辱我。'奥克肖特说：'不要反抗我，你这个漂亮的家伙，否则你会过得更惨，等到明天。'他说：'你什么意思？'奥克肖特先大笑，然后他说：'我打赌怎么演女人你熟悉得很，你就别装害羞了。你是个演员，怎么样对你都是一样的。你的上下两头我都要，要不明天我就把你的肚子拉开，而且没人会找我麻烦。因为我和总督关系好得很，和我这样的人比你就是下水道里的垃圾。'但这个家伙说:'那是违背自然的,我不会满足你的。你有什么招数尽管来吧。'然后奥克肖特就非常生气,他套上衣服走了出去,边走边骂得极其难听。你不敢相信这么个看上去温顺的家伙知道这些字眼。他说——"

"够了。"德兰西说,他似乎不像某些人那样享受这种表演,"我们大概明白了。科尔登先生?"

科尔登的长脸现在已经从震惊变到了愤怒再变成了一种阴郁的幽默。

"你同意污蔑死者是无耻的行径吧?"他问。

"如果是真的就不是污蔑了。"船长咧嘴笑着说。

"很好,那提醒我一下,这场对话据说是在什么地方发生的?"

"在威廉街的澡堂子,我说过了。"

"两天前?"

"我说过了。"

"你两天前洗过澡?"科尔登用自己的长手指在他和船长之间的空气里画了个椭圆,就像是浮雕小像的边框一样,给陪审员们框出了船长面孔周围挥之不去的阵阵臭味,"然而这个经历却非常神奇地对你没有任何影响。"

法庭里爆发了一阵笑声,德兰西也加入了其中。

"我是在门廊里看到他们的。"船长阴着脸反驳说。他不喜欢这样的笑声。他的嘴歪倒了一边,他看起来十分之九都是狠毒。

"哦。"科尔登拉着重重的讽刺说。

"他已经回答过了。"德兰西说,"犯人一方还有什么问题吗?"

"有!"史密斯突然喊道,"我有一个问题!怎样——"

"栏外犯人,"德兰西说,"你可以让律师代表你辩护,或者不让律师代表你辩护。但你不能一会有人代表一会没人代表。(顺便说一句,这是一句带有政治哲理的警句。)你已经选择了由人替你说话,那么你就不能说话了。威廉，结案陈词。"

"法官大人，"律师说，"陪审员们，在这里的是，普通的年轻人，不比大多数人更好，也许比某些人差一点。喜欢搞女人还不守规矩，不是个女婿的好人选。但任何人都可以是自由的朋友，因为自由是所有人的朋友。当权力向他提出条件时——邪恶的条件；最为邪恶的条件——他接受了吗？没有，他反抗了。而且因为走运，他还胜利了。朱巴杀死了塞姆普罗尼乌斯。我的发言完了。"

"十七分钟，"德兰西看着他的金怀表宣布，"耻辱。不应当成为一个容许它存在的先例。陪审团长，至少我们能不能马上开始定罪？"

陪审员们努力伸长了脖子聚在了一起，小声嘀咕着，看起来像一捆正被人用绳子捆起来的麦穗。然后他们又分散开了。

"无罪，法官大人。"陪审团长说。

"嗯，"德兰西说，"不对，我觉得不对。如果你们仔细考虑了犯人承认过的热血上头或者莽撞就不是这样。科尔登先生是对的，不论事情的情由，不管受了怎样的挑衅，我们都不能用街头喋血的方式来处理纠纷。必须要按照事情的严重程度留下点有罪的记号，请你们重新考虑，快点。"

陪审团又嘀咕了一阵。

"过失杀人罪，法官大人。"陪审团长回报说。

"很好。文书，就这么写。"德兰西说。他清了清嗓子——这是告诫的响声、仪式化的响声、音乐般的响声。他意味深长地看着史密斯。"栏外犯人，"他说，"你将受到拇指烙字的刑罚，用以证明你曾误伤人命，并以此终生向人展示你的罪过。本判决将由治安官属下立即执行。"好了，他的眼睛在说，这不就是你想要的吗？他冲史密斯点头示意他可以走了。"下一个？"

史密斯的确因为他被允许多少要承担点罪过而感到了一种奇怪的放松，他在一阵顺从的朦胧中任由人把他带回了开庭之前他待过的治安官的房间，等到一把烙铁被放到炭盆上开始加热时，这个刑罚的肉体层面才变得真实到让他感到了不安。但两个治安官的手下已经乐呵呵地紧紧抓住了他的手臂，把它伸直了摆在桌子上。

"准备好了？——我是你的话，先生，我会看旁边的。一下子就好。"

的确如此：可是回顾那个瞬间，甚至等待那个瞬间，都比真正经历它要轻松得多。红亮的"M"烙上拇指时发出了一阵咝咝声和烤猪肉一样的气味，拇指上的皮肤像蜡一样皱缩了，肌肉变得滚烫，灼热仿佛一直刺到了他的骨头上。他们把史密斯的手埋进了之前给他用来洗漱的那盆雪里，盆里的雪到现在只化了一半，用他的旧手绢体贴地包裹在了他烧焦融化的肌肉周围。他的拇指抽痛着、灼痛着，像一颗要把史密斯全部的注意力都限制在它身上的疼痛红星。

"先生？可以走了先生。"

史密斯跌跌撞撞地走到了楼梯口，发现楼道里，还有下面从门柱间有雪飘进来的开放门厅里，全都站满了为他鼓掌的人。

"看到了吧？"威廉·史密斯拉起他没受伤的胳膊说，"根本就没什么好难过的。"

一场自发组织的聚会就这样在黑马酒馆楼上的房间里开始了：这是法官阵营里的大人物、支持者还有溜须拍马的跟班们的聚会，他们不是为了要谋划什么重要的事，也不是为了决定任何事情，只是为了让大家再互相看上一眼，顺便庆祝一场胜利，他们中一半在法庭有事的人马上就要四散离开纽约城了。随着这些人的进进出出，冬日短暂的白昼（几乎是一年中最短的一天）变成了冰冷的黑暗，透过玻璃窗看到的外面街上的积雪变成了淡得不能再淡的亮光，同时玻璃窗上闪动着开心的、大笑的、还有大声说话的面孔和烛火的反光。在米迦勒开庭期的最后一件案子审结之后，德兰西本人也出现在这里，房间的中心也随之变成了他穿着黑袍的高大身躯和精致的脸庞。德兰西好脾气地站在那里，听得多说得少。史密斯被律师安排在他身边的一张椅子上，紧靠着墙上的护壁板。没人要求他做什么，这是一场关于他的胜利，不是他的胜利。他只是这场庆祝明显的借口，仅此而已，而他也觉得自己做不了别的什么。因为越来越烫的一阵阵高烧、手上让他无法分心的钝痛，还有确定自己除开这些身体上的干扰就没有什么好想也没有什么好回忆的，史密斯很满足于弯腰坐在壁炉里传来的暖意里，忙着笨手笨脚地从他左手里一直有人给他加酒的杯子里喝白兰地，或者在有人下令时举起另一只包着手绢的手供人致意或者同情。他昏昏沉沉地想，房间里的这些忙着互相用力表示友善的人就像他在伊斯坦布尔旧城动物园里见过的一群狒狒，或者应该说他没这么想——至少没有想得这么明确。记忆中猿猴的啸叫，它们的互相拍打和爱抚在史密斯的脑海里浮现了出来，然后和当下的笑声，装着加纳利葡萄酒的酒杯碰杯的声音还有露出来的牙齿混作一体，一切都像火苗一样摇动不已。那我又是什么呢？

但当格雷戈里·洛弗尔来和人打招呼时，他一看到史密斯坐在那里，就直接走过去质问他。

"你说，"他说，"要是你被吊死了，我就省了一千镑，我的生活也要简单得多。不过，还是得恭喜你的好运，我猜我该说。但现在我们不能再含糊其词了，我找到了你，我要守着你直到我听到你的答案为止。用货物结款额外再算百分之六——你要怎么结算你的款子？"

于是史密斯告诉了他。

洛弗尔睁大了眼，然后他嘎嘎笑了。

"最后也没那么古怪嘛！我知道我们终究会和你该死的挑剔说再见的。但这个！那么多胡说八道的话，那么多神神秘秘，那么多摆出一副看不起我们的聪明像，结果你是个……行，等我告诉皮特吧，他会笑到肚子疼。那就这样吧，一千七百三十八镑十五先令零四便士的纽约钱，再加上放弃现金结款的额外百分之六，等于一千八百四十三镑零一先令纽约钱，差不多是这个数。我明天会给你一张承诺付款书，你一拿到手就可以拿去花了。至于你欠的其他小账，你可以告诉他们来找我要钱就是了。那我们就两清了，到此为止了，史密斯先生，我们的生意就此结束了。你没有必要在结账日那天出现了，我们就当那个仪式已经完成了，因为我有种再也不想看你一眼的强烈欲望。"

"能不能请你告诉塔比莎——"史密斯大着舌头说。

洛弗尔举起了一根手指。

"不行，"他说，"不行，不行，不行。你不能再给我任何一个孩子写信了。你离我的女儿、我家、我的生意、我的朋友、我的一切都远点。这帮人还能勉强接受你，但我可以告诉你，正经社交圈里你就是块臭肉。这个岛上没有一扇门会为你打开了。我们让你进来了，看看你都干什么，你这个会走路的毒疮！"他朝律师点了点头，礼貌地补了一句，"威廉。"然后走了。

洛弗尔走过德兰西身边的时候拉住德兰西和他说了一两句话，他肯定把自己刚知道的东西告诉了德兰西，因为就在这位商人离开房间时，德兰西转向了史密斯，朝他投来了一种失望长辈的表情，他皱着眉头，就像是在惊讶史密斯居然因为如此无聊的原因领着全城人跳了这么大一圈舞。他用勺子敲了敲酒杯。

"让我们举杯祝酒吧，小伙子们，在季节把我们分开让我们各奔前途之前。"他宣布道，"要为什么敬酒呢？"

"让总督见鬼去吧！"

"不，让所有的暴君都见鬼去吧！"

"敬我们古老的权利！"

"敬法律的智慧！"

"敬陪审团的自由人！"

"敬汤姆林森夫人的魅力！"一个更粗鲁的捣蛋鬼说，屋里响起了一阵带着笑意的男人的哼哼声，持续了好一阵。

在这之后的安静里，史密斯说了句众人没有听清楚的话。因为提到了忒尔皮,所以他们想到了他,也因为记起来了他今天是他们这一方的吉祥物,在场的人有了兴趣想听听这个堕落的小混球有什么要说的,尤其是那些没有直接和他打过交道的人。

"站起来,小子,"一阵吵吵嚷嚷的声音催促着他,"说出来,说出来,我们要听你说。"

史密斯摇摇晃晃地站了起来,靠着墙边,然后胳膊僵硬地举起了他的杯子。

"敬赛普蒂默斯·奥克肖特!"他用响亮的、痛苦的、充满怒意的声音大喊道。

一旦人们明白过来史密斯不会再加任何更轻松的话,任何逗趣的话,他们觉得这话相当没有品位,而且让人摸不着头脑。屋里响起了一阵不满的啧啧声和怒吼声。而当史密斯又一次醉醺醺地喊出了这句话——然后又一次——然后继续不停地喊下去时,屋里的人开始转身,开始分开,然后离开,边走边咒骂边摇头边回头看着史密斯,他站在那里盯着炉火,摇晃着包扎起来的手。人不停地离去,直到这场聚会最后什么都没有剩下,只留下史密斯无比孤独地站在那里。

## IV

史密斯爬到了床上。黑马酒馆的仆人们和他拉开了距离,没有人敲门,没有人提出帮他找医生,或者给他刮脸,或者给他送吃的。床沿边仿佛有阿尔卑斯山那么高。他用左臂支撑着自己,用力一跃趴在了被子上,浑身颤抖不已。把受伤的手从大衣或者衬衣里脱出来是史密斯无法完成的挑战,他只踢掉了自己的鞋,然后就尽量用毯子把自己包裹了起来,裹得像根香肠一样,把受伤的那只手贴着脑袋伸了出去。因为他实在没有力气拉上床帐，冬日的黑夜和落雪的簌簌声毫无阻碍地顺着房间冰冷的玻璃窗透了进来，冬日白昼惨白的日光也同样渗了进来，而史密斯只能无助地躺在那里。他陷入了沉睡中，仿佛滚落深渊一般，身下的床垫就像船甲板一样摇晃不定。有时卷起来的毛毯就像火炉一样滚烫，而别的时候他却又冷得连牙齿都发疼打战。深渊，航船，火炉，冰窖；冰窖，火炉，航船，深渊。在枕头上，枕头下，或者枕头旁边他都找不到舒服的地方把拇指放下，而他翻身时，拇指会被擦到或者压到，然后一道剧痛就会刺入他滚烫或者冰冷的混乱梦境中：高烧牢牢地抓住了他，逼迫他在梦中挣扎，他的睡眠全是一条条分叉的道路织成的密网，他必须沿着每一条路费力地前进，努力数清楚一大片洒落的粉末般的东西，或者记住明显头尾连在一起的冗长目录，要不就是把动物哄进没有边或者没有底的盒子里。航船，冰窖，深渊，火炉。×××爵爷、他的父亲、卡德瓦拉德·科尔登、洛弗尔先生都在斥责他。德兰西笑了，笑声雍容又缓慢，他的笑声还雍容缓慢地一缕缕绕到了纱线管上。塔比莎拿背对着史密斯，等史密斯抓住她的肩膀把她扳过来，啊，她的前面居然也是后背。赛普蒂默斯又在流血了。"把雪留着！"伦诺克斯大喊着，"一点点都不许丢，我们还可以把它塞回他身体里！"和伦诺克斯还有阿基利斯一起，史密斯把猩红的雪糊顺着赛普蒂默斯腿上一个有兔子洞那么大的口子往里塞，赛普蒂默斯越涨越大直到他的扣子崩飞了，变成了一个酒红色的雪人，但顶上依旧是赛普蒂默斯的头，灰色嘴唇还往外说着俏皮话。火炉，冰窖，航船，深渊。一圈又一圈：没有哪个梦是只出现一次的，似乎所有的梦都在按着不同的顺序无限循环，仿佛有个高烧的乐队指挥在赶着它们上演一曲没有尽头的赋格。史密斯交替地浑身发烫又浑身发冷。他睁开眼看到的是或明或暗的房间，它看起来只是数不清的一串房间中的一间，墙壁像果冻一样摇摇晃晃。他继续睡了下去，浑身发抖。

在史密斯昏睡时，阿基利斯靠燃烧灯油烤软冻得像铁一样的泥土，在三一教堂的墓地里一点点抠出了一个墓穴。在百老汇大街上的行人眼里,那些蓝色的小火苗就像夜晚墓地里出现的鬼火一样挪移闪烁。在史密斯昏睡时,赛普蒂默斯下葬了,三一教堂的牧师对着白色积雪中的一个黑色长方形念了《公祷书》里的安葬祷文。12月20日穿过果冻一样的墙壁变成了21日,12月21日穿过极热和极冷变成了22日。

但清醒最终还是来了,和其他从梦中醒来的浑噩完全不同。史密斯睁开眼看到的是一个全新的冬夜,他发现自己身下的床又平又稳。他什么都看不见,他也不知道现在是什么时候或者什么日子,但他第一次感到了自己平淡无奇地存在,也感到了夜晚(虽然依旧很冷)平淡无奇地和他分隔开来。他的拇指很疼。他的嗓子渴得发痛。他挣扎着掀开了毯子,赤脚站在地上,在黑暗的房间里摸索起来,不停地撞到家具上或者把小东西打落在地。他在似乎是个边柜的东西上摸到了一个水罐和一个水壶,把水罐里落满了灰的陈水喝了大半。史密斯感恩地感到喝下去的水化作一阵湿润的潮流沿着自己的身体往下走,这也激起了他身体的下一种需求,他靠把尿撒进水壶里,或者说大部分撒进水壶里,满足了这种需求。然后他又摸回了床边,在床褥里掏了个窝,爬回了柔顺的床单上。纵然他已经清醒了,悔恨和耻辱依旧在提醒着史密斯它们的存在,但它们可以先等一等;史密斯承诺晚点会关注它们,然后驱逐了它们,落入了沉睡中,和之前经历的一切相比,这次的沉睡是甜美的、清凉的。

然后天亮了,日光让史密斯看到自己睡的枕头上沾满了干血。他整个人也很脏。他能感到自己全身上下都因为发烧出的汗变得黏糊糊的。他动了动被单下的腿,它们给人的感觉又细又脆弱。史密斯虚弱得像水一样,但他的头脑也清澈得像水一样。他仰头看着床帐顶的天鹅绒,听着街上的响动:模糊的说话声,脚在雪上费力行走的声音,雪橇滑板滑过的沙沙声,一匹马打着响鼻喘气的声音。这是又一个醒来的人当中没有赛普蒂默斯的早上。这是赛普蒂默斯死后的又一天,紧跟它的是更多赛普蒂默斯死后的日子,一直延续到世界的尽头。

我根本就没有自己以为的那么聪明,史密斯想,我以为我是在照自己制定的规则玩一个别人猜不透的游戏,结果我四处游荡,不去注意已经开始了的其他游戏,不耐烦去琢磨它们的规则。我一次又一次地冒失。我让忒尔皮演了那场戏,结果却引得她渴望变回过去的自己。我让赛普蒂默斯来尽力保护我不受后果的冲击,结果却保证了所有后果都落在了他身上。我让他成了人一想起来就鄙夷的对象。我给了一方对付另一方的武器,尽管我从来就没想站在任何一边。还有塔比莎!我想追求塔比莎时她却试图陷害我。我想离开她时却引得了她努力地想信任我,然后我毁掉了她的努力。冒失上堆着冒失,除了冒失什么都没有;几十上百个冒失。——需要注意的是,这样的觉醒都来得晚了点,史密斯先生也正在把周围所有的错都往自己身上揽;但也许智慧永远都会来得有点晚,也许初次拥有的智慧也永远都有点不精确。这么久以来,史密斯想,自从我离开×××爵爷家之后,我都在心里为自己珍贵的独立意志骄傲。我告诉自己世界上最重要的事情就是保护自己做选择的权力。我为它做了牺牲。我其实应该说我向它献出了牺牲。我塑造了一个偶像,我建造了一座祭坛,然后我倾倒在祭坛上的是——史密斯打断了自己,但在他脑海里的公地上,积雪又一次变成了鲜红色。——我揣着个秘密来了这里,于是我就以它为借口让自己相信我可以在这边肆无忌惮,想多肆无忌惮就多肆无忌惮,理由是如果他们知道的只是他们不知道这件事,他们就不会在意我了。然而似乎我错了。

史密斯咬紧牙关,解开了拇指上的手绢,想看看标记自己错误的烙印。沾满了干血的手绢布粘在了渗出液体的伤口上,他必须要小心地把它揭下来,但手绢之下的东西并没有手绢那么恶心。他的拇指依旧肿得像木棍一样,但烙上去的浅浅的"M"已经开始结痂了,没有任何感染蔓延到手里的迹象。这个伤口被烫出来的同时也被烧灼止血了。

史密斯不能回去弥补自己的过失。他不能用举起的酒杯洗清赛普蒂默斯的名誉,也不能用醉醺醺的表态让他复活。他只能——什么?他能做什么？活下去，尽力变得更聪明，在未来更好地兑现承诺，避免错误。他必须要坚持实现他为之前来的目的，要努力用更荣誉的方法兑现所有他现在意识到自己承诺了的事。在此之外就是试着看看有什么是可以恢复的，如果——不，他告诉自己，完成这些事情时不能有任何过分的希望，不能想任何可以让它们变轻松的幸运机会，不能想额外的回报，不能想幸福的结局。要做的事情够多了。如果他想在圣诞节前就准备好，那要做的事情就更多。他闭上眼睛，让自己开始列一张每一件他必须安排好的事情的清单，等所有的任务都计划好之后，他爬了起来，跟跟跄跄地走到门口，把头探到走廊里，然后用尽可能听似冷静的语气喊人给他准备澡盆、热水还有培根和鸡蛋。

然而单子上的头一件事最后却是最难完成的，等史密斯把其他大多数任务都完成了，他都还没法开始这一个。总督府拒绝给他提供任何帮助，不论是关于任何事。他要求拿回自己的一件忘在赛普蒂默斯·奥克肖特房间里私人物品的请求被轻蔑地拒绝了，他暗示想买这位去世秘书的奴隶的提案被认为既古怪又可疑。当史密斯本人出现在要塞门口，想试试看当面交流会不会比写信有更多进展时，那些明显收到了命令的哨兵不论如何都拒绝放他进去。当史密斯坚持要进去时，哨兵们先上下打量街头，看看有没有人在看，发现不会有证人之后，他们在史密斯肚子上揍了一拳，把他扔到了路对面。

"滚蛋吧，伙计，"下士说，"没人想见你。"

然而被火焚毁过的圣乔治要塞的围墙更多是个名义上或者行政意义上的障碍而不是物理上的。23号的深夜里，觉得自己别无他法的史密斯发现自己可以很轻松地就从大门口哨兵看不到的角落靠近围墙，然后顺着一根倒下来的方木料爬进了墙里。

积雪遮盖住了内院里沟壑纵横的混乱场面，院里扎的三个钟形帐篷上落了一层雪，毫无疑问，可以给睡在里面的士兵保暖。帐篷里没有灯光，只有总督府楼上的一扇窗里透出黄色的灯光，也许那里有个守夜的哨兵正坐在总督的房门外。史密斯沿着院子里被阴影遮盖的那一边行动，小心翼翼地，尽可能不弄出很大响动地，走向通往赛普蒂默斯房间的楼梯。除了尽力不发出声音地把门撬开，他不知道如果自己发现门锁着还能怎么办，但是等他试着开门时，插销一拉就起来了，推开厚厚的包铁木门，里面露出了和史密斯预想中一样黑暗的空间，虽然没有他想象中冷，也不像他想的让人觉得这里已经被遗弃了。他走进去，反手拉上了门，因为点火肯定是非常不现实的，他只能等自己的眼睛适应从小格子窗里透进来的淡淡微光。慢慢地，无法分辨开的一团黑变成了不同深浅的黑色，他可以看到窗下是一堆赛普蒂默斯的衣物和装备，上面有个金属物件在反光，那可能是还插在鞘里的军刀。在对面的墙边，靠近小卧室的门口，不同深浅黑色之间的细微差别暴露出了一个方形的东西，那也许就是赛普蒂默斯提到过的海员箱。史密斯朝前走了一步，一直一动不动地等在门背后最深的黑暗里的阿基利斯就跃到了史密斯背上，把他压倒在地，双手紧紧扼住他的喉管像要掐死他一样。

史密斯喘不上气来，他在地板上挣扎着想找个支点。虽然阿基利斯不是很重，但他的分量都压在史密斯的上半身，压住了史密斯的肩膀，握住史密斯咽喉的细长手指上也传来了熟练的力道。

"谢谢你自己送上门来，"他在史密斯的耳旁嘶哑地说，"因为如果我出去找你，他们会说：他伤害了一个白人，把他撕成碎块。但现在你在黑夜里溜进了这里，我就可以杀了你，而且他们还会说：干得好，忠诚的阿基利斯。好仆人。你守护了你主人的家。"

史密斯从喉咙里发出了一阵嘎嘎的响声。

"你说什么？听不清你说什么，小子。"

咳嘎嘎咳。

"你在冲我说什么，嗯？你想说什么？你现在又有什么新主意了？你现在又想要什么花样？"

阿基利斯似乎只是更生气了，但让史密斯惊讶的是，这些问题并不仅仅是在反问。阿基利斯松开了手：没有很多，可足够打开一条麦草秆粗细的通道让空气进来，足够分开一点正在覆盖史密斯意识的嗡嗡作响的夜色，也足够让史密斯沙哑地回答一句。

"那——是——个意外。"他努力说。

阿基利斯把他的头重重地撞到了地板上。

"当然那是个意外！"他大喊，如果人可以低声地大喊的话，"你以为你能故意伤到他吗？你？永远不会，你……你……"

阿基利斯又将史密斯的额头撞向地板，但他没有收紧握住喉咙的手。他似乎需要有人说话。在耳鸣声和飞舞的金星中，史密斯意识到，如果阿基利斯要的只是简单的复仇，他往自己的肋下捅一刀见效要快得多也直接得多。可一具变冷的尸体是听不见你和他说了什么的。

"没人——一起——哀悼。"史密斯猜测。

"你！"阿基利斯重复说。他的声音里塞满了愤怒和哀伤，但又不得不压低了声音说话，他听起来仿佛和史密斯一样喘不上气来。"你把他从我身边夺走了，看看你！你身上没有一样是强大的。你是用他的善良杀死了他。他可怜你。你就只会吹牛。他们告诉你什么你就说什么。你什么都不懂。你不知道你是什么。可看看你从我身边夺走了什么！看看是什么被你夺走了！"

最后一个字是一声不得不压住的哭号和怒吼。水珠落到了史密斯的脑后。阿基利斯不再把史密斯提起来再狠狠撞下去了，有那么一阵，他只是松松地压在史密斯身上。史密斯把腿蹬到一边——往上一用力——尽力往右一抬身子，成功把一个胳膊肘塞到了自己身下，一只手在地板上撑住了，准备往上推。按在地上的正是他被烙过的那只手，这不过是他该有的报应。当史密斯用尽全力张开手指往上一推时，他的手痛得就像火燎一样，但这样让他的脸从地板上抬了起来，也让他们两个人直接翻了过去，朝左边滚作一团直到他们撞到了墙上。撞击的所有力量都落到了阿基利斯的背上。两个人都倒抽了口气。史密斯可以用手和膝盖支撑自己立起来了；阿基利斯重新抓住了史密斯，可只抓住了他的肩膀。他试着扳倒史密斯，试着再用自己的体重压倒史密斯，但他现在没有了最初撞倒自己对手的冲劲。现在，随着他们挣扎下去，史密斯身量更大的优势越来越明显。现在是牛犊和蜘蛛之间的战斗，虽然这只蜘蛛再狡猾不过，但史密斯还是能够重重地转过身去，能够拖着两个人的体重，四肢着地爬着穿过整个房间，重新朝着窗台，朝着黑暗中赛普蒂默斯军刀刀柄的微光爬过去。与此同时，阿基利斯一直试图别住史密斯的腿，让他停下来，试着踢他的膝盖让他摔倒。艰难的步子 步接一步。在他们喘着粗气穿过漆黑房间时，阿基利斯又开始在史密斯耳边说话了，这次他仿佛是在跟自己说话。

"我现在是什么了？"他说，"我还剩下了什么？我曾经是个富拉尼人[1]。我曾经是埃米尔的侍卫。我曾经是哈菲兹。我曾经是个丈夫。我曾经是个儿子。我曾经是个父亲。都没了。重新开始。我曾经是个爱人。我曾经是个朋友。我曾经是个哥哥。我曾经是个战士。我又开始作战。我又开始思考。我又开始呼吸。我在绿色的森林里纵马。我和奥登桑内人[2]的头人们坐在一起。我踏上过白人从来没见过的山峦。都没了。都没了。又都没了。"

阿基利斯每说一个字，挣扎的气力就少一分。史密斯爬到了窗台附近，他可以伸手扣住窗台，借力立起身来，直到他半站了起来，不费什么劲就摆脱了阿基利斯瘦削的、手长脚长的身体。还摸黑一把抓过并抽出了赛普蒂默斯的军刀。

阿基利斯站了起来，他有尊严地对着军刀走过去。史密斯可以从他眼里朦胧湿漉漉的光看出他在哭，他肩膀塌下来的样子也暴露了他的

---

[1] 主要信仰伊斯兰教的非洲民族。下文的哈菲兹是用来称呼能够整本背诵《古兰经》的人的称号。
[2] 易洛魁联盟印第安人的自称，意为"住在长屋里的人"。

年纪。

"而现在，"他静静地说，"我知道太多事情了。太多秘密。他们不会把我留在这里的。很快他们就会把我卖去南方，卖到烟草地里，卖到铁矿里。可我没法再开始了。我没力气再开始了。太难了。活两次已经够了。动手吧。"他仰头看着天花板，再也没有移动过视线。

"我没有——"史密斯说——他不得不停下来，又喘气又咳嗽来清嗓子——"我没有要杀你。我甚至都不想握住这个。如果可能的话，我打算再也不要再握住这样的东西了。"

阿基利斯低头看了看。史密斯伸到他面前的不是刀尖，而是刀柄。

# 八

**清账日**
12月25日
**乔治二世治下第二十年**
1746年

在那时的纽约，圣诞节该工作还是玩乐完全取决于个人的教派。国教信众们会庆祝这个节日，在屋里装饰上绿色的树枝，在炉火上堆满木柴，在地上铺撒一把香气扑鼻的迷迭香，路德宗和莫拉维亚教派的人也是如此。但贵格派的，法国加尔文宗的，荷兰归正会的还有说英语的浸礼会和长老会的信众都把这天当作一个普通工作日，以此表明他们的反叛精神和他们把这个节日看作教皇佬荒谬仪式的不屑。这一年圣诞节是个周四，你只要看看哪些商铺关门上板了，哪些还执拗地开门营业，你就能绘制出一幅相当可靠的整个纽约城宗教信仰的分布图。尽管天气严寒，尽管学徒们在抱怨，尽管稀稀拉拉地没有几个顾客，开门的商铺里灯火通明，店员坐在桌前，商人准备好了卖货，裁缝准备好了针线。天气的确很冷，空气里又夹上了北方的寒气，积雪上雪橇滑板摩擦过的地方冻出了一层滑溜溜的冰壳。普通的行人滑倒着、咒骂着，然后看到东北方的天色之后，下定决心要尽早躲回屋里去。因为洛弗尔家信的是浸礼会，所以金山街上的账房还开着门。以赛亚垂头丧气地蹲在炉火边，他除了给偶尔上门还账或者要账的人煮大麦水之外，什么事情都没有；戴着手套的杰姆忙着写写算算核对账目，那些数字从一栏转移到另外一栏就代表着纽约城里真正的金钱流动，因为金钱在这里也没法变成更实在的形式了；在同一个装着黑糊糊的墨水瓶蘸羽毛笔的格雷戈里·洛弗尔一边叹气一边在废纸片上计算——这已经不是第一次了——如何让公司资本上突然出现的大窟窿尽可能少地阻碍和破坏来年的计划；如何让洛弗尔公司最好地在史密斯的掠夺之后幸存下来。

然而史密斯却去了三一教堂庆祝圣婴耶稣的诞生。在教堂里，烧得通红的铁火炉慷慨地传播着热量,一排排最好的黄色蜂蜡蜡烛发出耀眼的亮光,在弥撒之后供教众庆祝节日的煮红酒散发着香味。但皱着眉头的教堂司事却把史密斯安排到了大厅后方,藏在柱子后面最不起眼的座厢里,那里是收容不愤的人、嘟嘟囔囔的人和奇怪的人的地方。要不要同意这么个臭名昭著的人进教堂是个让司事相当为难的问题,但这个罪大恶极的罪人[1]并没有惹人注意,他一脸惨白收敛,额头上还有正在消退的瘀青。你肯定不能赶走一个也许正在悔过的罪人,尤其不能在圣诞节这天,尤其不能当你在宣布对众人皆应有善意的这天。你只能把他藏起来,躲在柱子后面的史密斯因为人看不到他,也因为他也看不到前面的盛装大人物们而松了口气。在前面,唱诗班正在唱《齐来,宗主信徒》,总督的嘴像条鱼一样一张一合,汤姆林森夫妻俩坐在那里活像一对痛苦的塑像,而德兰西正在散发着足够让行星偏离轨道的庄严。史密斯没有走到前面去领圣餐,也许是因为他不敢穿过人群,也许是因为他还在内疚。就在史密斯看得到的地方,刻着戒律的石碑就嵌在教堂的墙上:按照史密斯自己的计算,在整个十诫中,他最近一共犯了三条[2]。他闭上眼,用拳头抵住额头开始了祈祷。他在为何祈祷,我是不知道的。在弥撒结束之后,在绿色大衣上又罩了一件皮毛大氅的史密斯悄悄地溜出了教堂,因为他还有很多事情要做;他也想在自己离开纽约前,在最后一场对话之前把一切都处理好,这样不论那场对话结果如何,他都可以马上离开。

直到下午两点,史密斯才准备就绪,试图尽可能小声地敲响金山街上那幢房子的临街大门。他敲之前先看了看街角那边:账房仍然固执地开着门,里面的人也都在忙着。泽菲拉一开门,他就竖起手指贴在自己唇边,直接冲到她身后,蹑手蹑脚地穿过了大厅跑上了楼梯,经过了又可以看到摇摆桅杆的窗口,经过了那些困在玻璃盒子里的残酷的衍纸花园,一直跑

---

[1] 引用自《圣经·创世记》第13章13节。
[2] 即不可杀人,不可奸淫,不可做假证三条。

到了他第一次站在黑暗里看到洛弗尔家两个女儿的楼梯转角。

塔比莎一个人坐在那里，一脸愁容地缝着什么，她旁边是一盘几乎没有动过的食物。

"啊，看哪，"她说，"杀人犯来了。你想做什么？"

史密斯立刻就回到了那种不在塔比莎身边时就很容易忘记的焦躁状态——那种感觉就像你的牙齿里永远卡着几粒细沙，或者像有什么东西在挠搔着你的皮肤——他也看到塔比莎似乎状态好些了；没有他们一起在雨中漫步时那么灵活、那么红棕的脸色，也没有他们一起去塔里顿路上那么大胆而透亮，但也不再是沉浸在恶意中的干瘪样子。塔比莎不再让史密斯想起一只冬天的黄蜂了。她肯定开始吃东西了，至少吃了几顿饭。她的肤色变得正常了，她的手腕不再是柴火棍一样了。但和她平时相比，塔比莎看起来异常谨慎而非好斗。她看到史密斯时站了起来，然后又退了回去，躲到了一张矮桌后面，朝壁炉台的方向退了回去。

"我是来求你原谅的。"

"真的？原谅什么？现在可有得选了。"

"我以为我们说好了把过去的错误一笔勾销，把它们都忘记掉的。"

"不，不，"她说，"那是在你和你那个肥婊子在人人都能看见的公开场合勾搭上之前，是在你昭告世界你更愿意在肥膘里打滚之前。从那之后，你所有的罪过又都重新浮上来了。"

"我觉得也肯定是这样。"

"是这样的吗？"塔比莎礼貌地说。她有意让自己的声音听起来很冷静。她没有发怒，她没有发火，她没有皱起眉头或者咧嘴嘲笑。她紧绷着自己嘴角的肌肉，还抬起了她的眉毛，就像这是保持她目光稳定必需的。"那继续吧，你要说什么就说吧。"

"我很……抱歉我伤害了你。我很抱歉我背叛了你的信任。"

"没有什么信任好背叛的。你爱谁是你自己的事。"

"你正要开始——"

"再也没有了。那都没了。"

"如果我可以向你说清楚,那些事情——不,我和汤姆林森夫人做的事——是因为我的懦弱——或者,不耐烦——或者——屈服于一时的贪婪,一种肤浅的贪婪,而且愚蠢地为了它而牺牲了——别的——别的更——"

"我不需要你解释。我不明白你在说什么,我不想明白你在说什么。你要说的话已经说了。现在,请你离开吧。"

屋里仿佛和外面的街道上一样冷。看着塔比莎洁白的手交叉成一团,史密斯明白她是被吓着了。他明白,自己不可能恳求她那愤怒但无可奈何的理智理解了,这种理智会让她明白人类在欲望的驱使下总是会做出怎样的蠢事,尤其男人更是如此。他明白,发生了的事情对她来说是落在游戏规则之外的,甚至是在她能理解的经验之外的。如果她愿意争一争就好了,史密斯想。看着如此火热的灵魂不愿意去抗争让人难过。

"我也很抱歉,"他尽量温柔地说,"你不得不通过那样的方式知道这件事,通过弗洛拉。我肯定她告诉你时没说什么好话。"

"要是你听过她说的那些话!"塔比莎突然叫了起来,她的声音变得尖细而颤抖,"她乐坏了。她说了——对我说了那样的话——"

有那么一瞬间史密斯觉得塔比莎正在燃烧起来,面对她妹妹这个更加熟悉的问题,她那熟悉的火焰正在回归;但塔比莎猛地打断了自己要说的话,紧紧地闭上了嘴。史密斯犹豫了。

"这样的话,"他像个朝着火炭上吐金酒想催生一阵烈焰的人一样说,"她这辈子有听不完的讽刺话了,对不对?"

塔比莎的眼睛愤怒地睁圆了,但她没有燃烧起来。活力在她脸上闪动了几下,却又消退成了恐惧。

"毫无疑问。"她说,"毫无疑问"——她的声音先有点颤抖,但她越说声音越稳,最后变成了结案陈词般的声音,正式、满是决断,"现在请你离开吧。"

"我要离开了。我要离开纽约了。"

"那正好。"

"我的意思是,马上。我马上要离开纽约了。"

"那正好。再见,史密斯先生。"

史密斯盯着塔比莎,她也直直地回应了他的目光。史密斯朝她投去的是恳求的目光、疑问的目光,是不敢相信的哀求目光。不可能就这样结束吧?但塔比莎痛苦、拒绝且镇定的目光毫不动摇地把它们都挡了回去,就像一块玻璃,雪球只能"砰"的一声撞在上面。似乎没办法从这里进入史密斯曾以为灵魂要求自己在离开前必须说的东西,不论说出这样的话让自己显得多么荒谬,也不论她会怎样嘲讽他的话。

在绝望中,史密斯朝塔比莎笑了笑,那是个又愚蠢又显眼又诚心的笑容,尽自己最好的努力鞠了一躬,然后从房间里走了出来。

塔比莎开口时史密斯已经走过了漆成绿色的松木门框,正在准备下第一级台阶。

"我知道为什么魔术师要拍手了。"塔比莎说。仿佛她控制不住要说出来一样。

楼梯上的史密斯僵住了。

"你知道了?"他说。

史密斯的眼睛一阵刺痛。他无比缓慢小心地转过身去,然后朝着在长方形房间里站着不动的塔比莎走了过去,就像是在靠近一只栖在树枝上的鸟,只要稍微有一点令它受惊的动作它就会飞走。史密斯小心地在够远的地方停了下来。

"那为什么要拍手呢?"他说。

"让我们的眼睛忙起来。这样我们就注意不到别的东西了。"

"你说的没错。那你想知道我不想让别人注意到的是什么吗?"

"不,"塔比莎说,"不,我不想。"她的声音里有一丝淡淡的不耐烦。

"你想我告诉你吗?"

"想。"她说。同样的情绪,更加强烈了,几乎要变成一道棱角了。想,很明显。想，你这个白痴。

史密斯觉得自己用能想出来的最脆弱、最纤细的鱼钩钩住了她，这个鱼钩完全是由好奇心做成的；就像一个用冰做成的鱼钩一样，用力太大马上就会碎掉，或者温度稍高马上就会融化；但史密斯可以用这个鱼钩逗弄着塔比莎，一直到把她引到安全的地方，把她引到她的幸福和自己的幸福的浅滩，只要他够机灵，只要他够聪明，只要他有无尽的时光。可他没有无尽的时光。

"我过五分钟就告诉你。"他说。

"什么？"

"你和我一起离开这栋房子五分钟之后我就告诉你。"

"你想出去，到街上去，说这个伟大的秘密？"塔比莎困惑地问。

"不是，"史密斯说，"我的意思是，如果你和我离开我就告诉你。如果你穿上大衣，收拾好行囊和我一起离开这座城市；永远离开；现在就离开。"

"你是不是——你是不是没听明白我和你说的话，刚才说的话？"

"我听明白了。我就是不愿意相信它。"

塔比莎直直地盯着他。恐惧又变得很明显，但没能统治她的面孔；恼怒在和它竞争，还有别的什么东西，受惊的，游移不定的。

"我了解你，"史密斯说，"至少，我相信我了解你。你教给了我你的天性是什么样子。那些课程非常地痛苦，这个学生也很蠢，可我最终还是学到了。"

"那我的天性是什么样的？"塔比莎说。她想讽刺，但给人的感觉更像是在恳求。

"一只鸟和笼子。不是你愿意想象成的一只在笼子里的鸟。你这么做纯粹只是感情用事，纯粹只是为了享受把自己当成受害者的乐趣，只是为了以此为借口说出聪明的刻薄话。不，你就是你自己的笼子。你的笼子不是你的环境造成的。你的笼子是你的激情造成的。顺便说一句，它们都不是什么好情绪。如果你更快乐,你多半会为自己感到羞耻。可这个笼子很小,随着时间流逝还会变得越来越小。对你来说它现在已经太小了。现在笼子里有只鸟,它需要被放出来。"

"如果你觉得情书该这么写,油嘴滑舌先生,我可一点都不吃惊你最后只能在猪圈里纵情享乐了,和母猪一起。"

"我觉得真相是这样的。"

"你有什么脸来告诉我这些东西?你!从一到这里,就冒冒失失横冲直撞的你。现在你反倒要摆出一副说真话的样子了?你不知道你这样有多荒谬吗?"

"我知道。是,我知道我这样有多荒谬。我向你保证我已经彻底地体会到这一点了。你说的猪圈也没错,在这座城里我是在粪里打过滚。在这座城里我的灵魂已经彻底地暴露过了。那么我告诉你我对你的真实想法又还能失去什么呢?再说了你喜欢这样。"

"我好奇你是不是还会说个不停——"

"在没人听你说话的时候。"[1] 史密斯把这句话补全了,"但你不是比阿特丽丝,我也不是本尼迪克,我们已经确认过这点了。你就是很享受这样。听听你自己说的话。你的声音又有了力量。看看镜子里,你的眼睛又亮起来了。我指控你,而你正在开心,就是现在。"

"我没有。"

"你在笑了。"

"我否认。"

"你当然会否认了,'不不不'女士。你就是否认、反驳和驳斥的女王。可你喜欢这样,毫无疑问——"

"不——"

"你就是。你喜欢有个和你旗鼓相当的人。你喜欢和一个像你一样灵敏、

---

[1] 出自莎士比亚戏剧《无事生非》的第一幕第一场。

一样聪明也一样粗鲁的人一起斗嘴。对不对?"

"是的。"

"啊哈!"史密斯叫了一声,然后像一只公鸡一样滑稽而得意地打起了鸣,但非常小声,以免被楼下的人听见了。

"你这个傻瓜。"塔比莎说,一脸不可抵赖的喜爱。

"是的——问题在于,你觉得我是在羞辱你。你觉得我们又开始在玩同样的游戏了。但我们没有,我没有时间了。我想告诉你的是,你喜欢有人了解你,因为这样让你觉得没有那么孤独——我觉得你是我见过的最孤独的人了。我想告诉你的是,我喜欢你。"

"尽管在你看来,我有那么多不足?"

"尽管这样,因为这样。谁知道呢?我喜欢你的全部。我喜欢鸟也喜欢笼子。我喜欢精巧的头脑也喜欢粗糙的舌头。我喜欢伤人的利爪也喜欢温暖的手。我喜欢这个怪物也喜欢这个姑娘。"

"我不太喜欢我自己。"塔比莎痛苦地说。

"我知道。"

"自从你来这之后我变得非常……困惑。你让我更生气了,你知道,因为我不能轻松地击败你,所以我猜我对你比对任何人都要糟,甚至比对母亲都要糟。事后我又觉得尤其难受,比粗暴对待任何人都难受。这样好吗?这会是个好的东西吗?我可以单纯地恨你的时候可轻松多了。"

"你应该尝试一下从我的眼里来看你自己的这个实验。"

"我会看到什么?"

"美。——还有愤怒,还有苦涩,还有孤独,还有非常坏的脾气。但首先是,美。你让房间里的一切都黯然失色。在我眼里,你的脸庞比任何人的脸庞都要活泼。在我眼里,其他的面孔都是肮脏的窗户,满是白垩和街道上溅起的污泥;而你的面孔是澄澈透明的,一直可以看到背后的灵魂。——我还记得你嘴唇的形状。我记得你闭上眼时眼睑的颜色。我记得你长长的腿和你大大咧咧走路的样子。而那些我不知道的,我想去了解;

所有的一切，花上很多很多年，温柔地，贪婪地——"

太过了。塔比莎本来已经在靠近史密斯了，试探地靠拢，就好像他手里有一团小小的火焰，她可以靠近了取暖；可现在她脸一红，红棕色的脸庞明显变成了不快的大红色，她又突然退了回去。

"够了，"塔比莎紧张地说，"停下来，已经说得够多了。你想我做什么，史密斯？你的提议到底是什么？说清楚。"

"我在让你从笼子里出来，门已经打开了。"

"不，不！我不想听花哨的比喻。我是个商人的女儿。我们卖的是布匹是朗姆酒是五金件，我们运的是粮食，我们借钱挣利息，我们收购抵押贷款。我们不是诗人。你想我——和你私奔？当你的——到底是什么？你的妻子？你的情人？你旅途上的消遣？"

史密斯又犹豫了。有一个念头在阻碍着他。如果塔比莎真的跟他走了，而五分钟之后，在他兑现诺言，向她袒露了自己的秘密之后，也许那时她就再也不会同意和他在一起了。史密斯很清楚自己的意图，但他对塔比莎的信心不够高，不能排除她会被自己的秘密吓到的可能。当你意识到了这个限制条件，这个如此靠近未来的限制，这个可能紧随"是"的"不"之后，你实在是很难向对方坦诚地吐露爱意。到时候史密斯又能怎么办呢？他可以在五分钟的订婚之后把她丢在离开纽约前的最后一栋房屋里，丢在拉特格斯农场门口，还是丢在格林尼治村积满雪的十字路口？在他制定计划时，他让自己略过了这个障碍，这个他试图获得塔比莎的信任但却不能全心信任她的尴尬关头，他并没有太过仔细地审视自己会遇到的困难。可现在他还是走到了这一步，这个障碍就横亘在他面前。也许他应该一步一步地来。

"作为……我的朋友，先这样开始？"

"呵，你的朋友，"塔比莎带着放松的嘲弄说，"真是让人扫兴。费了这么大的劲结果就得了这么个不起眼的结果。"

"我想说的是你会被保护；会作为一个朋友被尊敬；在你了解全部真相之前，不会对你有任何要求，什么都没有；直到你能够不带，呃，偏见地考虑我想请求你的事情。现在就在请求你的事情。塔比莎，我想说，就是，我——"

"天啊，你的伶牙俐齿真是如此突然就让人给扔到窗外了，"塔比莎忽视了史密斯的后半截话说，"你知道的，说起保护你的朋友，你的名声最近可不是很好。给你当朋友可是件危险的事。你说我是不是也会倒毙沟渠？"

"我保证——"

"你要去的是哪里，说真的？"

"我……不能告诉你。"

"哦，我明白了。真是诱人！我可能会在去托伦顿[1]的路上倒毙沟渠；要不就是在去费城的路上倒毙沟渠；或者，也许是——"

"塔比莎——"

"或者也许是在去波士顿的路上倒毙沟渠！那多刺激！我一直都想去波士顿！"

"塔比莎。"

史密斯用自己的眼睛让塔比莎停了下来，她稍微平静了一点，但依旧呼吸急促。他们非但没有进展，反倒在退步。史密斯似乎不得不微妙地向塔比莎表明自己的心意，而同时她则在蹦跳着远离他，进入充满敌意的狂喜中。

"什么？"

"是的，如果你和我离开了，你会吃惊的，也许你还会受到惊吓，而且事情——事情的样貌——也许会看起来和你所期望的截然不同；但我发誓，我最最严肃认真地向你起誓，你不会了解到任何让你现在知道的我发生根本变化的东西。我就是你现在看到的样子。你可以相信你现在知道的东西。求你了，相信你现在知道的吧。"

"我看到的不是相信你的机会，"塔比莎说，"我看到的是一个应该抵

---

[1] 美国新泽西州首府。

抗的毁掉自己的机会，我看到的是你在让我用自己的未来疯狂地赌一把。你是个罪犯，是个骗子，是个江湖术士，是个不珍惜爱你的人的家伙。而且你在我们开始之前就对我不忠了，和那个蛞蝓一样的女人勾搭在一起。"

"这都不假，"史密斯说，"但它们都不是你犹豫的原因，对吧？不是真正的原因。真正的原因是你害怕放弃自己熟悉的东西，即使你不喜欢它，即使你恨它，即使它让你无法呼吸。来吧，塔比莎。你要不害怕就走出来。世界是如此的广大。笼门已经打开了。出来吧。你就不肯出来吗？"

"我不知道。"塔比莎小声说。她用长长的手臂环抱着自己，低头看着地板。

"这里你有什么？"史密斯靠近了问，"什么都没有。除了捣乱的机会什么都没有。捣乱可算不上什么生活，你不能一辈子就靠捣乱活着，对吗？离开吧。带上你的脾气，带上你刻薄的舌头，和我一起走吧，亲爱的。"

"我不知道。"塔比莎提高嗓门说。她的声音里有种干瘪的激动，有种痛苦的决绝，仿佛她舍弃不了不要舍弃一切的这个念头。

史密斯迈出了最后一步，把自己的手放到了塔比莎的肩头。他能感到她的双肩在抖动，温暖鲜活，她的骨骼、肌肉还有精神装订成的簿册在他手指下清晰可辨地翻动着，颤抖着。她抬头看着他，惊讶的双眼大睁着。史密斯觉得塔比莎是在不同的可能之间颤抖，她站在两种不同的人生之间拿不定主意；他觉得她没有强大到可以下定决心起跳，却又强大到了不会任人摆布。史密斯试着用眼神把勇气传递给她。她深深地吸了口气。史密斯想让她稳住，但她颤抖得越来越厉害，直到她简直就是在摇晃了，在他手里从一边晃到另一边。等她颤抖又深吸了一口气，她的眼睛还牢牢地盯着史密斯的眼睛，但她的脸开始扭动抽搐了，开始变得扭曲起来了。她身体里有什么松脱下来了，在内里沸腾着，挣扎着想涌到表面上。——史密斯点了点头。——她的眼睛里有了水光，史密斯以为会看到泪水，但塔比莎眼里溺水一样的表情动摇了却又稳住了；她一副无助的样子，无法帮助她自己，但奇怪的是，非常奇怪的是，她露出了一副满足，几乎是在微笑的表情，就好像她决定不再帮助自己，而是要向某种奔涌而来的欢愉投降。于是她的嘴微微咧开了，张开了，挣扎了，张大了，变成了龇牙咧嘴的绝望样子；然后她的嘴接着越张越大，最后变成了一个颤抖的黑窟窿，从里面爆发出一阵在耳边听起来无比响亮无比痛苦的尖叫，仿佛一把尖刀一样插进了史密斯的耳朵里。

史密斯双手抱头踉踉跄跄地退了回去，而塔比莎则一边尖叫着一边打着转，开始把东西从壁炉台上往地上扫，她浑身抽搐地抓起壁炉台上的东西扔到地板上砸碎。陶瓷牧羊女——砸了，配对的陶瓷牧童——砸了，座钟还有梅森瓷[1]的烛台——砸了，砸了，砸了。

史密斯试着冲进这道旋风里，但塔比莎作势要咬他。楼梯上传来了咚咚咚的脚步声；泽菲拉冲进了房间里，手里还拿着她刚才擦银器用的破布。

"你和她说了什么？她好几个月都没这样过了！"

"我——"史密斯说，"我——只是——"

"离她远点。"泽菲拉说。她没有试图靠近发狂的塔比莎身边，只是小心地把家具从她身边拉开。"小姐，你安静下来吧，没事了。你听话，喘口气，你快安静下来吧。你，"她对史密斯说，下巴愤怒地一扬，"快走！"

"但是——"

"你没看见你只会让事情更糟吗？"

"但是——我有责任——"

"快走！"

泽菲拉见史密斯还是张嘴在那呆立着。而此时塔比莎似乎已经站定了不动了，变成了一个双手握成拳僵硬地贴在身侧的一动不动的班西[2]，她闭着眼，沉浸在号叫抗议的快感中。泽菲拉叹了口气，抓住了史密斯的衣袖，把他从房间里拖了出来，一直拖到了楼下。

"老爷来之前你赶紧走。"她低声嘶吼说。

---

1 德国梅森出产的瓷器，当地的陶瓷工厂于18世纪初率先在欧洲制成了瓷器。
2 传说中预兆死亡的女鬼，会大声哭号。

然而已经太晚了。洛弗尔从通向账房的走廊里跌跌撞撞地走了出来，就好像是逆着他自己的不情愿吹出来的顶头风在行走一样，他双手抓着自己的假发，在楼梯口碰到了他们。

"你！"洛弗尔大喊，"什么——你做了什么——"他伸手想抓住史密斯的前襟，但楼上传来的越来越大声的号叫分散了他的注意，于是他只是挤了过去。"上帝啊，别又来了。"能听到他这样小声地对自己说。

"现在赶紧走！"泽菲拉边说边沿着走廊把史密斯朝自己前面推；一直把他推到大门之外，推到外面的寒冷中。等她见到在雪地里等待史密斯的是什么时，她直直地在门口站住了，见到了史密斯用他的一千镑最终在纽约做了些什么。

史密斯先生刚刚在奴隶市场上大采购了一番。门外有两架役马拉着的最大号雪橇，上面挤满了二十来个沉默的黑人。史密斯给他们都穿上了冬天的毛皮大衣，但他肯定是按照什么奇怪的原则来采购的，因为这是一群不可能干得了活的人：老妇人、小孩、一脸阴郁的女人、一个眼睛斜视的女孩、另一个女孩脸上满是耳聋的人才有的平静，还有一群大多数奴隶主都会觉得邪恶得受不了的男人，因为他们的皮肤黑得发蓝，脸上还带着没有臣服于这个国家的人的赤裸敌意。其中两个脸上还有部落人的疤面。

史密斯两步就跨过了街道上的积雪，就像一只从滚烫的东西上逃开的猫一样。但等他走到自己那奇怪的队伍时，他又转过身来让泽菲拉吃了一惊。他在哭泣，可他又笑了，然后对泽菲拉伸出了手。

"Aane, me araninnipa a wo twen no[1]."他说。

心情不同带来的区别是多么的大啊！透进泽菲拉眼睛玻璃体里的街道上斜斜的寒冬日光没有变化，日光下蓝色的影子开始变长了；她面前的场景没有变化；但在她毫无表情的黑色脸庞上——漫长的忧伤给这张脸覆上了厚厚的面具——日光穿过的瞳孔突然自动张大了，这个细微的变化

---

1 阿坎语契维方言，大意是"我就是你在等的人"。

传达出了她的惊讶，因为突然在她眼前的场景意味着什么变得截然不同了。史密斯站在那里。他还在因为他刚刚失去的东西带来的最初的冲击而颤抖不止，未来他还会体会到更多这样的冲击，但一种紧张感正在从史密斯的脸上滑脱——不，不只是那样，一整个角色都在从他脸上滑脱，像墙壁倒塌一样，先是一片一片一块一块地，然后是瀑布一样地崩塌——自从他上岸以来，他从来没有停止过扮演这个角色。那边还有要塞里的阿基利斯，谣传他现在早该被卖到了卡罗莱纳那边的烟草农场里，可他却在这里，戴着手套穿着皮大衣，握住前面那架雪橇的缰绳负责驾驶它。史密斯又出现了，跳到了阿基利斯身边，他周围的人都站了起来，挪了挪，好在他们之中腾出他的位置。史密斯又看了看她；他又伸出了手。泽菲拉新生的信使确实已经到来了；如果她愿意倾听他要说什么。

她乐意之至。泽菲拉扔掉了自己还捏着那块抹布，她没有回头看，甚至连门都没有关，双手捂住自己的小腹永远地离开了金山街上的这幢房子：在咯吱作响的积雪上踏出一步，又一步，再一步，朝着伸出来拉她上雪橇的黑色的手走过去。十秒钟之后，街道上一片什么都没有了。

## 九

致
**格雷戈里·洛弗尔先生的一封信**
金山街,纽约
**由黑尔戈兰王冠号送达**

班亚德&海斯伙伴公司:伦敦明森街,1746年12月10日

我亲爱的先生：

您11月2日来信已收到，我必须要承认信里愤怒的语气让我很是惊讶。尽管您所言不假，我们公司和贵公司之间的债务通常是通过牙买加贸易来冲抵的，但是，债务就是债务。当我们的账目上有您欠的债务时，我们就有权利按照我们觉得合适的方式用这笔债务来发行票据。那个混血儿史密斯带着一千（英）镑没有问题的钱进了我们的办公室，那么立刻出售他马上就想买的东西对我们来说是有明显好处的。

票据是真不假，所以您可以放心地兑付。不过，他带着票据突然出现也许会让您措手不及，这是可以理解的。为了让您更加安心，我们按照您的要求对他进行了调查。

他的故事的确很刺激。看起来，理查德·史密斯是已经去世的×××爵爷（现在的×××爵爷的父亲）的奴隶的后代，史密斯的上两代都娶了英国女人。他的祖父汉尼拔是先爵爷夫人最喜欢的侍从。这个汉尼拔是上个世纪七十年代被带到英国来的，他一成年就被给还了自由身，然后当了仆人，取了史密斯这个姓氏。或者，更准确地说，他变成了爵爷家最受宠的被保护人，以至于他的儿子（你的史密斯的父亲）确实表现出了聪明的天资之后就真的被送到牛津给×××爵爷的儿子当仆人，也就是当学生-仆人去了。后来×××爵爷还把自己有权任命的教区牧师职位之一给了他，于是他就定居在多赛特当了个乡村牧师，他现在还在那里。本来计划让这位牧师的儿子继续享受同样的慈善安排，但这个小子离家出走了，傲慢地拒绝了给他安排好的命运。相反，这个小子想自己混出个样子来，于是在伦敦城里先把自己打扮成了个舞蹈教师，但他没混出名堂来；接着又成了个演小角色的演员：在这行里他混得稍微好点，因为——你肯定已经观察到了——他脸蛋长得好看，仪态也够讨人喜欢，不过他没有成功到能够拿演戏当专长。他的专长是当朱瑞巷的模仿俱乐部的书记或者说干杂活的。这个俱乐部是个和牛排俱乐部[1]类似的聚餐会，过去的两年里他在那和一群戏剧界、新闻界还有证交所的头面人物混在一起。

不过看起来让他找到您那里去的任务不是来自他平时的工作，而是源自他周日的崇拜活动。他是个小教会的信众，那个教会是贵族里狂热的边缘分子和伦敦城里获得自由的非洲黑奴聚会的地方：马姆斯伯里男爵夫人的阿比西尼亚联系会。这个教会从一位赞助人那里接受了一笔一千英镑的遗赠，决定把这笔钱用在购买、释放及帮助他们同族男女自立生活之上。为了让这笔交易不引人注意，他们选了离奴隶贸易中心的西印度市场足够远的纽约，理查德·史密斯主动要求完成这个任务，因为他是他们中最能够轻松地和不同阶级打交道的人。他的钱包里有一封委任他完成这件任务的委任状，他也给我看过了。

所以那张票据，再重复一下最重要的问题，没有问题，您可以毫不犹豫地兑现它。实际上，如果海上的状态照旧，在这封确认信到您那里之前您应该早就已经兑现它了。但我相信这些信息会让您安心，能够让您那边的交易，在最初的惊讶之后，进展顺利，不再有任何别的困难和干扰了。

让我诚意地重申我们对和洛弗尔公司长期来往的重视，并请代我向范隆先生致以最诚挚的问好，我很荣幸能够继续是——

您忠诚的仆人<br>巴纳比·班亚德

---

[1] 牛排象征着英国人的爱国精神，故此在18世纪英国有过好几个牛排俱乐部，最出名的是1735年成立的那个，有大量文化名流加入之中，甚至连还是王储的乔治四世都在1785年加入了这个俱乐部。

十

**在美国**
1813 年 8 月

好吧，我还是讨厌小说。我觉得小说是一块块夸张、简化的织片，一种骗人的甜蜜。其实现在我可以说自己是由内而外地了解这个真相了，因为我自己写了一本小说，也留意了用来把片面理解——像一块洞比线还要多的糟掉的布一样——变成一块看似连续平滑的织物所需要的所有手段和把戏。我，不了解史密斯先生内心的我，借助自己的精神驱动了一具不了解我内心的人偶史密斯。瞎话，胡说上再加上胡说！从来没和人决斗过，从来没打过皮克牌，从来没经历过史密斯先生其他各种历练的我，我发现我能够靠一道让人眨眼的魔咒，靠更快的语速，靠魔术师让人分神的把戏编造出必要的段落来。怎么可以信任这样胡编乱造的东西呢？但除了小说，在遗忘之风把过去的具体事件和旧日的脆弱轮廓四散吹去之前，又有什么别的东西可以赋予它们任何形状？小说是我们可以哄骗六十七年前史密斯和我们在一起那几周的情感变成可以存续之物的最好，也是最糟的机会，就算这么做的代价是每一步都要撒谎。谎言也比什么都没有要好。

再说了，当我在撒谎时，谎言从来不会让我感到太烦恼。其实当我在这本书里隐藏或者遮蔽能够直接看清过去的我的机会之时，我感到了一种奇怪的满足，它像我过去感受过的快感的鬼魂一样，就好像我又一次设法在他面前隐藏了自己的真实想法。

现在我不想停下来了。我坐在农舍的窗前，点着油灯在夏天最后一个短暂的夜晚里听着猫头鹰像幽灵一样滑过菲什基尔[1]的夜空，只要我愿

---

1 纽约北部90千米的一个村庄。

意，我可以点一晚上油灯，因为我们有钱，再说了，能让一位坏脾气的老太太开心，费点灯油又算什么。我希望这个故事没有结束，可它已经结束了，而且已经结束很多年了。我再一次让史密斯带着他拐走的泽菲拉和阿基利斯在雪中离开了，因为我们再也没听到过关于雪橇上那些人的任何消息，一切就都到此为止了。我再也没有什么好讲述的了。至少，没有什么我愿意讲出来的东西了。

如果读者们想这样做，他们就必须自己想象史密斯留下的混乱和困惑。当消息传播开来说我父亲没有觉察到自己招待了一个黑X，让他卷走了自己不少的钱财而且还急着让自己的女儿们和他做伴时，最先爆发的是针对我父亲的嘲笑；紧接着，等整座积满雪的城市都意识到还有多少人在没有察觉时，做了些什么别的和史密斯相关的事情之后，他们在尴尬和刻意的沉默中飞快地制止了这样的嘲笑。他们意识到法官、律师还有陪审团一起赦免了一个杀死白人的黑人的罪过。他们意识到看过《加图》的所有观众都为他的表演折服。他们意识到议会曾以为他是个值得拉近关系、值得威胁的人。他们意识到整整六十天他们都把他当作了一位大人物。他们意识到忒尔皮曾经——好了，这说得够多了。汤姆林森夫妻很快就被派去了费城驻军。没过多久，也没有任何讨论，纽约城因为史密斯而感到的尴尬升格成了从来没有过这么个史密斯的自我欺骗。他变成了一个不能提起的人。没有人会说起他。没有人，除了我。我写这个故事就是为召唤他。为了坚持他出现过。我的故事随着他的到来突然开始，也随着他的离开突然结束。

可如果我的笔不再移动，如果再没有更多用闪亮的黑墨水写成的文字从笔端流淌而出，来让前面提到的那些人不耐烦，让他们活下去。如果我的墨水都干燥成了秋叶般的棕黄——那么过去的时光也同样会脆裂消失。人会消失，城市也会消失。

想到我故事里的纽约城现在仅仅存在于我的故事里就让人惊讶。我还记得它，没有一点变化，因为在我写了一些我的邻居们觉得受到了冒犯的书信之后,我1750年就离开了它,然后就再也没有回去过了。(事实上,在那之后我这辈子哪里都没有去过,除了1760年去了一次普林斯顿,去看那里的学生们演《暴风雨》,而那次也没有什么好结果,于是让家里人越发确信我最好被安全地藏到一边。)在我的书里,在我的脑海里,那些荷兰式老楼还在,布罗德街上的大宅还在,三一教堂的尖顶还在,在公地上吃草的牛群还在,我们在金山街上的房子也还在。但在曼哈顿,很明显这一切消失得一点踪迹也不剩了,都在革命战争里毁掉了或者在大火里烧掉了[1]。几乎连一块砖都不剩了。赛普蒂默斯的墓肯定还在那里,在末日号角响起,所有长眠的人都醒来之前它是不会有变化的,但一个新的纽约在它四周蓬勃而生。三一教堂是另一座三一教堂了,市政厅已经拆掉了,街道一直延伸到了岛的北边,把富人的大宅也带到了那边,留下一片片贫民窟。听人说现在有条德兰西街了。但现在没有德兰西家的人了,因为革命的时候他们站在了国王一边,结果就四散去了新斯科舍或者更远的地方。那个时候法官本人早就去世了,但是他很可能会赞成自己后人的做法,毕竟他自己就当过总督,接替了可怜的、无可救药的克林顿,而且在当总督的时候是王室特权更加坚定的支持者[2]。

当家里的人夏天来河谷上游和我一起消暑时,我发现我没法向我见到的那些年轻人解释为何像那位法官那样的人也会是个保皇党,为何我们曾经都是。因为他们每个七月四号都会念诵国王的桩桩恶行,仿佛它们都是神圣的历史一样;我发现他们认定所有叫乔治的国王都是妖魔,一到晚上就在他们想象中的城市里潜行捕猎,踢小狗吃小猫。"英国佬"是种特别恶毒的外国人,天性残暴专制,是所有自由的敌人,当然也是

---

[1] 在美国独立战争期间的1776年,在英军占领纽约不到一周之后纽约就发生了一场大火,18世纪纽约的建筑大部分毁于这场大火中。
[2] 历史上的詹姆斯·德兰西被任命为纽约省副总督,在纽约总督不在的时候曾两度代理总督。

最近这场战争里烧毁了白宫的恶棍[1]。我发现自己已经从一个时代活到了另一个时代，这两个时代彼此无法理解，所以如果我像那个在约伯家的毁灭中唯一幸存下来的仆人一样大喊"唯有我一人逃脱，来报信给你"[2]，人们只会看着我，就像我只是像动物一样在嘶吼。不过经常有人就是如此看待我的。

我父亲于1764年去世了。弗洛拉也不在了，她有四个孩子，其中一个没成年就夭折了，或许那才是好事，因为他长得更像她家的地产管理人而不是无聊的老约里斯。我年纪变大了之后并没有变得更温和。然而在我从阿姨变成姨婆时，我爱和人作对的劲头（他们最后决定这么叫它）似乎离开了我，或者至少减弱成了一种更容易驯服的样子。于是现在，当我回望更早的时候，尤其是在金山街上的日子，我发现我对那些时光有两种完全无法相容的反应，这两种情感并行而走，却无法混合在一起，就像现在你在哈德逊河透明的表面之下会看到的一股股蜿蜒的染料液一样。我既希望我能再次感受到和人作对的炙热快感，但同时我又全心后悔我为了它牺牲了那么多东西。全心？不，只有半颗心；而我猜半颗心是不够让你有勇气去爱人的。这是会被另一半颗心的投票权否决的一票。

我的曾侄孙女说我是美国最老的十三岁女孩。她自己就是十三岁，所以她说她最清楚。埃洛伊兹·范隆是在新世纪到来时出生的，和我一样机灵，但我希望她比我更适合过上幸福的生活。当个聪明人从来没给过我什么好处，因为你会很清楚地知道你做事情是出于什么原因，却仍然无法抗拒这些事情。

我不知道史密斯后来怎么样了。我不认为他会死在1746年的大雪里。在大陆的寒冬里赶路是他绝对做不到的事情，但对阿基利斯不是问

---

[1] 指英美之间因为航海权益而爆发的1812年战争，但此处作者的时间有误，英国人是1814年8月占领华盛顿然后纵火的，而本章设定在1813年。
[2] 出自《圣经·约伯记》，约伯在儿子家赴宴时家中发生了一系列灾祸，一个接一个仆人来给他报信，每个报信人结尾都说"唯有我一人逃脱，来报信给你"，可约伯对此坦然接受，并不责备上帝。

题，我想不论他们想去哪里，他们应该都抵达了自己的终点。可在那之后，一切都是猜测，而我也只能好奇。比如他是不是在哈佛找到了他拒绝去牛津学习的知识；或者他是不是和他的父亲和解，然后回到了英国；或者他是不是接受了自己并不明显的肤色的命运，还是回到了伦敦，在那里肤色再次变成了无关紧要的个人特征。他现在是不是还活着。他可能还活着吗？要是他还活着他就得比我还老了，而女人通常比男人活得久，再说我觉得我被自己的邪恶腌得可以永久保存了，就像泡在醋里的标本一样。但我有好几种方法可以想象他和我一起分享着这个世界的余烬。年迈的浪荡子史密斯，九十岁了还打着胭脂蹒跚地走到赌桌前，或者一个在舞台上久享盛名，引退之后在英国乡村过着奢华生活的史密斯，或者一个被人尊敬地安排在壁炉旁边，四周围绕着不论是黑是白的孩子的史密斯，或者一个在大宅书房里打盹的、备受尊重的史密斯，周围环绕着上千本棕色封皮的神学书，因为他身上也有这样来自他父亲的可能性。

如果他还活着，他会想起我吗？我经常想他。埃洛伊兹给我送热牛奶来，在全家人睡觉时我却无法入眠，我会一次又一次地回到史密斯先生要我和他一起离开，可我却没有走的那个时刻。我希望我能悬浮在那个倔强的（那个害怕的）女孩的肩头，用手肘轻推她，双手推她，把她从自己孤独的恐惧里拽出来，像泽菲拉一样一直拽上雪橇，拽到更广阔的生活里。但我也希望我还能感受到那时我体内燃烧的拒绝的烈焰。我还记得尖叫的感觉有多爽。

# 后记

在写过五本非虚构作品，或者掺杂着非虚构的小说之后，如果我对这本小说使用历史的方式不发一言，那看起来就太奇怪了，但我只会非常努力地指出在史密斯先生比较他所了解的伦敦和纽约孰大孰小时，他说的话并非是不公平地偏向一方的。1746年的纽约总人口大约只有7000，而伦敦，当时欧洲最大的城市，总人口有700000，不折不扣有一百倍的差距。

我有很多人需要感谢。我的姻兄乔纳森·马丁对故事情节的设计提出了一个重要的建议。我父亲彼得·斯巴福德让我了解了前现代的金融业。我的小女儿西奥多拉帮助我构思了洛弗尔家晚宴上的对话。我的妻子杰西卡·马丁容忍了史密斯先生和塔比莎一直在我们的餐桌旁做客。2000年带领我环游伊朗的那位先生永远恭敬地把自己国家的领导人称为"哈塔米先生"和"哈梅内伊先生"，是他让我这个抵制正式礼仪的一代人的一员首次意识到正式称呼的幽默之处所在。多年前和詹妮·乌格洛关于菲尔丁和霍加斯的讨论原来也悄悄地在我的想象中发挥作用。雷吉娜·迪加尔丹给我介绍了圣尼古拉斯节。玛丽娜·本杰明拯救了这个故事的中段，使它不至于过于臃肿。佐薇·阿乔尼、格雷厄姆·弗尼斯教授还有夸杜沃·奥赛-尼亚姆博士指导我准确地写出了两句阿坎语的契维方言，然后我又不得不把它们修改成符合二十世纪之前排印方式的句子。雅各布和梅丽娜·史密斯夫妇把他们的圣公会牧师宅借给我和我的家人住了一个星期，他们的家就位于 23 街的开阔地和荒凉的草地上，但坐上 6 号线地铁就能很轻松地到达十八世纪的纽约。肖恩·莫勒带我看了十八世纪的波士顿，而且在这本书刚开始萌芽的阶段，他表现得好像写一本殖民地版的《约瑟夫·安德鲁斯》或者《大卫·桑普历险记》不是个太疯狂的构想。在这本书写作完成之后，我的经纪人克莱尔·亚历山大还有我的编辑朱利安·卢斯丝毫没有埋怨地支持了我各种固执的举动。而在构思和完成写作之间，我是在英格兰剑桥最老的网咖 CB1 写完了大部分史密斯先生的故事。加比把我的第十亿杯美式咖啡免费送给了我。

读过这本书的初稿并且善意地提出过意见的有菲利克斯·吉尔曼、克莱尔文·詹姆斯、莎拉·莱普西格尔、亨利·法瑞尔、帕特里克·尼尔森-海登、伊丽莎白·诺克斯、提姆·帕内尔、奥利弗·莫顿，还有安妮·马尔科姆。

谢谢你们所有人。

米迦勒节[1]

伊丽莎白二世女王治下第六十四年

---

1　9 月 29 日。

图书在版编目（CIP）数据

金山 /（英）弗朗西斯·斯巴福德著；肖一之译. – 北京：北京联合出版公司，2021.3
ISBN 978-7-5596-4786-3

Ⅰ.①金… Ⅱ.①弗…②肖… Ⅲ.①长篇小说—英国—近代 Ⅳ.①I561.45

中国版本图书馆 CIP 数据核字（2020）第 248845 号

## 金　山

作　　者：［英］弗朗西斯·斯巴福德
译　　者：肖一之
出 品 人：赵红仕
责任编辑：孙志文
特约编辑：朱写写
装帧设计：汪　芳

北京联合出版公司出版
（北京市西城区德外大街83号楼9层　100088）
北京联合天畅文化传播公司发行
山东临沂新华印刷物流集团有限责任公司印刷　新华书店经销
字数261千字　787毫米×1092毫米　1/32　10印张
2021年3月第1版　2021年3月第1次印刷
ISBN 978-7-5596-4786-3
定价：58.00元

**版权所有，侵权必究**
未经许可，不得以任何方式复制或抄袭本书部分或全部内容
本书若有质量问题，请与本公司图书销售中心联系调换。电话：（010）64258472-800

GOLDEN HILL
By Francis Spufford
Copyright © Francis Spufford, 2016
This edition arranged with FABER AND FABER LTD.
through Big Apple Agency, Inc.
Simplified Chinese edition copyright
2021 Shanghai EP Books Co., Ltd.
All rights reserved.